大鱼

有爱的青春陪伴者

李思危——著
U DING
预定
TOU TIAO
头条
江苏凤凰文艺出版社
JIANGSU PHOENIX LITERATURE AND
ART PUBLISHING

图书在版编目（CIP）数据

预定头条 / 李思危著. -- 南京：江苏凤凰文艺出版社，2021.9

ISBN 978-7-5594-5652-6

Ⅰ.①预… Ⅱ.①李… Ⅲ.①长篇小说－中国－当代 Ⅳ.①I247.5

中国版本图书馆CIP数据核字(2021)第020012号

预定头条

李思危 著

责任编辑	孙金荣
特约编辑	伍　利
责任校对	周　萍
出版发行	江苏凤凰文艺出版社
	南京市中央路165号，邮编：210009
网　址	http://www.jswenyi.com
印　刷	长沙鸿发印务实业有限公司
开　本	880mm × 1230mm 1/32
印　张	9.5
字　数	306千字
版　次	2021年9月第1版
印　次	2021年9月第1次印刷
书　号	ISBN 978-7-5594-5652-6
定　价	45.00元

目录

contents

第一章 / 001
关系户

第二章 / 022
你可真敬业

第三章 / 058
请影帝独立行走

第四章 / 096
你可真好骗

第五章 / 127
吴叔叔，对不起

目录

contents

第六章 / 167
海王星和海卫一

第七章 / 200
小乌龟

第八章 / 236
影帝的杰作

第九章 / 271
并肩

番外 / 288
星空

第一章 关系户

Y U Q I N G T O U T I A O

“录个综艺还要用替身，你怎么不上天？”贺思嘉冷眼看着面前的男星。

男星外形还算俊朗，穿着与贺思嘉一样的运动套装，却硬生生被衬成了只灰麻雀。

他勉强挤出笑：“不好意思，贺老师，我前几天脚踝扭伤了……”

“那你何必来参加竞技真人秀？”贺思嘉将“竞技”二字咬得格外重。

男星表情微变，几乎要压不住火，可他不敢发作。

贺思嘉比他人气高、比他后台硬，还比他能“作”。

对方出道不足两年，战绩已十分“卓越”——曾一言不合将酒杯倒扣在星洋娱乐老总头上；因不满被同剧男二捆绑，路演直播“提刀”斩断纠葛，划清界限；被主持人逼问隐私，当场黑脸怼得对方自闭；无数次“杠”娱记……

他怕真吵起来，贺思嘉把他挂到微博上，亲自教他做人。

何况这事也是他理亏。

就在男星焦头烂额之际，贺思嘉的经纪人及时出现，解救了他。

“人家爱用替身就用呗，导演都没说什么，要你来当警察？”陆馨将贺思嘉拉到角落里，没好气地数落。

贺思嘉眉间冷意散去，双唇微微分开，笑起来时隐隐露出颗小虎牙：“可他影响到我了啊。”

按照节目组提供的台本，他需要和男星上演一段追逐战，再将对方PK出局，哪知临到拍摄，上场的居然是一位替身。

为了避免镜头穿帮，他还得配合替身走位，白白浪费精力。

陆馨闭了闭眼，吐出郁结于胸的浊气：“你能少得罪点人吗，转头人家又给你推送一堆黑料。”

贺思嘉不以为意，从裤兜里摸出一盒喉糖，问陆馨：“要吗？”

陆馨表情严肃：“我跟你说正事呢。”

贺思嘉捻了颗糖塞进嘴里：“都是些捕风捉影的谣言，就当虐粉了。”

陆馨气道：“虐粉，我看你是在虐我，路人缘不想要了？”

贺思嘉倏然冷脸，语气漠然：“那就是你们负责的事了。”

陆馨了解贺思嘉的臭脾气，没怎么当回事。她替对方正了正麦克风，转移话题：“下周《玩古》开机，发你的资料都看了吗？”

贺思嘉懒懒地“嗯”了一声。

见他兴致不高，陆馨暗自皱眉，却只笑着说：“好好加油。吴臻这两年票房从不失手，他看上的剧本肯定不会差。我知道你不乐意给他当配角，可公司没什么电影资源，这次机会来之不易，你只要抓住了，以后选戏的空间就大了。”

贺思嘉咬碎喉糖，薄荷味直冲鼻腔：“你就不怕我被他衬得演技太差，惨遭电影圈退货？”

陆馨白了他一眼，就听见导演在喊人了，只好说：“去吧，录完带你吃大餐。”

贺思嘉发了顿小火，倒是遂了他心意，逼得男星忍辱负重亲自上场。

接下来的录制过程很顺利，但在进行一轮挑战游戏时，贺思嘉和唯一一名女嘉宾分到了一组，最终挑战失败，他们必须选一个人接受惩罚。

女嘉宾来了例假，贺思嘉见她脸色发白，主动表示自己上。

他从工作人员手中接过写着惩罚内容的便笺，慢慢念出内容：“请和街头路人配合完成一段土味情话，并索要一个拥抱。”

他问：“只要是路人就行，不论男女？”

一经确认，贺思嘉环顾四周。

综艺录制地在 J 国 D 市某广场，路人随处可见，其中不乏中国游客，只不过都被隔离在拍摄区外。

正常情况下，贺思嘉应该先问有没有中国人，一是方便交流，二是很多土味情话只有用中文说才有梗，他却将视线投注在一个人扮公仔上。

公仔名叫 Miraitowa，长着尖长的耳朵，是今年夏季奥运会的吉祥物，寓意“未来永恒”。

贺思嘉径直走到公仔跟前：“Excuse me（打扰一下）？”

公仔歪着大脑袋，摆出倾听的模样，十分可爱。

贺思嘉问：“Do you know what time it is（你知道现在是什么时间吗）？”

贺思嘉印象里的几段土味情话都不适合直译，索性自创，不论公仔回答什么，他的答案都是“Time for us（属于我们的时间）”。

然而，公仔却似看穿了他的想法：“Time for us.”

听见头套里传来的男声，贺思嘉怔了怔。

人群中传来口哨声，还有女孩子们压抑的低呼声，贺思嘉慢慢回神，惊讶地盯着公仔。

公仔再度开口，却是标准的中文：“刚才听见你念便笺了，够土吗？”

贺思嘉挑眉：“中国人？”

公仔比了个赞。

贺思嘉随口问：“那你知道我是谁吗？”

公仔点头：“付霖岚。”

付霖岚是贺思嘉饰演的一个角色，他正是靠这个角色走红的。见公仔真认识自己，贺思嘉顿时眉目舒展，张开双臂：“老乡，抱一下。”

公仔大方地回他一个拥抱。

惩罚任务完成，贺思嘉道了谢就想走人，却被公仔拦住了，对方指着自己胸前挂着的牌子，上面印有中、英、日三种文字，都是同一个意思：抱一次 500 日元，合照 1000 日元。

贺思嘉：“……”

贺思嘉怀疑自己中了节目组的圈套，可人又是他亲自选的……

就在他愣神时，公仔突然笑了一声，接着摘下头套。

头套下是一张贺思嘉并不陌生的脸，一双眼不笑时像凤眼，此时笑着就有明显的卧蚕，看上去亲切温和，仿佛天生含情。但这张脸上长得最好的是鼻子，鼻梁高挺，微带一点起伏的骨感，偏左的位置还生有一颗浅褐色的痣，曾被某时尚杂志主编评价为“点到即止的性感”。

“不好意思，开个玩笑。”男人单臂夹着头套，向贺思嘉伸出右手，笑着说，“贺老师你好，我是吴臻。”

吴臻的出现完全是个意外，他是跟随B市人民话剧团来J国交流访问的，之所以会扮成Miraitowa，据吴臻说是为了即将开拍的新戏做准备。

综艺导演兴奋得直搓手，恨不得原地放个炮蹿上天，又担心吴臻会要求剪掉这一段，但吴臻只提出要补份合同。

很合理的要求，综艺导演忙不迭答应下来。

录完综艺已近晚上九点，明天还得录制半天，贺思嘉并没有跟陆馨去吃大餐，他太累了，直接回了酒店。

刚到房间，陆馨就说：“没想到在这儿见到了吴臻。”

贺思嘉脱下外套，仰倒进按摩椅，闭着眼闷不吭声。

陆馨看了他一眼：“你带正装了吗？”

贺思嘉睁开眼，不解地问道：“录个竞技综艺还要带正装？”

陆馨说：“明晚要去看吴臻的话剧，你身为公众人物，还是穿正式点比较好。”

B市人民话剧团既然为文化交流而来，自然有演出安排，明晚他们将进行最后一场公演。

吴臻临走前送了综艺导演十张票，邀请大家一同去捧场。

“没兴趣。”贺思嘉再次闭上眼。

陆馨拧眉：“大伙儿都要去，就你搞特殊，不是摆明得罪人吗？”

贺思嘉轻哼一声：“先撩者贱。”

去年他刚走红，受邀参加某访谈节目，在主持人问他最欣赏的国内演员是谁时，他提到了吴臻，又说最喜欢吴臻演的《山河刀》。

答案是团队根据节目组给的提纲撰写的，也不止写了吴臻一个，还有两位老艺术家。但只回答老艺术家就太假了，加一个年轻的高口碑艺人，既显得有审美，又很鲜活。

访谈节目播出，虽有人嘲讽贺思嘉“跪舔”，但并未引起太大风浪，贺思嘉还因此赢得了吴臻的粉丝的好感。

然而一星期后，贺思嘉去某综艺当助演嘉宾，节目组给出几个经典角色，让他从中选择表演片段。贺思嘉挑中了“路小闲”，拿到相关剧本，却表现得对这个角色一无所知。

综艺是直播的，当晚粉圈就炸了，因为路小闲正是吴臻饰演的角色之一，并且还是《山河刀》的主角。

贺思嘉立人设翻车，被盖章“撒谎精”。

有网友将他的表演与吴臻的原片做对比，大肆嘲讽他演技烂。

其实到这里都只能怪贺思嘉不谨慎、业务水平不佳，巧就巧在吴臻恰好有部电影要上，吴臻的团队顺势买了一堆通稿，借热度发了笔“贺难财”。

而吴臻被记者问起这件事时，也半开玩笑地说：“他可能只欣赏我的名字。”

这话一时成为金句，还被编为百科词条，专门内涵“言不由衷、虚假营业”。

再后来，吴臻凭该部电影摘得金鸡影帝，有好事的媒体特意问了贺思嘉的看法，贺思嘉当即表态更喜欢另一位提名者的表演，对方才是他心中的无冕之王。

回想起当时引发的风波，陆馨赶紧平复心情。

她去小吧台倒了一杯水，端着水杯回沙发坐下，开始处理邮件。

等回完两封加急邮件，陆馨头也不抬地说：“明天录完综艺你就装不舒服吧，话剧我替你去看。”

贺思嘉露齿一笑：“馨姐万岁！”

陆馨微微叹气，拎着包起身。

贺思嘉送陆馨到门口，临出门前，陆馨突然回头，说：“思嘉，我希望你别将对吴臻的不满带到拍摄中去。如今电影圈很封闭，大导演只爱用素人和熟人，要不是你哥请他推荐你，你也拿不到这个角色，别让那些知道内情的人以为你不记恩。”

贺思嘉敛了笑，几秒钟后，轻轻点了点头。

等房门合上，贺思嘉站在原地发了会儿呆，接着，他回屋从行李箱里翻出一包烟，出门去了酒店一楼露天小院的公共吸烟区。

贺思嘉烟瘾不大，一包烟能抽上十天半个月，可今天一支烟抽完仍不解心中烦郁。

正当他点燃第二支烟时，忽然听见一阵脚步声。

贺思嘉下意识地转头，竟然又见到了吴臻。

和白天有些不同，此时的吴臻随便穿了件衬衣，袖口松松挽着，鼻梁上还架着副样式复古的金属框眼镜，让贺思嘉莫名联想到“斯文败类”四个字。

然而在业内，吴臻的标签却是另外四个字——德艺双馨。

“你们也住这儿？”吴臻似有些意外，笑着停下脚步。

这里没有镜头，更没有外人，贺思嘉懒得装样子，冷淡地应了声，转回头继续吸烟，隔着缭绕烟雾望向院子里一盏石灯笼。

视野余光中多出吴臻的身影，贺思嘉闻到了极淡的冷香，若有似无。

随着划火柴的声响，空气中弥漫着一股带着薄荷味的烟草气。

他们谁都没出声，唯有两点金红星火时明时暗，四周静谧一片，万物都在月下沉眠。

大多数人身处类似的场合都会不自在，甚至尴尬，但贺思嘉鲜有这些情绪，他不慌不忙地抽完第二支烟，刚掐灭烟头就听吴臻问：“明晚你来吗？”

贺思嘉一点没犹豫：“有事，不来。”

吴臻正要说什么，突然一顿，拉了贺思嘉一把，带着人转过身。

因为惯性，贺思嘉不慎撞到吴臻，他抽开胳膊问：“干吗？”

吴臻看了他一眼，说：“对面楼上有人偷拍，可能是娱记。”

贺思嘉一愣，又很快放松了。

他录制综艺的行程并未保密，有娱记住同一家酒店跟踪偷拍很正常。而且想也知道娱记会写什么，无非是抨击明星抽烟道德败坏。他自己黑料够多了，也不差这一点，倒是吴臻……

贺思嘉有些幸灾乐祸，扬起笑说：“恭喜。”

“嗯？”

“明天要跟我一块儿上丑闻热搜了。”

吴臻只微微笑了下。

尽管两人都表现得毫不在意，但有人在暗处窥伺，他们还是很快离开了。

回房后，贺思嘉打电话叫了送餐服务，接着去浴室洗澡。收拾完出来，餐也送到了，他拿起手机坐到桌边，刚解锁屏幕就收到一条新闻推送——

贺思嘉J国夜会吴臻，二者关系扑朔迷离！

有一瞬间，贺思嘉思维是停滞的，等慢慢消化完标题的信息量，第一个念头便是：看来刚才偷拍的娱记在UC工作？

他万万没想到会是这个走向，一时窝火又好笑，抱着“看你还能怎么编”的想法点进了新闻界面。

新闻文字内容很少，但图片足有七八张，拍摄角度明显是精心挑选过的，上传者还非常灵性地在其中一张照片上打了马赛克，就视觉效果而言，确实让人捉摸不透。

贺思嘉关掉网页，点进微博，发现#贺思嘉 吴臻#的词条已上了热搜，目前排在中段，随时有一飞冲天的可能性，评论区也非常热闹——

“他俩不是关系很差吗？破冰了？”

“怎么深更半夜还待在一块儿？”

“拉拉扯扯的不会是在打架吧？”

“你们没看路透？他俩只是录综艺时遇上了。”

……

贺思嘉平时不怎么搭理谣言，但今天他认为有必要为自己止名，便转发了热度最高的一条微博——

@贺思嘉：这么会编，不如我下部戏请你来做编剧？

只可惜没过两分钟，他就遭到陆馨的电话轰炸，不得已删掉了。

陆馨勒令他马上睡觉，不准掺和热搜的事。

贺思嘉新奇感也过了，吃完饭便洗漱上床。

还没睡到四小时，贺思嘉又被叫起来化妆，五点半从酒店出发，六点准备开始录节目。

等工作结束已经是下午两点，贺思嘉都不用装不舒服，他是真不舒服，回到酒店倒头就睡，再醒来时天都黑了。

手机界面有不少信息提示，其中陆馨给他发了几条微信，说自己跟大部队去看话剧了。

贺思嘉回了信息，打算去酒店外找点儿吃的。

刚走没多远，就下雨了。

细雨柔密，冲刷着城市的喧嚣。

贺思嘉见小街对面有家便利店，冒雨冲了过去，买完伞付款时，却被一张印有 Miraitowa 的招贴吸引，上面用日、英双语写着距离夏季奥运会还有 100 天。

从便利店出来，贺思嘉搭了一辆出租车：“LM Cultural Center，Please（LM 文化中心，谢谢）.”

半小时后，贺思嘉站在 LM 文化中心大门口，一时有些茫然——自己到底干吗来了？话剧早开演个把钟头了，哪怕有票也进不去。

何况他没票。

墙上贴着话剧的大幅海报，贺思嘉勉强辨认出是三国题材，演员也只认识两个，一位是吴臻，另一位是饰演曹操的老戏骨梅庆。

雨丝飘在海报上，仿佛每个人都在流泪。

贺思嘉在门口等了半小时，期间上了会儿网。昨晚的热搜界面里的新闻已被他和吴臻的综艺路透图取而代之，评论里调侃的、嘲讽的、掐架的应有尽有。

眼见时间差不多了，他给陆馨发了一条微信。

又过了十来分钟，穿着一身小礼服的陆馨跑了出来，估计跑得太急，说话时还小口喘气：“你怎么来了？”

贺思嘉晃了下伞柄，翘着唇：“下雨了，来接你啊。”

陆馨可不信这些鬼话，但望着他帽檐下形如弯月的眼睛，也跟着笑起来。

她挽住贺思嘉：“来了也好，跟我去后台送束花。”

路上，两人自然地谈起了今晚的话剧。

当听说吴臻饰演的角色是苏轼时，贺思嘉长眉一挑：“我读书少，三国里好像没有苏轼吧？”

陆馨无奈：“这是戏剧创作……”

话剧的第一幕是苏轼醉酒后与历史人物对话，引出赤壁一役的故事，剧末再以苏轼念《赤壁怀古》收尾。

贺思嘉抓住重点：“所以吴臻就是个龙套啊？”

陆馨解释：“什么龙套，这叫串线人物。而且吴臻台词功底好，最后的《赤壁怀古》相当有感染力。”

贺思嘉嗤笑：“他念的是中文吧？这里的观众听得懂吗？”

“只要表达出色，情绪是可以引起共鸣的。”陆馨警告贺思嘉，“一会儿到了后台你给我管住嘴，少说些有的没的。”

贺思嘉点头：“知道了。”

临到后台，贺思嘉突然转身退着走了两步，目光追随着一道擦肩而过的妙曼身影。

陆馨奇怪地看过去，见是个穿古装的女人，腰身纤细，袅袅婷婷。

贺思嘉语带兴味：“小乔？”

陆馨很想捶他一拳：“少打人家主意，梦老师孩子都两岁了。”

贺思嘉答：“哦，我就是问问而已。”

一回身，贺思嘉就撞上了一双微冷的眼睛，不是令人发寒的冷，而是理智的观察、居高临下的审视。

贺思嘉愣了下，仔细去看眼睛的主人，却见吴臻友善地冲他笑了笑，让他一度怀疑自己看错了。

这时，陆馨不知从谁手里拿过花塞给他，压着嗓子说：“你去送吧。”

贺思嘉扫了一圈后台黑压压的人头：“送给谁？”

陆馨原本打算送给吴臻的，临时改了主意：“送梅老好了，知道是哪一位吗？”

贺思嘉当然认识梅庆这位国民度一流的演员，抱着鲜花过去了。

他长得好，想讨人欢心时嘴巴又像抹了蜜，几下子就哄得初次见面的梅老笑咧了嘴。但梅庆还要出席媒体发布会，得赶着卸妆，只好另外安排人帮忙送客。

节目组过来时搭的先前租用的大巴车，一行人到了剧场外等车。

雨已经停了，潮湿的夜风吹散了嘁嘁促促的聊天声，贺思嘉双手揣在裤兜里，没有焦距地盯着茫茫夜幕。

突然，他感觉身旁多了一个人。

贺思嘉微转过眼，见吴臻站在他右侧看手机，屏幕银白的光照在对方脸上，投映出冰冷的线条。

他以为吴臻过来是有话要说，可直到车来了，对方都没有说一个字。

就在他准备上车时，吴臻突然叫住他：“贺思嘉。”

贺思嘉回头。

吴臻笑了笑：“要合作了，加个微信？”

吴臻的微信ID就叫“演员吴臻”，明显是工作专用号。贺思嘉扫完二维码，随意冲吴臻挥了挥手，排队上车。

他挑了个靠窗的位置坐下，望向窗外，见吴臻正和综艺导演说着什么，对方突然转头看了过来，隔着车窗与夜色，与他遥遥对视。

“在看什么？”陆馨问。

“没什么。”贺思嘉扭回头，压低帽檐，点开吴臻的微信头像，给对方发了个红包。

红包一共33元人民币，约等于515日元，而昨天的拥抱只需500日元。

贺思嘉轻敲屏幕，留下一行字：多的算小费，不用找了。

当晚，回到酒店，贺思嘉才发现吴臻回了一条语音消息，时长只有两秒钟。他点击播放，就听见吴臻带了点儿笑的声音：“谢谢贺老板，晚安。”

吴臻音色偏清冷，但从微信里听来，或许是有些失真，又或许是语气的缘故，非但不清冷，反而像浸染了灯红酒绿的斑斓。

贺思嘉并没有回复，而是点进对方的朋友圈，就看见吴臻四小时前发的一张图。

图里只有吴臻一人，身着古装，贴着长须，配文大意是要上场了，非常感谢今晚来捧场的朋友们，总之特别官方。其余内容也全是代言推广、作品宣传，以及帮朋友们打的广告之类的，没意思极了。

贺思嘉锁上手机，进了浴室。

次日，贺思嘉乘中午的班机回国。一周后，团队为他谈下某高奢品牌的亚太区代言，但基于宣传安排，暂时不对外公布。

四月的最后一天，贺思嘉和陆馨早上五点就到了B市国际机场，他们得搭乘七点的飞机前往邻近藏区的K市，再坐四五个小时的汽车辗转进入八塔县，因为《玩古》剧组昨天已在八塔县辖下的村子开机了。

这趟航班只有公务舱和经济舱，难以避开大部分乘客，贺思嘉故意排在最后面登机，本以为自己是最后一个，没想到坐下不久又见到一个身形挺拔的男人上来了。对方戴着墨镜、口罩，可贺思嘉一眼就认出那是吴臻。

“吴老师，真巧啊。”坐在靠窗位置的陆馨起身打招呼。

吴臻一边配合空乘放行李，一边说：“不算巧，到K市的飞机每天不就这一班吗？”

他身后跟着个微胖的年轻女性，像是助理，女孩同样认出了全副武装的贺思嘉，声音有些发紧地问：“贺老师也去K市吗？”

贺思嘉正困着，听完都笑了：“航班是到K市的，我不去K市难道中途跳伞落地成盒吗？”

刚说完，贺思嘉胳膊就一痛，是陆馨在偷偷拧他。

“贺老师真幽默。”吴臻轻笑着说，旋即介绍了脸色涨红的女孩。对方叫阿水，的确是吴臻的助理，入职不到两周。

难怪那么青涩，陆馨默默地想，估计安排阿水跟组也有考查和锻炼的目的，她心思一转，问：“吴老师就带了一个助理吗？”

吴臻已经坐下了，正在调节座椅靠背：“还有个长期跟着我的，最近有些感冒，咱们拍戏的地方海拔高、医疗条件又不好，我让他病好了再过来。”

陆馨舒了口气，这样来看，贺思嘉带三个助理也不算多，至于她自己，待几天就要走的。

很快，飞机开始滑行，伴随着轰鸣声直上云霄。

公务舱里只有他们四人，贺思嘉另外三名助理都在经济舱，陆馨原本还指望贺思嘉能和吴臻联络一下感情，可起飞后吴臻就开始看书，而贺思嘉早就戴上眼罩补觉了。

中途，陆馨去了趟卫生间，她刚走就有空姐推着小车过来，贺思嘉要了杯橙汁，正当空姐递杯子时，忽地一个颠簸，大半杯橙汁都洒在他裤腿上。

空姐连连道歉，贺思嘉盯着大腿上的深色水渍，心里虽烦却也没冲人发火。

这时，一只手横伸过来，手腕戴着一块古董表，手指修长，正握着一张叠好的浅灰格纹手帕。

贺思嘉顺着手帕看向吴臻，对方微斜上身，淡笑着说：“不用你还。”

贺思嘉顿了顿，接过手帕：“谢谢。”

手帕的作用终究有限，裤子打湿的位置又有点尴尬，空姐们不方便帮忙。陆馨回来后就让贺思嘉去换条裤子，他却嫌飞机上的卫生间又窄又脏坚持不肯，就这么一直忍着。

下了飞机，贺思嘉直奔更衣室，再出来就见每个人都愁眉苦脸的，除了吴臻，因为对方再次戴上了墨镜、口罩，窥不见表情。

他茫然地问：“怎么了？”

陆馨轻叹一口气：“刚刚司机打电话说今早折多山大雪，已经封路了。”

要去八塔县必须得翻越折多山，这也就意味着他们今天走不了了。

贺思嘉不可置信：“五月了，姐！”

陆馨淡淡道：“折多山常年积雪，别说五月，有时六月都能遇上大雪。”

贺思嘉急了：“那怎么办啊？”

陆馨答：“司机在帮忙联系住宿，咱们先出去吧。”

K 市是附近旅游景点的集散中转地，又正逢五一小长假，接车的司机问遍了仅有的几家酒店，全都没房了，一行人只好先进城再说。

城里随处可见游客，他们足足找了半小时都没遇上合适的住处，偏偏贺思嘉又有点高原反应的症状，陆馨不敢再挑剔，去另一辆车上找吴臻商量后，订下了一家民宿。

民宿只剩下两间房，一间是阁楼的单人房，勉强能睡下两个人，另一间是八人房，连卫生间都没有。

做完登记，陆馨走到吴臻跟前，态度特别真诚：“太不好意思了，今晚还得麻烦吴老师照看下思嘉。”

吴臻抬起一侧嘴角：“客气了。”

“那我先带她们去放行李，思嘉就拜托您了……哦，对了，”陆馨忽然想到件事，“钥匙她们已经给您了吧？”

吴臻视线转向坐在行李箱上揉按额头的贺思嘉，似是一语双关：“嗯，我收下了。”

其实贺思嘉是吃了药的，但预防高原反应的药提前两周吃效果最好，他是昨晚才想起来的。

此时他头疼眼晕，浑身乏力，也顾不上嫌弃房间条件简陋，进门便蹬掉鞋子霸占了唯一一张床，没几分钟意识就开始模糊。

恍惚间，他好像听见吴臻说什么“拿行李”，可他已经没精神去分辨了。

贺思嘉很快就睡着了，挣扎在无数混乱的梦境里，醒来时屋子里只剩他一个人。

床上多了一个枕头和一套被子，床边敞着一个小行李箱，三个大行李箱立在墙边，其中两个都是贺思嘉的。

“叮——”

手机响起一声微信提示音，贺思嘉拿过手机，是他一个狐朋狗友在问要不要去酒吧。

【小脑斧】哪家？

【赵绯哥】就上次那家纯色，小思嘉来吗？

【小脑斧】你来接我。

【赵绯哥】OK，给我个定位。

贺思嘉憋着笑发了个定位。

【赵绯哥】……

【赵绯哥】你去那儿干吗？套马？

贺思嘉懒得解释，索性拨通了微信视频电话。

于是，当吴臻提着打包盒开门时，就听见屋内传出一道粗犷的声音：“你哥瞎介绍的什么烂资源，还是个配角？来来来，报上主角名字，我先买水军帮你艳压一波。”

余音回荡在死寂的走廊上，吴臻微微一顿，而后若无其事地推开门。

贺思嘉听见动静，回头就见吴臻和陆馨同时进门，他毫无被抓包的尴尬，又聊了几句才挂断，转头冲着陆馨乖巧一笑：“姐。”

当着吴臻的面，陆馨不好说什么，只警告地瞪他一眼，问：“好点儿了吗？”

贺思嘉温顺地点头：“好多了。”

陆馨拎起食指上钩着的塑料袋：“吴老师帮你买的药，要是又不舒服了就吃点儿。”

贺思嘉扭头去看吴臻，后者客气地笑了笑。

“行了，赶紧吃饭，特意去酒店给你打包的。”陆馨催促。

“你吃了吗？”贺思嘉问。

“吃过了。”陆馨神色稍霁，提醒道，“注意控制食量，剧组要求你减掉十斤，还差了点儿吧？”

贺思嘉没当回事，就差两斤，根本看不出来：“那我先刷个牙。”

趁他去了卫生间，陆馨将餐盒一一摆好，连盖子都帮忙揭开了，贴心得像个职业女佣。吴臻坐在床边默默看着，嘴角微不可见地一勾，眼底却没什么笑意。

等贺思嘉洗漱好，在靠墙的桌边坐下，陆馨又提起刚在民宿遇见了梅庆，也就是他们在J国见过的那位老演员。

梅庆上周才和《玩古》剧组谈好合同，将以“特别出演”身份饰演电影里的重要配角。

贺思嘉拿起勺子喝了口粥：“梅老和我们一趟航班？今天没看见他啊。”

陆馨说：“人家提前两天就到了。”

梅庆年轻时当过兵，有援藏经历，本想先见见K市的老战友再去八塔县，哪知临走却遇上了封山。

“我们和梅老约好明早一起出发，六点，别起晚了。”陆馨交代完，再次谢过吴臻才离开。

陆馨一走，贺思嘉立马放下勺子，他实在没什么食欲，何况粥和小菜都不合他的胃口。

房间没有窗户，霉味混杂着食物的味道有点糟心，可贺思嘉半点都不想收拾，干脆摸出手机登录微博小号。

不管几点钟，首页永远热闹，贺思嘉看见自家大粉转了真人秀的预告。

想到拍摄那天发生的事，他转头看了眼吴臻，对方半躺在床上，同样在玩手机，一只耳朵还挂着耳塞。

“不想吃了？”吴臻有感应似的抬起眼。

贺思嘉没想到对方这么敏锐，微愣着点了点头。

“那就扔了吧，屋里不通风。”吴臻道。

贺思嘉愣是从这淡淡的语气中听出点儿漫不经心的嫌弃，冷着脸说：“我待会儿知道扔。”

吴臻倏然一笑，起身走了过来，在贺思嘉诧异的视线下收拾好桌子，拎着垃圾说：“我去抽支烟，贺老师随意。”

K 市昼夜温差很大，吴臻披上羽绒服上天台抽烟，期间接到了经纪人的电话，聊了聊工作的事。

“你觉得贺思嘉人怎么样？”经纪人忽然问。

吴臻吐出口烟圈：“不熟。”

经纪人脱口而出：“不熟你怎么推荐他演《玩古》？”

吴臻无声一笑：“我好像跟你说过，他哥是我在 E 国的同学，拜托我的。”

经纪人顿了顿，提点道：“贺思嘉背景很神秘，来娱乐圈纯粹就是玩票，当初得罪了星洋娱乐的陈总，公司照样捧他。像他这样可以任性无视规则的人，你可别得罪了。”

吴臻嗤笑一声：“我能得罪谁？放心，我会跟他好好相处的。”

挂断电话，吴臻拢了拢外套，站在原地吹了会儿冷风。月色堆积在他肩头，为他镀上一层朦胧的暗光。

等身上的烟味差不多散了，吴臻才转身下楼。

刚进门，他就听见浴室里传出一声惨叫。

吴臻快步上前，敲了敲门：“怎么了？”

门内没人吭声，就在吴臻再度抬起手时，门忽然被拉开一条缝。

贺思嘉从门后探出头，一脑袋的泡沫，他半眯着眼，声音发颤：“我洗澡洗到一半热水没了！”

“你先拿毛巾包着头，穿好浴袍去床上等着。”吴臻边说边从自己的小行李箱中拎出件厚实的浴袍，递给贺思嘉，“我下楼问问。”

吴臻回来得很快，手里还拎着两个开水瓶和一个塑料盆。

见贺思嘉穿着浴袍缩在被子里，可怜巴巴的，吴臻轻笑了下：“多半是热水器坏了，先兑点儿热水将就着洗吧，盆是新的。”

贺思嘉长这么大从没用过开水瓶兑水洗澡，不甘心地问：“你在开玩笑吗？”

吴臻笑容不变：“贺老师也可以不用。”

贺思嘉噎住了，满心烦躁地跳下床，抢过开水瓶和盆子回浴室，关门声震天响。

快速冲了个战斗澡，贺思嘉仍旧手脚冰凉，几乎是连跑带跳地钻进被子，顺手将浴袍扔给吴臻。

他正要躺下，吴臻开口了：“不吹干头发容易感冒。”

贺思嘉一顿，见吴臻以眼神示意床头柜上插好电的小型吹风机："借你用。"

短暂的迟疑后，贺思嘉拿起吹风机，摁下开关前忽然说："热水给你留了一瓶。"

吴臻有些意外，怔了怔便笑了："谢谢。"

等贺思嘉吹干头发，吴臻还待在浴室里。

其实睡了一下午，贺思嘉并不觉得困倦，但明天要早起，他只能强迫自己闭眼。

正酝酿睡意，浴室的门开了，贺思嘉没有睁眼，他听见吴臻轻轻走动的声音，感觉到另一半床塌陷的重量。

一切安静下来，不知过了多久，贺思嘉终于来了睡意。

当他被闹钟叫醒，时间显示是早晨五点四十八分。

贺思嘉一个激灵坐起来，发现房里亮着一盏暗灯，吴臻已经穿好衣服坐在桌边，手里捧着瓷杯。

"你怎么不叫我？"贺思嘉顶着一头鸡窝似的乱发，理直气壮地质问。

吴臻丝毫不见心虚，反问："你不是上过闹钟？响了三次也没把你叫醒。"

贺思嘉心头上火，可时间紧迫，他只好穿上鞋冲进浴室，却听见吴臻不慌不忙的声音："司机通知七点才允许上山，不用着急。"

贺思嘉："……"

贺思嘉大清早就被气饱了，饭都没吃几口，上车后沉着脸一言不发，任谁跟他说话都爱搭不理的。

陆馨只当他起床气没消，打开笔记本电脑开始工作。修改完 PPT，她抬头看向窗外，骤然一惊："怎么又下雪了，不会还要封山吧？"

司机操着口音浓重的普通话安抚："我们已经上山了，封山也不碍事，只是有可能遇上堵车。"

一语成谶。

原本翻山只需要两个半小时，可一直到中午，汽车仍堵在半山腰。车龙顺着山路蜿蜒而上，窗外一侧是悬崖，另一侧是白雪高山。

贺思嘉一觉醒来，见车停在原地十来分钟都没动，索性下去透透气。

推开车门，冷风霸道地直往领口里钻，折多山上若没有太阳，哪怕是五月，气温也只有几度。

贺思嘉将外套拉链拉高，望着阴沉天色下的壮丽雪山，远远可见细雪寒风中飘摇的五彩经幡。

他走到路边，蹲下身，手插进雪里，试图堆个雪人。

这时，他听见背后有脚步声。

贺思嘉回头就看到一身黑色羽绒服的吴臻，对方发梢和肩头落着几粒雪碴子，表情像是藏着坏："折多山一下雪就容易堵车，堵上七八个小时是常事，司机大都不太讲究，一旦生理问题憋不住……"

贺思嘉身形一僵，生出不祥的预感。

吴臻继续说："他们就会尿在路边的雪地里。"

贺思嘉猛地站起身，眼前突然一黑，人也跟着晃了晃。

吴臻赶紧扶住他，等他站稳了才松手："你真信？山边的雪随时都在融化，早被新雪替代了。"

贺思嘉无从分辨吴臻话里的真伪，也不想分辨，他低骂一句"有病"，撞开吴臻回了车里。

正当他奋力拿湿巾擦手时，车窗被叩响了。

见是吴臻的助理阿水，贺思嘉略犹豫地摁下窗户，语气微冷："有事？"

阿水紧张地递给他一个小瓶子："吴臻哥让我把免洗凝露拿给您，还有……"她从兜里掏出几颗巧克力，"他说您可能有点低血糖。"

贺思嘉回头看了眼刚才的位置，吴臻已经不在了。

他垂下眼，微不可闻地低喃："有病。"

临近下午五点，汽车终于翻越折多山，抵达八塔县时天已经黑了。

由于从县城到剧组所在的伽罗村还有一个多小时车程，而且路况很差，出于安全考虑，他们决定在八塔县住一晚。

县城不大，只有几家宾馆，好在没什么游客，贺思嘉如愿住到了一间还算凑合的大床房。

坐了一天车，他感觉尾椎都快断了，草草吃过饭就回房，一觉睡到次日早上，下楼时又遇见了吴臻，对方冲他点了下头当作招呼，两人一路沉默着走向餐厅。

途经花园时，贺思嘉突然驻足，仰头望天。

此时还不到七点，繁星未退，漫天银亮，星星近得仿佛触手可及。

“漂亮吗？”吴臻同样停下来，问他。

“嗯。”贺思嘉点头。

“比起乌兰草原的呢？”吴臻又问。

贺思嘉是靠一部武侠剧走红的，剧中取景地之一就是乌兰草原，他随口猜测：“难道你看过我的剧？”

“收视率很高，我看过很奇怪吗？”

“哦，我以为你不会看这种剧。”

哪怕吴臻知道他扮演的角色名叫“付霖岚”，也应该仅限名字。在贺思嘉心里，吴臻会喜欢那些晦涩的、烧脑的、有深度、有内涵的作品，而非快餐式爽片。

吴臻手揣进衣兜，继续往前走：“那得看是谁演的。”

贺思嘉挑眉：“什么意思？”

吴臻打趣地说：“贺老师难道不知道，你很有观众缘吗？”

“观众缘”这种事很玄妙，不需要你有多好的演技，但你得有一张让观众喜欢的脸。而贺思嘉就长着这样一张脸，不论是小学生还是家庭主妇，都很难拒绝他。

贺思嘉心里得意，脸上也带了点儿笑，得意地说：“他们管我这样的叫初恋脸。”

吴臻道：“嗯，我也是你的观众。”

这是贺思嘉印象里吴臻说过的最中听的一句话，以至于他看对方都顺眼不少，到了餐厅还主动和吴臻坐一块儿。

酒店的早餐简单，味道也一般，贺思嘉正喝着粥，忽然听见吴臻问：“你真觉得童三民比我适合拿影帝？”

“咳咳咳——”贺思嘉忙拿纸巾擦嘴。

他有点跟不上吴臻的思路，怎么毫无铺垫就开始翻旧账了？

童三民，便是与吴臻争夺影帝的提名者，贺思嘉口中那位无冕之王。

但贺思嘉也不心虚：“又不是只有我觉得，很多人说童三民演谁像谁，你演谁都有自己的影子。”

他还真没胡诌，尽管吴臻影帝荣誉加身，可演技依然被人挑刺，“演谁都像自己”就是批评中最常见的一条。

“其实这种说法也没错。”吴臻神情淡淡的，似乎对贺思嘉的评论无动于衷，“都说电影是导演的艺术，演员只是工具，可也不是所有演员都甘心当工具。

“童老师演技返璞归真，从不会抢走观众对剧情的关注，但许多人只记得他的角色，想不起他本人。

“相反，多一些自我表达，观众不但会记住我的角色，还能记住我本人。”

贺思嘉若有所思。

“当然，还有一类，观众只记得他的人，不记得他的角色。这只能叫明星，不能叫演员。”吴臻凝视着他，诱导性地问，“你喜欢哪种？”

贺思嘉想也不想：“你那种。”

吴臻含蓄一笑：“所以影帝是我，不是别人。”

贺思嘉这才明白，吴臻不是要翻旧账，而是在反击他当初的言论。对方看似理性地分析原因，实则是在强硬表态：我的影帝实至名归。

他轻轻一笑，语带戏谑：“吴老师很在意啊。”

“不是在意，”吴臻将盘中的煎蛋切成两半，拨开其中一半，“是分享经验。我始终认为演员不能轻易放弃自己本性里的东西，贺老师在镜头下天生引人注目，余导一定会尽力消减你的星光，让你成为他作品中的道具。”

余导，全名余枫，今年四十岁，已拿过数次最佳导演奖，但向来只拍文艺片，《玩古》是他执导的第一部商业片。

余枫的电影完成度很高，可从未捧出过影帝影后，在他的作品里，演员都没什么存在感。

贺思嘉曾听陆馨说过，余枫对“流量”很排斥，如果不是遇上商业转型，绝对不会向资本低头。

贺思嘉知道吴臻是在教他，半笑着说：“想不到吴老师还挺乐于助人。”

吴臻浅浅一笑：“因为你是我弟弟。”

在电影中，贺思嘉和吴臻饰演的角色，正是一对兄弟。

八点，众人准时出发，一路颠簸来到了伽罗村。

副导演和村长领着几个人等在村口，由于村里都是土路，他们还贴心地安排了牛车。

贺思嘉头一回坐牛车，虽然有点晃，但比闷在汽车里舒服多了。

“好多年没坐过牛车了……”

同辆车的梅庆感叹，年纪大了总爱忆往昔，他讲起当年援藏的经历，以及那个年代特有的故事。

“那时候真苦啊，拍戏苦，干啥都苦。”梅庆口中说苦，脸上却笑着，“现在条件好多了，这么短的路还有牛车来接。你们年轻人路子也广，不喜欢拍戏还可以参加综艺，去国外走红毯看秀，只要有话题度，怎样都能红。但如果真想朝演员这条路发展，还得靠作品立足。”

贺思嘉听得很认真，他喜欢听梅庆讲话，对方身上的军人气质总能让他想到自己外公，于是格外乖巧地点点头。

陆馨也立刻捧场：“您说得是，作品才是根基。”

梅庆道：“哈哈，人老了就啰唆，见了小年轻总忍不住说教，别嫌我烦。”

“哪会啊，还盼着您多教教我们思嘉。”陆馨满面笑容，余光瞟见吴臻，忙补充，“吴老师也是。”

忽然，牛车猛地颠了一下，贺思嘉没坐稳往前一扑，幸而被吴臻扶住，后者嘴角轻扬：“倒也不必现在就拜师。”

贺思嘉：“……”

牛车走得很慢，二十来分钟后才到片场。

导演余枫正在给两位演员说戏，见了几位主演忙笑着招呼。

一阵寒暄后，余枫说：“大家路上辛苦了，先去休息吧。吴臻和思嘉注意调整下状态，今晚有你们的夜戏。”

其实本不是夜戏，但他们迟来一天半，统筹只好临时调整了通告单。

尽管马上就要进入正式拍摄，贺思嘉依旧没什么紧张感，回到房间后甚至还有心情打游戏。

陆馨帮忙收拾完行李，见他还在玩，皱了下眉说：“你要不想休息就去看剧本，都什么时候了？”

贺思嘉理直气壮道：“我又不需要背台词，有必要翻来覆去看剧本吗？”

《玩古》是部悬疑电影，讲述了一对擅长伪造文物的兄弟与一位老公安斗智斗勇的故事。

贺思嘉演的角色叫金小寒，是名艺术天赋极高的自闭症患者，全剧只有一句台词。而吴臻饰演的金立夏，以及梅庆饰演的老公安都有现实原型，唯有金小寒是为了丰满剧情虚构的。

“梅老戏份比你少，剧本却厚厚一大沓，全是自己准备的资料，他还写了人物小传。”陆馨没好气地道，“梅老都这么认真，你呢？”

“剧组不是有给主要角色写小传吗？而且我能和梅老比吗？”

“不和梅老比，那吴臻呢，他——”

“好了，好了！我马上就看，姐你别再念了。”

贺思嘉说干就干，找出剧本随意翻着。作为男二号，他的戏份仅是吴臻的三分之一，可通读下来也需要不少时间。

读到一半，他有点饿了，拿上房卡去了餐厅。

他们住的地方是剧组临时搭建的板房，不过内里都是按照酒店标准布置的。除此之外，还有餐厅、酒吧、健身房等配套设施，条件尽可能做到了最好。

到了餐厅，贺思嘉并没见到熟人，等他点完一份餐坐下后，却有人来搭讪。对方叫叶闻飞，饰演的角色是梅老的徒弟，一名初出茅庐的小警察。

两人岁数差不多大，很有共同语言，正聊得兴起，贺思嘉突然接到陆馨的电话，说余导找他。

余枫约的地点在化妆间，见贺思嘉来了，和善地请他坐。

余枫问：“你剧本看得如何了？”

贺思嘉谨慎地回答：“还行。”

“有做角色体验吗？”

“我有去特殊学校观察学习。”虽然只有一天。

余枫微微颔首：“对这个角色有什么感想？”

贺思嘉心说都自闭了还能有什么感想？他答不上来，便将病症特征背了一遍。

余枫眼中带了几分审视，片刻后又问：“知道我为什么选你来演金小寒吗？”

这回，贺思嘉很自信地点了下头：“知道。”

“哦？”

贺思嘉坦然道：“因为我是带资进组的关系户。”

第二章 你可真敬业

YU DING TOU TIAO

带资进组，没错。

贺思嘉所在的公司的确是《玩古》六大资方之一。

关系户，也没错。

贺思嘉是吴臻亲自推荐的。

但，未免也太实事求是了。

余枫莫名想到早年租的一本侦探悬疑小说，第三页某个人名被圈了出来，旁边用彩笔标注着“这就是凶手”。

虽然两件事毫无关联，但带给他的震惊和憋屈是一样的，或许还有一点愤怒。

余枫眉宇间挤出了沧桑的刻痕，好半晌才说：“确实有这些因素，但同样背景的还有别人，我之所以选中你，是因为你的综合条件最符合角色。”

贺思嘉愣了愣，他和自闭症患者很相符吗？

余枫道：“金小寒这个角色需要让观众产生疼惜之情，所以他必须是精致的、纤瘦的、脆弱的，这也是我先前要求你减掉十斤的原因。”

余枫耐人寻味地看了眼贺思嘉，话锋一转：“尽管我们对自闭症做了一定美化，某些方面更近似于阿斯伯格综合征，可它终究是一类疾病。

“按照角色设计，金小寒智力低下，有明显的交流沟通障碍，并且暴躁易怒，这些都需要用夸张的肢体语言和面部神态来表现。

“我看过你的戏，恕我直言，演技还很青涩，但你敢于释放天性，演戏没有包袱。”

贺思嘉了悟，就是说他长得精致，表演放得开呗。

余枫继续道："你有你的优势，但如果无法达到我的要求，哪怕你的公司投入再多成本，找再多人为你说情，我一样会换掉你。"

余枫长相本就严肃，此时沉下脸，更有一种迫人的压力："三天内，在不耽误拍摄的前提下，不论你用什么方法，给我再减掉两斤！"

贺思嘉惊呆了，只差两斤都能看出来？

他知道余枫并非危言耸听，对方确实干过中途换角的事，当时主演已经拍一半了，所有资方都反对换人，余枫态度坚决，最终得偿所愿。

见贺思嘉不吭声，余枫只当镇住他了，自认为和气地笑了笑："你也不必压力太大，我会帮助你完成角色，毕竟换人很麻烦。"

贺思嘉总感觉余枫笑得有点像奸计得逞的反派，顿了顿说："好的。"

谈话快结束时，余枫抛出最后一个问题："你认为在金小寒心中，哥哥意味着什么？"

贺思嘉试探地答："亲人？"

"是唯一的依赖。"余枫提点说，"他的智商停留在四五岁的水平，你可以想象小时候对父母的依赖，哪怕你还懵懂，但潜意识里知道，他们爱你，永远不会伤害你。"

贺思嘉表情微变，迅速垂下眼："我明白了。"

有了换角的紧箍咒，贺思嘉态度认真了些，倒不是害怕被换，而是觉得丢人。

下午，他安安分分地待在房间里又过了一遍剧本，等开拍时信心十足，然而效果并不理想。

《玩古》的外景地主要集中在伽罗村和C市，主角金立夏是农村人，家里只有母亲和一个身患自闭症的弟弟。

1998年高考结束，他成为村里唯一的大学生，能够去省城读书。

报到当天，金立夏第一次见识到大城市的繁华，也是第一次意识到人与人之间的差距。

他努力学习、打工，希望通过奋斗改变一切，但大三上学期，他的母亲得了癌症，带着全部存款和无法独自生存的金小寒来到省城。

为了给母亲筹集手术费，金立夏在机缘巧合下学会了倒卖古董，可惜母亲的手术还是失败了。

送走母亲，金立夏面临的是巨额债务和需要他照顾一辈子的弟弟，他办理了休学专心赚钱，无意中发现伪造文物获利巨大，开始铤而走险。

在制作假文物期间，金立夏注意到弟弟惊人的美术天赋，对方能完美还原唐三彩的塑形、施釉，以及彩绘工艺。

两兄弟通力合作，攻克一道道难关，所造文物以假乱真，骗过无数专家的眼睛，甚至在流向市场后被数家博物馆抢救性收购。

2005年，华人富商花费三百万英镑，在海外拍得一件唐三彩凤首壶，并捐赠给首都博物馆，没想到转运时发生意外，导致凤首壶出现破损。

博物院组建专家团队进行修复的过程中，发现凤首壶竟是件赝品，由此牵扯出新中国成立以来最大的文物造假案。

此案影响恶劣，上面严令彻查。金立夏敏锐地察觉到风声不对，在骗过警方盘查后，带上金小寒逃回了老家。

今晚要拍摄的，就是金家兄弟刚逃回村这一幕。

由于连日赶路，金小寒相当疲惫，不肯再多走一步。

金立夏同样精疲力竭，压力巨大，一气之下将金小寒扔在路边，转头又后悔了，折回去拉金小寒，却遭到对方拳打脚踢。

贺思嘉从未拍过如此激烈的肢体戏，他认为自己演得很逼真了，可余枫总不满意，嫌他情绪和动作都不够真实。哪怕吴臻让贺思嘉真打，他动手时也总会收力，这完全是下意识的身体反应。

连续拍了十来条，贺思嘉早就出汗了，补妆都补了两三回。

余枫让他休息会儿，把吴臻叫到了身边。两人低声说着什么，贺思嘉见吴臻蹙了下眉，又点了点头。他以为导演给了吴臻什么指示，但重新开拍后，吴臻并未说什么，表演方式也没有太大变化。

又卡了四条，贺思嘉精神状态越来越差，体力也消耗巨大，他怀疑再拍个通宵都不一定能过。恍神间，他不慎打到了吴臻的脸，只听“啪”的一声响，淡红的巴掌印在灯照下渐渐明显，他当即愣住了。

几秒钟的安静后，导演喊卡。

“对不——”

“为什么不继续演？”吴臻打断了贺思嘉的道歉，语气前所未有地冷，“挨打的是我，我都没有停下，你为什么要停？从九点到现在，拍了十八条，余导亲自为你拆戏讲戏，我也尽力给你喂戏，但你始终进入不了情绪。贺思嘉，你在浪费所有人的时间，浪费剧组资源。”

贺思嘉被说蒙了，除他之外，片场里每个人都被吴臻的骤然爆发给惊呆了。在他们印象中，吴臻总是说话留余地，行事留退路的，哪怕对某个人或某件事有意见，也不会公然发火。

但此刻，吴臻居然当着镜头指责贺思嘉……

众目睽睽下，吴臻往前一步，逼近贺思嘉，用只有两个人能听见的音量说：“是你哥让我推荐你的，但你似乎并不在意这个机会。

“如果你不想演，可以及时止损，余导其实早就有属意的新人，如今就在片场，给你当替身。”

他盯着贺思嘉，眼睛里透着高高在上的轻视与嘲讽：“我想哪怕换成新人，也不会比你表现更糟。”

贺思嘉猛地推开吴臻，眼中怒火喷薄欲出：“谁让你推荐的你找谁去啊！当我愿意来这鸟不拉屎的地方吗？”

贺思嘉这一声吼，可算把周围的人都震醒了。眼见贺思嘉已经攥住了吴臻的衣领，陆馨心急如焚地跑上前，和几位工作人员一起隔开两人。

但贺思嘉并不配合，只想找吴臻理论，挣动间胳膊肘不慎撞到陆馨，后者倒吸了一口气，贺思嘉听见了，稍稍一顿，表情难看地停下手。

发生这种意外，余枫也没发火，只让贺思嘉和吴臻各自去休息。

陆馨拉着贺思嘉到了角落，几名助理匆忙递上衣服和水。晚上气温很低，但贺思嘉此刻身上热心头更是冒火，错开身不理人。

助理们不知所措，可也不害怕，她们跟着贺思嘉至少一年，深知老大脾气捉摸不定却从不骂身边的人，于是都安静地站在一旁，眼里隐含担忧。

“怎么忽然就吵起来了？”陆馨轻声问。

“谁知道他发什么病，他就是有病！”贺思嘉眼眶微红，像是委屈，可他纯粹就是给气的。

陆馨有些心疼，虽说她总管着贺思嘉，又嫌他是个“麻烦精”，可她带过那么多艺人，最亲近的也是贺思嘉，在她心里，一直将贺思嘉当作弟弟。

她转头看了眼吴臻，对方背对着她，远隔人群，独自站在夜幕中。

即便知道不该感情用事，可陆馨还是在这一瞬对吴臻生出些许不满，就在她软声安慰贺思嘉时，余枫走了过来。

“思嘉还没消火呢？”余枫拍了拍贺思嘉的背。

贺思嘉脾气上来了谁的面子都不给，臭着脸不说话，但余枫并不介意。

“是不是觉得吴臻很讨厌？”

贺思嘉微抬起眼。

“想不想揍他？”

“……”

在余枫近似煽动的劝说下，贺思嘉再次回到镜头前。

吴臻脸上的印子已经被化妆品遮住了，也抹掉了贺思嘉仅存的愧疚。

当场记的板子打下来，吴臻像之前一样，拉着贺思嘉走在坑洼的土路上，他能明显感觉到对方的抗拒，连阻力都大了很多。

吴臻的步子越来越快，下死力扯着身后的人，眼底酝酿着风暴。七八天的仓皇奔逃，战战兢兢，已让他身心俱疲。为了隐匿行踪，他不敢自己开车，不敢坐飞机火车，只能一路搭便车，不停地更换交通方式。

他必须消除所有风险，绝不能被抓住。

金立夏不怕坐牢，只怕弟弟没人照顾，那是他唯一的亲人，是他的良知、他的根系，也是他的逆鳞。

但金小寒永远也无法理解他。

负面情绪已累积到临界点，在安全回到老家，在金小寒无知的任性下，金立夏维持理智的弦绷断了，他猝然停住，猛地松开手。

因为惯性，金小寒一屁股摔在地上。

金立夏心脏被刺了下，但在灭顶的烦躁和愤怒之中，显得那么微不足道。他扭头就走，人生中头一次扔下弟弟，可没走多远后脑勺就被砸中。

泥块四碎，金立夏竟奇迹般地冷静下来——金小寒和正常人不同，哪怕二十岁了仍只是个孩子，他为何要指望一个孩子懂他的苦衷。

悔意渐渐滋生，金立夏转过身，见金小寒还坐在地上，忙跑回去拉住对方的胳膊。

雨点般的拳脚落在金立夏身上，哪怕金小寒心智不全，却拥有成年人的力量。金立夏没有退避，用力抱紧弟弟，强硬地将人禁锢在怀中。

“卡，OK！”

贺思嘉听见余枫的声音，视线转向监视器的位置，见导演冲他们竖了个拇指。

余枫的确很满意，事实上，不论是贺思嘉摔倒，还是他砸向吴臻的那块泥巴，都是剧本上没有的，但这些偶然的发生却让表演更丰满，也更符合行为逻辑。

考虑到景别和角度，还需要换机位多拍几条，余枫说：“演员休息一下，摄影师灯光调机位，换中景。”

等整场戏拍完，余枫看了会儿监视器，把贺思嘉叫了过去。

当时吴臻就站在导演身旁，静静地看着贺思嘉，然而后者连一个眼神都没给，绕过他站到另一边。

“你来看看。”余枫让了让身。

贺思嘉俯下身，专注地盯着镜头。哪怕他经验不足，也能看出这段戏里的他格外灵动有张力，和吴臻这位影帝对戏也没有被压制得很明显。

“怎么样？”余枫问。

贺思嘉矜持一笑：“挺好的。”

好是好，可就是不太像他。

贺思嘉想到了吴臻曾经说过，余枫会在拍摄中削弱他自身的气质，让他成为电影里的道具。

他斜目看了吴臻一眼，后者回应他的视线，微微笑了笑。

“思嘉也别怪我们吴老师了，是我交代他找机会跟你吵一架的。”余枫注意到两人的眼神交锋，突然说。

贺思嘉一怔，满脸写着不信。

余枫问：“你知道我为什么要把这场戏安排在开头吗？”

这个问题并不难答，许多导演都会将情绪激烈的戏或者亲密戏放在开场，贺思嘉在圈里待了一年多，也有所耳闻：“是想要通过肢体磨合，最快速度地增强演员之间的默契？”

余枫说：“对，之前进展不顺利，就是因为你俩缺乏信任感和默契度。

“吴臻经验丰富，这点对他影响不大，可你就顾虑太多，担心打重了、留下痕迹了，或者别的什么。其实就算你真打，吴臻也有足够的肢体技巧避开，并且骗过镜头。

“总之，杂念过多就会反馈到表演上，影响最终成效，现在吵一架是不是松弛多了？”

贺思嘉仔细回想，好像拍摄期间他真的没怎么打到过吴臻，难道起初挨那一巴掌是对方故意的？

他怀疑地看向吴臻，就听对方说：“不好意思，刚才说了很过分的话。”

贺思嘉想起吴臻那些指责，心里还是不舒服，其中未尝没有真心话。

“虽然贺瑾找过我，但我推荐你，完全是因为你符合我对角色的想象，而且，”吴臻噙着笑说，“作为贺老师的观众，我很期待跟你合作。”

贺思嘉对于吴臻的示好有点别扭，不太自在地说：“算了，我也不小心打到你了，没事吧？”

吴臻笑着答：“没事，你也没用多大劲儿，再说是我故意凑上来的。”

果然。

贺思嘉忍不住讽刺：“你可真敬业。”

吴臻嘴角上扬，不急不缓道：“谢谢，应该的。”

第二场戏是讲金家邻居半夜被狗叫惊醒，发现金家门口有人，一时误会兄弟俩是小偷。

饰演邻居的并非演员，而是余枫在本地找的一位大叔，对方身着背心裤衩，披着军大衣，站在自家院子里冲金家门口的两道影子喝问：“谁？”

邻居手持电筒，光打在金立夏脸上，后者避开眼，本能地护住金小寒。

“叔，是我，立夏。”

邻居犹疑地朝前走几步，看清对方的确是消失好几年的金家长子后，长舒了口气：“立夏啊，咋突然回来了？这大晚上的，叔还以为是贼呢。”他又看向金小寒，和气地笑了笑，“小寒都长这么大啦？”

金小寒害怕地扯住哥哥的衣角，躲到金立夏身后。

此刻，贺思嘉不得不承认，吵一架还是挺管用的，换成刚才的他，绝不可能如此自然地去扯吴臻的衣角。

毕竟剧本不会详尽到写清楚表情层次和肢体动作，演员如何演全靠自我发挥，在搭档相对陌生的情况下，尽量避免身体接触是大多数人下意识的行为。

他听着吴臻和大叔对台词，注意到吴臻说的竟是本地方言，而之前那幕戏，对方讲的可是普通话。

“卡！金小寒不要走神，专心一点！”

贺思嘉一个激灵，差点忘了余枫那双显微镜般的眼睛，他定了定神，重新再来。

一段戏下来，贺思嘉表现得中规中矩，等各景别又拍了几条就算过了。

结束了一天的拍摄任务，两位主演一块儿朝化妆间走，半路上，贺思嘉问：“你会这里的方言？”

吴臻偏头看他：“进组前找了个老师学的。”

贺思嘉只当是余枫布置的任务，和让他减十斤肥同样的性质，随口问道：“学了多久？”

“一个多月吧。”

“这么快？”

“需要用到方言的台词不多，会个大概就行。”

到了化妆间，吴臻推开门，示意贺思嘉先进：“这也不算快，有语言天赋的演员三个月能学会一门外语，学一两周方言就能说得很熟练。”

“谁啊？”

“很多，咱们组里就有。”

吴臻坐到自己的座位上，透过镜子与贺思嘉对视：“梅老会十多种方言。”

贺思嘉惊讶地瞪大眼，隔了会儿问：“那你呢？”

镜子里的吴臻眉眼含笑：“你猜啊。”

贺思嘉被吴臻坑了几回，见对方又一副戏弄人的表情，心下警惕，决定不猜。

次日中午在餐厅遇见梅庆时，他直接上前求证。

“我哪会那么多，也就七八种吧。”梅庆只点了碗煎蛋面，吸溜着面条说。

贺思嘉刚想着吴臻果然又在骗人，就听梅庆说：“不过确实学过十来种，但有的基本没用过，渐渐就忘了。怎么，小贺对学方言有兴趣？”

那还真没有。

拍戏对贺思嘉而言只是工作，他不至于像有的明星那样疯狂轧戏、请假，或是受点儿小伤就吵着去医院，但要说多敬业、多有上进心是不可能的，他纯粹就是在混日子。

当然，贺思嘉也不会傻到对梅庆说实话，含糊地表示：“有点意思吧。”

梅庆一贯不吝啬提点后辈，当即向贺思嘉传授起各种学习方言的小技巧。

没一会儿，梅庆的助理来了，告诉他行李已经收好，吃过午饭就能走。

“您要去哪儿啊？”贺思嘉好奇地问。

原来梅庆昨天进组只是报个到，他在伽罗村没几场戏，且都被排得很后，空余时间早安排好要去 S 省各地见战友，顺便给几位早逝的战友扫扫墓。

梅庆笑着说：“小贺真要想学方言，可以找你立夏哥问问。我以前跟他合作过一部戏，年轻人厉害得很，挺冷门的方言专攻了半个月就说得很溜了，几乎和本地人没区别。”

贺思嘉一愣，想到昨晚吴臻那些话，搞半天是在自夸。

他短促地笑了声，真自恋。

由于背负着减肥重任，贺思嘉吃得很少，饭后就溜达到了片场，下午他有一场戏。

此时，吴臻刚拍完一场外景戏，手里端着助理送的盒饭。贺思嘉来时正巧看到，顺嘴问：“就吃盒饭吗？”

吴臻长腿一伸，勾了张矮凳过来，示意贺思嘉坐，边拆筷子边说：“都是一样的厨子，有区别？”

贺思嘉想想也是，但没等他坐下，导演就在喊他名字了。

余枫找贺思嘉自然是为了说戏，可指导得再尽心，正式开拍时，贺思嘉还是抓不到感觉。

这场戏的前置剧情是金立夏出村办事，不得已将金小寒交给邻居照看，金小寒不愿意待在屋里，从清晨到日暮，他一直坐在院子里等哥哥。

其实贺思嘉只需要摆出固定姿势，坐在院门口等着就行。然而越简单越困难，余枫始终认为他眼神不够有戏，耐心地陪他耗了一条又一条。

又听见一声卡，贺思嘉憋闷地吐了口气，再去看余枫时，就见吴臻不知什么时候过来了，正站在导演身后。

吴臻并没有看他，而是垂眸盯着监视器，没什么表情的样子，瞧着有些冷漠。

忽地，吴臻抬起眼，在与他视线触及的一瞬，微微笑了一下。

也因为这一笑，吴臻身上的疏离淡去，整个人都柔和起来。

贺思嘉怔了怔，听见余导又在喊他，于是快步走了过去。

对于贺思嘉的不开窍，余枫并未表现得很急切，只琢磨着该怎么点拨对方。他虽将演员视作道具，却极少像某些导演那样亲身上阵，一个语气、一个动作地教，在他看来，这种表演无非是刻板的模仿，没有任何意义。

余枫更习惯通过语言表述，撬开演员的灵感大门，如此往往能带给他惊喜。

这段戏该说的早说尽了，只要不是傻子都能理解他想要的效果。但理解不等于能够表达，很多时候需要演员自己体悟。

“思嘉啊，你等过人吗？我是说很执着地等，没有任何杂念。”余枫抛出个开场问题，他想跟贺思嘉好好聊聊。

贺思嘉却愣了愣，脑海里瞬间勾勒出一座欧式保安亭，他浑身湿透地站在亭内，远远看见一道人影撑伞走来。

沉睡已久的记忆倏然被唤醒，眼前的人和物渐渐模糊，嘈杂的声音也随之消退。

唯剩下雨声，还有夜幕中那道越来越近的身影。

伞沿遮住那人大半张脸，只露出一点下巴。

那时候，他误以为自己等来了一束光。

半晌，贺思嘉低声说：“我试试。”

贺思嘉又回到院门口，本本分分地演完了这段戏。

终于，他听见导演说“保一条”。

所谓“保一条”，意味着导演认为这条还行，但还能更好。

贺思嘉不清楚他是否达到了“更好”的标准，反正又拍了两条便过了。

当他再看向监视器的位置时，吴臻已经不在了。

“思嘉休息一下，注意保持情绪。”

余枫要求高，不想靠特效，将整段戏分拆为早中晚三场，今天得拍白天和傍晚两场。

一直到贺思嘉拍完日落戏，都没在片场见到吴臻。

他先上健身房待了一小时，回房后洗了个澡，刚出来听见电话铃响。

来电的是陆馨，提醒他待会儿记得看综艺。

贺思嘉这才想起，他在J国录制的真人秀今晚就要播了。

如今的真人秀都不允许艺人团队提前看片，节目组怎么剪，只有上线才知道。

他打开电视，屏幕上还在放广告，贺思嘉一边吹头一边等着。

过了十来分钟，节目正式开始，贺思嘉看着看着，逐渐有些昏昏欲睡——明明录制时挺有梗的，怎么剪出来这么无聊，唯一的高光片段也就是他和吴臻的土味情话了。

在两人拥抱时，节目组还恶趣味地配了特效，为Miraitowa贴上西装，又为他P上婚纱，BGM则是《婚礼进行曲》。

贺思嘉嚼着口香糖，心里吐槽，凭什么自己是女方？

节目组不做人。

等综艺播完，陆馨给贺思嘉发来贺电："表现还不错，没有明显黑点。"

"录个综艺能有什么黑点？"贺思嘉漫不经心地说。

"你还好意思？"陆馨声调抬高，"上回录的那个田园综艺，你死赖着不肯干活，被骂得还不够？"

"我哪里没干活？太阳那么大，我都晒脱皮了，疼死了。你知道我皮肤敏感，像豌豆王子是我的错吗？再说，导演还巴不得我懒呢，热度多高啊。"

贺思嘉倒全说的大实话，可脱皮又不是断手断脚，普通明星再难受也要装一下。

陆馨没空跟他废话，又交代两句便挂了电话。

贺思嘉盯着黑掉的手机屏发了会儿呆，随即登录微博小号。

热搜上有不少与这部综艺相关的词条，其中#贺思嘉 吴臻拥抱#和#吴臻 Miraitowa#两个词条排位最高，贺思嘉很清楚自家团队没花钱，多半是节目组买的。

点进带他名字的词条，第一条视频转发只有几千，评论却有三万多。

贺思嘉随意看了看，热评都是粉丝的评论，什么不比较、不捆绑、专注自家等等，似乎非常理智，可一旦按照时间顺序查看评论区，就能见到“可可爱爱”和“吴臻倒贴吸血”的混合双打。

骂人的大半是他的粉丝，毕竟吴臻作为电影咖，路人好感虽高，能做数据掐架的死忠粉却少。

贺思嘉内心毫无波动，也不想笑，不知出于什么心理，他点开了吴臻的微信。

页面上仍只有他发给对方的红包，以及吴臻回复的语音。

【小脑斧】上次我们录的真人秀播了。

贺思嘉知道吴臻有夜戏，以为对方看不到，孰料吴臻几乎秒回。

【演员吴臻】好看吗？

【小脑斧】一般。

【小脑斧】你不是在拍戏吗？

【演员吴臻】中场休息，这会儿替身在上。

说到替身，贺思嘉就想起昨晚吵架时吴臻提过的话，他还没来得及看替身演戏，只知道其中一名文替叫戚子绪，科班出身，形象气质跟他有四五分相似。

【小脑斧】余导真有更中意的人吗？是不是戚子绪？

【演员吴臻】嗯，但投资方更中意你。

【小脑斧】那你呢？

发完贺思嘉意识到他问了句废话，吴臻都推荐他了，还要问什么。他正想撤回消息，页面上又刷出一条新消息。

【演员吴臻】我也中意你。

陆馨在剧组盯了几天，见贺思嘉逐渐适应，就准备走了。

身为公司的老牌经纪人，她手下不止贺思嘉一个艺人，只不过其他的都是小透明，且个个乖巧本分，用不着多操心。

临走前，陆馨找到贺思嘉，给了他一瓶治疗鼻炎的鼻喷剂。

“干吗？”贺思嘉一头雾水，“我又没鼻炎。”

“你没发现吴臻有鼻炎吗，人家这么照顾你，你也要上上心。”自打知道了“吵架”的真相，陆馨对吴臻的那一点怨气就烟消云散了，反倒多了份感激。

贺思嘉回想一番，发现吴臻好像真患有鼻炎，偶尔会有一些轻微的症状，不过大多时候都很正常。

陆馨又提醒了一回，交代说：“别忘了拿给吴老师啊。

“丽莎我带走了，几位主演的助理都没超过两个人，省得你被说耍大牌。我不盯着你，你也要自觉控制体重，但不能饿着肚子，三餐尽量准时，多吃水果蔬菜。我给绵绵和小栖都留了份食谱，她们会找厨子说。

“还有，高原上紫外线很强，你皮肤又敏感，记得抹防晒霜，别再晒脱皮了……”

听着陆馨啰唆，贺思嘉难得不嫌烦，或许是偏僻的地方会放大人的孤独感，他有些不舍：“姐，你还过来看我吗？”

陆馨哭笑不得：“没断奶啊你？”

贺思嘉倒没不好意思，他斜躺在床上，手枕在脑后，噙着笑说：“我都二十二岁了，到了法定结婚年龄。”

“你？结婚？”陆馨好似听到了天大的笑话，“就你那臭毛病，甭说结婚，哪怕三十岁前能有一段稳定的感情，我都谢天谢地。”

等陆馨一走，贺思嘉打开床头柜的抽屉，正要将鼻喷剂扔进去，就看见抽屉里躺着一张浅灰格纹手帕。

几秒钟后，他取出手帕，连同鼻喷剂一起放在了床头。

次日拍摄间隙，贺思嘉找到吴臻，将两样东西一块儿递给对方。

吴臻懒懒地坐在躺椅上，墨镜遮住他大半张脸：“我好像说过不用还？”

贺思嘉嘴里含了颗喉糖，卷着舌说：“反正洗干净了，你不要就算了。”

吴臻伸手接下，看了眼鼻喷剂：“这是……”

贺思嘉问：“馨姐说你有鼻炎，你有吗？”

吴臻轻笑：“也算有吧。”

“什么意思？到底有没有？”

“你知道金立夏这个角色有原型吗？”

“知道啊。”《玩古》剧本是根据真实事件改编的，好几个角色都有原型。

“进组前我去拜访过那位先生，他就有鼻炎。”

贺思嘉恍然大悟，仔细一想，吴臻确实只在拍戏时会有鼻炎反应，不禁感叹：“你功课做得真足。”

吴臻稍稍调整了坐姿，揣好手帕和鼻喷剂："我的表演形式偏向方法派，本来就立足于经验和技巧，既然有原型做参考，当然要做足功课。"

"如果没有原型呢？"

"那就设计一个原型，根据剧本创造他剧情之外的人生，分析他的性格成因，梳理他的行为逻辑。"吴臻压低墨镜，露出一双含笑的眼睛，"其实贺老师也可以试试，有助于加深对角色的理解。"

"设计原型？"

"对，金小寒的原型。"

吴臻的话在贺思嘉心里落下了一点痕迹，倒不是他突然对演戏感兴趣了，而是觉得设计原型这件事挺有意思。

他今天只有一场戏，拍完就回了房间，躺在床上琢磨自己的角色。

剧本里简略提过，金父是窑厂工人，在金小寒五岁时去世了，但生前非常疼他。同样，金母和金立夏也很宠金小寒，金小寒虽然生活不富足，却是被爱包围的。

在这样的原生家庭下，他一定天真、没有负担，又因为患有自闭症，总是活在独属于自己的世界中，哪怕父母离世也不伤心。

不对，或许是伤心的，可必然短暂，也不会留下创伤。

贺思嘉脑海里瞬间勾勒成型无数片段，幻想出金小寒幼时的模样，思绪顺着岁月的轨迹驶向远方，不知不觉到了金小寒少年时。

长大后的金小寒性格与小时候区别不大，他不喜欢和人对视，喜欢低着头；不喜欢同龄人所爱好的一切，喜欢玩瓶盖、撕纸、按遥控器，或者一个人在房间里转圈。

直到十六岁那年，金小寒跟随母亲到了省城，他对省城毫无概念，只觉得人好多，他讨厌人多的地方。

没多久，金母逝世，金小寒从此只剩下金立夏一个亲人，也正是这个叫哥哥的人，为他推开了生命里最美的一扇门，让他找到了比瓶盖和纸巾更有趣的"玩具"。

金小寒的世界，从此有了色彩。

贺思嘉突然跳下床，从写字台找到纸和笔，起笔写下第一句话。

他越写越流畅,越写越精神,半个多小时后,完成了人生中第一篇人物小传。

即便字迹潦草得如同鬼画符，可也是满满四页纸，除了以前念书时的命题作文，他这辈子没写过那么多字！

他成就感爆棚，除此之外，还有一点触动，是金小寒带给他的。

此时此刻，贺思嘉心里的纸片人是活的。

不过贺思嘉很快就没了文青似的矫情，他兴冲冲地拍照，打算发朋友圈秀一秀自己的高光时刻。考虑到剧组还处于保密阶段，他只能惋惜地建了个小组，低调炫耀。

可惜贺思嘉盯着手机十来分钟，没等来一个人和他互动。

也是，剧组里的人都很忙，陆馨还在回B市的路上……

贺思嘉遗憾地关掉微信,才发现已经五点多了,他居然创作了两个多小时？

想到陆馨昨晚的叮嘱，贺思嘉决定先去吃饭。

结果刚到餐厅门口，他就遇上了吴臻。

贺思嘉没打算矜持，他就是想显摆，坦荡荡地说：“我写了篇人物小传，发朋友圈了。”

吴臻似有些意外，笑了笑说：“那我得拜读一下贺老师的大作。”

两人端着餐盘入座，贺思嘉双眸发亮地盯着吴臻，后者拿筷子的手一顿，又默默放下，自觉地从兜里摸出手机。

片刻后，吴臻抬起头。

“怎么样？”

“嗯……”

见吴臻沉吟，贺思嘉面部神态越发严峻。

“好多字都不认识。”

“……”

“不过我大致看明白了。”吴臻放下手机，在贺思嘉慎重的视线下给出肯定，“设计得很鲜活。”

贺思嘉暗自松了口气，舒适度如同打游戏时一路从青铜打到王者：“我写的时候一点犹豫都没有。”

“贺老师很有灵气。”

“还行吧。”

贺思嘉心下得意，终于肯吃饭了。

他将盘中的胡萝卜丁一一挑出来，但筷功不怎么好，挑得很艰难。

忽然，贺思嘉感觉筷子上多了一股力，抬眼就见吴臻说：“我来吧。”

他挑了下眉，松开手。

吴臻使筷子的技术比贺思嘉强太多，贺思嘉支着下巴看了会儿，随意地问：“你每部戏都要写小传吗？”

“我拍第一部戏时，导演布置了写人物小传的作业，后来就成习惯了。”

“吴老师什么时候出道的啊？”

“十六岁接触拍戏，之后回学校念书了，正式出道应该在十九岁，大三。”

“拿影帝时多大？”

“六年前，和你一样大。”吴臻将最后一颗胡萝卜丁挑完，语气淡得仿佛在谈论天气。

贺思嘉当时没说什么，心中却不平静。

回房后，贺思嘉上网搜索吴臻当年拿影帝的片子，点击下载。

倒不是他故意看盗版，而是《四水归堂》根本没在国内上映。

趁着下载期间，贺思嘉去泡了个澡，出来时电影已经下好了。

他倒了杯红酒，准备细品。

贺思嘉还是第一次看吴臻的电影，虽然他曾放话童三民比吴臻演技更好，可两人的提名影片他都没看过，纯粹是为了赌气瞎说的。

《四水归堂》的故事围绕 20 世纪三十年代某小镇上的赵氏宗族展开，吴臻饰演了一个哑巴，电影以他为视角，向观众展现了一个宗族的兴衰史。

当进度条走到三分之一时，贺思嘉已经充满迷惑，他登录影评网站，找到影片详情页，浏览了各种真情实感的小论文后，怀疑大家看的不是同一部电影。

好在短评中还有不少诸如“没看懂”“拍的什么玩意儿”“镜头晃得我头晕”之类的负面吐槽，要不是贺思嘉没账号，真想挨个儿点赞。

又坚持了一会儿，他合上笔记本电脑，上床睡觉。

或许是电影催眠效果太强，贺思嘉这一觉睡得特别香，醒来还不到七点。他习惯性解锁手机，见陆馨昨晚发来一条微信，通知他今晚《玩古》就会正式官宣演员。

贺思嘉回了个“OK”，就接到了陆馨的电话。

“这么早就醒了？是早上有戏吗？通告单又改了？”

“没，昨晚九点不到就睡了。你看了吗？”

“什么？”

“我写的人物小传。”

“我给你留言了。”陆馨说完又忧心地问，“怎么睡那么早，是不是身体不舒服？”

“没有，就是……”贺思嘉一顿，“姐，你不是老失眠吗？我给你推荐一部助眠电影。”

“哪部？”

“《四水归堂》。”

“好像是吴臻拿奖那部片子？”

“对啊。昨晚我看了一半，困得眼皮直打架。”

“这话你可别在外面说，就算吴老师大度不跟你计较，别人知道了也招黑。”陆馨叮嘱完，又想到贺思嘉昨晚写的人物小传，半是调侃地问：“我怎么觉得你突然有点艺术追求了？以前记者让你谈谈角色感想，我都得找宣传帮你写稿，现在又是小传又是看文艺片的，想上进了？”

贺思嘉鼻腔里哼了声：“无聊而已。”

等通话结束，贺思嘉已经彻底清醒。他点开朋友圈，发现多了十来条留言，其中没有吴臻的，陆馨则回了精炼的三个字：出息了。

他挑着回复了几条便起床洗漱，接着换上运动装，准备先去健身房打卡。

一大早，健身房里还没有人，贺思嘉随意找了台跑步机，戴上耳机，点开手机音乐。

两首歌曲放完，玻璃门再次被推开，来的是位年轻女性，她见到独自跑步的贺思嘉后，眼中划过一抹喜色，飞快地拽掉了束马尾的橡皮筋。

“早啊。”女人绕到跑步机左前方，笑盈盈地问好。

贺思嘉摘下一边耳机，也笑了笑：“早上好。”

眼前的姑娘叫付浅，也是一名演员，在《玩古》中饰演金立夏的暗恋者苗翠兰。等金家兄弟再回村时，苗翠兰已经嫁人，她丈夫脾气火暴，得知她喜欢过金立夏后就冲去金家闹事，偶然间发现金家藏着不少古董，由此牵扯出一系列麻烦，导致金立夏行踪暴露。

苗翠兰戏份不多，却是不可或缺的角色。

“好像没在早上见过你呀？”付浅撩了下头发，望着贺思嘉漂亮的眼睛，别有深意地说，“我每天七点半来，今天真是惊喜。”

贺思嘉瞬间从对方眼中读取到熟悉的暗示。

他对付浅一点想法都没有，以他的审美，付浅虽然漂亮，但整容痕迹太明显。他从不反对整容，只反对整得太假。换作平时，他根本不会给予回应，可如今被圈在剧组，周边的女性不是工作人员就是演他妈妈的老戏骨，简直无聊死了。

“我通常晚上来。”贺思嘉按停跑步机，看着她说。

付浅心下大定，只要贺思嘉不直接拒绝就行。

她之所以主动出击，自然是因为贺思嘉够红，只要能蹭到一点热度，她的曝光率就会有提升，即便贺思嘉不给介绍资源，影片宣传期总能多提到她几次。

付浅心思一转，试探性地往前一步，放柔了声音：“你在听什么呀？”

贺思嘉将耳塞换到左边，同时递给她另一枚耳塞，就在付浅接过时，忽然又进来一个人。

“吴、吴老师。”付浅没想到吴臻会突然出现，心慌了一瞬。

贺思嘉立刻转向门口，由于耳机线不够长，戴好的耳塞也被扯掉了。

只见吴臻穿着外套和普通白 T 恤，下身是黑色束口运动长裤，衬得身形越发修长。他一只手还握着门把，玻璃倒映出他的侧颜轮廓，不笑不说话时总显得有距离感。

吴臻轻点了下头，冲付浅客气一笑，只是眼锋扫过贺思嘉时，立刻令后者想起当初在 LM 文化中心后台，吴臻曾看他的那一眼。

冷而锐利。

贺思嘉皱了下眉，即将脱口而出的一声“早”也被咽了回去。

他冷眼看着吴臻，对方已走向背对他的一台器械。

被忽视的付浅不敢当着吴臻的面继续和贺思嘉搭话，却趁归还耳机时，有意无意地蹭了下贺思嘉的掌心。

可惜，贺思嘉并没有反应。

室内安静下来，气氛沉闷而古怪。

二十分钟后，吴臻关掉器械，拿上外套走人，连声招呼都没打。

下午拍戏时，吴臻坐在躺椅上，有一下没一下地翻着剧本，偶尔喝口咖啡。

贺思嘉自然不会上赶着，心说吴臻到底什么毛病，时热时冷的，完全猜不透他在想什么。

但不论如何，戏还得拍，没一会儿副导演就过来叫人了。

这一场是室内戏，金家兄弟回家后，金立夏照顾弟弟睡觉，帮金小寒洗脚。

两人拍摄前按照惯例走戏，贺思嘉坐在床沿，吴臻端了盆水放在他脚边。

根据剧情设置，金小寒双脚一碰到水就莫名其妙发脾气，直接踹翻了盆子。但贺思嘉没有选择踹盆，而是重重往盆里一踩，水花飞溅，打湿了吴臻卷起的裤腿，也浇了他一身水。

导演喊停，吴臻擦掉下巴上的水渍，抬头看贺思嘉。

两人对视，贺思嘉绷着脸说："我认为金小寒就该这样，他不会做踹盆这么符合正常人逻辑的发泄行为。"

吴臻没说话，微微笑了笑，光影下，透着些与自身气质相背的阴柔。

余枫就站在两人身旁，听到贺思嘉的解释后点了点头："思嘉想法不错，人物小传没白写。"

贺思嘉有点得意，他写好小传后又重新研究剧本，当时就设想过这一段。

"但你表情不对，看哥哥的眼神过于挑衅，就像发怒前兆。"余枫分析说，"金小寒的怒气应该是突然爆发，不需要层次递进的。"

贺思嘉抿了抿唇："我知道了。"

余枫拍拍他的肩，语气欣慰："你愿意用心就好。"

等正式开拍，余枫去了小棚，坐在监视器前拿无线对讲机导戏。

贺思嘉调整好状态，认认真真拍完这段戏，导演没喊卡，吴臻依照剧情又去换了盆水。

这一回，金小寒已然平静下来，他的脚踩入盆中，他盯着清水漫过脚背，快乐地动了下脚趾。

贺思嘉的脚很白，且不像大多数人那样有不规则的晒印，就是完完整整一片白。

而吴臻因为化了妆，裸露在外的皮肤比实际要黑上几度，当他捧起金小寒的右脚时，两种颜色对比明显。

——强与弱，晦暗与纯净。

第一场戏拍完后，贺思嘉就坐在片场休息，今天他还有一场戏，排得比较晚。等他去化妆间卸妆时，发现早就收工的吴臻并没有走，正坐在沙发上聊微信。

贺思嘉听了几句，大意是吴臻跟朋友合资开了家日式自助餐厅，两人商量着开业庆典的事。

一刻钟后，吴臻揣好手机，起身走到贺思嘉面前："一起回去？"

贺思嘉掀起眼皮，眼里没什么温度。

尽管拍戏时吴臻已恢复了友善，后来几场戏都很照顾他，但他还是气不顺——吴臻无缘无故摆脸色，事后又当无事发生，好像他也不能计较，必须全盘接受对方的态度。

凭什么？

贺思嘉不顾身旁还站着化妆师，讽刺道："吴老师不认路？"

吴臻答："我怕黑。"

贺思嘉噎了一下，幼稚地宣布："我现在不想和你讲话。"

吴臻解下腕表，微调时针后竖在贺思嘉眼前："不是现在了。"

贺思嘉："……"

努力隐形的化妆师忍不住"扑哧"一笑，见贺思嘉眼风扫来，他立刻收笑，哪知太着急吸了一口凉气，开始不停地打嗝。

贺思嘉面无表情地看了他一会儿，最后没绷住笑出了声。

这一笑，积蓄的气场也就散了，想重新端起架子可不那么容易，贺思嘉暗自气恼，却也无奈，渐渐软和下来。

几人随意闲聊，气氛倒是越来越轻松。

忽然，贺思嘉问：“你们开的餐厅在哪儿？”

吴臻倚着化妆台，笑问：“偷听我聊天？”

“我是光明正大地听。”

“在C市，以后带你去。”

“收钱吗？”

“贺老师人到就行。”

吴臻原本还带着笑，忽地皱了下眉，指着贺思嘉的后脖颈问：“这儿怎么了？”

化妆师夸张地道：“哎呀，是不是过敏了？”

贺思嘉侧过身照镜子，见后颈处冒出一大片红斑：“哦，可能是太阳晒的，我皮肤比较敏感。”

吴臻问：“疼吗？”

贺思嘉摇摇头：“没感觉。”

吴臻道：“我房里有晒伤药，一会儿拿给你。”

卸完妆，贺思嘉换好衣服后和吴臻一道走，刚拉开门就见付浅站在外面，手里拎着袋子，似乎正准备敲门。

双方短暂地愣了一下后，付浅挤出笑：“吴老师也在啊？”

“我去前面等你。”吴臻转头跟贺思嘉说，又朝付浅笑笑，先一步离开。

付浅回望吴臻的背影，这时，一只手在她眼前晃了晃。

“我以为你是来找我的。”贺思嘉戏谑地说。

付浅当然是来找贺思嘉的，她今天没戏，特意做了些甜点，希望能借送点心被贺思嘉邀请去他房间。

但贺思嘉现在只想休息，假装不明白她的心思，笑着说：“谢谢了，我会吃完的。”

付浅心下失望，却不动声色地说：“不用跟我客气。”

两人在月下道别，一人往左，一人向右。

贺思嘉沿路都没见到吴臻，正觉得奇怪，就闻到空气中飘来淡淡的薄荷烟草味，他四下张望，见前方树影下立着一个人。

贺思嘉小跑上前："你没走啊。"

吴臻指间夹着一支烟，淡声道："说了等你，我讲信用的。"

贺思嘉轻轻一笑："那走吧。"

吴臻掸了掸烟灰，垂眸盯着他手里提的袋子："夜宵？"

"甜点。"

"我记得你要控制体重。"

"只吃一块没问题。"贺思嘉虽对付浅承诺要吃光，但也不过随口一说，"好歹是人家的心意。"

吴臻直接拧灭烟头。

两人在星光与月色下并肩同行，路上，吴臻说："你今天状态很好。"

贺思嘉莞尔："都是人物小传的功劳，多谢吴老师指点。"

吴臻道："那我也算对得起你哥的嘱托了。"

贺思嘉立刻不说话了。

吴臻探究地看他一眼，若有所思。

过了会儿，贺思嘉主动开口："其实你和我哥也没有很熟吧？你俩差不多大，可他十八岁就出国了，只在E国待了四年。我记得你是中影的学生，毕业后才出国。你俩相处的时间应该不长，而且你们学的专业也不同。"

"严格意义上讲，我和你哥不算同学。"吴臻注意到前面有个小坑，拉了贺思嘉一把，"我们在派对上认识的，他经常组织国内人聚会。"

"那……"贺思嘉微一停顿，佯作不经意地问，"你认识薛冉吗？"

吴臻点头："认识，你哥的未婚妻。"

贺思嘉垂下眼，好半晌才说："是吧。"

回房后，贺思嘉先洗了澡，接着敷了片面膜，才上网搜索电影官宣的消息。

各大娱乐媒体都发布了相关通稿，官博下也有十几万评论，不过大多是他粉丝的，回复内容也千篇一律。

贺思嘉指间微动，登录他经常视监的某论坛，一刷新就看见好几个带他大名的帖子。

【八卦】报！《玩古》官宣，贺思嘉是主演之一！

【八卦】抱上余枫和吴臻的大腿，我们“斯嘉丽小公举”终于要拿影帝了吗？

【八卦】哈？就贺思嘉那演技？余导是想晚节不保吗？

【八卦】请影帝勿拉后辈炒作。

【八卦】大方自炒，《玩古》资讯、物料、讨论专楼，只此一帖，出帖不认。

……

这熟悉的画风。

贺思嘉点开讨论官宣的帖子，见回复不是在嘲他资源咖、演技烂，就是粉丝在吹班底、提前预测票房。

他边看边乐，半点不生气。

贺思嘉从来不在意网上舆论，那些毫无根据的猜疑、天马行空的爆料，以及恶毒的咒骂，在他眼里全是笑话。

关掉网页，贺思嘉又找出昨晚下载的《四水归堂》，打算借电影催眠。

可随着吴臻的戏份越来越多，片子稍微有意思了一些，尽管镜头依旧晃眼，剧情设定对普通观众极度不友好，但吴臻的表演足够吸引人。

影片里的吴臻和现在有些不同，不仅仅是外形，还有表演方式。

至少，贺思嘉并没有从那个哑巴身上找到吴臻本人的影子，对方彻底成了另一个人，一个生活在1938年的小镇人士。

吴臻以前竟是和童三民一个路子，后来为什么变了？

贺思嘉意识到，吴臻并非没有能力在角色中隐去自身，而是不愿意；他同样也意识到，自己又被坑了，明明这种演法照样能拿影帝。

就是个骗子！

贺思嘉当即就想质问吴臻，可拿起手机又放下了。他登录视频网站，开始搜索吴臻别的电影。

这时，他听见有人敲门。

贺思嘉下意识地看了眼时钟，十一点了。

来人又是付浅，对方换了件衣裳，领口开得很低，但贺思嘉并不觉得吸引人，反而因为对方追太紧有些不耐烦。

付浅并未察觉到他的态度，微微倾身：“不好意思，打搅了。”

贺思嘉问：“有事吗？”

付浅没料到贺思嘉会明知故问，她好歹是女生，怎么能直说，只好现编一个理由：“是这样的，明天排了我一场戏，可我没什么经验，想找你——”

突然，对面的一扇门打开了。

吴臻斜倚在门框上，手里把玩着一管药膏，似笑非笑地问：“这么晚了，对戏啊？”

付浅狼狈地离开，仓皇得如同被鬼撵。

吴臻敛了笑，将药膏扔给贺思嘉，问：“去喝一杯？”

贺思嘉有些吃惊：“现在？十一点了。”

吴臻微微颔首：“明早没戏，去吗？”

贺思嘉有点心动了。自打进组，他每天都过得跟苦行僧似的，虽然偶尔会去酒吧，可剧组的酒吧条件简陋，而且泡吧的意义真是为了喝酒吗！

如今虽无美女，却有大影帝作陪，贺思嘉立刻下定决心：“等我换件衣服！”

不论多晚，酒吧总有人在，因为拍电影时常遇上夜戏，除了导演和演员外，大量工作人员同样得陪着熬夜。可他们并非每时每刻都需要守在片场，多出来的空余时间，不少人都会选择去酒吧消遣。

贺思嘉刚进门，就见到饰演小警察的叶闻飞站在台球桌边，对方和梅老一样没几场戏，可惜咖位太小，不敢学“师父”离组。

他拿胳膊轻碰了下吴臻：“会打台球吗？”

吴臻只笑了笑，左拐走向台球桌。

叶闻飞嘴贫，性格又开朗，和组里的人关系都不错：“哟，吴老师、贺老师，您二位怎么来了？”

贺思嘉怼他：“又不是你家开的，我不能来吗？”

“你来不奇怪，关键是吴老师也一块儿，这就跟你写人物小传一样让我惊讶。”

“去你的！”

调侃了几句，叶闻飞知道贺思嘉想打台球后，将球杆递给他：“我一个人玩也无聊，正好给你俩当裁判。”

贺思嘉接过球杆，看着吴臻说：“就这么打啊，没点儿赌注吗？”

吴臻正拿着巧粉擦杆头，闻言抬眼：“想怎么赌？”

“每局清分，差十分一杯酒，敢吗？”

“我倒是无所谓，你不怕余导待会儿来逮人？”

毕竟还在剧组，酒吧里人多眼杂，真闹太过，只怕会有人跟余枫告状。

贺思嘉脑补了一下那个画面，叹气道：“算了……”

“别啊，怎么能算了！”叶闻飞急得球都不摆了，忙说，“不喝酒还有其他赌法啊，我来想想。”

作为一名资深“玩家”，叶闻飞点子不少，太出格的不敢用，索性找了副纸牌：“来来来，一人三张，惩罚写上面，咱们谁都不能看，输的人抽到什么是什么，不准耍赖。”

贺思嘉嫌弃地抿唇，倒也没反对。

领到纸牌，贺思嘉找吧台借了支笔，想也不想就落笔：录一段模仿小狗的视频，用微博大号发布，24 小时置顶。

既然要玩就玩大一点，何况他对自己的技术有信心。

等搞定三种惩罚措施，他见叶闻飞还在冥思苦想，而吴臻早就坐下喝水了。

“你就写好了？”贺思嘉面露怀疑。

“好了。”吴臻微抬下巴，示意贺思嘉看球桌，那里反扣着三张纸牌。

贺思嘉意外地挑了挑眉：“吴老师深藏不露啊。”

吴臻放下杯子说：“贺老师也不遑多让。”

这时，叶闻飞也完成了任务，他将九张纸牌打乱再归拢，十分有表演欲地喊道：“Ready（准备）！ Go（开始）！”

因为是娱乐局，他们没有完全遵照斯诺克规则，直接抛硬币争先。

贺思嘉拿到了开球权，他压下腰，一双眼平视前方，神情少有地认真。

瞄准目标后，贺思嘉持杆一击，红球四散，碰乱了几颗彩球，白球顺势被弹到底边附近。

在台球比赛中有个术语叫“贴库”，指的就是白球贴着球桌边缘，这种情况很容易导致击球时滑杆或使不上力。正式比赛中，若想为对手制造障碍，一般就会让白球贴边或贴球。

“思嘉你可以啊，大智若愚！”叶闻飞台球技术很烂，以为贺思嘉跟他差不多，结果人家一来就放大招，而且他能看出来，贺思嘉不是靠运气，是真厉害。

“不会用成语就别说。”贺思嘉直起上身，冷冷瞥了叶闻飞一眼，而后略有些得意地看向吴臻。

两人交换。

吴臻先冷静地思索片刻，再绕着球桌观察角度。

他有两个选择，其一是击中红球落袋，这样便可以继续击球得分；其二是打中红球的同时制造障碍，让贺思嘉没有活球可打。

吴臻选择了第二种。

最终，白球滚到了两颗相邻的彩球中间。

在叶闻飞的惊叹声中，贺思嘉意识到自己可能轻敌了。

他其实并非盲目自信，有段时间，他很喜欢玩台球，还曾跟着一位省冠军练了大半年，如今看来吴臻也专门学过的，和他以前交手的菜鸟都不同。

贺思嘉走向球桌，与吴臻擦肩而过，视线交锋时，都从彼此眼中读到了求胜欲。

目前的局面对贺思嘉很不利，根据规则，两颗彩球并非活球，他在击球时非但不能让彩球移位，还必须打中一颗红球。

但贺思嘉做到了，并且送了一颗红球入袋。

“漂亮！”叶闻飞大喊，一旁的围观人群也纷纷鼓掌。

贺思嘉恍若未闻，越发专注，他打了一杆又一杆，桌上的红球、彩球交替落袋，转眼间已拿走五十多分，而斯诺克单杆最高也才 147 分。

就在所有人都以为贺思嘉会继续进球时，他却一个失误打偏了。

贺思嘉收起球杆，望向已经站起来的吴臻，挑着眉说：“吴老师，别客气。”

吴臻嘴上没回应，却用行动表明自己真不会客气，他直接清空了桌上的红球，又依照分值高低将彩球一一撞入袋中。

当球桌上只留下一颗白球，吴臻微微抬眸，唇畔挂着很浅的笑。

贺思嘉满脸的不可置信。

他输了？

他居然是输的那一方？

然而不等他平复心情，吴臻已经走到他面前，手里拿着一沓纸牌，在他面前缓缓铺开："贺老师，别客气。"

贺思嘉："……"

贺思嘉暗暗祈祷别抽到自己写的那几张，结果怕什么来什么，当看见熟悉的字迹时，他的表情十分精彩。

"哈哈哈哈，谁那么狠？"叶闻飞瞟见纸牌上的内容，顿时狂笑，"好像是思嘉你的字啊？"

贺思嘉都没心思理他，默默盘算着如何优雅地模仿小狗。另外，他得提前跟陆馨打声招呼。

一想到对方知道这件事后的反应，贺思嘉就隐隐头疼。

见他迟迟不动，吴臻很体贴地建议："你可以设置仅自己可见。"

贺思嘉虽然很不甘愿，可从未想过要赖："那样就不能置顶了。"

吴臻道："只要 24 小时内不发其他微博，不就等于置顶了吗？"

贺思嘉一想也是，忍不住确认："你说的哦，可不是我输不起。"

在吴臻的首肯下，贺思嘉喜滋滋地将手机扔给叶闻飞："叶导，拍讲究一点啊。"

"都肯学狗了还讲究什么？"叶闻飞嘀咕了两声，点开录像功能。

贺思嘉天生上镜，哪怕在手机后置摄像头中颜值依旧稳定。他半蹲下来，双手自然地耷拉在胸口，先冲着镜头笑了笑，接着歪着脑袋"汪汪"叫了两声，最后吐了吐舌头。

叶闻飞本来抱着看笑话的心思，可录到后来还真觉得挺萌，提议说："要不你直接公开发吧？我觉得你粉丝会喜欢，是吧，吴老师？"

吴臻似乎有点走神，反应慢了半拍才点头。

贺思嘉却冷笑了声，拿回手机一通操作，点击发布前不忘 @ 吴臻。

"我发了。"贺思嘉一副捡了大便宜的样子，笑嘻嘻地出示手机给吴臻检查，又催着对方说，"快点，再来一局！"

他一定要扳回一城！

第二局，贺思嘉如愿赢了。

他和吴臻足足打了四十多分钟，局势胶着间，他制造的一次障碍导致吴臻被罚分，他也因此拿到了主动权。

当最后一颗彩球落袋，贺思嘉保持着击球的姿势，回头挑衅地看了吴臻一眼。

他像只初次狩猎成功的小花豹，正得意地炫耀锋利的爪牙。

“小叶子，拿牌来！”贺思嘉面上有抑制不住的兴奋，搁下球杆就朝叶闻飞跑去。

“学狗叫”那张牌已经去掉了，可剩下的八张也足够让人期待，不只是贺思嘉，其他人都很好奇吴臻这位有口皆碑的大影帝，到底会出什么糗。

吴臻倒是老神在在，随意抽了张牌，接着睨了贺思嘉一眼。

“抽的什么？”贺思嘉探了下头，愣住了，“怎么是空的？”

他忙把剩下几张牌也翻开，发现还有两张空牌，气道：“谁的牌？”

其实他已经认出了叶闻飞的字迹，知道空牌都是吴臻的。

果然，吴臻承认了：“我的。”

贺思嘉将空牌摔在桌上：“你作弊！”

吴臻散漫一笑：“我不是很有自信，留个退路。”

叶闻飞忍不住说：“就您这水平还没自信？”

他又扫了眼桌面剩下的牌，其中一张写着“现场跳一段女团舞”，他当即笑出声，看着贺思嘉说：“可惜没人抽中这个惩罚，你还真狠啊。”

贺思嘉噎了噎，黑着脸说：“我过于自信，堵死了活路。”

叶闻飞：“……”

这晚，等贺思嘉回房时已经一点了，他赶紧又冲了个澡，刚穿上浴袍出来就听见手机响了。

见来电的是表妹俞洛洛，贺思嘉奇怪地问：“干吗这么晚给我打电话？”

电话那头响起俞洛洛惊慌的声音：“啊！对不起啊哥，我忘记时差了！”

贺思嘉问：“你出国了？”

“陪我妈在A国呢，现在刚起床。”俞洛洛交代完，又说，“既然你还没睡，那我求证一下，你真的要跟吴臻合作了？”

“羡慕吗？”

“有什么可羡慕的，我又不追星，可我记得你讨厌他啊？”

贺思嘉轻嗤，简单说了下试镜《玩古》的始末。

“什么？贺瑾居然是吴臻的同学？”

“勉强算吧。”

“等等，你哥有这么好心？不会是想利用一群演技派把你衬成老鼠屎吧？”

“……”

尽管贺思嘉也曾怀疑过贺瑾的用心，可听俞洛洛说话怎么就那么刺耳呢，他不满地嘟囔：“我很差吗？我已经是同期流量里演技最好的了。”

俞洛洛心说那也就是矮子里拔将军，她干咳一声：“我总觉得有阴谋，你当初干吗签约啊？”

“有什么办法，这可是我哥为我求来的机会，要是不知好歹，我妈她……”贺思嘉点到即止，自嘲一笑，“算了，反正舅舅发达了以后，他也不敢明目张胆地针对我了。”

俞洛洛沉默一瞬，劝道：“妈难忍，屎难吃，加油。”

刚挂断电话，俞洛洛就听身后传来幽幽的一声：“你刚那是什么形容？”

她吓了一跳，回头就见赵雪芝站在卧室门外，顿时不满道：“你怎么偷听我讲电话？”

赵雪芝瞪她一眼：“谁叫你不关门？嘉嘉和你说什么了？”

俞洛洛老老实实复述了一遍，生气地说：“妈，我姑是不是太偏心了？老把继子当宝，亲儿子倒像捡来的。”

赵雪芝心头泛起一丝怨怒，可当着女儿的面，她只提醒说：“以后少在嘉嘉面前讲你姑的坏话，那毕竟是他妈妈。”

“知道了。”俞洛洛噘嘴，“我就是替表哥鸣不平，要是贺瑾对他好也就算了，偏偏总欺负他。”

赵雪芝摸摸女儿的头：“别担心，还有你爸跟我呢，咱们现在也能护着嘉嘉了。”

远隔太平洋的一番对话贺思嘉当然不知道，他擦了吴臻给的晒伤药后就上床睡觉了。

半夜里，他做了一个梦，梦见自己神奇地变成一只花豹，狂奔在广袤的大草原上，只因为身后有头健壮的雄狮正一刻不停地追赶他。

贺思嘉心急如焚，狮子凭什么跑那么快，这根本不符合常理！

他跑得几乎要断气，最终体力不支，被雄狮扑倒在地。

梦里的光怪陆离，贺思嘉睡醒就忘得七七八八了。

他见时间已近中午，先去吃了顿饭，再悠闲地溜达到片场。

吴臻正在走戏，身边围着不少人。贺思嘉拎了一张小板凳，找了个不太引人注意的角落坐下。

今天没什么太阳，气温偏低，贺思嘉穿了件单薄的黑色刺绣夹克，此刻坐着不动就有些冷。他正犹豫着要不要叫助理拿衣服，场记已经在打板了。

这幕戏只有吴臻一个人，两遍即过，余枫一边吩咐摄像灯光移设备，一边跟吴臻说戏。

吴臻原本听得很专注，突然朝某个角落看了一眼，又很快收回视线。

等余枫交代完，吴臻径直走到贺思嘉跟前："你的戏在晚上吧，这么早来？"

贺思嘉说："来跟吴老师学习啊。"

吴臻莞尔："擦药了吗？"

贺思嘉反射性地摸摸脖子："擦了。"

吴臻道："我看看。"

贺思嘉低头，毫无防备地露出后颈。

吴臻垂眸看了一眼："嗯，好多了。"

恰好有一阵狂风吹来，贺思嘉打了个寒战，吴臻四下看了眼，叫阿水拿一件外套过来。

"多谢吴老师。"贺思嘉披着吴臻的衣服，吸了吸鼻子，好奇地问，"你用的香水是什么牌子的，还挺好闻的。"

吴臻："没牌子，喜欢就送你。"

贺思嘉直言拒绝："那算了。"

吴臻也不坚持，转而说："贺老师要真想跟我学习，一会儿有组推轨镜头，需要在好几处对焦。"

贺思嘉反问："所以？"

贺思嘉很快就明白了吴臻的用意，下一场戏来来回回拍了十四遍，不是吴臻表现不好，而是镜头需要。但吴臻的表演次次精准无误，就像设置过程序的机器人，让贺思嘉见识到了真正的专业性。

只是拍到最后几遍时，风似乎更大了，天空传来闷雷声，多半要下雨了。

高原的白天很少下雨，哪知一下就下起了倾盆暴雨。

现场十分混乱，贺思嘉正想要回房，却被余枫给叫住了。

"提戏？"贺思嘉诧异地问。

"嗯，这雨不错，别浪费大自然的馈赠嘛。"余枫乐呵呵地说，打算将金小寒雨中狂奔的一幕戏提到现在拍。

彼时，金立夏已经去省城念大学了，他走的第二天，金小寒终于意识到家里少了个人，冲金母发了顿脾气便跑出家门，试图顺着哥哥离开的路追上对方。

虽然外面是漫天大雨，但导演说要提戏，贺思嘉也没意见，反正迟早要受这份罪。

不过雨中戏很麻烦，演员每拍完一条都得换衣服，可服装又是有限的，为了减少 NG 次数，余枫先叫了两名替身过来走戏，其中之一正是戚子绪。

贺思嘉不是第一次看戚子绪演戏了，客观评价，戚子绪演技比他平稳，下限远高于他，可上限似乎弱一些，当然，或许也有对方并未参与正式拍摄、没有导演磨戏的缘故。但最关键的是，戚子绪和吴臻之间少了一点化学反应，哪怕贺思嘉不借助监视器观察，也能肯定自己与吴臻的对手戏更有张力。

可能正因为这样，余枫再没提过换人的事。

戚子绪跑了几次，全身都被雨水浇透，下场后随便扯条毛巾擦了擦，就坐在棚子下继续看拍摄，哪怕余枫叫他去换衣服，他也不肯走。

贺思嘉没空关注他，闭着眼调整状态。

轮到正式拍摄，贺思嘉如同戚子绪一样挣扎、奔跑，但余枫始终觉得差了点儿意思。

第五次 NG 后，饰演金母的演员朱宜有些不快，她和梅庆一样老资历，虽在影视界没什么名气，却是 B 市话剧团的台柱子之一。

这场戏中，她需要拉住冲出门的金小寒，再被对方推开，因此不但要淋雨，还得摔跤。朱宜倒不会为这种事生气，而是认为贺思嘉不用心，导演指点了几次，他的表演一点变化都没有。

朱宜还是第一次跟贺思嘉拍对手戏，主观印象上，她很不喜欢如今的流量小生、小花。之前她受邀参加官方主办的电影新势力论坛，见过不少流量台前发言慷慨激昂，台后却对表演毫无敬畏之心。因此面对贺思嘉时，难免带上了情绪。

“小余，怎么回事？”朱宜不屑指责小辈，直接质问余枫。

余枫也很清楚朱宜固执又清高的脾气，只好又把贺思嘉叫过去。

共事小半个月，余枫能看得出来贺思嘉虽然态度不够积极，但演戏还算认真，只是未曾经受过专业的表演培训，没有多样化的表演技巧，也不太善于调动自己的情绪。

他正思索着该找一个什么样的切入点，就听吴臻开口：“我来带带他吧。”

吴臻只是陪贺思嘉演了场不该存在的戏。

他代入哥哥的身份凝视着金小寒，目光温柔又克制。

在密集的雨瀑中，金立夏抱住金小寒，给对方寒冷的身体带去一丝温度，他用乡音说：“别忘了哥哥。”

吴臻的表演简单，但引导性很强。

他转身欲走的瞬间，贺思嘉突然就找到了那扇门。

贺思嘉原本就在戏中，此时情绪被调动得更为饱满，下意识就拉住吴臻的手。

吴臻任他握着，半侧过脸问：“感觉到了吗？”

贺思嘉看见了吴臻眼尾挂着的水珠，轻轻“嗯”了一声。

吴臻道：“那就记住。”

贺思嘉记住了，并且很深刻。

雨幕下，金小寒推开金母，拔足狂奔。

哥哥不见了，虽然哥哥经常不见，但金小寒隐隐意识到，这次哥哥会不见很久，久到他不记得。

他不想忘记哥哥，他要找哥哥。

一只破旧的布鞋伴随泥水高高抛起，金小寒踉跄了一下，却没有停下来。他一天一夜没见到哥哥，必须跑得很快，快到飞起来才能带哥哥回家。

雨水拍在他脸上，与汗水交汇在眉眼，伪装成眼泪。

但金小寒没有哭，哪怕摔趴在地，喝了一嘴腥臭的泥水，手脚也被碎石子划伤，他始终没哭。

金小寒只是很快爬起来，沿着带走他哥哥的这条路，继续狂奔。

"卡！就是这种感觉！"

贺思嘉听见了余枫的声音，却像没听见，又跑了一段路才停下。

他喘息地站在雨中，神情怔忪。

良久，贺思嘉回过头。

人群隔得有些远，他看不清大家的表情，只遥遥望见吴臻冲他竖起的拇指。

心跳依旧很快，贺思嘉忽然意识到，就在半分钟前，自己完成了进组以来最好的一次表演。

直到贺思嘉重新整理好自己，独自坐在化妆间，都还在琢磨刚刚的戏。

原来入戏的感觉是这样的，让他只要稍稍回想，就能立即与金小寒的情绪重叠，更别提拍摄中，仿佛一度失去自我。

突然，他听见有人过来了。

化妆间门没关，贺思嘉回头就见付浅身穿戏服，拎着保温盒站在门外。

他有些意外，以为经历了昨晚的事，付浅会觉得尴尬，至少不会这么快就来找他。

但这会儿他心情不错，于是笑问："什么事？"

付浅看他淋了好久的雨，找厨子熬了点姜汤。

贺思嘉道了谢，挨着付浅坐在沙发上。

注意到他走路时有些瘸，付浅担忧地问："你脚怎么了？是不是刚才摔的？"

贺思嘉刚才摔了好几回，每一次都摔得很重，膝盖难免磕碰，足底也有些细小的伤口。

他不以为意："没事，一点小伤。"

付浅见贺思嘉似乎心情不错，心念一动，取出保温盒里的碗，舀了一勺姜汤，故意打趣说：“大郎，该喝药了。”

贺思嘉哈哈笑了两声，并未错漏付浅眼中的紧张和期待，他略一犹豫，没有让对方难堪。

付浅心中雀跃，正想再喂一勺，余光无意间瞟过门口，忽地手一松，勺子摔落碗中，溅起几滴姜汤。

贺思嘉下意识地回头，就见吴臻站在那里。

付浅僵住了，实在想不通怎么每次都能撞上吴臻，对方身上难以名状的气场令她坐立难安，只好将碗递给贺思嘉，借口说待会儿有戏便匆匆离开。

贺思嘉半笑着说：“我怎么觉得付女士好像很怕你？”

但吴臻眼中并无笑意：“你知道付浅是康天娱乐的艺人吗？”

贺思嘉敏锐地察觉到吴臻态度有异，轻皱了下眉：“知道啊。”

“那你应该清楚，康天娱乐最善于炒作，尤其是明星间的绯闻，以前还干过混进剧组偷拍的事。”吴臻语气寻常，说的话却不太客气，“别给你自己，还有剧组惹麻烦。另外，她有男朋友，是一家电竞俱乐部的老板，就算你真想……”

吴臻止住话头，意思却明明白白——要有底线。

贺思嘉瞬间被激怒，除了生气外，还有些自己也解释不清的隐秘的难堪：“你谁啊？凭什么教训我？真以为贺瑾找了你，你就有权利管我了？

“关你什么事！”

吴臻居高临下地看着他，长长的睫毛下掩藏着暗流与旋涡。

贺思嘉不甘示弱，怒目回视。

良久，吴臻挑了下唇，转身出了化妆间。

没走多远，他就遇上贺思嘉的助理之一绵绵。绵绵一见他便礼貌问好，他好似什么都没发生般笑了笑，随手将一袋东西塞给对方，半句话也没解释就走了。

绵绵茫然地拎起塑料袋，里头竟全是药，除了防治感冒的，还有专治跌打损伤的，比她从医务室里领的还齐全。

给老大的吗？为什么不进去？

绵绵一头雾水，还想问问贺思嘉，结果就见自家老大坐在沙发上生闷气。她恍然大悟，两人多半闹不愉快了。

绵绵假装一无所知，藏起在医务室领的药，只递出吴臻那一份。

贺思嘉却从袋子里找到一张写着用药注意事项的便笺纸，他立刻就认出字迹。

“吴臻给你的吧？”

绵绵看到便笺纸就预感瞒不住，尴尬地点头。

贺思嘉冷笑，将袋子扔回给她：“他自己就病得不轻。”

绵绵：“……”

贺思嘉一直气到晚上，没觉得身上有哪里不对劲，随便喝了杯板蓝根就睡了。

次日被电话铃声吵醒，他艰难地睁开眼，顿感头疼眼花浑身乏力，一个没拿稳，手机掉下了床。

他懒得去捡，模模糊糊地想起今天不用拍戏，遂扯着被子捂住头继续睡大觉。

片场里。

“不接电话？”余枫随意问道。

副导演便说要不先通知贺思嘉的助理，反正也只是投资方下午过来，大家陪着一块儿吃饭的事。

副导演刚给绵绵打了电话，没一刻钟对方又回拨过来，他听完脸色骤变，顾不得余枫正跟吴臻讲戏，冲上去就说：“余导，贺思嘉发烧了。”

吴臻立刻抬头：“几度？”

副导演：“还没测，绵绵慌得不行，说很烫。”

吴臻：“人醒着吗？”

副导演：“醒着。”

吴臻和余枫同时舒了口气，高原环境含氧量低，高烧容易引发大脑缺氧，导致脑神经受损、昏迷，甚至死亡。但现在的情况也足够危险了，余枫一面喊人去联系车，一面领着副导演和吴臻赶去贺思嘉的房间。他不是个迷信的人，此刻却暗自求遍神佛，祈祷贺思嘉千万别出事。

“余导，我想陪思嘉去医院，戏能往后排吗？”吴臻看似在询问，语气却不容置喙。

余枫瞬间想起贺思嘉是由吴臻推荐进组的，吴臻还跟贺思嘉的哥哥有交情，如今应该比谁都着急。

他稍一思索便同意了：“也好，他助理都是女孩儿，很多事不方便，再说去的是县医院，你懂本地话也好交流。”

几人很快到了贺思嘉房间门口，正打算敲门，门却从里面打开了。

贺思嘉裹着一件厚厚的羽绒服，拉链拉得很严实，只露出半张小脸，脸色惨白，脸颊泛着不正常的红晕。

他左右两边各站了一名助理，三人似乎都有些惊讶。

“思嘉，你感觉怎么样了？”余枫见贺思嘉还能好好站着，又安心一分。

贺思嘉视线扫过众人，最后停留在吴臻身上。

吴臻只当贺思嘉又要讲些不中听的，哪知贺思嘉却委屈地说：“我真不该扔你的药，我难受死了。”

第三章 请影帝独立行走

YU DING TOU TIAO

测了体温，贺思嘉已烧到38.7℃，但除了头疼乏力外，并没有别的症状。

当听说吴臻要陪他去医院时，贺思嘉面上不太情愿，却并未反对。他知道高原上发烧的危险性，有吴臻在，总觉得要安心些。

两位助理被劝服留在了剧组，陪同贺思嘉去医院的还有一名跟组医生，姓王。

几人坐上牛车，颠簸着出了村。

上了汽车路况又不好，贺思嘉全程都想吐，摘掉口罩不停干呕，可死活吐不出来，倒呕得眼眶通红。

见贺思嘉难受，吴臻问要不要睡一会儿，贺思嘉没好气地说：“怎么睡，我现在稍微坐直点儿都反胃。”

吴臻不知从哪儿翻出个枕头搁在自己腿上：“你靠着睡吧。”

贺思嘉认真观察吴臻的表情，确认对方没在开玩笑。

其实他心里还在为吵架的事别扭，可多年前他就想通了，没必要因为和别人置气而委屈自己，便顺从地躺下来，闭上眼睛。

吴臻垂眸看他，问：“头还疼吗？”

他有气无力地哼哼两声，就感觉一只手按住了后脑某个穴位——有一点疼，但和头颅里一跳一跳的钝痛比起来，又好像有些舒服。

贺思嘉安静感受片刻，发现吴臻认穴很准，力道和技巧也刚刚好，他懒洋洋地问：“挺专业啊，难道这你也学过？”

“我爷爷是中医，跟他学过几招。”吴臻低敛着眉说，“不过我学艺不精，只懂皮毛。”

贺思嘉道：“那你仔细点儿，有新闻说按错穴位会导致脑瘫。”

吴臻轻笑，没说话，手上仍不急不缓地按摩。

过了一小会儿，贺思嘉眼皮逐渐沉重，等他一觉醒来，发现已到了县城。

八塔县只是座贫困县，但这些年国家大力扶贫，整座县城焕然一新，就连县医院也是翻修过的。

几人进医院后还引发了一阵小骚动，并非是被认出来了，而是吴臻长得好，惹来不少关注和议论。

至于贺思嘉，他戴着口罩又无精打采的，倒没什么人注意。

挂了号，吴臻陪贺思嘉到了急诊室，经过检查，确认是着凉引起的发热，暂无其他并发症，只需降温就行了。

不过保险起见，医生建议他最好留院观察一晚。

贺思嘉当然不想住院，可也不敢任性，他下意识地去看吴臻，对方爽快地说：“晚上我留下来。”

陪床只需一位，吴臻既然愿意留，王医生也乐得轻松，他帮忙处理了些杂事后，就跟司机一块儿去找住宿的地方了。

吴臻送他们到医院门口，一路听着王医生交代，等回病房，就见贺思嘉坐在床上，一边挂水一边接电话。

“我没事，馨姐你别老操心了，医生说只是着凉，等你赶过来我都出院了……对，住一晚，如果没事明天就能回组，晚上？晚上有——”贺思嘉瞟了眼靠近的吴臻，“有吴老师照顾我，又在医院，随时都能叫医生。”

贺思嘉费了老半天劲，可算劝住陆馨，心累地挂断电话。

“王医生走了？”他问。

吴臻微一点头，抽了把椅子坐下，顺着他的话开玩笑：“现在就剩吴老师照顾你了。”

“那也是应该的，谁让你答应了我哥。”

贺思嘉语气里透着嘲讽，心中却知道好歹——吴臻也没有义务管他，如今忙前忙后不提，还陪他住院。

吴臻微抬起一侧眉，表情要笑不笑地说：“是吗？”

“不是你说他让你照顾我吗？”

“你跟你哥关系不太好？”

贺思嘉没料到吴臻会突然问这个，愣了愣，拉下脸来。

吴臻却似没察觉，继续说：“或者是你和家里人关系不好？平时很少见你跟他们联系，发烧也不跟他们讲。”

贺思嘉有种隐私被冒犯的不忿，正要呛人，又听吴臻开口：“如果你跟贺瑾确实有矛盾，我就不在你面前提他。”

贺思嘉没有正面回答，心绪却有些微妙，说不清是该怪吴臻交浅言深，还是感激对方“善解人意”。

而他的沉默，足以让吴臻解析答案。

由于认识贺瑾，吴臻很早就知道贺思嘉的背景，对方是国内家电业巨头，海润集团董事长贺启耀的小儿子，那句“退圈就要回家继承上亿家产”，放在贺思嘉身上并不是夸张的玩笑。

外界传闻贺启耀为人正直，从不拈花惹草，只守着太太和两个儿子。吴臻本以为贺家家庭结构简单，应该很和睦，可事实好像并非如此。

个中内情他不便细问，也就不做评价，仅仅是出于尊重贺思嘉的感受而选择不提。

七点，有护士来拔针，顺便又给贺思嘉量了一次体温，显示已经退烧了。

不必再盯着贺思嘉输液，吴臻索性出门转了一圈，回来时拎着水果，顺便帮贺思嘉打了饭。

可惜贺思嘉食欲不振，哪怕大影帝亲自削了苹果，他也只吃了两口。

“吴老师削果皮的技术有待加强啊。”贺思嘉看着苹果坑坑洼洼的表面，漫不经心地点评。

吴臻盘腿坐在另一张床上玩消消乐，头也不抬地说：“能吃就行。”

“不想吃了，没胃口。”

吴臻睨他一眼，放下手机，又从床头柜上抽了张湿巾，擦着手说：“那你给我。”

吴臻伸长胳膊勾了勾手。

贺思嘉干脆把苹果塞给他，拿起手机想刷刷微博，忽然想起“模仿小狗”

那条微博还挂着，忙上大号删博，顺手关注吴臻时，发现两人变成了互相关注。

“你什么时候关注我的？”

“《玩古》官宣那天，你不知道？”

“没注意。”

吴臻突然笑了声：“这两天你粉丝给我发了不少私信，还挺有趣。”

“都说什么了？”

虽这么问，但贺思嘉大概也能猜到，无非是让吴臻多关心照顾他，两人要好好相处等等，以往他和别人合作，对方的微博下就全被类似留言占领。

吴臻咬了口苹果，笑容多了些隐晦的变化，他点开陌生人私信，字正腔圆地念道：“老糊咖又来蹭我哥热度，第二季度KPI完不成了吗？

“来晚了！为影帝送上迟到的清明祝福，大蒜十字架已寄出，请注意查收。

“请影帝独立行走。”

贺思嘉：“……”

是了，他可是主动带过节奏的，吴臻更是黑子们踩他时用得最顺手的那一把枪，两人就算合作也该是硝烟弥漫的。可吴臻刚才的语气太过轻描淡写，以至于他一时忘了他们之间的“血海深仇”。

“我粉丝普遍年纪比较小……”

平时的粉粉黑黑贺思嘉不以为意，可受害者当面陈述网络暴力，他也有点不好意思：“对不住了，我会让团队约束她们。”

“没什么，艺人哪有不被骂的。”吴臻倒是心平气和，“何况我粉丝虽然不算多，骂你时也难听。”

贺思嘉当然知道吴臻的粉丝都怎么嘲他，冷笑一声，鬼使神差地说：“再难听又怎样，她们做梦都想见的人，还不是得照顾我。”

吴臻一顿，扔掉吃剩的果核，穿上鞋朝门口走。

贺思嘉茫然地问：“你去哪儿啊？”

吴臻答：“洗手。”

当晚贺思嘉很早就睡了，并不知道夜里下过一场雨。

睡醒后他没再发烧，得到医生的允许后，大清早就办理了出院手续。

贺思嘉和吴臻没有立即给司机打电话，而是准备就近找家小店吃早饭。

路上，他们遇到了不少藏族僧人，或手拿转经筒，或口中低咏经文。

见惯了城市的浮华喧嚣，此刻的这一幕格外让人内心平静。

贺思嘉忽然停下脚步，站在被雨水沾湿的石板路上，转头看向吴臻，突兀地开口："谢谢你。"

吴臻昨晚没睡好，神色透着疲惫，听见贺思嘉道谢，他笑了笑："不客气。"

回到剧组，贺思嘉感受到了众人的亲切关怀，余枫还特意为投资方带了句话，让他好好休息。

贺思嘉乖乖回房补觉，再起来时已满血复活。他嫌独自待着无聊，索性去片场转一圈。

此时吴臻正在和付浅拍对手戏，贺思嘉站在角落里看了一会儿，见付浅连续 NG，情绪似乎已处于崩溃边缘。

余枫多半也看出她状态不对，在又废了一条后，便拿着大喇叭喊休息。

贺思嘉发现阿水端着保温杯朝吴臻走去，他悄无声息地跟在后头，趁吴臻抬手的一瞬间，突然抢走保温杯，恣意笑道："谢了，我正好口渴。"

吴臻和阿水双双一怔，随后，吴臻意味不明地笑了笑："那你喝吧。"

贺思嘉没察觉出问题，揭开盖子就喝，下一刻差点儿吐出来。

"这是什么？好苦！"

"最近有点上火，请厨房煮的凉茶。"

"凉茶你干吗用保温杯装？"

"我乐意。"

贺思嘉知道吴臻故意坑他，可坑是他主动挖的，也不好说什么，只憋着气将杯子还给对方。

无意中，他瞄见余枫正好声好气地跟付浅沟通，随口说："余导拍戏时脾气真好，从来不发火。"

不论是他还是付浅，不管 NG 多少次，余枫总是很有耐心。

"嗯，他都直接换人。"

"那付浅会被换吗？"贺思嘉看得出来，付浅的演技比他烂多了。

"不会，康天娱乐有投资，换人很麻烦。"

"我们公司也有投资，余导可威胁说要换掉我。"

吴臻见他将“带资进组”一事说得那么理直气壮，忍不住笑：“付浅没几场戏，只要态度不是特别差，没给剧组惹来大麻烦，余导都能容忍。而你的角色很重要，表演上也有可塑性，余导对你有期待，自然要求高。”

贺思嘉只关心吴臻的后半句话，心里有点美。

吴臻注意到他微微上扬的嘴角，忽然问：“喜欢拍戏吗？”

如果是刚进组时被这么问，贺思嘉哪怕说喜欢也是撒谎，但自前天那场酣畅淋漓的雨中戏后，他似乎找到了一点拍戏的乐趣。

“还行，你呢？”

“你认为呢？”

贺思嘉想到吴臻拍戏时的态度，毫不犹豫地说：“喜欢。”

吴臻喝了口茶，既没否认，也没肯定。

贺思嘉还想追问，大喇叭却再度响起：“贺思嘉，你不好好休息，跟吴臻在那儿嘀嘀咕咕什么呢？”

哪怕贺思嘉表示自己好全乎了，余枫仍不放心，逼他回房间。

而现场的拍摄仍在继续。

可惜付浅实在天赋不佳，一场与吴臻的眼神戏始终拍不好，吴臻倒是耐心地陪着折腾，却也不会主动教她如何演，就这么耗了一下午，勉强过了。

为了补拍摄进度，吴臻在片场待到快十二点，回到房门口稍一犹豫，试探地敲响了对面的门。

吴臻不知道贺思嘉是否睡了，敲门力度很轻，但门还是很快被打开，门后的人穿着套鹅黄色的浅格睡衣，嘴里还叼着薯片，见了他似乎有些惊讶。

贺思嘉确实意外，进组这么久，吴臻还是头回来敲他的门。

“找我有事吗？”

“薯片热量大，你也敢吃？”

“我瘦了四斤，余导让我多吃点儿。”

贺思嘉理直气壮，让开身示意吴臻进屋。

吴臻站着没动，只抬手摸了下贺思嘉的额头，感觉对方体温正常，便收回手说：“担心你又发烧，来看看。”

见吴臻像是要走，贺思嘉忙拦住对方：“来都来了，进来坐坐呗，我快无聊死了。”

吴臻沉默片刻,就在贺思嘉以为他要拒绝时,他却微微颔首:“那就打扰了。”

“随便坐啊。”关上门,贺思嘉趿着拖鞋走到小冰箱前,蹲下身问,“你要喝什么?啤酒要吗?或者饮料?”

“矿泉水就——”吴臻脱下外套,随手搭在沙发上,忽而听见一段熟悉的台词。

——每当我经过木兰街十字路口,总会想到1990年那个夏夜,我们躺在马路中央,四下无人,万籁寂静。

天上星星很多,一如你的名字。

那是他的声音,来自很早以前拍摄的一部电影。

“你在看《一船清梦压星河》?”吴臻瞬间回忆起电影的名字。

贺思嘉匆匆合上冰箱门,本来打算立刻关掉视频,转念一想,看电影而已,又没干坏事。他点头:“对啊,不行吗?”

吴臻走到放置电脑的书桌前,屏幕上的他已不再年轻,眼神透着中年人特有的疲惫和世故。但拍摄这一幕戏时,他不超过二十岁。

“怎么想到看这部?”

“闲着无聊,想找你以前的电影看,可视频网站上很少,我见这个名字好听,就选了。”

吴臻一下就明白了,他出道十年,演艺生涯其实是断层的。

早年拍了不少小成本文艺片,尽管拿到影帝,却因片方违规参奖导致国内零宣传,观众根本不认识他。

后来依靠商业片转型,成为别人口中的“票房收割机”,但爱看商业片的观众大都不喜欢文艺片,尤其不知所云的那种,因此他以前的电影仍旧少有人问津,视频网站不买也在情理之中。

“好看吗?”

“还行吧,比《四水归堂》强,虽然挺压抑的,但至少能看懂剧情。”

贺思嘉将矿泉水搁在桌上,推了把椅子过来。

吴臻挑眉："你还看了《四水归堂》？"

"看了啊，催眠效果特别好。"说到这里，贺思嘉想起吴臻的忽悠，"你以前不也是童三民那种表演方式吗，上回还骗我说这样拿不到影帝。"

"我没说拿不到，只是很难，一旦和有星光的演员竞争就会处于劣势，尤其是在国内。"吴臻半点没有谎言被拆穿的心虚，拧开矿泉水瓶盖说，"《四水归堂》能拿奖是因为我足够出色，那年又是电影小年，捡了个漏。"

贺思嘉一滞，哂笑："都不知道是说你太自信，还是太谦虚。"

"实话罢了。"

贺思嘉坐下来，见屏幕上已经在播放片尾曲了，便问："想不想重温旧梦？"

"用不着，这电影我从来没看过。"

"为什么？"

吴臻喝了一口水，神情淡漠："拍摄经历不太愉快，不想看。"

贺思嘉顿时来了精神，催问缘由。

吴臻轻扫他一眼，不急不缓地说："你知道安星河是谁演的吧？"

"废话，谁不知道他，之前还和我竞争 A 家代言，找了一堆水军黑我。"

安星河的饰演者叫王途，童星出身，角色广为人知，拍《一船清梦压星河》估计意在转型。但对方至今还在跟贺思嘉竞争资源，明显转型失败，只是作为流量界前辈，王途人气虽有滑落，但咖位仍比贺思嘉高。

"王途是童星，选择拍题材小众的低成本文艺片，他自认牺牲很大，希望收效最大化，绝不允许被别人抢了风头。"吴臻当年就看得很明白，只是年轻气盛，不肯妥协，如今再提起，语气相当平静，"可他演了太多粗制滥造的剧，灵气被严重消磨，在戏里压不住我，就联合其他演员排挤我，当时没人陪我走戏，只有导演愿意教我。"

王途甚至想换掉吴臻，可导演是吴臻的老师，坚决不同意。

"太小心眼了吧？"贺思嘉本来就讨厌王途，这会儿更是嫌弃，幸灾乐祸地说，"他多半很后悔，现在见你是什么反应？"

吴臻的资源王途已经够不上，可若圈内有大型活动，两人还是有机会碰面的。

"没注意。"

"哈哈，肯定是避着你了。"

贺思嘉正琢磨下次活动要和吴臻一起，瞧瞧王途的热闹，忽然听见一声异响，眼前霎时一暗。

“停电了？”他站起身，想去拿手机，摸索到床边却不小心被拖鞋绊了下，整个人跪摔在地，肋骨被床角顶了个正着。

“嘶……”贺思嘉倒抽一口气，恰在此时，灯又亮了。

“摔哪儿了？”吴臻匆匆走过来，弯腰拉住他一只胳膊。

“喂，你别动啊，我肋骨要断了！”

“我看你精神挺好。”

说是这么说，吴臻还是轻轻拿开贺思嘉捂着左侧肋骨的手，小心翼翼地按压四周。

“骨头没事。”吴臻心下稍安，又拉了贺思嘉一把，“我扶你去床上躺着。”

贺思嘉闭着眼，宛如一条死鱼：“等我先缓缓。”

过了会儿，吴臻扶着贺思嘉坐到床上，问：“有跌打损伤药吗？”

贺思嘉还真有，虽然前几天他把吴臻给他的药全扔了，但绵绵去医务室拿的药里也有治跌打损伤的药膏。

吴臻翻箱倒柜找到药膏，本想让贺思嘉自己擦，却见对方捞起了睡衣。

上完药，吴臻便打算回房，贺思嘉打了个哈欠，懒懒地掀起眼皮：“你以前的电影网上都不全，你那儿应该有吧，干脆打包发我好了。”

吴臻回头：“你想看？”

“余导让我休息两天，反正也没事干。”贺思嘉撑起上身，恣意一笑，“等吴老师新片上映，我包场补票。”

吴臻虽不理解贺思嘉为什么突然对那几部冷门电影有兴趣，可毕竟小事一桩，便答应回去问问团队。

次日中午，贺思嘉收到了阿水给的移动硬盘，说里头存了吴臻拍过的所有影片。

他还真就一部部看了，不仅自己看，如果碰上吴臻有空也会拉着一块儿，如此吴臻便成了他房里的常客，对方总会教他一些表演上的小技巧，或者谈论一些拍摄时的八卦，两人关系越发熟稔。

或许是吴臻传授的技巧实用，又或许是雨中戏让贺思嘉开窍了，复工后他进步明显，有时还能闪现高光。

期间有一场戏是金小寒终于意识到哥哥走了，在家里冲金母发脾气。剧本只安排金小寒不肯吃饭并摔碗，可贺思嘉突然来了灵感，在情绪爆发之前，他将自己的碗筷摆在哥哥常坐的位置上，金母给他放回来，他又再放回去。

反反复复，近似刻板行为。

当天余枫夸了他，连饰演金母的朱宜也不吝啬褒奖，自那以后对他亲近许多。

不过，随着贺思嘉主动性的提升，在角色理解上偶尔会和余枫有冲突，就比如此时此刻——

金立夏即将赴省城读书，村民们拉着横幅吹起唢呐相送。村口道别时，金小寒躲在金母身后，拒绝哥哥触碰。可余枫认为这时候的金小寒意识不到“告别”所承载的含义，贺思嘉表达有误，不应该躲。

“我不同意。金立夏在县里读书，只有周末才回家，消失三五天是常事，为什么独独这回金小寒反应特别大，甚至第二天冒雨去追？”贺思嘉认为金小寒或许不能完全理解，可潜意识感觉到这次道别和以往不同，当然会排斥。

“金小寒的潜意识并不会在当时当刻生效，他思维不健全，对事物的判断并非来自经验和学识，而是通过周围各种反常的细节，并且需要慢慢吸收和消化。”余枫半步不退，“另外，戏剧需要冲突，静与动是冲突，懵懂与顿悟也是冲突，电影是个整体，你第一时间就躲，会削弱后期爆发的冲击力。”

两人僵持不下，贺思嘉急了，索性直言：“电影是你的，角色是我的，反正我就这么理解。”

余枫眉心一蹙，转头就问吴臻：“你又把那套不着四六的说辞讲给思嘉听了？”

吴臻耸耸肩，摊开手无辜一笑。

余枫气结，导演和演员的矛盾往往就在这里，不存在对错，只是各自立场不同。

他希望演员能成为手中的笔，配合他完成一幅优秀的画作，而演员则希望画上的自己足够鲜亮生动，吸引住赏画人的视线。

这时，朱宜开口了：“小余，你和思嘉说的都有道理，不如两个版本都拍，剪片时再选。”

余枫思忖片刻，又瞪了吴臻一眼，叹气说：“那就依朱老师的。”

可贺思嘉犹自不甘，还想辩驳，却见吴臻幅度微小地摇了摇头。

一段戏拍完，贺思嘉忙找到吴臻：“你刚才为什么阻止我继续说？”

“余导拍戏时有多固执，你应该了解，再说也没用。”

余枫属于只要不满意，就能让演员一遍一遍拍到发疯的那类导演，他不会发脾气，只是陪你耗下去。

贺思嘉更加不快：“既然这样，他肯定不选我那版了。”

“那可不一定。”

吴臻坐在躺椅上，示意贺思嘉靠近，暗中传授：“电影的确是个整体，只要你后期的演绎与现在的逻辑统一，角色行为模式连贯，他只能选你的。”

“什么意思？”

“比如金母去世那晚，剧本里的金小寒并没有明确意识到妈妈死了，但你可以让他拥有意识，和今天一样。”

“万一老余又反对呢？”

“这就要看你怎么设计了，如果能让老余舍不得放弃，你就赢了。”吴臻轻慢一笑，“演员不仅仅是挑战角色，有时还要挑战导演，而导演又得挑战投资方，也挺有趣的。”

闲聊间，贺思嘉的另一位助理小栖过来了，通知他晚上去录 EPK。

EPK 即电子媒体手册，通常包含了预告、演员或导演访谈、幕后花絮、电影制作特辑、侧拍纪录片等，大多会在宣传期陆续释出，或者收录在 DVD 里。

贺思嘉还是第一次录 EPK，问：“这东西麻烦吗？”

“不麻烦，就和普通访谈差不多。”吴臻昨天就录过了，解释说，“宣传那边会给提纲，你可以让团队提前帮你写好答案，背下来，也可以随性回答。”

“一般会问哪些问题？”

“比如你对故事和角色的感想，对剧组其他演员的印象。”

贺思嘉心说自己连人物小传都写了，感想还不是张口就来，便安下心来。

吴臻又传授了一些技巧，说答案别太意识流，尽量落到实处，方便剪辑师配画面。

贺思嘉若有所思，隔了会儿打趣道："谢谢吴老师又教我一招。"

吴臻端着笑："好歹你也向我行过拜师礼，我自然要尽心尽力。"

贺思嘉起先没反应过来，茫然地看向吴臻，见对方笑容渐深，他才猛地想起第一天来剧组的牛车上，差点儿摔趴在吴臻跟前的糗事，当即笑骂了一句。

两人旁若无人地笑，全被小栖看在眼里，她私下跟绵绵吐槽："吴老师牛啊，老大以前多讨厌他，现在都快变知己了。"

绵绵说："是好事啊，免得馨姐老操心。"

"你还记得上部戏里那个男三吗？没出道时在微博上跟风嘲了老大一回，入组后别提多殷勤，可老大理都不理。"小栖当然乐意贺思嘉与吴臻交好，只是好奇罢了，"我以为老大就算不甩脸色，戏外也会避免和吴老师接触，结果两人关系越来越好。啧，要不是跟着老大时间长，我都要怀疑他看人下菜碟了。"

绵绵莞尔："我们老大无所畏惧。"

"不然我怎么会说吴老师段位高呢，也没见他怎么讨好老大，甚至好几次惹老大生气，居然不动声色又解决了。"小栖饱含钦佩，暗自祈祷两人友谊天长地久，"有吴老师在，老大也不惹事了，咱们多省心啊。"

绵绵性子相对稳重一点，也不及小栖乐观："别高兴太早，老大一贯今天晴明天雨的，说不定哪天给你惹个大麻烦。"

此刻的绵绵好似戏台上的老将军，满背插着 flag（旗帜），而她家老大已经开始准备下一段拍摄。

在这场戏中，金立夏需要背着意外受伤的金小寒往村口跑。分镜里只有背影，余枫原来准备用替身的，可琢磨了一会儿，他认为最好还是拍吴臻的侧脸，于是改了主意。

走戏时，余枫吩咐吴臻背起贺思嘉，临场调整两人的姿势——手往哪里摆、背人的高度、头部姿势都有规范，他要求贺思嘉完全放松，一心依赖吴臻。

贺思嘉立刻卸了力，整个人挂在吴臻身上。

余枫顿了顿说：“倒也不必像个龟壳。”

贺思嘉：“……”

折腾了老半天，余枫又让吴臻沿着标示好的路线跑一遍。

临开跑前，贺思嘉突然揪着对方的衣服喊：“驾！”

吴臻差点儿没站稳，转头说：“别捣乱。”

贺思嘉不以为意，懒懒地问：“我重吗？”

“知道贾斯科丁吗？”

“谁？”

“他是神仆，却背叛了神，叛逃时羽翅烧成灰烬，背上长出一副十字架。他再也不能飞，只能不停走路，一旦停下来，十字架就会增加负重，他必须永远背负信仰和罪孽。”

“然后呢？”

“金小寒也是金立夏的信仰和罪孽，你说重吗？”

贺思嘉先是一蒙，又隐隐有些懂了——金小寒是金立夏唯一的血脉亲人，这是信仰；金小寒之所以受伤，是因为想去拿木柜上的瓷器，不慎碰倒了柜子，而他会对瓷器产生兴趣的根源，则是金立夏的罪孽。

当晚顺利录完 EPK，贺思嘉回到房间后还特意搜索了吴臻讲的故事，想看看完整版，可惜一无所获。

次日在餐厅见到吴臻，他立刻问：“你说的神话故事从哪儿看的，我怎么没找到？”

“哦，我编的，昨天不都告诉你了是玩笑吗？”

“你说了吗？”

“贾斯科丁。”

“啊？”

“Just kidding（只是玩笑）.”

贺思嘉已经被坑习惯了，面无表情地说：“我还找了好久。”

吴臻鼓掌：“不错，求证精神值得鼓励。”

贺思嘉冷笑：“吴老师编瞎话就跟真的似的，当演员简直屈才，该当编剧才对。”

“过奖。”

“……”

“其实真有类似的事，你见过印度教的大宝森节吗？”

贺思嘉送吴臻一个白眼，只当他又在编故事。

“他们的祭祀仪式非常丰富，某些教徒会在背上穿刺挂钩，拖行赎罪架，从一座神庙走到另一座神庙，向信仰的神灵忏悔。”吴臻侃侃而谈，“赎罪架很重，据说有的重达七十公斤。”

贺思嘉下意识地怀疑：“又想骗我？”

吴臻奇怪地看他一眼，抬手覆住他额头。

贺思嘉茫然道：“干吗？”

“我说假话你信，真话倒不信了，看看你是不是发烧烧傻了。”

“滚蛋！”

两人吃过午饭，一块儿去了片场。

今天贺思嘉有一幕重头戏——金立夏在看见富商捐赠的唐三彩凤首壶破损的新闻后，就预感迟早会东窗事发，决定带金小寒回老家。要走当然得扫尾，因此耽搁了几天，差点儿被警察抓现行。

安全回村后，金立夏一直蛰伏，只等风声过去再想办法潜逃到国外。

一天，他出村办事，又将金小寒留给邻居照看。

可邻居家忽然来了客人，一时没注意让金小寒偷偷跑掉。

等金立夏回家，就见家中柜子倒了，弟弟被压在柜子下，满地碎瓷和鲜血。

金小寒被送去县医院，经诊断，他手部有多处割伤、手腕神经断裂、肌腱受损，必须尽快手术。

而就在金小寒术后住院期间，苗翠兰的丈夫怀疑妻子与金立夏有纠葛，冲到金家找麻烦。

他见金家没人，本来打算打砸一番，却发现了金立夏藏起来的几件假文物。

苗翠兰的丈夫曾去城里打过工，直觉这些古董都是好东西，出于报复心和贪欲，他偷走假文物去县里贩卖，却遭人举报，以至于人赃并获。

金立夏偶然目睹此事，明白自己已经暴露。他佯作无事地回医院接走弟弟，偷了辆车开回村子，到家后先哄住金小寒，随即取出了一把早就藏好的古董枪……

屋外狗吠不止，警笛阵阵。

贺思嘉要拍的就是这段受伤戏，也是金小寒在电影里的唯一一幕哭戏。

往常的室内戏，导演一般都在小棚，但这场戏很重要，余枫就来了现场指导。

从中午到现在，贺思嘉不知掉了多少眼泪，由于金小寒不会说话，即便再撕心裂肺也发不出声音，他失去一种表演元素，比正常哭戏更难。

贺思嘉哭得头疼眼酸，实在挤不出眼泪了，只好抱着渺茫的希望问能不能点眼药水，当然也被拒绝了。

不止如此，余枫还不许片场任何人与他说话，也不像以往那样耐心地跟他讲戏，只让他自己找感觉。

吴臻倒是一直在片场，偶尔与贺思嘉对上视线，眼里也无半分温和，总让贺思嘉联想到拍第一场戏时，对方指责他浪费全剧组时间的一幕。

当时余枫是借吴臻刺激他的情绪，这回则是借所有人压迫他的情绪，想让他崩溃。

眼见已近傍晚，副导担心场景氛围不连贯，问余枫是否要推迟到明天再拍。

余枫要求继续拍摄，因为情绪压制需要一点点累积，现在放弃，等于之前的工作白费。至于场景连贯性很好解决，相关剧情重拍就行了。

总之，贺思嘉若达不到理想效果，余枫就会一直拍下去。

拉锯战持续到夜里，所有人都很累，尤其贺思嘉。

他不仅精神疲惫，身体也难堪负荷，因为每次拍摄都得被柜子压着，那柜子是实木做的，重量可想而知。可余枫认为身体疼痛也是压迫情绪的有效办法，不肯换轻便的仿真道具。

又一次被叫停，贺思嘉早已烦躁不堪，他时而感觉自己像误入人群的孤魂野鬼，时而又觉得自己是即将登台的笼中困兽，可再压抑，他的眼睛始终干涩。

有化妆师上来补妆，在贺思嘉双手涂满血浆，贺思嘉盯着深红的血渍，脑中却一片空白。

回到镜头前，他见两名工作人员扶着木柜在等他，总感觉他们像是拉着一张挂满刀具的大网。

贺思嘉猝然停步，偏过头说：“我想抽支烟。”

他牢牢锁定监视器后的余枫，心底已做好被拒绝的准备，当看见余枫点头时，甚至以为出现了幻觉。

余枫伸手摸烟，有人比他更快地扔出烟盒，贺思嘉接住，目光移向烟盒的主人——光影切割着吴臻的轮廓，构成独特的影像质感，就像早些年流行的胶片电影。

贺思嘉忽然想，如果《玩古》真是胶片电影，余枫多半舍不得让他拍那么多遍。

烟盒里有一枚打火机，贺思嘉取出一支烟，血浆很快污染了卷烟纸。他不顾形象地坐在地上，在无数镜头前，抽完了指间带着薄荷味的香烟。

再次补妆后，贺思嘉趴在凹凸不平的地面上，背上压着木柜，就像压着一座山。

他按照余枫指导的姿势，冲镜头露出大半张脸，却并未强迫自己进入表演状态，余枫也没催促。

五分钟，十分钟，或者更久……

贺思嘉不知道摄像机是否在运转，至少没听见余枫叫停。

或许是受了尼古丁的麻痹，他自我封固的某个角落逐渐松懈，灰白烟雾腐蚀记忆的阀门，从缝隙中勾扯出一段过往。

恍惚间，他看见了一条潮湿逼仄的暗巷。

十七岁的少年身负重伤，无力地躺在垃圾桶旁，空气中充斥着令人作呕的酸臭。

少年清醒而麻木地哭了一夜，直到清晨曙光降下，一名清洁工发现了他。

在被送往医院途中，少年发誓，再也不会为那些人掉一滴眼泪。

“卡！ OK！”

余枫放下无线对讲机，重重舒了口气。

短暂的寂静后，片场逐渐响起掌声，所有人都在庆祝，庆祝这段折磨人的戏终于过了。

而贺思嘉此刻才发现，他早已泪流满面。

尽管对刚才一镜非常满意，余枫却很含蓄地表达，他需要贺思嘉保持情绪再拍几镜。

等整段戏结束，现场的气氛彻底活跃，唯有贺思嘉情绪低落，独自坐在一张矮凳上，拒绝与人交流。

余枫好声好气地在旁开解，可惜没什么效果，见吴臻过来了，忙说：“你这个当哥哥的还不快哄哄弟弟。”

吴臻双手揣在兜里，打量了贺思嘉片刻，轻声一笑：“弟弟不用哄，只需要我抱抱他。”

他这么说，也这么做了。

两人一坐一站，贺思嘉额头就抵在吴臻腹部，硬邦邦的，不怎么舒服，但他确实需要一个拥抱，至少在这一刻，让他感觉自己是被爱的。

突然，余枫听见了一声压抑的低泣，正想安慰两句，就见吴臻竖起食指，做了个嘘声的动作。

吴臻轻轻抚触贺思嘉后颈，低敛的眉眼比月光更温柔。

渐渐地，贺思嘉心绪平复，扯住吴臻衣服下摆擦了把脸，再抬头时眼皮都有些肿。

吴臻从兜里摸出颗巧克力，蹲下来与他平视：“要吃吗？甜食会让人开心。”

贺思嘉鼻头通红，哑声说：“谢谢。”

这时，付浅走了过来。

付浅这趟来倒不是为贺思嘉，自打化妆间喂姜汤以后，她明显感觉到贺思嘉的态度冷淡了许多，左思右想也不明白问题出在哪儿。既然对方无意，她也没必要死缠烂打，以免得罪人。

等走近了，付浅发现贺思嘉应该刚哭过，她今天没来片场，有点好奇发生了什么，才愣神没几秒，就听吴臻问：“付老师怎么过来了？”

付浅猛然回过神，忙说：“是这样，那个……余导，我明天要杀青了，经纪人也会过来，我们想请大家聚个餐，不知道方不方便……”

“方便！”贺思嘉听见“聚餐”二字，双眼骤然发亮，兴致勃勃地问，“余导，方便的吧？”

余枫本就有心同意，点了点头，又笑看着贺思嘉：“你倒适合演戏，情绪来得快也去得快，不容易憋坏。”

贺思嘉双腿一摊，假装听不懂：“怎么憋不坏，我无聊得都快长毛了。”

余枫见天听贺思嘉喊无聊，平时从不搭理，今天却有心安抚：“再坚持坚持，伽罗村的戏份就快拍完了。”

聚餐一事敲定，贺思嘉又高兴了，跟余枫打了声招呼就去卸妆。

次日，贺思嘉中午就到了片场，其实今天没排他的戏，可只要一想到晚上的聚餐，他就兴奋难耐，在房间里根本待不住。

贺思嘉习惯性搜寻吴臻的身影，见对方站在远隔人群的角落，拿着剧本默默背台词。

他忽然想起吴臻说过，要注意字面记忆，背台词不用抑扬顿挫，只用死记硬背。一旦形成本能意识，不论发生任何意外都能不假思索地念出台词。

这时，听见余枫嚷嚷着准备，贺思嘉眼珠子一转，猫腰上前。

吴臻已酝酿好情绪，正等着场记打板，他随意瞄了眼横在面前的小木板，忽地凝住。

“贺思嘉，你又来捣乱！”余枫率先吼道。

“我哪里捣乱了，免费打工不行吗？以后我不当演员，还能当场记。”贺思嘉举着场记板，振振有词道，“余导你好偏心啊，明明是吴臻不专业，你看他都笑场了。”

余枫瞪他一眼：“行啊，今天都由你来打板，做不好扣片酬！”

“来就来呗。”

贺思嘉一时嘴快，整个下午都耗在了片场。

直到导演一声“卡”，监视器画面定格在苗翠兰倚门凝望金立夏背影的一幕，付浅正式拍完她在电影里最后一场戏。

有工作人员送上鲜花，祝贺她杀青。

余枫宣布提前收工，现场一片欢腾。

吴臻揉了揉脖子，慢悠悠地走到太阳伞下，见贺思嘉坐在属于他的躺椅上，鼻梁架着副太阳镜。

他的目光在对方脸上逡巡，半晌才问：“你戴了我的太阳镜？”

“帅吧？”贺思嘉扶了扶镜架，没有要立即归还的意思，他伸了个懒腰，站起来轻推了把吴臻，“快去卸妆！”

等吴臻卸完妆又换好衣服，二人便一起去了餐厅。

餐厅环境已经大变样——原本一张长桌能坐四人，这会儿每三张长桌拼成大长方桌，可以坐下十来人。

贺思嘉环顾四周，一眼发现了余枫。按理说，他和吴臻都是主演，应该去那一桌，但他只想放纵一晚，便拉着吴臻偷偷去找叶闻飞。

“两位怎么跑这桌来了？”叶闻飞正在剥花生，表情有些傻。

贺思嘉没搭腔，挨着他坐下，扫了眼桌上摆放的酒水，挑着唇笑：“还一白一红，整得跟婚宴似的。”

“听说还有啤酒。”叶闻飞故作神秘地问，“知道今晚的主菜是什么吗？”

“什么？”

“小龙虾，我晨跑时见牛车拉了好几趟，还新鲜着。”叶闻飞抛高一颗花生米，张嘴接住，“来了这么久，可算享受到点儿生活该有的滋味了。”

没多久便开始上菜，首先端上桌的还真是小龙虾，共有麻辣、蒜蓉、十三香、卤水四种口味，各种口味都装了满满一大盆。

贺思嘉戴着一次性手套，熟练地剥虾壳，余光瞄见吴臻指间的虾，顿时笑了：“我以为你只是不会削苹果，没想到剥个虾壳也这么费力。”

吴臻仍旧是那句话：“能吃就行。”

“我教你啊。”贺思嘉重新挑了只虾，手指精准地捏住第二节虾壳，“只要顺着这里往下挤虾肉，肉壳分离再去头抽尾就行了，很简单。”

吴臻认真地盯着贺思嘉灵活的手指，半晌点了点头。

这时，叶闻飞问：“谁手机响了？”

贺思嘉凝神细听，好像是他的，忙摘下手套找手机。

等看清来电显示，他眼底隐有烦躁，不太情愿地摁下接听键。

“喂，妈。”

“嘉嘉在忙什么，半天才接电话。”

“聚餐，没听见。”贺思嘉语气淡淡，“有事吗？”

“没事妈妈就不能找你了？你走了那么久，从来不知道跟家里打电话，每次都得妈妈主动打过来……”

贺思嘉听着妈妈老生常谈的唠叨，一声不吭。

贺母说了会儿没等到回应，估计知道他不耐烦了，顿了顿问：“你什么时候回来？”

“差不多还有十来天。”

《玩古》当然不会这么快拍完，但贺思嘉有重要工作必须回 B 市，早就跟剧组请了假。

“怎么还要那么久……你说你就不能干点正事吗，好好的学不上，非得去混娱乐圈，一拍戏就连着好些日子不着家……而且那圈子多乱啊，什么人都有，跟他们混能有什么出息？

“我不指望你像你哥那么有本事，可也不能老给家里惹事吧？你爸你哥是什么身份，他们那些朋友要是看见你的花边新闻，指不定在背后怎么笑话咱家……”

贺思嘉将手机搁在桌上，手套也不戴就夹了只虾来剥，只是刚才的熟练已不见踪影，半天没能剥出虾肉。

他面无表情地盯着手机屏幕，通话时长从两分半钟增至四分钟，终于显示挂断。

突然，贺思嘉手指生疼，本能地扔掉虾，见指腹多了道小伤口，正微微渗血。

吴臻忙摘下手套抽出一张湿巾，也不嫌贺思嘉手上的油渍，帮忙压住伤口。

贺思嘉抿了抿唇，捏住湿巾说：“我去洗个手。”

餐厅里没有厕所，贺思嘉出门后先吹了会儿风，等心中郁气渐散，他才拐向洗手间。

刚到门口，他就听见里头有人说话，还提到了他的名字。

“我就是替你不值，贺思嘉演技比你差多了。”

“余导很喜欢他。”

“余导中意的明明是你，要不是碍于投资商，哪里轮得到他？”

“前不久余导找过我，说不会换人了。”

“凭什么？就凭他带资进组？姓贺的除了钱还有什么——”

“我还有脸啊。”贺思嘉推门而入，视线扫过戚子绪和一名眼熟的光替，轻慢地笑笑。

他不顾两人骤变的神色，径自走到水池前，压了点消毒液不慌不忙地洗手。

“对不起，我们——”戚子绪忙道歉。

“没事，我就喜欢别人恨我，又拿我无可奈何的样子。”贺思嘉打断戚子绪的道歉，从镜子里窥见对方僵硬的表情，笑容越发灿烂，“我可不是在说你，我说他。”

他转过脸，直视那名光替，傲慢中透着不屑。

可惜光替的义愤填膺似乎蒸发殆尽，低着头不敢与他对视。

贺思嘉心感无趣，扔掉擦手的纸巾，转身走了。

洗手间的门随之合上，足有半分钟的沉默，光替重新找回勇气，铁青着脸叫骂：“他有什么可拽的！”

戚子绪愣愣地盯着纸篓，感觉自己在贺思嘉眼里就和被丢掉的纸巾无异，好半晌才开口：“他还没出道公司就给了 A 级合约，背景很厉害。”

“我看是资本厉——”

木门再度被推开，光替霎时间好似被掐住了脖子的鸡，直到看清来人很面生，他才虚软地松了口气。

那人似乎并未注意他俩的对话，瞟了他们一眼又继续讲电话，听内容像是为付浅而来，还在说准备了什么神秘惊喜。

戚子绪朝光替使了个眼色，两人相继出去。

走了一段路，戚子绪突然回头，看了眼虚掩的木门。

光替心有余悸地问：“怎么了？”

戚子绪收回视线，淡声道：“没事。”

“那个人是不是付浅的男朋友？”

“可能吧。”

与此同时，贺思嘉也回到了餐厅，发现碗里多了不少虾肉，他冲着吴臻笑：

“还是你对我好。”

叶闻飞抿了口酒，凑过来问：“就不能是我剥的？”

“你哪有这么好心，再说……”贺思嘉拿筷子拨弄碗中的虾，“你剥的虾肉不至于这么残缺。”

叶闻飞大笑。

“有得吃也堵不住你的嘴。”吴臻扔给贺思嘉一板创可贴。

“哪儿来的？”

“阿水用来贴脚后跟的。”

“……”

几人边吃边聊，贺思嘉正和叶闻飞谈到某款新出的游戏，蓦地灯光一暗。

众人第一反应是又停电了，却见有人推着餐车进来，车上摆着一束玫瑰，以及一份燃着蜡烛的蛋糕。

伴随着尖叫起哄声，餐车停在付浅身前。

贺思嘉见多了哄女孩的花样，他那些狐朋狗友一贯浮夸又大手笔，在他看来，推车男的招数老土且刻板，却是大多数女生很难抗拒的惊喜。

“那是付浅的男朋友——不对，付浅有男朋友？”虽不是尽人皆知，但付浅给贺思嘉暗送秋波的事不少人都心知肚明，叶闻飞见她此时和推车男抱在一块儿，实在难掩错愕。

“不知道。”贺思嘉感觉数道视线落在他身上，有些心烦。

很快，室内恢复明亮。

刚才的热闹好似一道涟漪，转瞬消失在推杯换盏中。

贺思嘉找吴臻要了支烟，吞云吐雾间慢声说：“谢谢你提醒我。”

吴臻微怔。

“我没兴趣插足别人感情。”

吴臻了然，支着下巴笑了笑。

一支烟燃尽，正好付浅跟她经纪人过来敬酒，同来的还有她男友曹云光。曹云光端着酒杯，不客气地打量着贺思嘉：“贺先生好啊。”

贺思嘉摆出营业性微笑：“你好。”

曹云光勾起嘴角，意有所指地问：“听说贺先生很照顾我女朋友。”

话音一落，同桌人齐刷刷地看向贺思嘉，付浅脸色瞬变，唯有贺思嘉神情自若，从容地与曹云光碰了碰杯：“不客气。”

曹云光缓缓收笑，表情渐沉。

就在人人都以为有热闹可看时，他冷睨了贺思嘉一眼，拽着付浅走了。

付浅被拽得胳膊疼，忍着没叫出声，她猜曹云光多半听说了什么，但心里并不慌张，毕竟她与贺思嘉并未发生什么。

她琢磨着待会儿要怎么安抚男友，却不知曹云光早就给她定了罪。

先前曹云光从厕所出来不久，就听见有人谈论他女朋友，说付浅半夜敲了贺思嘉的门。他当时就想上去问，又觉得没面子，于是借着敬酒试探，从旁人的反馈中得到了答案。

其实曹云光和付浅明面上是情侣，实则各取所需，伤心失落自然谈不上。可被绿是他无法忍受的耻辱，因此在余枫和几位副导、总监相继离开餐厅后，他便强拉着付浅来到了贺思嘉这一桌。

“刚才只顾着敬酒，都没好好谢谢贺先生。”曹云光笑问，“咱们喝两杯？”

此时同桌只剩下四五人，叶闻飞看出曹云光是来找碴儿的，想要打圆场，却被贺思嘉拦住。

贺思嘉瞥了眼面色愁苦的付浅，没让她为难：“好啊。”

“爽快！”

曹云光嘴里夸着，心里却不以为然。他先前见贺思嘉态度嚣张，特意找了一个家里经营娱乐公司的朋友打听，对方虽未给出明确回复，却暗示他贺思嘉可能有个厉害的靠山。

他见多了像贺思嘉这样靠走捷径上位的人，只是小小警告，谅贺思嘉也不敢告状。

曹云光将红酒、白酒、啤酒各倒一杯，皮笑肉不笑地说：“光喝酒多没意思，不如来点儿助兴游戏？”

贺思嘉微顿，倏而笑了：“都行吧。”

曹云光嗤笑。他常年混迹酒局，对各种酒桌游戏都很精通，自认完全有能力灌翻贺思嘉。哪知几轮游戏结束，对方就喝了两杯，其余全进了他肚子里。

又一次输了骰子，曹云光目光阴沉，取过一个高脚杯，倒上满满一杯白酒，将酒杯推向贺思嘉："你干了它，这件事就算了。"

贺思嘉装不懂："什么事啊？"

曹云光步步紧逼："你喝不喝？"

贺思嘉占尽上风，半点也不生气，反而被曹云光输不起的态度取悦了。

他原本还有心思应付，忽然听见身旁传来打火机的"咔嗒"声，偏头就见吴臻正垂着眼点烟，满脸写着无聊。

他瞬间兴致索然，也从烟盒里抽出一支烟，凑向吴臻借了个火，慢声细语地问："你配吗？"

曹云光只觉得脑中炸开一朵烟花，被酒精麻痹的大脑再也无法维持理智，他指着贺思嘉骂："一个戏子罢了，不就靠张脸吗？除了脸你还有什么？"

贺思嘉愣了愣，不明白大家为何都要逼他做选择题，下意识就回："我还有钱啊。"

尽管贺思嘉机智地怼了回去，可曹云光吼出的"戏子"二字得罪了不少人，聚餐自然不欢而散。

曹云光当时情绪激动，几乎是被人架走的。

事后，贺思嘉问吴臻："你刚刚怎么没拦我？"

"没必要。"

"不怕我和他闹出事？

"能出什么事？"吴臻一手挽着外套，一手揉捏有些僵硬的后颈，态度十分随意，"那么多人在，你俩还能打起来？"

"要真打了呢？"

"你会被老余喷到怀疑人生。"

"……"

两人谁都没将这点小摩擦放在心上，接下来几天剧组风平浪静。

贺思嘉拍戏越发顺利，来自旁人的褒奖与肯定激发了他对表演的兴趣，甚至还让助理帮忙搜集提升演技的资料。消息传到陆馨耳中，她欣慰的同时又隐隐有些不安，总担心有意外发生。

或许受到墨菲定律影响，陆馨的预感很快应验。

这天晚上，贺思嘉刚从健身房出来，就接到经纪人的电话。

“你最近在剧组惹事了吗？”

贺思嘉拎着外套，抄近路穿过一排小树林：“没啊，怎么了？”

“下午营销号集中爆料，说你不敬业、耍大牌、不尊重前辈，连剧组盒饭都要点最贵的。”

“姐，剧组的盒饭又不收钱。”

“这是重点吗？”

“我只是觉得很可笑，你该不会连这都信吧？”

陆馨其实不怎么信，如果真有问题绵绵和小栖早跟她告状了，打电话无非想确认一遍：“你进组一个月没曝光，突然被集中狙击，我当然要问问。确定没得罪人？”

贺思嘉突然想到曹云光，难道是他？

陆馨也听说了两人的“桃色纠纷”，她想了想说：“我再打听打听。行了，你安心拍戏，我会处理。”

挂断电话，贺思嘉边走边上网，很快弄清了来龙去脉。

中午，一名自称在剧组打工的网友爆他黑料，帖子发在某论坛上，被营销号截图转至微博，期间还上了热搜，不过很快被他的团队撤了。

如今原帖已删，从截图可见，爆料人对剧组有一定了解，只是关于他的料三分真，七分假。

帖子里还说他拍戏总要求清场，每次都会浪费很多时间，为此惹怒了吴臻，两人大吵一架，差点儿气晕导演。

贺思嘉压不住笑，眼见已走到房门口，他心念一动，有了主意。

“咚咚——”

听见敲门声时，吴臻刚吹完头，他看了眼墙上的挂钟，时针指向十点。

吴臻套上蚕丝睡裤，随意拨弄着头发前去开门，门外是贺思嘉，刚一照面他就被揽住了。

贺思嘉伸长右臂，手机早已调成自拍模式，屏幕上照出他和吴臻头挨着头的画面，显得尤为亲近。

“吴老师，笑一个。”

吴臻顺从地端出最标准的微笑，只听“咔嚓”一声，画面定格。

见贺思嘉低头摆弄手机，吴臻困惑地问：“怎么了？”

“P图啊。”

“你要发出去？”

“不行吗？”

贺思嘉停下手，见吴臻穿了件有些皱褶的T恤，头发凌乱，还戴了副黑框眼镜，形象实在不算得体。他后知后觉地问：“是不是不太合适？可你这样也很帅。”

“没事，你发吧，挺自然的。”

贺思嘉冲他笑了笑，将简单修完的图发给陆馨，留言说：我和吴老师没有不和，他说这张图可以发。

接着，贺思嘉收起手机，朝屋里瞅了眼：“可以进去吗？”

吴臻让开身：“当然。”

虽然贺思嘉经常邀请吴臻去他的房间，但入组这么久，还是头回来串门。他随意打量着屋内陈设，和自己那边大同小异，只是桌柜上摆着不少野花。

贺思嘉打趣他：“花挺漂亮，吴老师还挺有生活情趣。”

吴臻扒了扒头发：“小杨弄的。”

小杨是吴臻的另一名生活助理，男性，长得五大三粗，心却很细。

“小杨跟你很久了吧？”

“从我复出就一直跟着我。”

“你那几年真被封杀了吗？”

“没有。”

“可外面都这么传，而且你确实好几年没拍戏。”贺思嘉有些惊讶，“刚得了影帝，应该很多片约吧？”

“那时候国内没宣传我拿影帝的事，投资方认为用我风险过大，加上我也有别的考虑，就暂时没接戏。”吴臻整了整沙发靠垫，示意贺思嘉坐，又问，“喝什么？”

“有咖啡吗，速溶的也行。”

趁吴臻去烧水，贺思嘉的注意力转移到电视屏幕上，意外地挑了下眉：“吴老师还看动画片？”

吴臻摁下电热水壶的开关，回头瞟了眼电视：“嗯，今天六一，应个景。”

“我小时候看过这个，《鬼妈妈》是吧？”

贺思嘉只记得大概剧情——小女孩在新房里发现一扇可以通往镜像世界的门，门后有她的另一对父母，眼睛都缝着纽扣。新父母外形诡异，却对小女孩非常好，远胜她原本的爸妈。就在小女孩全心接受他们时，新妈妈却拿出针线，说要为小女孩的眼睛缝上扣子，将她永远留在镜像世界。

“电视台有事吗？儿童节放这个？”贺思嘉深深感受到电视台的恶意，又说，“不过我以前觉得纽扣妈妈可好了，还试图在家里找那扇门。”

吴臻笑了声：“你口味挺重的。”

贺思嘉也跟着笑笑，没解释。

他曾幻想有那样一位母亲，哪怕温情短暂，至少会一心一意爱他。

一杯咖啡下肚，贺思嘉和吴臻看完了整部影片，便回房休息了。

临睡前，他特意登录微博，见陆馨已代他发了跟吴臻的合照。

评论里说什么的都有，粉丝顾不上辱骂吴臻，疯狂盖章两人关系好；黑粉则认为他强行拉吴臻做戏，一看就是塑料情；水军混迹其中挑事。

不论如何，合照热度掩盖了其余黑料，到了次日白天，陆馨通知他警报暂时解除。

下午，离组一个月的梅庆回归，也宣告伽罗村的戏份杀青在即。

当时贺思嘉刚卸完妆，回房间的路上遇见梅庆，下意识就笑：“梅老，您回来了？”

“小贺这是拍完了？”梅庆比一个月前瘦了些，眼眶周围晒出了太阳镜的印子，越发像个常年出外勤的老警察了，他乐呵呵道，“正好，小贺到我屋里去，给你们带了点儿特产。”

贺思嘉也懒得假客气，没一会儿就收获了几包苹果干和小鱼干，还有Y县的香肠、腊肉、火腿、X市的板鸭，以及一箱橙子。

“梅老，您这是把S省都跑完了？”

“就去了六七个地方，时间太紧了。”梅庆意犹未尽地叹气，话锋一转说，“趁今天有空，我等下去村里逛逛，伽罗村的蘑菇不错，小贺要不要给家人买点儿，我帮你捎回来。”

贺思嘉想到他外公爱吃蘑菇，便说：“我陪您一块儿吧。”

两人先去了村长家，路上，梅庆和他闲聊：“听说你最近表现很不错。”

贺思嘉嘴角上翘，假意谦虚：“是大家愿意教我。”

“哈哈，小朱可很少夸你们这类小年轻的。”梅庆笑道，“好好演，我看好你。”

梅庆是真喜欢贺思嘉，尽管两人只见过几面，可人和人之间讲究眼缘——贺思嘉生得漂亮，在他面前又格外乖巧，年纪还和他小儿子差不多大。

他想了想说：“我手头上有个正在筹备的综艺，你有兴趣吗？”

综艺名为《黄河行》，由国家电视台主办，以黄河干流为行进路线，每期邀请几位明星嘉宾参与拍摄，意在介绍黄河流域丰富的自然人文景观，展示河道治理的成效。

这类主旋律综艺对任何流量明星来说都是很好的资源，贺思嘉知道梅庆在照顾他，可他的档期都排到几个月后了，还得先跟经纪人商量。

“不着急，节目录制最快也得八月份，你这边确定了，提前通知我一声。”

村子不大，他们很快就来到村长家门前，隔着篱笆看见一位老人坐在院里晒太阳。

两人正想打招呼，一只黄狗狂叫着蹿出来，贺思嘉脸色骤变，拔腿就跑！

关键时刻，老人挺身而出，喝止住试图追撵贺思嘉的黄狗。

梅庆见贺思嘉一副快虚脱的样子，乐不可支：“多大的小伙子，还怕狗啊？”

贺思嘉惊魂未定，小脸惨白：“小、小时候被狗吓过。”

其实他现在也不那么怕狗了，但黄狗出现得过于突然，叫声又凶恶，完全击溃了他的心理防线。

贺思嘉在原地站了老半天才平复心情，可还是不敢进门。

老人看出他害怕，将黄狗赶回了屋，转头就见自己那任职村长的大孙子回来了。

村里人大多质朴，村长在问明梅庆与贺思嘉的来意后，热情地表示后院里就晒了不少野菌菇。

趁他去拿蘑菇，梅庆上前与老人攀谈：“大爷，您高寿啊？”

老人咧嘴一笑，操着浓重的乡音说：“我九十八了。”

梅庆说：“那您身体很好啊！”

老人又回了句什么，贺思嘉没听懂，他分神打量灰扑扑的院子，就一个感想——穷。

没一会儿，村长拎着两麻袋菌菇出来，一袋给梅庆，另一袋则递给贺思嘉。

贺思嘉嫌重，并不想拿这么多，可瞧见村长局促的模样，以及对方身后一排泥坯房，拒绝的话便梗在嗓子眼。他低头掏钱，哪知村长竟不肯收，只说知道他们是演员，也看过梅庆演的戏，家里人都很喜欢。

梅庆推辞不过，只好接受对方的好意。

临走前，梅庆走到老人身边，伸出双手说：“大爷，我们先走了，回头再来探望您。”

老人却没回握，只笑着点了点头。

村长担心梅庆尴尬，忙解释：“我爷爷年轻时打鬼子被炸了手。”

梅庆与贺思嘉双双一愣，同时看向老人藏在外衫下的胳膊。

那一瞬间，贺思嘉说不出心里是什么滋味，从书本上、影视剧中所见，以及长辈口中听来的历史，都离他太过遥远，更像是一段苦难而悲壮的故事。但此时此刻，老人光秃秃的手腕拨开了一层雾，隐秘的真相不再匮乏与缥缈，而是实实在在的沉重。

他见梅庆向老人敬了个标准的军礼，老人也一样站直了回礼。

两代军人相对而立，宛如两棵挺拔雪松。

——时光消磨了历史的厚度，却磨不去经历者充盈的灵魂。

回去的路上，贺思嘉总惦记没给钱的事，梅庆笑着说：“待会儿让工作人员送来，我们给的他不会收。”

贺思嘉安心了，又问：“梅老，我外公年轻时也当过兵，现在补助还挺多的，怎么村长家这么穷？”

梅庆拍拍贺思嘉的肩，无声地叹了口气。

一回片场，梅庆就招来一名工作人员，安排对方去送钱。

贺思嘉也赶紧掏钱，可身上现金有限，还是考虑到要买蘑菇，临时找绵绵拿的。

他想了想，发微信让两名助理把现金都给他，又找了几个熟人搜刮一番，只可惜大家的现金都不充裕，凑齐了也就两千多。

偏偏梅庆还说这样不行，金额过大村长一定会还回来，只抽了一小半走。

贺思嘉没能如愿，有些怏怏的。

他独自坐在片场发呆，也不知过了多久，右肩忽然被人拍了一下，他回头张望，并未看见人，转过头才发现吴臻正站在他左边。

贺思嘉嫌弃地说："你无不无聊？"

吴臻耸耸肩，笑盈盈地问："在想那位老兵的事？"

"你知道了？"

"贺老师心真软。"

"我人美心善不可以？"

"确实。"

吴臻找了张凳子坐下，说："《玩古》如果能赚钱，片方将捐出百分之三的盈利给八塔县，其中一半会拨给伽罗村。所以，你只要认真拍戏，就是对他们最大的帮助。"

贺思嘉还是头回听说这事，正想细问，就见绵绵急匆匆跑来："吴老师，老大，有人把你们吵架的音频发出去了！"

绵绵点了下手机，扩音器里传出一段熟悉的对话——

"贺思嘉，你在浪费所有人的时间，浪费剧组资源。"

"谁让你推荐的你找谁去啊！当我愿意来这鸟不拉屎的地方吗？"

声音回荡在空旷的夜里，贺思嘉和吴臻双双沉下脸。

事发突然，剧组需要立即商定好公关方案，余枫将相关人员召集在会议室内，拍着桌子发火："搞什么？我分明要求过片场不准拍照录像，那晚还安排了人检查！"

会议室烟雾缭绕，烟灰缸里塞满烟头，随着余枫拍桌子的动作，一截燃尽的烟头随之震落，烟灰撒得到处都是。

其余人讷讷不言，负责宣传的总监猛吸了口烟，面上阴云密布。

余枫其实没有责怪他的意思，心知检查无非是走个过场，真正有威慑力的也从不是检查，而是行业潜规则。因为一旦出事，剧组肯定会严查，被查到的人也休想在行业里混了。

可如果有人敢拿自己的职业生涯冒险，必然防不胜防。

“这件事必须查！我绝不容许剧组里有这种不安定因素存在！”余枫拧灭烟头，做下结论。

几位副导面面相觑，一人说：“那得先找微博索要发布人的信息，可若音频多次转手，想查出源头有点难。”

“我倒是能提供一点线索。”贺思嘉突然开口，“我的团队已经确认过，最近买水军黑我的人就是曹云光。”

如果黑料只针对他个人，贺思嘉是不太想理会的，但这次影响到剧组，他必须得追究。

余枫茫然地问：“谁？”

“付浅的男朋友。”

“付浅要对付你？”

“不是……”

贺思嘉羞耻感再低，当着这么多人的面也有些难以启齿。

余枫见他表情有异，骤然想起曾听过的某些八卦，心下了然：“咳，那就从什么光入手吧。”

散会后，贺思嘉给陆馨打了电话，表明了态度。

也不知陆馨用了什么方法，没两天就查到将音频外传的人是组里一名光替。

贺思嘉对这名光替有点印象，聚餐当天，这人就在洗手间说他坏话。

尽管光替始终不肯承认，但各项证据均指向他，余枫当即将人开除。

组里每个人都签了保密协议，光替失去工作的同时，还将面临诉讼。

当天，光替失魂落魄地离开，贺思嘉在看热闹的人群中见到了戚子绪，上前说：“你们关系那么好，不送送？”

戚子绪沉默半晌，垂下眼：“对不起。”

贺思嘉似笑非笑：“跟你有什么关系？”

戚子绪一顿，嘴角牵出苦涩的笑。

一场风波看似平息，但网上舆论仍在发酵。对于网友们而言，亲耳听到一线演员和流量小生吵架，实在是件新鲜事儿，即便流出的音频像被剪辑过，可语气中的愤怒明明白白，加上吴臻与贺思嘉早有不和传闻，大多数人都相信他们关系恶劣。

吴臻风评好，音频对他影响有限，反而间接佐证了贺思嘉不敬业，后者的微博评论区已被攻陷，连粉丝都控不住。

闹成这样，片方自然不乐意，余枫特意发了条微博，解释音频泄露一事，也公开了演员“吵架”的真相，同时发布了贺思嘉录制 EPK 的花絮。

花絮中，贺思嘉穿着戏服面对镜头笑：“吴老师很照顾我，大多时候都非常好，偶尔有点坏。”

画外音问：“怎么坏？欺负你吗？”

贺思嘉哈哈大笑：“当然不是，哥哥怎么会欺负弟弟，他就是总骗我玩儿。”

这段视频的播放量极高，引得网友们争相转发评论。当然，也有一些网友无视了 EPK，他们往往只信自己愿意相信的，热衷于各种阴谋论，从而享受“众人皆醉我独醒”的优越感。

就在这时，吴臻表态了。一时间，无数网友涌入吴臻的微博主页，见他转发了贺思嘉前两天上传的合照，内容很简单：没吵架，我们很好。

众人只当他是被逼维稳，不料吴臻又发了一条带视频的微博，并上传了几张照片。视频截取自贺思嘉雨中戏的片段，短短一分钟，他以各种姿势摔了十来遍；而图片上则是贺思嘉膝盖、手掌的擦伤，以及背部的严重瘀青，另外还附有一张药单。

@吴臻：也许观众一眼而过的镜头，演员却要反反复复拍摄很多次，@贺思嘉拍完这场戏就发烧了，我陪他去的医院。入组以来，@贺思嘉一直很努力，组里每个人都见证了他的进步，我相信他有能力优秀地完成角色，也希望大家可以公平对待一位年轻、敬业的好演员。

吴臻作为电影咖，一贯高冷，除了宣传期很少一次性说这么多。

网友议论纷纷，有人相信他的说辞，有人着手验证他微博内容的真实性，有人嘲他节操不再，跌下神坛。

处于八卦中心的两人正坐在同一张沙发上，吴臻语带兴味："难得听贺老师夸我。"

他指的自然是EPK。

贺思嘉瞄他一眼："我都说的实话啊。"

吴臻轻笑一声，关掉视频看了眼私信："你粉丝都随你，变脸真快。"

"也夸你了？"

"嗯。"

"那是因为你先夸我了……对了，你找我助理要的照片吗？"

贺思嘉每次受伤，助理都会拍照留证，就为了以后有机会卖惨虐粉，没想到还真用上了。

"你经纪人让绵绵发我的，你不知道？"

贺思嘉摇摇头，却能猜到陆馨的想法，多半担心他成事不足败事有余，干脆直接找吴臻商量。

"我姐也太紧张了，其实音频曝光，主要是你的高情商人设有点崩，我口碑一直不好，网友骂两天就忘了，无所谓。"

"我也无所谓，和你吵架，大家肯定认为是你错。"

"……"

事实摆在眼前，贺思嘉无法反驳。

吴臻锁掉手机，问他："你在这边就剩一天的戏了吧？"

"对啊，杀青戏，不知道要拍几遍。"

贺思嘉在伽罗村的戏份还剩两兄弟从医院逃回家后的一段，不过整段戏的重心都是吴臻，他只需要配合。

"不如我们对戏吧。"贺思嘉突然心血来潮。

"重要戏份不建议对戏，你经验少，准备太充分容易消耗新鲜感，导致表演循规蹈矩。其实偶尔不规整，出来的效果反而有惊喜。"

"那要是临场表现不好怎么办？"

"我不是说了，相信你有能力优秀地完成角色，你也该相信自己。"

转眼到了最后一天拍摄，其余人的戏份均已结束，只剩下吴臻与贺思嘉的夜戏。

吃过晚饭，吴臻一个人离开片场，也不知去哪儿了，大半小时才回来。

贺思嘉倒是很想问，可他看出吴臻在调整情绪，自觉地没去打搅。

吴臻回来后也不太说话，走戏时格外严肃，直到上场在即，整个人才松弛下来。

“啪——”

场记板打下，故事上演。

一辆轿车急停在村口，夜色中，金立夏背着金小寒，狂奔在蜿蜒的土路上。

布鞋底碾过地面，发出“啪嗒”声响，喘息声和偶尔传来的几声狗吠，衬得村子格外安静。

金立夏不慎踩在泥坑里，双脚一绊。

险险站稳后，他垂眸盯着脚下延伸向黑暗的路，月光照在他惨白的脸上，他宛如一个死人。

回到家，金立夏放下金小寒，让对方坐在一张木凳上。

凳子是金父在世时亲手打的，十来年过去，有不少地方都开裂发霉，表面黏着一层黑色污垢。

金立夏深深地看了金小寒一眼，转而进了属于他俩的房间。

屋里陈设很简单，只有一张桌子、一个衣柜和两张木板床。

金立夏站在门口，目光移向桌上的闹钟，时间显示 23 点 44 分。

他听见了催眠一般的“嘀嗒”声，就像血水滴落的音效。

一滴、两滴……

落入滴斗，流过管路和注射针头，渗入病床上一具干瘦的躯体。

那是他的母亲。

冷汗顺着颊边滑落，金立夏全身都在发抖。

半晌，他弯下腰，跪趴在自己床边，一只手探入床底，摸索床板，很快摸到了一块凸起。

那是他用胶带缠起来的一把古董枪，枪支没有保险系统，弹匣里装了三颗子弹，但他只需要两颗。

一颗给他，另一颗给金小寒。

金立夏将古董枪藏在后腰，突然莫名其妙地呛了下，他咳得撕心裂肺，仿佛连脏器都要呕出来。

良久，他转出房间，蹲在金小寒面前，小心地捧起对方缠着绷带的一只手，语调温软柔和：“小寒，想咱妈了吗？”

金小寒没有反应。

“我想她了。”

恍惚间，金立夏的意识又回到了那间病房——灰白的墙、消毒水的味道，还有人之将死的腐败气息。

“我答应过她，要照顾你一辈子。”

一起死，也是一辈子。

金立夏知道自己罪不至死，但涉案金额巨大，至少会判处十年以上有期徒刑，如果他进去了，金小寒怎么办？

十年，他的弟弟还能活吗？

金立夏终于意识到，从卖出第一件假文物起，他就一步步断送了金小寒的活路。

他专注地看着弟弟，目光流连在金小寒的眉眼、鼻梁、嘴唇、下颌。

半晌，金立夏扶着膝盖慢慢站起，灯光投照在他身上，打出的阴影一寸寸覆盖了金小寒的面庞。

“我们去找她好吗，还有咱爸。”

金小寒稍稍仰头，眼底有了一丝细微的波动。

“等明天，我们就能见到爸妈。”

枪口抵在金小寒的太阳穴处，金立夏盖住了弟弟宛如琉璃般清透的眼睛，他死死瞪着墙面，模糊的视线中，两道影子重叠交融、不分彼此，一如他们骨肉相连。

金立夏忽然笑了，在十二点即将来临的一刻，在越来越清晰的警笛声中，扣下扳机。

——我最爱的弟弟，明天，我们就能再次团聚。

“卡！OK！非常好！”

“我们已经有很完美的一条了！”

余枫难得在拍戏时情绪如此外露，可见兴奋。

而其余人尚未回神，他们都以为会拍很多遍，没想到一遍就过了。

众人的视线不自觉地落在场中两位演员身上，吴臻已经放下了道具枪，此时背对着他们，拿胳膊挡住脸。

演员或多或少都有入戏的一刻，或许在很多年后，当他们提起那个角色、那个瞬间，仍会潸然泪下。

剧组的工作人员大多经验丰富，见多了演员陷入角色情绪，拍完了还继续哭很久的事，他们相信吴臻很快就能平复下来。

至于贺思嘉，他倒是和金小寒一样没哭，拍完戏就去休息了。

“老大，你今晚这几场戏演得超棒！”绵绵和小栖立刻吹上了。

“我能有几个镜头，就是个背景板。”贺思嘉扯扯嘴角，坐下说，“剧本给我看看。”

绵绵忙递上去。

贺思嘉随意翻了会儿，抬起头：“我眯几分钟，待会儿设备挪好了再叫我。”

听绵绵应了，贺思嘉躺下来，拿剧本盖住脸。

晚上温度低，绵绵担心他着凉，还找了床毛毯搭在他身上。

绵绵搬着小板凳坐远了些，忽然感觉有人过来了，见是吴臻，她刚想打声招呼，对方就做了个嘘声的动作。

吴臻轻手轻脚地走到贺思嘉身边，微微俯身，揭开对方脸上的剧本，毫不意外地笑了：“偷哭啊？”

贺思嘉有点蒙，按理说，金小寒对死亡无知无觉，他即便入戏也不至于哭，更何况电影是大团圆结局。但他全程对着吴臻在演戏，是受对方情绪感染最大的人，拍摄时全靠自我催眠才没跟着掉泪。

等导演喊卡，他刻意压制的感情有了宣泄口，于是躲到了一边。

他正哭得陶醉哭得爽，突然被曝光，顿时恼羞成怒。

贺思嘉顾不上掩饰，瞪着眼不耐烦地说：“你烦不烦？”

绵绵和小栖立刻紧张起来。

吴臻却连脸色都没变一下，好整以暇地打量贺思嘉，对方微红的眼睛圆溜溜地瞪着。

他看似不经意地理了理搭在贺思嘉身上的毛毯，倏然往上一拉，宛如收尸般盖住对方脑袋：“贺老师，一路哭好。”

贺思嘉跳下躺椅就要报复，吴臻机警地后撤，快速绕到一名工作人员身后。

突然，吴臻停下脚步，贺思嘉来不及刹车，直直撞了上去。

吴臻及时扶住他：“感觉好点儿了吗？”

贺思嘉愣了愣，发现不知不觉间他已经摆脱了角色影响。

吴臻并不需要他回答，转头看了眼余枫那边，摄像灯光还在挪动机器，便说：“要不要去抽支烟？”

贺思嘉可有可无地点了下头。

两人走到片场角落，吴臻分给贺思嘉一支烟，帮他点燃后才顾上自己。

贺思嘉咬着烟嘴，问：“拍戏前你去哪儿了？”

“随便走走。”

“是你的习惯吗？我是说，拍重要戏份前你都要一个人走走？”

“算是吧，我需要安静的环境梳理思路，出去转一圈、上床躺会儿、泡个澡……总之办法很多。”

贺思嘉若有所思，半晌吐了一口烟雾，白烟飘向一侧，遮住了吴臻的眉眼，朦朦胧胧。

他盯着吴臻看了会儿，又将视线移向漫天星斗，以很轻的声音说：“谢谢。”

吴臻没听清：“什么？”

贺思嘉哂然一笑：“没事。”

一支烟燃尽，吴臻放下手道：“回去了，设备已经挪好了。”

贺思嘉闻声回头，灯源处已不再忙乱，一切都井井有条。

正所谓一回生、二回熟，换景别拍摄无非是重演一遍，即使吴臻感情不如之前饱满，依然表现得可圈可点。贺思嘉倒是NG了两三次，可也顺利完成了。

至此，伽罗村的戏份正式杀青，余枫当场开了瓶香槟。

气泡喷涌而出，所有人都沉浸在当下的喜悦中。

吴臻转身冲贺思嘉张开双臂：“弟弟，来庆祝一下。”

贺思嘉怔了怔，粲然一笑，大方地给了对方一个拥抱。

人群本已逐渐稀落的掌声变得加倍热烈，还有跟组宣传拿着 DV 拍摄。

余枫喊：“你俩赶紧过来拍合照。”

余枫指挥几个人挪设备，留出空地后，众人按次序排好。

吴臻和贺思嘉抱着花束一左一右站在导演身边，三人的身高差形成个明显的 V 字，两位主演隔着余枫对视，又都情不自禁地笑了。

第四章 你可真好骗

YU DING TOU TIAO

接下来就是杀青宴，等贺思嘉卸完妆回来，见场地中央摆着不少烤架，才知道今晚的保留节目是烧烤派对。

他眼尖地发现摞在角落里的几箱啤酒，朗声问：“余导，今晚能敞开了喝吗？”

余枫正给一串鸡翅刷油，头也不抬地回：“明天吃了午饭就得走，你要是起得来，随你喝。”

贺思嘉当即打定主意要纵情醉一场，虽说前不久刚聚过餐，可当时戏还没拍完，他束手束脚没敢多喝。

酒过三巡，众人渐渐放开了，宣传总监忽然提议：“要不来点儿助兴节目，到时候剪成花絮。”

余枫略一沉吟，点了几名年轻人表演才艺。他挑的都是性子外放不怯生的，有人秀了魔术，有人来了段单口相声，轮到叶闻飞时，他打了一套长拳。

听叶闻飞自己说，他五岁开始学武术，足足学了八年，之所以会被挑上饰演小警察，很重要的一点就是他武术基本功扎实。

叶闻飞这套拳也确实打得漂亮，行云流水，动作有力，赢得了满堂喝彩。

贺思嘉一边叫好，一边朝叶闻飞砸花生：“小叶子，接爷的赏！”

叶闻飞冲他虚踢一脚，笑骂：“滚蛋，再扔我跟你急啊！”

等叶闻飞下场，吴臻轻拍着手说：“厉害。”

“你好像还没表演？”吴臻看着贺思嘉道。

贺思嘉眼珠子转了转，他能称得上才艺的只有小提琴和钢琴，但水平有限，也不适合现场发挥。

原本他打算随便唱首歌糊弄过去，可临到头又改了主意，转身冲小栖吩咐：“帮我放首歌，BLACKPINK 的《Playing With Fire》。”

叶闻飞不走心地问：“你要跳女团舞吗？哈哈哈……”

他其实从未想过这种可能，哪知贺思嘉竟打了个响指：“聪明。”

笑声戛然而止，又被掀天的哄叫声取代。尤其在贺思嘉像模像样地摆出开场姿势后，气氛更为热烈。

伴随着歌曲前奏，贺思嘉踩着节拍扭腰往前走了四步，步步都在鼓点上。

《Playing With Fire》曲风轻快，女生跳起来性感又娇俏，网上还有不少男生的翻跳版本。

贺思嘉跳得不能说敷衍，可绝对不算专业，他没有认真去抠原版的神态和动作，肢体舒展随意，不论晃肩扭腰或是摆胯抖腿都极为自然。

如果让业内人士评价，贺思嘉这种翻跳是不及格的，可从视觉效果而言，更容易被大众接受。

不过再怎样也是女团舞，一些小动作由贺思嘉做出来也过分可爱了，比如此刻的小狗跳和双食指画心，让气氛嗨得仿佛穿越到顶级男团的演唱会现场。

叶闻飞嗓子都号破了，狂扯吴臻的胳膊。

吴臻也看得很认真，嘴角一直噙着笑。

只可惜贺思嘉跳完一小段就忘了动作，毕竟是很早之前跟人打赌现学的。

他也不着急，随着节拍随意晃动身体，直到副歌部分将至，终于唤醒了身体记忆。

鼓点加强的刹那，贺思嘉脱掉外套，用力一砸！

尖叫声几乎冲破耳膜，躁动的鼓点引领贺思嘉每一个动作，力量从他四肢传递，仿佛指尖一划都能挽出朵炸裂的花火。

当夜散场时，贺思嘉已成功灌醉自己，被绵绵和小栖扶着回房。

吴臻也处于半醉状态，不久前还绯红的脸色，如今已变得赤白。他见两名助理扶得辛苦，发扬绅士风度说：“你俩先去休息，我来照顾他。”

绵绵和小栖都有些犹豫，但贺思嘉毕竟是男性，她们照顾起来不太方便，于是只将人送到门口。

喝醉的人总是特别沉，吴臻半拖着将贺思嘉带上床，就听见贺思嘉含混地开口：“锄、锄禾日当午，汗滴禾下土……谁知盘中餐，粒粒皆辛苦……”

思维出现了短暂凝滞，吴臻目光复杂地盯着贺思嘉，半晌哂然一笑，转身去给对方倒水。

然而找了一圈却发现屋里没有热水，只能现烧。

刚插上电热水壶，吴臻就听到一声干呕，转头见贺思嘉已半坐起来，表情痛苦地捂着嘴：“呕——”

贺思嘉直接吐了一摊酒——衣服上、床上，还有地毯上，都被污渍溅染。

吴臻眼皮微跳，有一刹那真想抬腿走人，但他只是蹙了蹙眉，快步上前扒掉贺思嘉的脏衣服，将人拎去浴室，摁在马桶上坐好。

等调试好浴缸水温，他见贺思嘉半垂着脑袋似乎睡着了，便出了浴室想给人找件浴袍。

中途，他不忘给助理小杨发微信，说贺思嘉吐了，叫对方明早通知保洁打扫房间。

见页面显示还有几条未读信息，吴臻顺便点开看了，是好友陆开阳发来的几张图，告知他日料店已装修完成。

吴臻回了句“还不错”，忽听浴室传出几声异响，他匆匆放下手机，推开门见贺思嘉整个人泡在浴缸里，氤氲雾气半掩住对方酡红的脸。

忽然，贺思嘉猛地抬起右臂，撩洒一串水花，中气十足地吟诵：“君不见，黄河之水天上来，奔流到海不复回！”

吴臻：“……”

小朋友还挺热爱文学？也不知明早醒来还有没有记忆，会不会尴尬？

吴臻撩起袖子，开始收拾贺思嘉这个“大麻烦”。

醉酒的人一身蛮力，他费了老大劲才制住贺思嘉。

等大功告成，吴臻半拉着贺思嘉出了浴室。空气中弥散的味道并不好闻，吴臻稍一犹豫，索性带人回了自己房间。

他耐着性子给贺思嘉吹了头，将人安顿在床上，才去浴室洗澡。

出来时，恰好看见贺思嘉翻了个身，裹着半条被子摔下了床，趴在地上不动了。

吴臻担心贺思嘉摔出毛病，忙走过去，发现贺思嘉半睁着眼，便问：“摔疼了吗？”

贺思嘉没理他，四肢向左右两边划拉，嘴里还“咕噜噜”配着音。

吴臻观察良久，不太确定地问：“你是在游泳吗？”问完自己就先笑了，眼中疑惑退去，笑意越来越浓。

吴臻不再急着扶贺思嘉上床，而是打开了手机摄像功能。

他恶趣味地期待，酒醒后的贺思嘉会以什么样的表情面对这一幕。

录了约莫半分钟，吴臻才去拽贺思嘉，哪知对方坐正后，忽然抬手挥向他，若非他反应快，差点儿被打个正着。

吴臻下意识地松手，就听“咚”的一声，贺思嘉后脑磕到了床沿，撇着嘴哼哼了两声。

他无奈地叹气，再次去拉贺思嘉，对方却一头撞在他胸口上！

这次吴臻没来得及避让，结结实实挨了记铁头功，他脱开身，捂着胃站起来，脸色白中泛青，额头直冒冷汗。

饮酒过量的胃本就受不得刺激，数次压下的火气随着胃部痉挛轰然爆发，吴臻撑住椅子，吸着气漠然地想，他如果再多管闲事就倒过来姓。

吴臻慢慢挪到沙发上，等胃疼缓解，又去泡了杯牛奶，期间任由贺思嘉躺在地上，内心毫无波动。

直到他听见一声呜咽。

吴臻以为贺思嘉哭了，忍不住侧头，余光窥见对方一滴眼泪也没掉，只是嘴里“呜呜呜”的，宛如开着小火车。

他从未照顾过醉酒的人，也不知别人的醉态是否也这么可笑，又惊觉这大半个小时自己的智商也被拉低到和对方同一水平线。

算了，和醉到神志不清的人较什么真？

他来到贺思嘉身旁，试图拉人起来，还没碰到人又听见手机响了。

金属铃音十分刺耳，吵得人头疼，吴臻皱了皱眉，本想先去接电话，可刚迈出步子就被贺思嘉拽住了，若非他一直心存警惕，只怕会被绊倒。

吴臻简直都要气笑了，他居高临下地冷睨着贺思嘉，继而闭了闭眼，无情地挣开腿。

来电的是陆开阳，多半这会儿刚看到他的回复，声音透着笑：“喂，老吴啊，这么晚了干吗呢？”

吴臻面无表情，亦无灵魂：“打错了，我姓吞。”

闹了大半夜，吴臻身心俱疲，躺上床却辗转反侧，许久才酝酿出睡意。

窗外，漫天星斗悄然隐退，一轮红日破云而出。

越来越刺目的阳光唤醒了沉睡的世界，贺思嘉也从梦中醒来。

尽管他脑子昏沉沉的，但也第一时间辨认出自己好像身处吴臻的房间，他怎么睡在这儿了？吴臻又上哪儿去了？

他正蒙着，房门突然被打开，吴臻拎着一袋东西，与他对上视线。

碎片化的记忆一瞬间拼凑成形，贺思嘉渐渐想起一些片段——他吐了，是吴臻在照顾他，可他好像把人给折腾得很惨？

他表情微变，就听吴臻说：“醒了先去洗漱，我带了早饭回来，先垫垫肚子，马上要去村宴了。”

剧组今天就要离村，村长特意安排了一场告别宴，全村人都会参加。

贺思嘉跳下床直奔浴室，盥洗台一侧放着一支新牙刷，还有包没拆封的毛巾，显然是吴臻准备的。

他用了吴臻的牙膏和洗面奶，擦干净脸推开磨砂玻璃门，走到茶几旁坐下：“昨晚谢谢了。”

吴臻挑了下眉：“你还记得？”

贺思嘉不太好意思地说：“记得一些，对不起，我喝醉了有时候特别烦……”

“确实。”吴臻漫不经心地附和。

贺思嘉其实不常醉，醉后大多睡死过去，极少情况会特别亢奋。

他听朋友抱怨过，大概知道自己会撒疯打人，偶尔还要背诗，便问：“我昨晚背诗了吗？”

吴臻突然笑了：“贺老师挺有文化。”

果然。

当初朋友拿出录音，贺思嘉恨不得原地自焚，但被调侃多了早已麻木，自嘲道："可能小时候背《唐诗三百首》背出心理阴影了。"

"那你小时候被水淹过？"

贺思嘉茫然地抬眼。

吴臻慢悠悠地摸出手机，点开一段视频，播给贺思嘉看。

饶是贺思嘉脸皮再厚，看到自己新解锁的丑态也尴尬到头皮发麻。他伸手要抢，吴臻却快一步揣回手机，憋着坏问："怎么，想毁灭证据？"

贺思嘉羞恼不已："你录这个干吗？"

"调剂心情。"吴臻挑着唇说，"放心，视频加密了，不会泄露出去。如果贺老师想要，我可以发你一份。"

贺思嘉瞪了吴臻一会儿，又安慰自己吴臻作为目击者，看一次和看一百次也没区别，索性不再纠结视频，转而威胁："吴老师以后可千万别在我面前喝醉。"

吴臻往沙发上一靠，语气淡淡地问："贺老师有什么打算？"

贺思嘉装出一副笑脸说："当然是好好照顾你。"

吴臻回以一笑："那就先谢过贺老师了，我酒品不错，既不会背诗，更不会游泳。"

贺思嘉："……"

当天吃完早饭已经十点多了，贺思嘉回房换衣服时，正好撞上来帮他收整行李的两位助理。

贺思嘉开门进去，发现房间已经打扫过了，屋里每扇窗户都敞开着，空气中有阳光的味道，还有淡淡的薰衣草香。

绵绵在看见整整齐齐、明显没被人睡过的床铺时，表情怪异："老大，你昨晚没回房吗？"

贺思嘉点头："昨晚我吐了，睡在吴臻那边了。"

小栖紧张地问："老大你现在还难受吗？怎么不跟我们说啊？"

贺思嘉打开衣柜说："我都醉傻了。"

"是吴老师在照顾你吗？"

"嗯……"

“他真好。”

贺思嘉说不出否定的话，可想到那段视频，他也不乐意表态，只拿上衣服进了浴室。

中午的告别宴很热闹，散席后剧组分批离开，他们要去距离伽罗村一百多公里外的金山县，开车得近四个小时。

贺思嘉坐在汽车后排，临出村时，他下意识地回望村口，目光越过一众村民，落在屋瓦墙沿绽放的绯红山花上。直到很久以后，他仍然能清晰地回忆起阳光下灼灼似火的色彩，还有这一年沉闷又躁动的初夏。

前往金山县同样需要翻山，沿途风景宜人，车队开了两个多小时后，在一处平缓的山坳停下。

贺思嘉正睡得迷糊，被司机关车门的声音惊醒，扒下眼罩瞅了眼，哑声问：“怎么不走了？”

“余导让停的，说要拍一组空镜。”坐在中间一排的绵绵转过头，“老大你继续睡吧，到了叫你。”

贺思嘉拉高毛毯蒙住头，躺了会儿又睡不着，索性下车转转。

推开车门，落日余晖倾照在巍峨的雪山上，山巅被染成纯正的金色，宛如传说中宝藏出世的盛景。

贺思嘉半眯着眼戴上太阳镜，一眼望见人群中的吴臻，对方背对他而站，面前横着一条狭窄的溪流。

溪水清澈，自雪山顺流而下，贺思嘉慢吞吞地走过去，发现吴臻手里拿着一个军用水壶。

“你在干吗？”

吴臻侧头看他一眼，蹲下身：“接点儿雪水，泡茶喝。”

贺思嘉毫不掩饰自己的嫌弃：“这能喝吗？”

“当然能，梅老接了好几桶。”

贺思嘉左右张望，果真见到梅庆和他助理各拎着个特大的蓄水瓶，正朝停车的方向走。他不解地问：“怎么都突然想到要接雪水了？”

“刚才向导说以前有位藏族公主殉葬在这座雪山下，化为山神。”吴臻望着涓涓细流，慢声解释，“喝了雪山融化的水，就能得到山神庇佑。如果在雪水里洗手超过十秒钟，所有心愿都会实现。”

“那有什么难的？”

贺思嘉不信庇佑的说法，只是觉得挑战过于简单，抱着玩乐的心态蹲下来，双手浸泡在溪水中，默默计时。

最开始的确没有不良反应，可默数到第三秒，寒意逐渐明显，如千万根针刺进皮肤。

贺思嘉双手又胀又痛，还想再坚持一会儿，却被吴臻拉着站起来。

“你怎么又信了，我开玩笑的。”

贺思嘉愠怒：“你那是玩笑吗？明明是玩我！”

吴臻一顿，微微抬起脸。

隔着太阳镜，贺思嘉看不见吴臻的眼神，却莫名感觉有些灼人。

半晌，吴臻摸出一张手帕递给他，说：“你怎么这么好骗。”

“……”

贺思嘉并不认为自己很好骗，只是吴臻段位太高，每句话都叫人无从分辨真伪。

“你头疼吗？”吴臻忽然问。

贺思嘉摇了摇头。

吴臻视线滑过路边一座海拔碑，石碑上用朱笔标注着“5270”几个数字：“这里海拔高，记得我们 块儿去八塔县时，你高反挺严重的。”他嘴角轻翘，“贺老师当时特别高冷，独来独往的，也不爱说话。”

贺思嘉直言不讳：“那会儿讨厌你呗。”

吴臻没问原因，只心平气和地说：“那我洗白了吗？”

“看见那道彩虹没？”

吴臻头也不抬，懒懒地问：“哪儿？”

贺思嘉轻嗤：“梦里。”

抵达金山县已经快九点，去往宾馆的路上，贺思嘉欣喜地发现了酒吧、烧烤摊，还有各式各样的小食店。这里虽然同属于S省内相对偏僻的藏区，却比八塔县繁华许多，附近还有一座小型机场。

下了车，贺思嘉长长地伸了个懒腰，见吴臻正在帮助理拿行李，便走上前问：“明天休息，等下请吴老师喝酒？”

虽然金山县的布景已搭建完成，但设备得明晚才能全部运到。

“你还没喝够？”吴臻兴致缺缺，“昨晚没休息好，想早点儿睡觉。”

贺思嘉也不是真想喝酒，无非见到酒吧过于兴奋，想去玩玩。他抛下吴臻，又去问叶闻飞，可惜后者也一脸疲态：“祖宗，你不累吗？改天好吗？”

“不去算了。”见没人响应，贺思嘉悻悻地回房。

一觉睡到次日中午，贺思嘉下楼解决午饭，期间没见到吴臻，听小杨说还在睡觉。

吴臻很少晚起，贺思嘉还当是前天晚上照顾他太累所致，哪知小杨却说吴臻没工作时经常赖床，甚至能睡到下午三四点。

贺思嘉有点意外，他以为吴臻自制力很强，没想到还有这种咸鱼爱好。

饭后，他叫上叶闻飞，两人在街上找到一家大城市里早已消失的游戏厅，兴冲冲地玩了会儿街机。

中途，贺思嘉接到绵绵的电话，说晚上县领导要请主创聚餐，让他五点前准时回。

挂了电话，他发现吴臻发来一条语音消息，对方声音里透着初醒的慵懒：“在哪儿？”

贺思嘉斜睨正激情打街霸的叶闻飞，选择背弃小伙伴，打字说：等我回来找你。

但叶闻飞不愿走，还控诉贺思嘉不讲义气：“聚餐不是五点吗？现在才三点，那么着急回去干吗？”

贺思嘉执意要回去，叶闻飞“嘁”了声，表示要再玩会儿，让贺思嘉自己回去。

等贺思嘉敲开吴臻的房门，对方刚洗过澡，发梢还坠着水珠。

“你可真能睡。”贺思嘉换了鞋进去，随口问，“吃了没？”

“不饿。”

吴臻让贺思嘉稍坐一会儿，自己去浴室吹头发。

贺思嘉环视一周，见沙发、椅子上堆满了杂物，多半吴臻昨晚等不及助理收拾就先睡了。

他走到床边，推开凌乱的被子坐下，掌下的床单似乎还残留着主人的温度。

贺思嘉百无聊赖地发了会儿呆，心想自己好好的街机不打，陪吴臻在房间里窝着是不是脑子进水了，于是提高音量：“待会儿我们去城里逛逛？”

吹风筒的噪音暂停，遥遥飘来一声“好”。

又等了片刻，浴室安静下来。

贺思嘉见吴臻扒拉着头发出来，从椅背上拿起件外套穿上。

两人一前一后出门，在电梯里遇上了宾馆服务员。

贺思嘉顺便打听了下城里哪里好玩，服务员推荐了一座文化广场，又说走过去要半小时，可以借他们一辆摩托车。

拿到摩托车钥匙，贺思嘉考虑到自己骑车一贯野，便让吴臻载他。

县里路窄，汽车也不多，摩托畅通无阻地行驶在高低起伏的马路上。

贺思嘉坐在后座，按住微信通话键，和群里的狐朋狗友聊天。

入眼的风景时刻变化——虔诚的僧侣、碉房与经幡、镶刻经文的寺庙，还有投照在地面的树影和粼粼光斑，全都被抛在身后，亦在他眼底留下生动的印记。

忽然，摩托车停下。

他们到了。

贺思嘉长腿一跨下了车，摘下太阳镜，打量着全城最热闹的广场。

四周聚集着不少人，中央空地处，一名藏族女子正张开双臂转圈，裙角随之飞扬，就像阳光下盛放的一朵山花。

她身旁围着七八个年轻小伙，同样随着音乐的节拍载歌载舞。

古老而独特的藏式唱腔辽阔婉转，哪怕贺思嘉听不懂歌词的意思，也能感觉到浓烈的热情与浪漫。

“他们唱的是什么？”

贺思嘉只是随便问问，并不指望吴臻回答。

没想到吴臻还真会翻译：

“我眷恋你眼眸似湖水。

我钦慕你乌发似长夜。

让山风代我吻你。

让我醉倒在你足下。”

因为还有聚会，两人没待多久。

回到宾馆，贺思嘉从摩托车后座下来，忽然听见一声猫叫。

他低下头，见一只半大的土猫站在他脚边，仰头望着他。

贺思嘉蹲下身，试探性地摸了摸，感觉土猫比较亲人，便放心地托住它上肢逗着玩。

吴臻锁好摩托，走到他身前问：“喜欢猫？”

“还好，我表妹家里养了一只。”贺思嘉眉目温和，声音放得很轻，“也是捡来的土猫，很乖。”

吴臻稀罕地多看了他两眼：“喜欢怎么不自己养，现在圈里好像很流行养宠物的人设。”

贺思嘉将土猫放下，拍拍手站直：“我以前养过一只巴西龟，后来没了，就不想再养宠物。”

“为什么？”

“不养就不会投入感情，没感情就不会伤心。”

尽管贺思嘉语气平静，但吴臻能感觉到，至少在这一刻，对方并不开心。

但他只是笑了笑，什么都没问，只晃了下手里的车钥匙：“走了。”

两人各自回房休息，五点半准时出发参加饭局，或许是县领导担心他们吃不惯藏餐，特意选了家川菜馆。

到餐厅时，包厢里已等着四人，一位副县长、一位秘书，还有两位外形出挑的年轻男女，似乎是专业“饭陪”。

寒暄过后，贺思嘉得知美女名叫卓玛，在藏语里有仙女的意思。

卓玛虽说皮肤黑了点，但五官明艳，性子热情又大方，浑身散发着自然野性的美。

席上，贺思嘉与卓玛聊得颇为愉悦，当得知对方曾跟藏医学过看手相时，他懒懒地递过去一只手："那你帮我瞧瞧。"

卓玛轻握着他的手："贺先生想看哪一方面？"

贺思嘉噙着笑说："桃花。"

一顿饭宾主尽欢，散席时，副县长紧握住余枫的手，激情地表示金山县会全力支持拍摄工作。

而卓玛已与贺思嘉从藏文化聊到了梵高的《星月夜》，当时吴臻正从餐厅里出来，微微驻足后，视若无睹地与贺思嘉擦身而过。

一行人回到宾馆，余枫又把贺思嘉和吴臻叫到房中谈了些事，与拍摄有关。

等一进电梯，贺思嘉便跟没骨头似的靠着电梯壁，疲惫地揉了揉眉心。

"累了？"吴臻问。

"嗯。"

"我以为你会很享受。"

"应酬有什么好享受的。"

"有美女作陪，你不是最喜欢吗？"

"难道你不喜欢？"

"不喜欢。"

贺思嘉轻嗤一声，当即想模仿某位女主持的名言——真的吗？我不信。

可他看向吴臻时，发现对方很认真。

"叮——"

电梯门开了。

贺思嘉回神，先一步跨出电梯。

两人沉默地往房间走，临进门前，贺思嘉忽然转过身，冲吴臻道了声晚安。

吴臻很浅地笑笑，越过他走到自己房门前，拿出房卡刷开门，在关门前回道："祝贺老师好梦。"

但这晚贺思嘉睡得并不好，天没亮就醒了。

宾馆早餐六点半开始供应，贺思嘉到餐厅时，看见吴臻端着盘子站在自助餐区，头发微有些乱，还戴着黑框眼镜，不太有精神的样子。

他上前打了声招呼，吴臻却没应，反而直勾勾地盯着他的脸。

“怎么了？”贺思嘉莫名有些紧张。

吴臻指了指大餐盘里的水煮蛋：“眼睛肿了，拿鸡蛋热敷一下。”

贺思嘉慌忙拿手机一照，屏幕上的人眼睛已肿成了单眼皮。

吴臻只提醒了一声就去了用餐区，等贺思嘉端着粥和小菜坐过去，见吴臻戴着耳机，正在看视频。

他探头瞟了眼，居然是《海贼王》。

“手机放过来一点。”贺思嘉自然地扯下吴臻的一只耳机，塞到自己耳朵里，边拿着鸡蛋敷眼睛边问，“没想到吴老师还看这个，今天可不是六一。”

吴臻头也不抬地说：“挺好看的。”

贺思嘉想到之前那部《鬼妈妈》，好奇地问：“你很喜欢看动画片吗？”

“还可以。自从当了演员，看别人演戏就跟运动员复盘比赛似的，很难专心。”

“那你还说看过我的剧，你真看了？”

“当然。”

“不出戏吗？”

“看你的剧我只有一个感想。”

“什么？”

“想跟贺老师交个朋友。”

贺思嘉被逗笑了，还想说什么，就感觉肩膀被人拍了下。他回头，见叶闻飞站在他身后，问他：“你上午不是没戏吗，这么早？”不等他回答，叶闻飞又看向桌上的手机，表情顿了顿，“打扰了，小朋友们继续。”

贺思嘉：“……”

用完早餐，贺思嘉和吴臻一块儿回房，路过自助餐区时，一人端着杯子刚好转身，眼看就要撞到贺思嘉，吴臻忙从旁挡了一下，被豆浆溅了一身。

“没事吧？”贺思嘉着急地问。

吴臻还没回话，一旁的“罪魁祸首”已经忙不迭道歉。贺思嘉转眼一看，发现竟是自己的文替之一戚子绪。

他口气不太好地质问：“你怎么回事？”

戚子绪脸色惨白：“我——”

“没事，不烫，换件衣服就行了。”吴臻先答了贺思嘉，又对戚子绪安抚地笑笑，“别担心，不会要你赔。”

戚子绪的脸瞬间红透了，连脖子都透着淡粉，整个人显得手足无措。

直到有人递来了纸巾，他才小心翼翼地想去帮忙，却被吴臻拒绝：“不用管我，你先去吃饭吧。”

戚子绪当然拗不过吴臻，最终被劝走了。

贺思嘉盯着戚子绪的背影，忽然说：“吴老师脾气可真好。”

吴臻无所谓地笑笑：“大家都不容易，何况也不是什么大事。”

贺思嘉仍然有些不高兴，可吴臻都选择宽容大度，他再斤斤计较也没什么道理，只得作罢。

回到房间，贺思嘉本想睡个回笼觉，可心里就像堵着一件事，细想又理不清源头，于是不到中午，他就出发去了县医院。

金山县的剧情基本发生在金小寒受伤以后，大部分场景都在医院。

严格来说，今天并没有贺思嘉的戏，但他需要躺在病床上装道具。

等他到片场时，吴臻已经在拍摄中了，其实在拍的剧情也涉及金小寒，却不需要贺思嘉本人上场。

剧本里，金小寒被送到医院后，医生叫来护士为他做破伤风皮试。

换作一般影视剧，打针镜头会通过错位和剪辑糊弄过去，但余枫认为这个镜头很重要，选择实拍。只是拍摄时金小寒会被金立夏搂在怀中，不露正脸，余枫便叫了戚子绪代贺思嘉挨针。

此刻，贺思嘉站在某个僻静的角落，望着场中的两人。

尽管镜头只会拍到戚子绪的手腕，可他仍敬业地为吴臻搭戏。

吴臻扶住戚子绪的肩膀，除却微微泛红的眼眶，戚子绪的面部表情很平静，只是颤抖的手、紧绷的身体状态，以及刻意避开针头的视线，都出卖了人物的恐惧。

贺思嘉认为这一镜挑不出毛病，但导演并不满意。

余枫特意走出小棚，和摄影组长商议着什么，吴臻也放开了戚子绪，低头与对方说话。

隔得较远，贺思嘉听不见两人谈话的内容，却看见他们同时笑了。

那一瞬间，他突然注意到戚子绪看向吴臻的眼睛里，藏着星星。

贺思嘉见多了这种眼神，那是粉丝对偶像的喜爱和崇拜，原来戚子绪竟视吴臻为偶像？但也不奇怪，戚子绪是科班生，入组以来一直都表现得对演戏很有追求，会崇拜一位年轻影帝似乎是理所当然的事。

正想着，贺思嘉就听见余枫在叫他，同时，吴臻也抬眼望了过来。

贺思嘉端出最标准的微笑，对吴臻点了点头，接着走到余枫跟前："余导。"

余枫笑问："今天怎么这么早？"

贺思嘉"躺尸"的戏在下午，他虽然从未迟到过，但也很少早到。

"起得早。"他敷衍地说。

余枫本就是随口问问，转而谈起正事："既然你来了，我想让你亲自演这段戏。你和子绪不论是肤色还是手部轮廓都有差别，虽然观众不会注意这点细节，但我不希望电影里有穿帮镜头。"

明白，强迫症。

贺思嘉点点头："行啊，我不怕打针。"

余枫拍拍他的肩："不错，演完让你哥请你吃糖。"

吴臻不知何时过来了，就站在贺思嘉身后不远处，闻言微微一笑，比了个"OK"的手势。

换好戏服，贺思嘉走到镜头前，坐在急诊室的椅子上，吴臻则站在他身旁。

场记打板，吴臻抬手按住贺思嘉的肩膀，而贺思嘉也遵照余枫的指导，将脸埋在吴臻心口。

耳郭里传来吴臻沉稳而规律的心跳，贺思嘉闭上眼，任由自己陷入黑暗。

情绪渐渐下沉，他在心里默默数着心跳，精神逐渐放松。

手腕传来刺痛的一瞬间，他感觉吴臻双臂多用了几分力，对方低声说台词："别怕。"

下一刻，导演喊"卡"。

毕竟只是拍戏，不会真的做皮试，贺思嘉第一时间抬起手，见腕间溢出一点血珠。

上午气温不高，贺思嘉只穿着一件衬衣，小栖立刻为他披上外套，绵绵则递来棉签。

贺思嘉不轻不重地压住出血点，就见吴臻站在他面前，问：“疼吗？”

贺思嘉摇摇头说不疼，半开玩笑地问：“不是拍完要请我吃糖吗？糖呢？”

“哦。”吴臻口吻漫不经心，“先欠着吧，回头补你。”

余枫让吴臻去一趟小棚，吴臻则问贺思嘉要不要一起。

原来，余枫只是让吴臻回看刚才的那一段戏。

透过监视器，贺思嘉发现吴臻对这段戏的处理比和戚子绪搭戏时要外放一些，互动明显更多。

如果之前旁观时贺思嘉只是挑不出错，那么如今监视器里的一镜，则让他感觉到沉重。

并且，他真的在吴臻眼睛里看见罪孽与信仰。

余枫见贺思嘉看得认真，问：“思嘉什么想法，说说。”

贺思嘉挑着眼笑：“我真帅。”

当天贺思嘉拍完“背景戏”，收工时已经六点多，被吴臻问到要不要一块儿吃饭，他边穿外套边说：“我和小叶子约了吃烧烤，吴老师自己享受盒饭吧。”

金山县计划的拍摄日程不到一周，贺思嘉戏份很少，接下来两天都休息，可以稍事放纵。

他和叶闻飞先去吃了河边烧烤，又偷偷去酒吧喝了几杯，尽兴后天色已晚，打不到车，只好走回宾馆。

哪知半路却遇上下雨。

雨来得毫无预兆，又急又大，在路灯下溅出朵朵水花。

这会儿到宾馆只剩下几分钟路程，两人不知雨何时停，又都有点上头，索性冒雨狂奔。

等到了宾馆，他们已淋成了落汤鸡。

贺思嘉急着回房洗澡，从电梯里出来，就见走廊尽头站着一个人，正面朝吴臻的房门。

等他走近后，发现又是戚子绪。

“阿嚏——”贺思嘉没忍住打个喷嚏，引得戚子绪看过来。

“贺老师。”戚子绪匆匆打了声招呼，微低着头就走，与他擦肩而过。

“你怎么淋成这样？”吴臻倚靠着门框问。

贺思嘉反问：“戚子绪来找你做什么？”

吴臻却没有要回答的意思，只提醒说：“赶紧回去洗个澡，房间里还有药吗？”

借着酒劲，贺思嘉几步上前，执拗地问：“他来找你干吗啊？”

吴臻沉默了一瞬：“借剧本。”

“他自己没有吗，为什么要借你的？”

替身也有自己那部分的剧本，只是不如主演的完整。

吴臻微叹口气，索性拉开门示意贺思嘉进屋，又找了条毛巾扔给贺思嘉：“先去浴室里洗洗，还想再感冒一回？”

贺思嘉立刻回想起上次发烧的痛苦，不敢再大意。

等他收拾好出来，吴臻便递给他一摞纸。

贺思嘉低头，发现竟是剧本。

虽然他不明白吴臻的用意，但还是翻开来看了看，发现每一页都写着密密麻麻的角色分析，哪怕不是金立夏的戏，也同样有备注。

“影视剧里很多人物都有关联，分析相关角色的行为逻辑，有助于梳理表演思路。”吴臻淡声说，“在拍对手戏时，能够更全面、更清晰地意识到该怎么配合。”

贺思嘉在沙发上坐下，问：“你以前为什么没告诉我？”

吴臻似是讥诮地笑了笑：“你以前也没问，平时来我房间，剧本就随意放着，从没见你翻一下。”他轻推茶几上的水杯，“先把药吃了。”

贺思嘉这才注意到桌上的药盖子，里头装着三四颗药。

别人吃药都是几颗直接倒嘴里，但贺思嘉不知是心理问题还是嗓子眼太小，只能一颗一颗吃，否则就会吞不进去。

见他跟小鸡啄米似的，吴臻微微翘了下唇，从茶几抽屉里翻出一瓶安神液，插上吸管喝了起来。

“你失眠？”贺思嘉认出了安神液的包装。

“换了地方有点认床，过两天就好。”

“那我先回——”

“没事，反正我也睡不着。”吴臻扔掉空瓶，从糖盒里拿了颗糖剥来吃了，又拿出一颗给他，“来一颗吗，正好欠你的。”

贺思嘉笑着接过，又继续看剧本，重点注意自己那部分。

隔了会儿，他抬起头：“如果我的理解和你的不一样，那你怎么演？”

“一般会根据临场反应做调整。”吴臻说，“毕竟只是我个人的理解，不代表正确，有时出现偏差反而会有新的灵感。”

“我给过你灵感吗？”

“当然，贺老师挺有灵气的。”

吴臻不是第一次这么说，贺思嘉却没有以往得意，他合上剧本：“我基本功不行，还好电影里不需要说台词，否则余导都不敢用我了。”

“至少字正腔圆。”

如今圈内演员素质不一，有些人甚至普通话都不够标准。

“我打算拍完这部戏就请位老师，专门练台词。”贺思嘉以前对演戏不上心，如今体会到乐趣，倒是有心练一练。

吴臻轻轻一笑：“抽空我教你。”

贺思嘉抿着唇笑了下，可再开口时又将话题带到最初那一个：“戚子绪找你借剧本，就是想看你的分析？”

吴臻没料到贺思嘉还在惦记这件事，敷衍道：“是吧。”

“他怎么这么晚来？”

吴臻鼻腔里溢出一声笑：“贺老师对这件事还挺执着。”

贺思嘉没吭声。

“你想知道什么，直接问。”

贺思嘉真不是故意兜圈子，而是自己也说不清想要什么答案，他无意识地抠着沙发坐垫：“我跟他气场不合，不喜欢你们关系太好。”

吴臻愣了愣：“你是小学生吗？只能和你天下第一好？”

贺思嘉也觉得自己幼稚，有点不好意思，叹气说：“算了，可能是我喝太多了。”

第二天，贺思嘉清醒后想起昨晚的事，一时有点尴尬。

他今天没戏，也就没着急去片场，裹在被子里给叶闻飞发微信。

【小脑斧】吴臻现在在干吗？

【小叶子】还在拍刚才那段抽烟的戏。

【小脑斧】怎么还没拍完？

【小叶子】不清楚，老余一直没让过。

【小脑斧】他是不是状态不好？

【小叶子】……

贺思嘉正想指使叶闻飞去旁敲侧击一下，对方就打电话过来了。

“祖宗，你又不是没他微信，不能直接问吗？非要让我给你当监工？”叶闻飞满腹委屈，“阿水都盯我好几眼了，怕不是怀疑我对吴哥图谋不轨。”

贺思嘉怼他：“那肯定是你眼神不对劲。”

叶闻飞气结，跟贺思嘉互损了几句，忽然问：“你今天怎么古里古怪的，和吴哥吵架了？”

贺思嘉微顿：“没啊……”

“那你怎么——算了，总之我马上要转外景了，没法帮你盯人，你找别人吧，或者自己过来。”

贺思嘉轻哼一声，兴致索然地挂掉电话。

他又在床上躺了一会儿，决定还是去片场看看。

到了片场，余枫正在拍别人的戏。

贺思嘉望向休息区，见吴臻坐在躺椅上，低着头看剧本。

等他走近后发现，吴臻腿上还蜷着一只猫，被用来当桌垫了。

“这不是宾馆里那只猫吗？”贺思嘉瞧着猫还挺眼熟。

吴臻刚才很专心，没察觉他来了，此刻抬起眼，微微一笑：“早。”

“都快中午了。”贺思嘉找了张椅子坐下，佯作自然地问，“你怎么把它带来了？”

“早上喂它吃了点儿东西，非得跟着我。”吴臻说着便抓住一只猫爪，冲贺思嘉挥了挥，“你弟弟在和你打招呼。”

“我哪儿来的弟弟？”

“你不是小老虎吗？都是猫科。”

“……”

贺思嘉倾身把猫抱了过来，猫咪也没闹，乖巧地窝在他怀里。

一看就是只没有心的猫。

“昨晚休息得好吗？”吴臻忽然问。

“嗯……你呢？”

“我不太好。”

“……”

贺思嘉心虚不已，昨晚喝多了情绪有些亢奋，和吴臻玩到四点多才回房睡觉，而吴臻大早上就有戏，估计只睡了不到三小时。

他半垂下眼：“所以你上午一直 NG？”

“你让闻飞盯梢我？”

“咳、咳咳咳——”贺思嘉差点儿呛死，心里直骂叶闻飞不靠谱，不过对比一下叶闻飞和吴臻的智商，还得怪自己用人不当，“我只是随便打听一下。”

吴臻耐人寻味地笑笑。

贺思嘉尴尬得不行，忽然听见手机响了。

来电的是绵绵，说自己准备去机场接陶艺指导老师了。

《玩古》涉及大量伪造文物的情节，贺思嘉和吴臻都需要提前培训陶艺基础操作。剧组特意邀请 B 市美术馆副馆长，同时也是国家级的陶艺大师王碧芝女士为指导老师，但王碧芝开课时间与贺思嘉的工作有冲突，只能将他的培训课挪到进组后。

“学这个难吗？”王碧芝日程紧张，只能给剧组三天时间，贺思嘉不免忧虑。

“不难，了解皮毛就行。”吴臻之前就上过课，随口安慰，“就算真学不会，剧组还安排了一位现场指导老师。”

贺思嘉点点头，心说大不了让吴臻帮他开小灶。

中午两人在片场吃的盒饭，一整个下午，贺思嘉都泡在片场，偶尔会搬着小凳子坐在余枫身旁观察学习，还得了老余一阵夸。直到傍晚绵绵再次打来电话催他回去，他才意犹未尽地离开。

回到宾馆，贺思嘉先吃了晚饭，便提前去剧组布置好的陶艺室等着，约莫半小时后，他见到了王碧芝。

贺思嘉一贯认为，气质美人是最稀缺的，而王碧芝就属于此类。

他毫不掩饰自己的欣赏，却无半分狎昵，毕竟王碧芝年纪比他妈都大。

“你就是思嘉吧，长得真俊。”王碧芝语调柔和，笑容温婉。

贺思嘉微微躬身，表现得格外有涵养：“王老师好。”

简单寒暄后，王碧芝领着贺思嘉来到拉坯机前，为他介绍了一系列制陶工具，才教他揉泥拉坯。

原本贺思嘉没什么信心，哪知第一件陶坯就拉得像模像样，连王碧芝都夸他：“不错啊，比臻臻有天赋。”

贺思嘉表情古怪：“臻臻？”

“就是吴臻，我和他妈妈是老朋友。”

贺思嘉忍笑的同时也明白了，难怪剧组能请到王碧芝当指导老师，原来是借了吴臻的面子。

正想着，他听到敲门声。

“臻臻拍完戏了啊。”王碧芝见了吴臻，笑纹都加深不少。

吴臻步子微顿，立刻去看屋里另外一人，正对上一双笑意浓厚的桃花眼。

贺思嘉红唇轻启，无声翕动，以口型描绘着两个叠字。

吴臻垂在身侧的手指神经质地一抽，半晌，他错开眼，苦笑着说：“王姨，我都多大了，在外面能换个称呼吗？”

“你多大在我眼里都是孩子，叫你小名怎么了。”王碧芝看似埋怨，口气却透着亲昵，“既然来了就再练练，剧组请的现场指导是我同事，你要表现太差，可是让我没面子。”

吴臻见贺思嘉一时半会儿也走不了，便答应下来。

他套上围裙，坐在贺思嘉对面，不经意地瞟了对方一眼，见贺思嘉手握铲刀，一丝不苟地修整陶坯底部。

这么专注吗？吴臻有些意外。

然而下一瞬，贺思嘉突然抬起脸，冲他笑了笑。

吴臻下意识地回了个笑，就听见王碧芝的声音：“臻臻，专心点，别打扰思嘉！”

吴臻："……"

两人各自练手，贺思嘉修整好陶坯，想要看看吴臻的进度，目光顺势落在对面旋转的轮盘上。

他本以为王碧芝夸他比吴臻强是客气，没想到竟是真话，哪怕吴臻的泥坯还未成型，也足以预见成品有多失败。

再一想吴臻还轻描淡写地说"不难"，贺思嘉简直要笑出声。

偏偏吴臻的姿势还很漂亮，甚至让人感觉到专业，只能说不愧是影帝级别的模仿能力。

"修坯完成了？"王碧芝注意到贺思嘉停下了机器，走过来看了看，眼含欣慰地点头，"你第一次接触陶艺，能做到这样已经很好了。"

贺思嘉心里得意，嘴上却谦虚："是王老师教得好。"

"我能教好你，却教不好他。"王碧芝嫌弃地瞥了吴臻一眼。

吴臻失笑："王姨，你知道我从小手工活就差。"

贺思嘉有些意外，在他印象里，吴臻似乎什么都能做得很好——除了削水果和剥虾，哪知对方还是半个手残。

正幸灾乐祸间，就听王碧芝叫了他的名字。

"思嘉，你换一个泥坯，给臻臻做个示范。"

贺思嘉很爽快地应了，平时总是吴臻教他，难得有机会给对方当老师，他还挺兴奋的。

而他也确实有几分陶艺天赋，之前拉了碗坯，这回打算制瓶，居然很顺利就找准中心点，逐渐塑成瓶子的基本器形。

拉坯的同时，贺思嘉不忘分享心得，见吴臻听得认真，讲解也越发细致。

贺思嘉突然起身，让出凳子："你也来试试。"

吴臻从容地坐下，可糟糕的手工技术很快让贺老师失去耐心。

贺思嘉凑上前，引导他从底部往上推泥："就是这种力度，明白了吗？"

吴臻慢吞吞地说："明白了。"

当十点的钟声敲响，王碧芝宣布今天的课程结束，临走前还布置了新任务，让学生们一块儿收拾房间。

回房间的路上，吴臻问：“你什么时候回 B 市？”

贺思嘉想了想说：“12 号，怎么了？”

“我 17 号有场试镜，没想好去不去。”

“17 号我都回来了……什么？你还需要试镜？”

贺思嘉顿感惊讶，以吴臻的咖位难道不是好剧本都能过一遍，然后随便挑吗？

“国内男演员竞争激烈，片方又不止我一个选择，我试镜有什么奇怪的？”吴臻哂然一笑，“不过这部戏，确实是走个过场而已。”

“请你直接说犹豫接不接好吗？哪部啊？”

“席麓执导的新片，小说《巅峰征服》改编的同名电影。”

“席麓不是你的老搭档吗？”贺思嘉劝说，“而且他的票房口碑都很好啊，当然要去！”

贺思嘉记得吴臻复出的首部电影，导演就是席麓，当时两人都只能算小透明，片子成本也不高，却成为同档期黑马。

双方互相成就，席麓成了导演圈“紫微星”，而吴臻也自此走入大众视野，开启了封神之路。

“我考虑考虑。”

吴臻端着水杯坐到沙发上，平静得让贺思嘉嫉妒。

贺思嘉酸溜溜地说：“旱的旱死，涝的涝死，这么好的资源你还犹豫接不接，若是换了我和我那些对家，光受邀试镜就能发无数通稿了。”

吴臻的注意力却有点偏：“你哪些对家？”

贺思嘉转过眼，坏笑了下：“你不就是吗？”

吴臻挑了下眉：“想和我当对家，贺老师还得继续努力。”

贺思嘉气道：“拽什么拽，还不是被我粉丝按在地上摩擦。”

其实两人咖位差距太大，说对家纯属贺思嘉碰瓷，但粉丝间倒有血海深仇。

接下来几天，贺思嘉天天待在片场，不论有戏没戏。

闲暇时他便跟在导演或摄像身边学习，从另一个角度观察演员，积累了不少经验。

在送走王碧芝的当天晚上，金山县的戏份也全部结束，剧组简单聚了个餐，于次日陆续飞往C市。

下飞机时，贺思嘉和吴臻已是全副武装。

“老大，外面有粉丝来接机。”绵绵挂了电话说。

贺思嘉“嗯”了一声，他到C市的行程不算保密，被粉丝知道一点不奇怪，只是习惯了没有娱记跟拍、粉丝围堵的生活，突然间有点不适应。

他看了眼身旁的吴臻，还在考虑要不要分开走，就听吴臻说：“你先出去吧。”

“好，那待会儿酒店见。”

吴臻却笑了：“我不去酒店。”

贺思嘉一愣：“那你去哪儿？”

“我回家。”

贺思嘉这才想起来，吴臻好像是C市人。

他们这一个多月总待在剧组，生活空间狭窄而封闭，如今重回繁华的大都市，就像重新与真实世界建立了联系，各自回归原点。

他这里人声鼎沸，而吴臻也有自己的生活。

两人就此分别，贺思嘉迎着粉丝的鲜花和镜头离开机场，到酒店时发现陆馨竟然在等他。

贺思嘉很吃惊：“姐，你来怎么也不说一声？”

“给你个惊喜啊。”陆馨笑着说。

陆馨手下另外一个艺人正好来C市录节目，原本不用她跟着，但考虑到贺思嘉会从C市飞B市，她就顺便过来接人。

陆馨简单交代了绵绵和小栖两句，便拉上贺思嘉：“走，姐请你吃火锅。”

C市的美食闻名全国，餐馆小吃随处可见，陆馨找了家生意不错的火锅店，偌大的包厢里只有她跟贺思嘉两人。

等待上菜期间，陆馨谈起了正事。

贺思嘉之所以中途请假，正是为了配合A家品牌的宣传。

他在进组前就与A家签好代言合同，拿到了同辈小生中的顶级头衔，但一直对外保密。

大后天晚上，A家会专门为他办一场酒会，正式官宣代言。

“明天你到了B市先跟我去见见A家的陈总，公关宣传由他负责，然后下午拍宣传物料。”陆馨翻了下手机里的行程表，“另外还有三封杂志封面的拍摄，后天先拍两封，《G Magazine》那封我帮你约到了14号上午。这是你头回解锁一线男刊，千万上心点儿，别弄出什么幺蛾子。”

国内时尚圈一线男刊只有两本，分别是《G Magazine》和《时装先生》，如果不是A家强势推封，以贺思嘉的资历根本上不了封面。

“只要别人不惹我，我能弄出什么幺蛾子。”贺思嘉不以为意。

陆馨只当没听到，郑重提醒：“行程很赶，你要好好调整状态知道吗？”

贺思嘉虽然咸鱼，却极少对陆馨的安排有异议，乖巧地点点头。

陆馨微微一笑，换了个话题：“最近表现如何？”

贺思嘉涮了片肉：“你天天打好几通电话，还能不知道？”

陆馨确实知道，只是有点意外于贺思嘉的安分：“我还想着请吴老师吃顿饭，感谢他这么照顾你又督促你上进，结果他回家了。”

贺思嘉茫然：“他督促我上进？”

“那不然呢？没有吴老师的好榜样，就你能想着学习？”

贺思嘉细细一想，他对表演越来越感兴趣还真和吴臻有莫大的关系，索性闭上嘴，默认了陆馨的话。

两人边吃边聊，气氛很轻松。

可惜好心情并未延续到最后。

人的际遇就是那么奇怪，全中国九百多万平方公里，足足十四亿人，他居然在一家小小的火锅店，见到了他哥的未婚妻。

当时贺思嘉正在停车场等陆馨拿车，突然听见有人叫他。

一开始，他还以为是被粉丝认出来了，转头才发现是薛冉。

“思嘉？”薛冉辨认着车窗外的年轻男人，有些不确定。

贺思嘉摘下口罩和墨镜，淡淡地笑了笑：“冉姐。”

他没有解释自己为什么来，也没有问薛冉为什么在。

倒是薛冉主动说是来C市开会的，约了老同学吃夜宵。

“你哥之前还说要来探班，但他最近实在太忙了……”薛冉没话找话，她与贺思嘉勉强算一家人，可这些年关系实在生疏，私下里真不知该聊什么。

“没事，我在剧组挺好的。”贺思嘉始终礼貌而客气，他瞟了眼停车场另一头，“我经纪人过来了，就先走了，祝你们聚餐愉快。”

“哦，好的，路上小心。”

薛冉目送贺思嘉上车，只是望着远去的车尾，她脑中却想起了一个少年，一个总爱听她讲话，腼腆又安静的少年。

五年过去，贺思嘉变得太陌生了，陌生到让她怀疑记忆里的少年是否真实存在过。

薛冉满腹怅然，贺思嘉同样心事重重，上车后就不怎么说话。

陆馨察觉到他心情不佳，问怎么了，他也闷不吭声，只转头盯着窗外，瞳眸中倒映着霓虹与夜色。

次日，贺思嘉搭早上的航班飞 B 市，进入了一整天的忙碌状态。

等终于拍完 A 家宣传物料，陆馨开车载他回去：“今天辛苦你了，好好睡一觉。明天只用拍两封杂志，咱们争取早点收工。”

贺思嘉“嗯”了一声，明显没什么聊天的兴致。

陆馨见状，体贴地点开首慢音乐：“先休息会儿吧。”

B 市无时无刻不在堵车，贺思嘉半路就睡着了，被叫醒时车已到了家门口。

他今天特意回了别墅老宅，还带了些 S 省买的土特产，本想着很久没见家人了，怎么也要做做样子，哪知进门却一室冷清。

客厅里只有用人刘嫂，对方满脸惊喜地迎上来：“嘉嘉回来啦？”

“刘嫂，爸妈他们呢？”贺思嘉心里疑惑，他爸也就算了，他妈今天可打了十来通电话催他，这会儿居然不在？

刘嫂笑容里多了几分尴尬：“先生和小瑾有应酬，太太、太太等了你一下午，晚上刘太太约她……”

“打牌去了是吧？”贺思嘉讥诮一笑。他妈白天打来了十来通电话，像是恨不能立马见到他，到头来也抵不过一场牌局。

但他并不失望，或者应该说，他对俞芷兰原本就不抱期望。

回到房间，贺思嘉躺上床，拿出手机一看，吴臻给他发了几条信息。

【演员吴臻】（图片）

【演员吴臻】陪家人上山烧烤。

图片上，吴臻腿上抱着一个玉雪可爱的小女孩，背景是夕阳青山，两人笑得格外明朗。

贺思嘉盯着看了会儿，视线才移向一旁的烧烤架，铁网上铺满穿好的肉和菜，仿佛飘散着炭火和孜然混杂的香气。

他肚子有点饿了。

【小脑斧】小朋友挺可爱的，你妹妹？

【演员吴臻】我侄女。

【小脑斧】你明天不拍戏吗？还有空上山？

【演员吴臻】长辈要求的，也就一个小时车程，现在已经回家了。

【演员吴臻】今天顺利吗？

贺思嘉在聊天框输入了几个字，又一一删除，踟蹰片刻，只简单回复“还行”。

孰料吴臻又发来一条消息。

【演员吴臻】心情不好？

贺思嘉微愣，往上刷了刷两人的聊天记录，不知道对方从哪里看出了端倪。

【小脑斧】有一点点，你是神仙吗，这都能猜到？

【演员吴臻】需要转换心情吗？

【小脑斧】怎么转？

【演员吴臻】推荐你看部综艺。

吴臻介绍了一部经营类慢综艺，节奏舒缓，很让人放松。

贺思嘉一连看了三集，入睡前，心情确实已平复许多。

次日一早，陆馨来接贺思嘉，见他精神状态不错，满意地点点头。

两人直接去了约好的摄影棚，折腾了大半个白天，贺思嘉赶在四点前结束了拍摄。正好有朋友约他聚会，他不想回家，便瞒着陆馨独自打车去了。

今天攒局的是赵绯，贺思嘉在国外读书时认识的富二代，关系还不错。

贺思嘉顺着赵绯给的地址到了一间酒吧门口，刚推开门就听见震耳欲聋的音乐声，里面有人注意到他，立刻吹起口哨：“哟，失踪人员回归了！”

赵绯正和朋友喝酒，闻声回头：“来来来，欢迎我们的大明星。”

贺思嘉笑骂一句。

或许在山里待了太久，他有些不习惯酒吧的喧嚣，揉揉耳朵说：“感觉跟进了土拨鼠窝似的。”

赵绯呛笑了声，招呼他：“来，陪我玩骰子。”

整个酒吧都被赵绯包了下来，来的人很多，贺思嘉并非都认识，他环视一周，意外发现一个仅有一面之缘的人。

“你是那个……曹……呃……”贺思嘉想不起来对方的名字，只记得是付浅的男友，被他整过一回，后来借一段掐头去尾的录音报复他。

曹云光局促地喊了声“贺先生”，半点不见当日的嚣张。他好不容易才找到关系混进聚会，本想借机打入 B 市富二代圈，哪知竟会遇上贺思嘉，而且对方人缘似乎很不错。

贺思嘉盯着曹云光看了会儿，叫来赵绯问：“你朋友？”

赵绯摇摇头，随意道：“可能是跟着其他人来的，怎么了？”

曹云光心惊胆战地等着贺思嘉回答，已经做好被赶出去的准备，谁知贺思嘉只是轻笑一声：“没事，来了就一起玩吧。”

曹云光没想到贺思嘉轻易就放过了他，忙找朋友打听贺思嘉的背景，得到确切信息后，他只恨不得穿越回去，狠狠抽自己几巴掌。

他有心想赔罪，可见贺思嘉已经和赵绯等人玩起了桌游，又不敢去打扰。

就这么纠结了半天，他见贺思嘉接起了电话，推开门出去了。

电话是吴臻打来的，贺思嘉开口第一句已经染上笑意：“喂？”

“贺老师，吃完饭了吗？”

“还没，你呢？”

“那我有幸请贺老师吃个便饭吗？”

“哈哈，吴老师打飞的来接我吗？”

“可以。你在哪儿？”

“在朋友这边，要我发定位吗？”

“好。”

贺思嘉只当吴臻超爱演，正想调侃两句，就听吴臻说：“我已经回 B 市了，思嘉，我们待会儿见。”

贺思嘉在门外发了会儿呆，对于吴臻回B市这件事感到很魔幻，要不是吴臻让他听了机场广播，他还以为又是骗局。

吴臻是拍完今天的戏后飞B市的，目的也并非为了之前提过的试镜，而是受好友陆开阳邀请，准备出席对方的新片发布会。那部电影的主要投资方同时也是《玩古》最大投资方，吴臻之所以能有两天假期，是余枫想让他帮忙在投资方面前争取追加投资。

其实吴臻上周就请好假了，却等现在才说，让贺思嘉意外的同时，也确实感到几分惊喜。

他给吴臻发了定位，回来时，赵绯打量了他几眼：“谁的电话？”

贺思嘉答：“吴臻。”

桌上另一人对娱乐圈了解不多，问：“就是《致命轮盘》里那个主演？”

贺思嘉点了点头。

赵绯倒是知道贺思嘉跟吴臻在拍同一部电影，奇怪地问：“我记得你挺讨厌他的。”

贺思嘉笑容一收，清清嗓子说：“我以前对他有点误会，他其实挺好的。”

“呵。”赵绯嗤笑，“网上都说他情商高会做人，我以为是立人设，没想到真挺厉害，连我们思嘉都能哄住。”

贺思嘉认真地辩解：“他没有哄我，只是很有人格魅力。”

赵绯：“……”

赵绯对吴臻骤然多了几分好奇，在听说贺思嘉要提前走人去和吴臻吃饭时，他灵机一动：“咱们这儿什么都准备了，你让他过来吃呗。”

贺思嘉想也不想就拒绝，这种场合明星都不太受尊重，他可不想让吴臻来受罪。

赵绯听出贺思嘉话里的维护之意，惊讶的同时越发想见见吴臻，想了想说：“演员都需要人脉，咱们认识认识又没坏处，既然你把他当朋友，哥几个难道还会为难他？再说他和普通明星能一样？”

贺思嘉一想也是，吴臻的人脉怕是比他都广，犹豫了下说：“那我问问他。”

而吴臻在问明情况后就答应了，只说一个半小时后见。

等待的过程中，贺思嘉时不时往门口瞧。

因此，他第一个发现吴臻到了，当即弯下眼睛：“吴老师，这里！”

随着他一声喊，屋里所有人的视线都集中在吴臻身上。普通人面对这种情况或许会局促，但吴臻长期生活在聚光灯下，早就习惯了。

他从容地走到贺思嘉身边，听着贺思嘉将朋友介绍给自己。寒暄过后，赵绯便招呼服务生上吃的，贺思嘉则去了趟洗手间。

从洗手间出来，他见吴臻和曹云光站在一块儿，两人表情还挺严肃的，便上前道：“在聊什么？”

曹云光紧张地看了吴臻一眼，才对贺思嘉讨好地笑了笑：“贺少，之前是我不懂事，对不住了。”

“都 21 世纪了，少什么少。”贺思嘉其实没怎么在意，可又不肯给曹云光一句准话，只似笑非笑地看了他一眼，叫上吴臻去了餐桌旁。

吃饭时，他发现不过一会儿的工夫，吴臻竟然记住了每个人的名字，与人交往的态度既不会过分客气，也不会过分随意，分寸拿捏得恰到好处。

任何能混到行业顶层的人，在交际上大都有自己的艺术，而吴臻的艺术就是什么领域都能聊，且言之有物。

饭后，赵绯提议去玩游戏。

贺思嘉很清楚他这些朋友玩起来很没顾忌，本来想拒绝，可想着吴臻打台球和花式洗牌都那么厉害，多半是个隐藏的资深玩家，便答应了。

然而吴臻对助酒类游戏并不在行，好几种都不知道怎么玩，一直在输。

贺思嘉见他越喝越多，脸色从红到白，忍不住抢走他的酒杯，看向赢了吴臻的某位朋友：“这局我帮他喝了。”

赵绯打趣道：“我也输了很多，怎么不见你帮我喝，你的良心不会痛吗？”

贺思嘉充耳不闻，正要喝，吴臻已拿回酒杯，一口饮尽。

又玩了几轮游戏，赵绯等人已在兴头上，玩得越来越过火，甚至越线，以往贺思嘉能够处之泰然，今天却有些坐立不安。

他见已经十点过了，便借口明天还有工作，和吴臻先走了。

门外有出租车在等着，贺思嘉担心吴臻，便说：“我先送你。”

两人皆戴着口罩上车，听吴臻报了地址，贺思嘉奇怪地问：“你怎么住酒店？”

吴臻没吭声，闭上了眼睛。

此后一路，吴臻始终沉默，贺思嘉也不好说话。

半路上，他发现司机一直借着后视镜窥探他们，还当被认出来了，哪知司机察觉他的视线后，立刻疾言厉色地说："吐车上五百啊！"

贺思嘉："……"

汽车穿行在昏暗的马路上，等到了酒店大堂门口，已经是一个小时以后。

贺思嘉浑身酒气，懒得再回家折腾，和吴臻商量："要不我也睡酒店吧？"

吴臻慢了半拍才说："随你。"

贺思嘉顿了顿，没头没尾地问："你是不是有些不高兴？"

吴臻否认："没有。"

贺思嘉却不信，在车上时他原以为吴臻是喝多了难受所以不讲话，可后来渐渐回过味来，对方的沉默隐含着别的情绪，他执拗地问："你到底哪里不高兴了？"

吴臻敷衍地说："以后少去酒吧，被拍到影响不好。"

贺思嘉本就焦躁的心情越发不痛快："你什么意思？"

吴臻明显不想多谈："算了。"

贺思嘉被他的态度激得更加窝火，自嘲道："我怕什么影响，我早就黑料满天飞了，倒是你吴大艺术家向来德艺双馨，可别被我这么个影响不好的人连累了。"

吴臻深吸口气，直接朝大堂走去。

贺思嘉下意识想拽人，刚抬起手又放下了，心说既然吴臻不理人，他何必上赶着，索性转过身，独自往反方向去。

第五章
吴叔叔，对不起

YU DING TOU TIAO

贺思嘉只觉得今晚一切都很倒霉。

从酒店大堂到大门还有一段环形坡，他气咻咻走到一半，天空就响起了闷雷声。

等坐上出租车，他上衣都湿透了。

好不容易回到家，还没来得及换鞋，就听他妈阴阳怪气道：“大忙人舍得回家了？当妈的要见你一面可真难。”

多年磨砺，贺思嘉早练就了过滤无效信息的本事，头也不抬地说：“现在不是见到了吗？”

“你什么态度？”俞芷兰昨天等了贺思嘉一下午，去打牌也是出于赌气的心理，哪知一回家贺思嘉都睡了，今天又是一整个白天不见人，她早就憋着火，想让贺思嘉讨好道歉。可贺思嘉不仅不安慰她，还冷嘲热讽的，顿时气得她胸口疼。

于是她自动忽视了贺思嘉衣服上的水渍，指着对方一通埋怨数落，言辞非常刺耳。

贺思嘉面无表情地听着，已经能预料到后续走向，不论过程有千万种发展，最终俞芷兰一定会说：“你就不能跟你哥多学学？他像你这个岁数时已经懂得替你爸分忧了，而你还在不务正业，成天惹是生非，我怎么就生了你这么个不争气的东西！”

俞芷兰骂到后来，眼眶都微微泛红，好似受了莫大的委屈。

但贺思嘉仍无动于衷，甚至笑着说：“我要是上赶着替我爸分忧，那贺瑾就该担忧了。而且……”他故作惊讶，“难道不是你一直告诫我别和哥哥争吗？分忧这种事，让我哥来不好吗？”

“你——”俞芷兰嘴唇直哆嗦，指向门外，“你给我出去！”

“外面下雨呢。”贺思嘉懒洋洋地笑了笑，“放心，我马上回房间，不碍你的眼。”

只是越过俞芷兰的刹那，他脸上的笑也消失了。

当晚，贺思嘉很晚才睡着，次日被电话吵醒时，喉咙疼得像吞了块烧红的炭。

电话是陆馨打来的，问他是否起床了。贺思嘉才想起今天得拍《G Magazine》杂志，晚上还有一场酒会。

他勉强爬起来去了浴室，望着镜子里眼下青黑、萎靡不振的自己，他低咒一声，直觉自己要完蛋。

果然，他刚一上车，陆馨就问：“你是不是没好好休息？刚刚电话里我听你声音不对劲，嗓子怎么这么哑？”

贺思嘉藏在口罩下的表情一绷，不敢开口。

但陆馨可不好糊弄，她端详贺思嘉片刻，突然摘掉他的墨镜，顿时就冷了脸。

陆馨眼大脸圆，看上去很好说话，哪怕瞪眼竖眉也没太多威慑力，可一旦沉下脸，反而有种迫人的压力：“贺思嘉，我让你好好调整状态，你就是这么调整的？”

贺思嘉硬着头皮说：“我可能有点感冒。”

“你昨晚到底跟吴臻干吗去了？”

“你怎么知道——”

“你俩都被拍了！”

陆馨拔出正在充电的手机，点开页面扔给贺思嘉。

贺思嘉眉心一跳，点进去一看，原来他和吴臻在酒店大堂门口时被录了视频。

由于拍摄者隔得较远，画面其实不太清楚，但仍能分辨出镜头里的人都是谁。幸而视频只有一小段，没有录进他们吵架的内容。

“我昨天……”

证据当前，贺思嘉只好坦白了和吴臻去酒吧的事。

“吴臻喝多了，你别看他走得稳，其实在车上就吐了，被司机罚了五百……”他真话假话掺杂着说，“我担心他出事，就送他回了酒店。”

陆馨本想狠狠说贺思嘉一顿，可见他没精打采的样子又有些不忍：“视频不用去管，待会儿让化妆师把妆上重点儿，好好拍，别再让我操心了行吗？”

贺思嘉自知理亏，闷闷应了一声：“我保证。”

末了，陆馨试探着问：“你这两天在家里住得还好吗？”

贺思嘉答得敷衍：“挺好的。”

贺思嘉说到做到，哪怕再难受，他也尽全力呈现出最好的状态。

可一从摄影棚出来，他人就晃了晃，险险扶住墙站稳。

陆馨忙上来扶他，却感觉他体温不太正常，顿时惊道：“你好像发烧了！”

贺思嘉傻愣愣地摸了下额头：“好像是有点。”

陆馨想到接下来贺思嘉还得换造型，并于五点半前赶到酒会现场，心下一阵担忧：“你还能坚持吗？”

贺思嘉硬撑着点了点头。

事实上，他的确 hold 住了整场酒会，耀眼得宛如一颗星星。

A 家大中华区总裁对贺思嘉今晚的表现非常满意，在听陆馨说明贺思嘉的身体状况后，连酒都没让他喝一口。

酒会结束，贺思嘉额头发汗、脸色潮红，鼻腔又堵又疼。

陆馨本想载贺思嘉到医院，他却没精力折腾，拒绝道：“我找家庭医生就行了，姐你送我回家吧。”

陆馨一想也是，便送贺思嘉回了家。

但贺思嘉根本不可能找家庭医生，被俞芷兰知道又少不了数落和比较，只能找了几颗感冒药服下。

也幸好家里其余人都去参加寿宴了，让他省了应付的力气。

贺思嘉躺在床上休息了会儿，却感觉鼻腔疼痛的症状越来越严重，只能认命地起身，拿上车钥匙出了门。

在一家私人诊所打了针、开了药，贺思嘉拖着疲惫的身体驱车回家，一路上努力集中精力，不敢有半点分心。可在经过一条林荫路时，他为了闪避突然窜出来的野猫，不慎撞树，脑门也给磕青了一块。

自昨晚开始积压的躁郁，经过病痛的催化，在这一刻彻底爆发。

有一瞬间，贺思嘉真想不管不顾直接走人，但仅剩的理智引导他给陆馨打了一通电话，并听从经纪人的安排处理了后续事宜。

等交警离开，贺思嘉重新坐回驾驶位，许久没有动作。

时间一分一秒地过去，他忽然发动车子，掉转方向朝陆开阳开新片发布会的影城驶去。

半小时后，贺思嘉来到影城地下停车场，在直达影院的电梯旁停车。他聚精会神地盯着电梯门，时间一分一秒地过去，当腕表时针指向十点整，陆续有人下了电梯。

人群渐渐稀落，足有二十分钟电梯都没了动静，贺思嘉仍旧等着，如同狩猎般有耐心。

又过了一会儿，几名身高体壮的保安下来了，巡视一圈后，领头一人拿起对讲机说着什么。

贺思嘉背脊绷直，手握着门把蓄势待发。

“叮——”电梯门再度打开。

吴臻正和陆开阳说话，电梯里还站着七八个人。

陆开阳笑着说：“你说的，如果票房超过 20 亿，就送我辆车。”

吴臻道：“送你辆自行车要——”

忽然，吴臻听见有人喊他的名字，一回头，就见贺思嘉从车里下来，气势汹汹地冲向他。

在场所有人都愣住了，陆开阳见贺思嘉脸色很难看，一副要吃人的模样，虽然不知道贺思嘉和吴臻之间发生了什么，仍下意识地拦住对方，保安也极有行动力地挡在吴臻身前。

吴臻道：“没事，你们让开。”

“可是……”陆开阳暗示性地使了个眼色，他们周围不仅有影城工作人员，还有媒体工作者，如果发生什么意外，明早娱乐头条就热闹了。

虽说曝光后有利于炒作新片热度，可他总不能坑朋友。

吴臻却不在意，对他说了声“不好意思”，便越过他，扯着贺思嘉上了车。

车门关上，隔绝于外界，形成一个封闭的空间。

“你——”

贺思嘉刚憋出一个字，就被吴臻打断：“待会儿说。”

在一双双窥探的眼睛下，发动机一声轰鸣，超跑驶离了停车场。

路上，吴臻一言不发，贺思嘉也沉着脸不说话。

汽车顺着五环一路往北，贺思嘉本以为他们要出城，但汽车最终停在了一座野山边上。

四下空寂无人，贺思嘉莫名想起了“月黑风高杀人夜”。

寂静中，吴臻突然倾身：“你额头怎么青了？”

贺思嘉本能地一躲。

吴臻看了他一会儿，开口道：“对不起，昨晚喝多了，没控制好情绪。”

贺思嘉微怔，他有时候很难哄，可一旦面对在意的人又总会心软，便强行撑着一口气质问：“你到底因为什么不高兴了？”

吴臻退了回去，盯着前方暮沉的夜色道：“我可能太入戏了，真把你当弟弟了，管得有点多。”

贺思嘉万万没想到是这个理由，蒙了好半晌才说：“我又没有自闭症。”

吴臻只笑了笑。

贺思嘉怀疑地问：“你是不是……觉得我朋友玩得太过火，觉得他们冒犯了你？”

“我没那么玩不起。我只是……”吴臻顿了顿，似乎在斟酌着措辞，“只是在跟自己较劲，戏里的情绪不应该带到戏外，我以为我不会再犯同样的错。”

贺思嘉有些没听懂，还想细问，就听吴臻说：“还想揍我吗？”

“什么意思？你以为我想揍你？”

“看你下车时的表情，确实像。”

贺思嘉讽刺道：“我要真想揍你，你就给揍吗？”

吴臻突兀地笑了一声，开启双侧车门，绕至副驾旁冲贺思嘉说：“下来。”

贺思嘉睨他一眼，没动。

“下来。”吴臻再次重复。

贺思嘉解开安全带就下车：“怎么，想打架——”

吴臻背转过身，平静地开口：“我皮糙肉厚，怕贺老师伤了手。明天还有工作，别打脸了，照我背上来吧。”

贺思嘉呆滞地张了张口，接着猛推吴臻一把：“你有病吧？！”

吴臻只踉跄半步就站稳了，半侧过脸：“嗯，等你给治一治。”

贺思嘉又好气又想笑，此时理智回笼，莫名又有些心虚，他轻咳一声：“算了算了，我也有点小题大做，昨晚回去淋了雨，回家又——”

他及时止住抱怨，并不想说跟俞芷兰吵架的事。

吴臻并没有追问，只说：“我后来过来找你了，没找到……难怪你嗓子有点哑，感冒了？”

贺思嘉敷衍地点点头：“这里怪冷的，上车吧。”

双方暂时休战，贺思嘉不准备回家，听说吴臻的房间有两个卧室，便打算蹭住一晚。

而他俩回程的途中，网上已硝烟弥漫。

陆馨听到消息时还有些不相信，等她上网看到铺天盖地的“互殴”爆料，简直两眼一黑，立刻给贺思嘉打了电话。

贺思嘉这会儿躺在酒店大床上，瞄见来电提示的“陆馨”二字，鸵鸟似的不肯接。吴臻扫了眼手机屏，心下了然：“我帮你接？”

贺思嘉把头闷在靠枕里：“你接啊！”

吴臻拿上手机去了露台，也不知和陆馨说了什么，陆馨倒是没再打电话过来。

即便如此，贺思嘉也没能睡得很安稳，早晨醒来，就见吴臻坐在客厅沙发上，腿上放了台笔记本电脑，手指敲敲打打。

“醒了？”吴臻转过脸，“退烧了没？”

贺思嘉摸摸额头，已恢复了正常温度，身上也松快不少：“退了，你在弄什么？”

“舆情公关。”

贺思嘉有点心虚，佯作不经意地问：“情况怎么样了？”

吴臻头也不抬地说：“咱俩的团队也都熬了一个通宵，热搜都撤了，媒体也差不多封口了，只是网友讨论的热情很高，不过没有证据。幸亏开阳反应快，拿到了酒店监控，否则……”

否则他怕是有十张嘴都解释不清了。

吴臻又提醒他：“记得给陆馨打个电话，她很担心你。”

贺思嘉知道躲不过去，快快应下。

或许事态已相对平息，又或许陆馨实在累了，居然没骂人，也没过多聊打架的事，只告诉贺思嘉为了避免被堵，今天回C市的航班临时改签了。

贺思嘉心有愧疚，连连道歉。陆馨叹了口气说：“我虽然希望你少惹事，但出事了也别怕，我们是利益共同体，拿了你的提成就该为你分忧。不要想太多，好好拍戏，作品比什么都重要。”

中午，贺思嘉回家取行李，进门后竟发现客厅里坐着个气质矜贵的男人。

他这两天都没在家里住，还是第一次遇到贺瑾。

“哥。”

“你跟吴臻打架了？”贺瑾一见他就问。

贺思嘉懒得应付：“你直接问吴臻呗，他就在外面。”

等他拿上行李出门，就听见贺瑾正跟吴臻说：“你不用瞒我，我知道是嘉嘉打的。他以前很乖，出国读了几年书回来跟变了个人似的，脾气越来越暴躁，但没什么坏心眼，就是容易冲动，我代他向你道个歉。”

“道什么歉？思嘉现在不挺好吗？组里的人都很喜欢他。”吴臻率先注意到贺思嘉，眉眼轻弯，“收拾好了？”

贺思嘉脚步轻快地上前，根本没看贺瑾：“我们走吧。”

两人登机过程非常谨慎，安安稳稳地上了飞机，然而落地后才得知，C市机场来了不少贺思嘉的粉丝。

面对围堵，贺思嘉已没空去想消息是怎么走漏的，他和吴臻被机场保安护送去停车场，沿途一片混乱。

眼看着剧组的车就在前方，再走几步就能突出重围，意外却骤然发生。

当时贺思嘉后背的T恤被人扯住了，他正要挣开，忽听有人大喊：“吴臻去死吧！”

虽然周围很吵，但那句恶意满满的喊声格外刺耳。

贺思嘉下意识地转头，就见吴臻单手捂着后脑勺，一台手机落在地上，电池都摔了出来。

隔着口罩、墨镜，贺思嘉看不见吴臻的表情，但他想对方肯定被砸得不轻，否则也不会在众目睽睽下做出捂脑袋这种毫不优雅的动作——吴臻一贯有明星自觉，很注意自己在人前的形象。

贺思嘉火气腾地上来了，冷着脸问："谁砸的？！"

群聚性兴奋突然被泼了盆冷水，现场霎时被按下静音键。

粉丝们面面相觑，无人说话，也无人承认。

"算了，我没事。"吴臻放下手说。

贺思嘉充耳不闻，望着一张张或陌生或熟悉的脸，她们都爱他，都为他疯狂。身为流量明星，粉丝是他的衣食父母，是他的盔甲和软肋，也是他手中指哪儿打哪儿的箭矢，但后者仅限于网络上。

以前他和同期对家在机场偶遇，双方粉丝都相安无事，最多不过嘘几声。

贺思嘉从未想过，自己的粉丝竟会在现实里、在他面前"行凶"。

哪怕今天的受害者不是吴臻，换作任何一人，他都不能放任不管。

贺思嘉弯腰捡起手机，声音很冷："我再问一次，谁砸的，自己站出来。你手机在我这儿，想查你身份并不难。"

死一般的寂静中，一个十三四岁的女生浑身发抖地站了出来，半个字也没说先哭了。

贺思嘉有种欺负小朋友的罪恶感，可正因为是小朋友，他才更要说明白。

他问："你哭什么？"

女生不停抽泣："对、对不起……"

"你没对不起我，你对不起的是吴臻。"贺思嘉走上前，面对她，"你喜欢我，我很感激，但你刚才的行为是错的。"

女生答："我、我看到网上的消息了，我只是想帮哥哥报仇……嗝……"

贺思嘉见女生哭得上气不接下气，摘下帽子扣在她头顶："我知道你在维护我，可你这样只会为我和你自己带来麻烦。你还小，不太清楚这件事的后果，假设吴臻伤势严重或者选择报警，你会被警察带走，并且通知你的家人，甚至学校，你的履历上也会有污点，影响你一生。

“而我只是你年少时偶然喜欢的陌生人，不会，也没有办法对你的人生负责，你不应该为我拖累自己。

“你是我的粉丝，我希望你平安快乐，不想你将来后悔。”

贺思嘉很少对粉丝说这么多，哪怕是在舞台上。

他音量不高，但此时过于安静，以至于很多人都听见了。

不少粉丝动容，某些甚至红了眼眶。

贺思嘉将手机还给女生：“以后别再这样了。”

女生胡乱地点点头，接过手机哭着跑了，刚跑没两步又停下来，回身朝吴臻九十度鞠躬，带着哭腔喊：“吴叔叔，对不起！”

上车后，贺思嘉担忧地问：“疼吗？”

吴臻摘下口罩：“不疼。”

“让我看看。”贺思嘉在吴臻的后脑勺摸到一个小包，皱了皱眉，“都起包了！”

吴臻道：“真没事，一两天就消了，也看不出来。”

贺思嘉轻叹一口气：“对不起。”

“和你有什么关系？”

“你没听过粉丝行为偶像买单吗，再说她也是为我才那么偏激……”

“谁家都有偏激的粉丝，会不会遇上纯属概率问题，别多想。”

贺思嘉见吴臻确实不介意，便不再纠结：“算了，就听吴叔叔的吧。”

吴臻一顿，想到女生石破天惊那一吼，无奈地说：“我只比你大六岁。”

“可小妹妹估计才上初中，叫你叔叔没毛病啊！”

吴臻煞有介事地点头：“嗯，我小侄子说得有道理。”

贺思嘉：“……”

两人斗嘴了一路，回到剧组，就被导演狂喷一顿。

余枫只知道贺思嘉和吴臻闹了矛盾，这会儿看见贺思嘉额头带伤，差点儿没气升天。

贺思嘉好不容易才找到机会解释，但吵架到底是真的，被拍到闹矛盾也是真的，就连他额头上的瘀青也是真的，仍然逃不了挨骂的命运。好在瘀青可以靠化妆遮掩，否则剧组怕是又要曝出头条——知名导演片场打人，吴臻、贺思嘉血溅三尺！

惨遭唾沫洗脸后，吴臻和贺思嘉低调地回了房间。

贺思嘉先帮吴臻在后脑勺上抹药，边抹边说："有头发挡着，这样擦药管用吗？要不先剃掉点儿头发，不过你就变癞痢头了哈哈……"

吴臻不太明显地笑了笑："刚被老余骂那么久，我看你还挺开心？"

贺思嘉扔掉药膏，懒洋洋地瘫坐在沙发上："嘁，他能骂出什么新花样？"

吴臻转过头，问："饿了吗？"

他俩下了飞机就直奔片场，到现在还没来得及吃饭。

贺思嘉摸摸扁平的小腹："有点，叫餐吗？"

"你想出去吃也行。"

"那就出去吃，我想吃火锅。"

"你还敢吃火锅？"

贺思嘉想起回了剧组要减肥的事，但还是坚持："怕什么，我一发烧就掉肉，早上我称过了，掉了两斤。"

最后他俩还是去吃了火锅。

吃到一半，贺思嘉忽然萌生出一个想法："来配合我拍张照。"

吴臻问："怎么配合？"

贺思嘉注意到吴臻手上的腕表，问："你以前戴过这块表出镜吗？"

"戴过。"

"那你粉丝能认出来吗？"

"或许？"

"你涮菜，我只拍我俩的手。"

吴臻以为贺思嘉又想借合照"辟谣"，但碍于额上有伤不敢露馅，于是说："等你好了再拍。"

"你不懂。"贺思嘉振振有词，"人都更容易相信自己发现的证据，让他们扒出来手的主人是你，正在和我一起吃火锅，比我们说破嘴都有用。"

贺思嘉对着前置摄像头展露笑颜，"咔嚓"拍照，他随手加了个滤镜，上传微博时只打了两个字——好吃。

“等着吧，估计咱们回酒店前就会有人扒出来。”

然而网友们的分析能力比贺思嘉预想的更强，一开始粉丝都涌入微博表白，同时截图去各大论坛开帖，不到半小时，就有人发现端倪。

——图里那只手是吴臻的吧？

一名网友截出吴臻以往的杂志花絮，花絮中吴臻就戴着图里那块表，除此之外，该名网友还传了张吴臻手部特写图，轮廓看起来极为相似。

经此提示，网友们相继找到了种种证据，盖章与贺思嘉同享火锅的正是吴臻。

虽然仍有人怀疑他们在虚假营业，但更多网友则将原本就疑点重重的打架传闻视作笑谈，因为他们很相信贺思嘉为人，对方绝不是个为了大局肯忍住脾气装模作样的人。

贺思嘉刷了会儿评论，见舆论走向尽在他的筹谋中，得意扬扬地递出手机：“怎么样，效果好吧？”

吴臻接过手机刷着评论，笑道：“贺老师玩节奏大师一定玩得很好。”

两人说笑间，贺思嘉电话响了，吴臻看了眼来电：“贺瑾打来的。”

贺思嘉没什么情绪地“哦”了一声：“放着吧，现在不想接。”

吴臻早确认了兄弟俩关系不好，但一直没细问过，他自然而然地问：“你们怎么回事？”

贺思嘉微顿，下意识地拒绝交流，可想到中午时吴臻对他的维护，又改口说：“其实告诉你也没什么，我和他同父异母，从小关系就差……”

贺瑾的母亲姓白，与贺父贺启耀结婚纯粹是家族联姻。她在生下贺瑾不久就去世了，白家冲到贺家讨说法，直接带走了还在襁褓中的贺瑾。

“我爸应该对白姨心怀愧疚吧，所以没拦着。据我舅妈说，白姨其实另有爱人，却被家里逼着嫁给我爸，不过我爸也是在很久以后才知道的……”

贺瑾三岁那年，贺启耀娶了新妻子，也就是贺思嘉的妈妈俞芷兰。但结婚前两人就答应了白家，五年内不会再要小孩，贺思嘉的到来完全是意外。

当时贺启耀已年近四十，唯一的儿子又不在身边，他舍不得俞芷兰肚里的孩子，只好违背承诺。

“我才刚出生不到一周，白家就把我哥送回来了，说是想通了，以前的事不该怪我爸，其实……呵。”

白家无非是怕贺启耀有了次子不管长子，以后沾不到贺家的光。毕竟那几年，白家已逐渐衰落，而贺启耀的生意越做越大。

“我哥当时都六岁了，被白家一群妖魔鬼怪洗脑那么多年，看我就跟看仇人似的。”

但贺思嘉没有告诉吴臻，在他与贺瑾之间，俞芷兰永远都站在贺瑾那边，甚至因为顾虑贺瑾的情绪，不许他过于亲近贺启耀。

小时候，他总怀疑贺瑾才是亲生的，自己是抱养的。

“贺瑾现在还针对你吗？”吴臻大概理解了贺瑾的心态，年幼不知事，被白家当枪使了。

“我舅舅现在可厉害了，他还想着靠我舅舅家以后借势呢，哪敢得罪我。”贺思嘉讥诮一笑，“再说我都废了，家业肯定由他继承，他也没必要再针对我。”

吴臻皱了下眉：“怎么这么说自己？”

贺思嘉浑不在意：“我单指作为继承人这件事，其他方面他比不上我的可太多了，至少长得就比我丑。”

吴臻心想贺瑾那张脸怎么都不能说丑，但若跟贺思嘉对比，评价一个“丑”字似乎也合情合理。

吴臻笑着道：“贺老师的确是我见过的最好看的演员。”

由于他俩明天一大早都有戏，吃完火锅就回酒店休息了。

贺思嘉这两天情绪波动很大，不论精神或身体都很疲惫，几乎沾上枕头就入睡。

次日他精神抖擞地来到片场，见吴臻正和余枫聊得开心，暗暗佩服对方只用一早上的工夫就把老余哄好了。但他也有自己的办法，仗着脸皮厚，他完全无视了老余的死亡视线，笑嘻嘻地说：“余导，我今天状态不错，包你满意。”

余枫冷笑，让他赶紧去化妆。

整个上午，贺思嘉都发挥得很好，而下午有一场重头戏——金立夏已预感到伪造文物一事即将败露，准备带金小寒回老家，可刚结束扫尾工作，就被警察找上了门。

当时，金立夏远远便看见警察徘徊在他家门口，情急之下，他叮嘱金小寒在原地等他，只身回家应付警察。

可等他成功骗过警察，却发现金小寒不见了。

金立夏又惊又急，找了整整两小时，终于在一家小卖部前找到了弟弟。

后怕引燃他的怒火，他狠狠抽了金小寒一耳光。

“真打假打？”贺思嘉抱着微弱的希望问余枫。

“当然真打。”

“真打啊……”

“你不是不怕痛吗？”

“我——”

“其实可以假打。”一旁的吴臻突然开口，“话剧舞台上从不真打，只要演员能配合好就行。”

余枫断言拒绝：“话剧是话剧，能和电影混为一谈吗？”

“没事，就真打吧。”贺思嘉立刻说。

他虽表现得无所谓，但心里还是紧张，毕竟抽耳光和扎针不一样，知道自己要被抽和意外挨打也不一样。

何况，余枫要求吴臻一定要用力打。

“相信我，我会控制力道。”正式开拍前，吴臻压低声音说，“待会儿一打板，你默数三秒再向右偏头。”

贺思嘉自然信任吴臻，果断照做，然而刚数到一，对方已挥手抽了过来。

听见余枫喊过时，贺思嘉都没怎么回神，他只觉得左脸有点麻，倒不怎么疼。

“没事吧？”吴臻看着贺思嘉的脸，细细观察，“有点红，疼吗？”

“还好——”贺思嘉忽然意识到不对，“你不是说数三声吗？”

“我是为了让你放松，而且我也确实收力了。”

“吴老师的嘴，骗人的鬼。”

贺思嘉倒也不是真要计较，反正戏过了就好，免得一直卡一直挨巴掌，何况真的不疼。

吴臻回以一笑，见绵绵拿着冰袋过来了，便接过冰袋敷在贺思嘉脸上：“先降降温。”

贺思嘉捂着冰袋，忽地一顿，猛然回头。

"怎么了？"吴臻问。

"好像有人在看我。"

"这里是片场，看你有什么奇怪？"

贺思嘉皱眉，总觉得那道视线不一样，可惜没找着人，只好作罢。

当天拍完戏，贺思嘉也没走，就跟在余枫身边当助理。

等吴臻收工，他陪着对方去化妆间，刚进门小杨就过来了，同时带来了一个不太好的消息："贺老师，有人拍到你额头有伤，照片发微博了。"

前天晚上才闹出打架传闻，如今又被拍到伤口照，很容易引发联想。

事实上，网友们也的确议论纷纷。

"《玩古》剧组怎么回事，我寻思着它也没在国外拍摄，怎么跟有时差似的，天天大半夜放料，还让不让人睡了？"

"这几天剧情节奏有点快啊，我满脸问号，吴臻跟贺思嘉真的王不见王吗？"

"贺思嘉也配称王？哪个领域的王？嘴炮王者？"

……

几乎每条微博或讨论帖都会发展为吵架，就在人人都期待连续剧下一集将如何发展时，《玩古》官博突然更新了。

博文并未就打架一事辟谣，而是宣布25号端午节这天，剧组将邀请媒体探班，并由贺思嘉客串直播主持人。

探班一事自然是临时决定的。

电影和电视剧不同，很少在拍摄过程中邀请媒体探班。

但宣传总监给出的意见是，与其删帖堵网友的嘴，或者放任流言发展，不如借热度宣传一下，同时也能让网友亲眼见证主演们关系和睦，剧组团结友爱。

消息一出，果然转移了网友们的注意力，至少贺思嘉的粉丝都不再执着于掐架，而是将热情与期待投入到即将来临的直播中，超话里一片狂欢。

但在狂欢来临之前，剧组还需要解决一件事。

由于C市不如伽罗村封闭，片场人多眼杂，剧组查了两天也没查出照片的源头，只能严控剧组人员进出，并安排专人时刻监察有无偷拍行为。

而在剧组放弃追查的当晚，吴臻叩响了戚了绪的房门。

戚子绪开门时意外又惊喜：“吴老师，您怎么来了？”

吴臻不似平时温和，没什么表情地说：“找你有事，跟我来一趟。”

他也不管戚子绪的反应，率先朝楼梯间走去。

戚子绪笑容微凝，怔怔望着吴臻的背影，握住门把的手不自觉收紧。

半晌，他抬腿跟上。

酒店楼梯间少有人出没，角落里摆着一个立式烟灰桶。

吴臻点了支烟，问：“带手机了吗？”

戚子绪有些心神不定，慢半拍才说：“带了。”

“给我。”

戚子绪顿了顿，从裤兜里摸出手机。

但吴臻并不如他猜想的那般问他索要密码，只随意看了眼便说：“照片是你传的吧？”

戚子绪语带困惑：“什么照片？”

“不止照片，还有录音。”

戚子绪皱了下眉，眼中有被冤枉的隐怒：“我不懂吴老师的意思。”

吴臻吸了口烟，语气淡漠：“前几天我遇到了曹云光，他和我说，你那个被赶出剧组的光替朋友特意去找过他，说自己是被污蔑的，希望曹云光能帮忙澄清。但曹云光仅仅知道一个邮箱地址，没办法证明什么，所以拒绝了他的求助。这段时间，你的朋友一直在联系律师，准备向剧组提出诉讼。”

戚子绪声音紧绷：“所以呢？和我有什么关系？”

“如果不是前天那张照片，我也想不到和你有关。”吴臻直视戚子绪，“可你朋友的手机不代表只有他能碰，对吗？”

戚子绪冷着脸问：“证据呢？”

吴臻很坦然地说：“没有。”

戚子绪不着痕迹地站直了些：“我不知道吴老师从哪里得出的结论，又为什么针对我，而我也确实无法自证清白。但谁主张谁举证，这个道理吴老师应该懂。”

吴臻扔掉烟头：“你可能有一点误会。”

戚子绪一愣。

吴臻散漫地笑笑：“我想让一个替身从剧组消失，根本不需要任何证据。”

戚子绪神情骤变。

吴臻淡淡地扫他一眼，转身拉开门：“明天你自己去跟老余说，不管用什么理由，但你必须离组。如果让我来提，那影响的可就不止一个剧组了。”

戚子绪死死咬住牙关，很想质问吴臻凭什么，可他不敢。

他知道，吴臻的威胁实实在在，随时都能变为现实。

“哦对了，手机还你。”吴臻突然回身，将手机扔还给他，“抱歉了，我得小心一点。”

直到楼梯间的门合上，戚子绪才醒悟过来，吴臻管他要手机并非想从中查找证据，而是以防他录音。就连他们站的地方，也有监控在运转。

他心中苦涩难言，一个人站在残留着薄荷烟味的空间里，久久未动。

次日，戚子绪离开了剧组。

也不知他找余枫怎么说的，余枫并未借合同为难他，还流露出惋惜之意。

吴臻也没有赶尽杀绝，他毕竟拿不出证据，真闹到鱼死网破，又可能衍变成丑闻一件，影响剧组声誉。

而贺思嘉过了两天才发现戚子绪消失了，得知真相后，他很平静。

“你不生气吗？”吴臻问。

贺思嘉坐在沙发上，一边吃樱桃一边说：“干吗要生气，我截和了他的主演，他不喜欢我很正常，我还不喜欢他呢。再说他都走了，我何必跟一个替身计较？”

吴臻戏谑道：“贺老师胸襟宽广。”

贺思嘉却正经道：“第一，他没有给我造成很大的麻烦，或者说，麻烦已经解决了；第二，我对他没有任何期待，也根本不在意他。”

不在意，自然不会耿耿于怀。

一旦习惯了剧组节奏，拍戏的时间就过得很快，转眼便到了端午这天。

受邀来剧组的媒体一共十多家，每家都签订了协议，所发布的视频和照片必须先由剧组审核。

尽管如此严格，媒体们仍兴致勃勃，因为《玩古》开拍近两个月，还是首次揭开面纱。

十点半，媒体被统一带入片场，正好赶上贺思嘉的一场单人戏。

内容很简单，就是制作陶艺。

现场有陶艺老师亲自示范，贺思嘉只需按照流程走一遍即可。

开拍前，陆馨给贺思嘉打了好几通电话，交代他务必好好表现。余枫也正是担心贺思嘉临场掉链子，才刻意安排了这场没有难度的戏。

但贺思嘉今天状态奇好，加上又有几分陶艺天赋，不论肢体动作还是神态都非常到位。只是一段戏快结束时，片场发生了一点小意外。

“嘭——”只听一声巨响，悬挂在天花板上的灯泡突然爆开，玻璃碴儿炸得满地都是，一些碎片落在了贺思嘉身上。

余枫本来想叫停，可贺思嘉完全不受干扰，依旧醉心于泥坯塑形，低敛的眉眼专注而安宁。

他恍了下神，忽然有一种错觉，好似坐在镜头聚焦处的人就是金小寒——虽然贺思嘉偶尔也有惊艳的表现，但从未像此刻一般让他悸动。

余枫透过监视器，借由贺思嘉一双眼睛，捕捉到了独属于金小寒的灵魂。

“卡！OK！”

当余枫喊出这一句时，贺思嘉立刻走出了角色情绪，扒拉着头发说：“快帮我看看，好像有玻璃碴儿掉进我脖子里了。”

余枫深吸口气，又忍不住笑了。

等贺思嘉下场，余枫当着所有媒体给了他一个拥抱，就连梅庆都拍着他的肩说了四个字——后生可畏。

贺思嘉别提多得意了，一直到小栖领了盒饭过来，他都还处于兴奋状态，坐在吴臻身边叭叭个不停。

但他还没来得及拆筷子，就被绵绵叫去直播了。

贺思嘉接过直播平台小姐姐递来的话筒，看了下标牌，微笑着面对手机镜头：“千千直播的朋友们大家好，我是贺思嘉，在《玩古》中饰演金小寒。”

此时，直播间显示已有上千万观众，他们原本正兴奋地刷着礼物以及贺思嘉的各种昵称，但在听见这一声招呼后，弹幕全变成省略号。

“……”

“干干直播？”

“哥哥，是千千直播啊！”

“不愧是你。”

千千直播平台的小姐姐笑得发抖，还是绵绵偷偷提醒，贺思嘉才意识到自己闹了乌龙。

他也不尴尬，指着标牌说：“就是很像干干啊。”

弹幕里的粉丝们又开始吹捧——

“哥哥美，哥哥说的都对。”

“有一说一，字确实印得很像……”

“我怎么觉得斯嘉丽变丑了？跟眼镜猴似的，滤镜开太猛了？”

“哥哥把滤镜效果都关了吧，颜值都下降了！”

鉴于群众呼声太大，贺思嘉在小姐姐的指导下关掉滤镜，果然又恢复了原本的盛世美颜，也侧面印证了他长相完美，任何一点改变都会破坏五官和谐。

“OK，现在帅了吧？让我找个人来采访。”

贺思嘉手持话筒四下扫了一圈，他很清楚观众对吴臻兴趣最大，可他偏要吊胃口，先朝着余枫走去。

“现在正好中午，片场有人在发饭，待会儿给你们看看我们的午餐……Hi，余导！”

余枫正和副导聊天，回头见到镜头，愣住了。

他当然知道今天有直播环节，可想着那都是演员的事，没怎么关心，哪知贺思嘉头一个就找上了他。

余枫顾不上瞪贺思嘉，立即从上衣口袋摸出一把牛角梳，小心翼翼地梳理他不甚丰茂的头发。

弹幕里有人开始吐槽——

“余枫怎么回事？感觉不太聪明的样子。”

“他为什么随身带着牛角梳？”

“可能为了促进头皮血液循环，越梳越有？”

一片调侃中，余枫已整理好仪容，从容地接过话筒，非常官方地介绍了《玩古》电影的基本情况，又认真回答了几个观众提问。

接着，贺思嘉又采访了梅庆、朱宜还有叶闻飞等几位演员。

其中叶闻飞是新人，贺思嘉有意为他拉人气，给了他不少展示的机会。叶闻飞也很上道，与贺思嘉你一言我一语地互怼，跟讲相声似的。

观众看得开心，砸了不少礼物，也有人对这位新人产生了好奇，上网查找他的资料。

而贺思嘉已飘然离去，深藏功与名。

“有奖竞猜，下一个幸运儿是谁呢？”

弹幕疯狂刷起来——

“吴哥吴哥吴哥！”

“影帝口天至秦！”

“臻儿！！！”

贺思嘉悄然靠近吴臻，等走到人身后才发现吴臻正在打消消乐，桌上还放着几盒没动过的饭菜。

“怎么不吃？”贺思嘉问。

吴臻回过头，揣好手机：“等你一起。”

平平常常的对话，却引来弹幕里的疯狂刷屏。

贺思嘉瞄了眼屏幕，找了张凳子坐下，将镜头对准饭盒：“给大家炫耀一下我们的午餐，大厨们手艺很好，每天的菜色都不一样，今天是黄瓜虾仁、豆腐、宫保鸡丁、清炒莲白、土豆烧排骨……”

他依次报上菜名，又对着镜头说：“我和吴老师先吃饭，饭后还有提问环节，大家可以想想要问什么。”

接着，贺思嘉将手机递给绵绵，不再看弹幕。

他和吴臻边吃边聊，话题天马行空，气氛非常放松，偶尔还会同时笑起来。

吴臻的粉丝很少见到吴臻笑得这么开心，她们和大多数蹲守直播间的观众一样，都相信了两人关系熟稔，打架纯粹无稽之谈。

因为哪怕吴臻有那个演技装模作样，贺思嘉也不可能有。

至于贺思嘉的粉丝……她们已经不关心事实真相，只沉醉在哥哥吃饭的绝美画面中——小口小口的，但咀嚼和吞咽都很快，就像只仓鼠。

平台的主持小姐姐已经收集好问题，等贺思嘉和吴臻解决了午餐，就问：“吴老师、贺老师，网友提问准备好了，请问现在方便回答吗？”

两人自然不会拒绝。

小姐姐：“OK，第一个问题，请问对方喜欢吃什么？”

贺思嘉看了眼吴臻，直接说：“吴老师无肉不欢，喜欢吃辣……嗯，还有水果。”

小姐姐又问吴臻：“是这样吗？”

吴臻浅笑颔首。

小姐姐转向贺思嘉：“那贺老师的喜好呢？”

吴臻答：“海鲜和糖。”

吴臻说的当然也没错，小姐姐抛出第二个问题：“如果用一种食物比喻对方，你们会选哪种食物？”

这回贺思嘉认真想了想，慢声开口：“酒？”

小姐姐配合尬笑两声，又问为什么是酒。

贺思嘉其实也不太说得清，只是遵循直觉，他在心里琢磨着措辞，又觉得怎么表达都不对，索性半开玩笑地说：“因为吴老师太让人上头了。”

小姐姐笑着调侃两句，转问吴臻。

吴臻看似随意地说：“枣吧。”

贺思嘉没料到会是这个答案，率先问：“为什么？”

吴臻答：“枣甜、枣核噎人。”

贺思嘉总觉得吴臻没有说真话，私下里，他特意追问：“你老实交代，为什么是枣啊？”

吴臻问：“你有没有听过烂柯人的故事？”

贺思嘉一怔，他还真知道！

相传，晋代有名樵夫上山砍柴，偶然遇见几位童子在下棋，他驻足旁观，期间吃了颗童子给的枣，便不再感觉饥渴。过了会儿，童子问他怎么还不走，樵夫这才发现自己的斧头柄已经腐烂。当他回到山下，得知时间已过百年，亲人早已不复存。

尽管在这则故事里，“枣”可以衍生出各种各样的注解，但贺思嘉还是不懂吴臻比喻的是哪一种。

吴臻笑了笑说：“与贺老师相处很愉悦，也很让我放松，每天都很充实，时间自然过得很快。”

贺思嘉愣了愣，仔细观察吴臻的表情，倒也没看出玩笑的意思。

中途，他去了趟厕所，出来后发现片场多了一张长桌，桌上堆着不少粽叶和糯米——今天是端午节，剧组安排了集体包粽子活动，也是第二场直播的内容。

但这次不用贺思嘉当主播。

教他们包粽子的是剧组某位群演，贺思嘉跟着学了一会儿，第一次上手就包得似模似样。

直播间的粉丝纷纷吹捧，正当他准备再包一个时，其他演员相继过来了。

贺思嘉隔着人群望见了吴臻，本来想包红豆粽临时又改成了红枣粽。

吴臻慢悠悠地走到他身边，若有似无地笑了笑：“手艺不错，给我包一个？”

贺思嘉瞟了眼直播镜头，说：“没问题啊，晚上让厨子帮忙煮了。”

吴臻低声说：“谢谢贺小枣请我吃枣。”

贺思嘉忍不住笑：“贺小枣这名字还挺可爱的，又酷，要不你以后就叫我小枣吧。”

吴臻问：“你确定？”

贺思嘉总觉得吴臻的问话有些不怀好意，警惕道：“只是开个玩笑，别想捉弄我！”

等直播结束，有副导来通知演员准备拍戏了——考虑到有媒体探班，白天的戏份主要集中在贺思嘉和吴臻身上。

其实剧组转移至C市后，剧情基本进入了“爽片模式”。

剧本中，金立夏因无法筹集到足够的手术费而烦闷不已，走出医院散心，不知不觉绕到了古玩市场，亲眼见证一位客人捡漏成功，大赚一笔。

投入几百块本金，换取数百倍回报，金立夏心动了。

他也试图通过捡漏赚钱，却发现陷阱很多，困难重重，期间还遇上了一群骗子。那些人告诉他有批刚出土的新货，还给他看了他们盗墓的视频，然而古董是假的，视频也是假的。

金立夏自然没有上当，却从中窥见了机会，他精心设计了一场骗局，以高价卖出赝品，终于将母亲送入了手术室。

可惜手术失败，金母在重症监护室待了几天，再没有醒来。

办完母亲的丧事，金立夏对未来非常迷惘，为了还债，他再次干起了倒卖古董的勾当，却因为坏了规矩，被之前那群骗子狠狠教训了一顿。

等金立夏伤好了，他本无意再回古玩市场，可他偶然得知骗子们骗了不能骗的人，全被抓走了。

后怕的同时，金立夏同样庆幸，至少他的威胁解除了。不过他也意识到倒卖假古董风险太高，可若不是假古董呢？

如果，他卖的是“真品”呢？

金立夏这段时间汲取了大量文物相关知识，知道一些赝品制作得极为逼真，哪怕用专业仪器检测也很难被发现。

既然灵魂已经被污染，他不介意多一点黑暗，只要生活还有光明。

然而金立夏没想到，金小寒会带给他这么大的惊喜与折磨。

惊喜在于金小寒伪造文物的天赋，折磨在于他不知道是否该让弟弟同担罪孽。但抱着“金小寒心智不全，哪怕事发也能逃脱法律制裁”的侥幸心理，他决定铤而走险。

于是半年以后，金立夏带着一件工艺完美的赝品，再次出现在古玩市场……

眼下要拍的，就是金立夏卖出赝品后，赚取大笔现金回家的一幕。

金小寒在这段戏里只是个安静的背景板，他坐在堆满杂物的地上，认真地抠着手指。

突然，房门被打开了，金立夏拎着一个蛇皮袋站在门口。

这时候的金立夏不过二十三岁，吴臻的妆容也很显年轻，他眼中虽有成年人的世故，也同样有着少年人的张扬。

金立夏并未立刻进门，而是在原地站了一会儿，接着合上门，又关上窗，拉上所有窗帘，才走到金小寒面前，沉默地扯开蛇皮袋，一股脑往下倒。

钱，很多钱。

一沓一沓的百元纸钞。

金立夏突然弯腰抱住金小寒，额头贴着额头。

满地纸币将他们包围，金立夏在罪孽中静默狂欢。

四点，剧组召集所有主创，给了媒体半个小时，开了一个简单的发布会。

等媒体走后，拍摄还在继续，一直到天完全黑了，两位主演才搭车回了酒店。

贺思嘉先洗了个澡，吹干头发后给吴臻发了一条信息，叫人过来吃粽子。

房间里有一个小型微波炉，贺思嘉从中取出加热后的粽子，招呼吴臻："有两个是我包的，做了记号，另外一个巨丑的是你包的。"

两人去了阳台，阳台上摆着张小圆桌，桌上有一瓶红酒、几个咸鸭蛋，以及三两盘糕点和糖。

吴臻慢悠悠道："贺老师准备得还挺周全。"

贺思嘉边开红酒边说："好歹也是过节。"

两人坐在阳台上，吹着习习晚风，懒洋洋地聊着天。

贺思嘉望着黑漆漆的夜空感叹："可惜，今晚没月亮。"

吴臻忍不住笑："端午节看月亮，中秋节看什么？"

贺思嘉一愣，反应过来自己搞混了，却犟嘴说："任何节日赏月都应景。"

"C市很少能看见月亮。"吴臻喝了口红酒说，"以前有公司推出了中秋节赏月险，如果中秋当天在指定城市看不到月亮，就能得到双倍赔偿。后来可能赔得太多，他们就将C市排除在理赔范围之外了。"

贺思嘉有点怀疑吴臻又在编故事，可他也懒得去查，只说："你们这里不仅月亮少见，太阳也少见，倒是适合我这种怕晒的人定居。"

吴臻又拿起一颗鸭蛋，剥了壳，挑出蛋黄递给贺思嘉，在对方困惑的眼神下，笑着说："贺老师，送你一轮满月。"

两人聊到很晚，贺思嘉第二天有些精神不济，被余枫狠削了一顿。

他不敢顶嘴，又察觉余枫似乎越来越严格了，好几条他自认拍得不错，放以往肯定给过，今天却被要求重拍。

就在贺思嘉苦苦煎熬时，各大媒体的通稿也相继发出。

稿子是剧组宣传统一给的，媒体们按照自己的喜好稍作调整，或增补或删减，倒没多少特别的看点。真正吸引眼球的是几条视频，其中不乏拍戏片段，以及演员在片场相处的画面。

网友们根据视频分析着贺思嘉的演技，同时纷纷议论着他和吴臻扑朔迷离的关系。

贺思嘉正津津有味地看评论，就接到了陆馨的电话。

陆馨道：“《玩古》快要杀青了，团队给你新挑了几个剧本，已经发你邮箱了，记得抽空看。另外，你生日要到了，有计划吗？”

贺思嘉一愣：“对哦，七月底是我生日。”

陆馨想了想：“今年生日会肯定办不了，要不我问问余导，安排一下粉丝应援探班？”

贺思嘉想了想，说：“老余很讨厌这些花里胡哨的粉圈文化，今年低调地过吧，到时候我拍条 Vlog 好了。”

挂断电话，贺思嘉登录邮箱，果然看到四封新邮件。

他还没来得及点开，副导演就来叫他拍戏了。

贺思嘉对眼下这场戏特别重视，已反复琢磨很多次。早在他和余枫初次就角色理解发生争执时，吴臻就告诉他演戏要有连贯性，只要后续拍摄能保持角色行为模式统一，并且表演出彩到让导演无法割舍，他就会是最后赢家。

而吴臻当时举的例子，正是金母死后，金立夏哄金小寒睡觉这一幕。

剧本描述很简要，只有短短几行字。

整段戏的重点都在吴臻，贺思嘉只需要完成被哥哥哄上床睡觉、听哥哥讲故事的任务。

但当正式拍摄时，他手里多了一个毛线球。

深灰色的毛线球只有拳头大小，多余的那部分已穿在金立夏身上，那是金母在世时日夜赶织的毛背心。

从小到大，金家两兄弟的毛衣几乎都是金母亲手织的，如今织衣的人已不在，金立夏穿的这件背心，是母亲留给他的最后的礼物。

金立夏兀自站了会儿，压下翻涌的心绪，来到金小寒身前。

他拿走弟弟手里的毛线球，试图将对方从地板上拉起来。

但金小寒挣开了他的胳膊，又去抢毛线球。

兄弟俩相争不下，金立夏面色一沉，突然抱起金小寒，将人扛到床上。

金小寒四肢并用，又打又踹，正想咬人时，却听见金立夏说要讲故事。

他眨眨眼，卸了力侧躺下来，双手合拢，枕在颊边。

其实金小寒并不喜欢听故事，他和寻常小孩儿的喜好不一样。但在过往的日日夜夜里，金母每晚都会为他讲一个睡前故事，以至于他听见“故事”二字，就下意识知道该睡觉了。

金立夏舒了口气，取过床头的一本《世界著名童话》，随意翻开一页。

“快乐王子的雕像高高耸立在城市的上空，他浑身贴着薄薄的纯金叶子，一对蓝宝石做成他的眼睛，一颗大的红宝石嵌在他的剑柄上，灿烂地发着红光……”

金立夏声音舒缓而低沉，每个字都很清晰，每个字都念得很慢。

当他念到一只燕子飞来快乐王子身边，在王子的请求下，将剑柄上的红宝石送给一位可怜的妇人时，金小寒闭上了眼睛；在念到快乐王子再次请托燕子，将自己的一只眼睛送给了贫穷的作家时，金小寒的呼吸已渐渐平缓。

金立夏放下书，起身走出了房间。

他想抽一支烟。

第一段戏到此为止，尽管和剧本有很大出入，余枫并未提出反对意见，只肃着脸交代众人继续。

抽完烟的金立夏回到简陋的出租屋，坐在床头，凝视着金小寒的睡颜。

镜头特写了他的眼睛，眼里的情绪复杂而克制。

但任何人见了这双眼睛，都知道它的主人一定很伤心。

忽然，金立夏发现金小寒的枕头下似乎藏着什么，很明显鼓起一团。他探出手，又摸到了原本被他放在柜子上的毛线球。

时间安静流动，金立夏攥着毛线球久久未动。

良久，他再次拿起那本童话书，继续讲着故事。

快乐王子的另一只眼睛给了卖火柴的小女孩，满身金片都被燕子叼走，转送给城市里每一位穷人。

雪来了，严寒也到了。

早就该奔向温暖和自由的燕子仍没有走，它太爱王子了。

它用仅剩的一点力气，飞到快乐王子肩头。

“燕子吻了快乐王子的嘴唇，然后跌在王子的脚下，死了。”

书页合上，一滴水珠打在书封上。

金立夏双肩微颤，喉间溢出压抑到极致的低泣。

灯照下，阴影盘踞在他足底，光明堆积在他身后。

而他面前，沉睡着他的快乐王子。

“卡！”

随着余枫喊停，贺思嘉猛地睁开眼，半撑起上身凝神细听。

半晌，喇叭里再度传来导演的声音：“这条过了，换中景。”

贺思嘉顿时笑了，因为余枫此时的退让，意味着被说服。

他反抗成功，金小寒是完完整整属于他的。

贺思嘉兴奋地拥抱了吴臻：“谢谢。”

如果没有吴臻的默契配合，余枫不会那么快妥协。

吴臻正在调整情绪，也跟着笑了，轻拍了下贺思嘉后背：“不客气。”

这天难得收工较早，卸了妆，贺思嘉本来想回房，却被吴臻拉上了一辆车。

“我们要去哪儿？”贺思嘉调整着安全带问。

“之前说要带你去玩，一直没空。”

吴臻准备跟贺思嘉去看电影，一部重映的经典老片。

“《海上钢琴师》？你不是说现在看别人演戏就像运动员复盘吗？”

“这部电影小时候看过，有童年滤镜。”

“你很喜欢？”

“还行，当年看完电影，我就去学了钢琴。”

贺思嘉抬起双手，在空中虚弹几下：“吴老师也会弹琴？那我们可以四手联弹。”

“恐怕要让贺老师失望了。”吴臻打转方向盘，慢声说，“我只学了三个月不到，老师就不肯教了。”

“为什么？”

“她说我是她见过的最愚蠢的学生，教我一天能短寿一年。”

贺思嘉快笑死了：“那你老师多半很后悔，否则现在就能打着你的名号赚钱了。”

吴臻抬起一侧嘴角，表情有些不正经：“我老师是我妈。”

贺思嘉尴尬了，他一直不清楚吴臻的父母是做什么的，趁这个机会打听了一下。

原来吴父是位医生，在C市知名医院任职副院长，而吴母的职业颇为特殊，竟是位调香师。

吴臻说：“之前你问我用什么香水，其实是我妈亲自调的。”

贺思嘉好奇道：“那伯母会根据每个人的特质调配不同的香吗？”

“对。”

“如果是我呢，你觉得她会调什么香？”

“不清楚，我没继承她这方面的天赋，不如带你去问问她？”

“有机会再说。”

大半个小时过去，汽车驶入某商业楼地下停车场，有工作人员在等着，领他们搭员工电梯直上影院。

“你包场了？”电梯里，贺思嘉问。

“没，只是请影院留了间小影厅。”

吴臻有这家连锁影院的股份，作为股东，自然可以为所欲为。

“口罩摘了吧，监控都关了。”进了空无一人的影厅，吴臻带着贺思嘉走向中间的位置。

贺思嘉随口问：“看电影而已，关监控做什么？”

吴臻笑着答：“影院监控非常清晰，这部电影挺感人的，万一你哭了……”

贺思嘉抢白道：“放心，再感染我也不会哭，除了拍戏，十七岁以后我再也没有哭过。”

吴臻偏头看了他一眼，没吭声。

两人坐下不久，影厅的灯熄了，电影正式放映。

毕竟是二十年前的老片子，哪怕重制过，画面质感也不太好，甚至能看见明显的噪点。

但令经典长盛不衰的是剧情和表演，电影讲述了一个名为1900的天才钢琴家，在弗吉尼亚号远洋客轮上传奇而浪漫的一生。

贺思嘉虽然早就看过，却依然投入。

他和吴臻偶尔低声交谈，当电影进行到末尾，小号手得知客轮即将被炸毁，苦劝 1900 下船无果时，贺思嘉忽然问：“换做你，你会下船吗？”

吴臻回答得毫不犹豫：“我会，你呢？”

贺思嘉却答：“我不会。”

吴臻好奇地问：“为什么？”

贺思嘉微挑起唇，在弗吉尼亚号爆炸的一瞬间，映着火光说：“因为浪漫万岁。”

回酒店的途中，吴臻在十字路口等红灯时问：“饿了吗？要不要吃宵夜？”

贺思嘉不饿，但也不太想现在就回去，点点头说：“好啊。”

一刻钟后，汽车停在某间街边小店前。

小店空间狭小，一眼能看尽全貌，店里只摆了几张桌子，有三两食客。

贺思嘉面露疑惑，总不会要在这里吃吧？那不就等于任人围观？他正想问问，就见吴臻解开了安全带：“等着，我去打个包。”

吴臻戴上帽子和口罩下了车，贺思嘉隔着车窗看他，见他站在“刘记米线”的招牌下，抬起胳膊拿手机扫玻璃窗上的二维码。

暖光打在他后背，贺思嘉不自觉弯起唇，莫名觉得这一幕很温馨。

他偷偷拿出手机，拍了张照。

直到吴臻拎着袋子回车上，他才佯作无事地刷手机。

当注意到吴臻还买了两瓶水时，贺思嘉问：“买水干吗？酒店里多得是。”

“米线不能闷太久，先不回酒店，带你去个地方。”

“哪儿啊？”

“我的小学。”

此时已经快十一点，贺思嘉严重怀疑他们能否进校门，哪知车开到校门口，吴臻跟门卫打了声招呼，后者就放行了。

小学地处一环内，占地面积不算很大。

吴臻停好车，直接带贺思嘉绕过教学楼，去了后花园的凉亭用餐。

贺思嘉面前的米线是三鲜口味的，他舀了一勺汤吹凉，入口的汤汁鲜美香醇，浓而不腻。他见配菜里有鹌鹑蛋、火腿、蘑菇、鱼丸和酥肉，想到小店外贴的价目表，随口问：“这么丰盛真的只要十五块吗？”

吴臻答：“嗯，我读小学时只要三块一份。”

贺思嘉望着吴臻背后的教学楼，咬着筷子问：“你小学时长什么样？有照片吗？”

“手机里没存，哪天回家拍给你看。”

“肯定和现在一样帅，课间是不是经常有女生来找你，送你情书什么的？”

“贺老师在讲述亲身经历吗？”

“没啊，我小学时不讨女生喜欢。”

“为什么？”

“我抽条晚，那时又胖又矮，她们给我起了个外号叫粉冬瓜——”

“咳、咳咳——”

吴臻忙拿胳膊挡住嘴闷咳，同时溢出几声笑。

贺思嘉面无表情地道：“你在嘲笑我吗？”

吴臻噙着笑说：“只是有点难以想象，毕竟从我第一眼见到你，你就已经很出挑了。”

贺思嘉重点却歪了：“吴老师还记得第一眼见我呢，对我印象如何？”

吴臻道：“你是问第一眼，还是第一次见你真人？”

贺思嘉微愣，但很快想明白两者的区别，好奇道：“都说说呗。”

吴臻顿了顿，似在回忆：“那天我正好要出门，经过客厅时，我妈在看电视……”

不经意间，他看到了屏幕上的贺思嘉，广绣长袍的青年在梨树下练剑，剑风引落梨花，像雪一样。

吴臻语速和缓，表达清晰，当他认真描述某个情景时，很容易将人带入氛围中：“当时我就站在沙发后面，等镜头切换成别人才走。”

贺思嘉支着下巴笑：“所以吴老师很欣赏我？”

吴臻没有应，继续说：“后来我在时尚晚宴上见到你真人，那天晚上大部分男星都穿西装，只有你穿了件红色夹克，头发挑染成灰蓝色。”

贺思嘉立刻想起是哪场晚宴了，因为那个狗屎造型，他还被时尚博主群嘲一通。

不过他对当晚的吴臻却半点印象都没有。

“你正在候场准备走红毯，有人和你说话，你一直在笑。”

贺思嘉有点不好意思，但还是佯装随意地问：“我很帅吧？”

“有点遗憾。”

贺思嘉茫然地问：“遗憾什么？”

“遗憾电视剧荧幕太小，只有电影才能更好地展示你的脸。”

贺思嘉半开玩笑道：“所以你就推荐我演《玩古》？”

吴臻笑而不答。

随着七月末的到来，贺思嘉的生日也近在眼前，生日头一天，他忽然接到贺瑾的电话，说是带了薛冉过来探班。

当时他心情一下就坏了，但人都来了，他也不可能拦着，只好安排绵绵去接。

绵绵自然知道贺瑾的身份，一路上小心翼翼，虽然贺瑾表现得很随和，可她隐隐感觉对方并不像贺思嘉那么好说话。

等进了片场，贺思嘉已经在拍摄中了。

绵绵搬来凳子请贺瑾和薛冉先坐，又去给他们拿水。

这时，刚去外面抽了支烟的吴臻回来了，见到熟人脚步一顿，随即笑道：“来探班啊？”

贺瑾熟稔地打了声招呼，薛冉也笑着点点头。

三人寒暄了几句，贺瑾听见余枫让贺思嘉再来一条，随口道：“听说余导挺严格的，嘉嘉没有表演基础，平时没少挨骂吧？”

吴臻目光落在贺思嘉身上，慢慢说：“那还真没有，老余很喜欢他。其实表演这种事最看天赋，思嘉很有灵气。”

贺瑾只当吴臻在客套，笑了笑说：“那就好，说起来还没多谢你，嘉嘉这些日子给你添麻烦了。”

吴臻却说：“他一点都不麻烦，平时听话又肯学，或许你应该放下成见。”

贺瑾愣了愣，转头去看吴臻，一时分辨不清吴臻到底是开玩笑还是认真的。

吴臻很快就转了话题，聊起了别的琐事。

等贺思嘉拍完一幕戏，贺瑾说要带他去吃饭。贺思嘉既不惊喜也不排斥地应了，他瞟了眼一旁温柔浅笑的薛冉，又看向吴臻：“一起吗？”

吴臻婉拒："我今天戏份排得很满，快要杀青了不好请假，你们玩开心点。"

于是贺思嘉就跟着哥哥和嫂子走了，路上贺瑾问他近况，他不太想理，靠着车窗假寐，心里琢磨着贺瑾的目的。

他可不信贺瑾是来为他庆生的，只怕对方都不记得他生日是哪天。

直到进了贺瑾订的包房，贺思嘉看见等在里头的一位年轻女孩后，心里有了答案。

贺思嘉瞟了眼薛冉和贺瑾，前者面上流露出几分意外，后者则搭住他肩膀，一副好哥哥的模样："嘉嘉，还记得书雅吗？"

贺思嘉微一挑唇："记得啊，白家表姐嘛，小时候拿狗毛推子给我剃头，还把我锁柜子里那个。"

贺瑾和白书雅的笑容都有些凝固，但贺瑾反应很快，轻轻拍了拍贺思嘉："那时候书雅年纪小不懂事，不都跟你道过歉了吗？你还跟小孩子计较？"

"表姐可比我还大三个月呢。"贺思嘉似笑非笑，"计较谈不上，就是看见表姐我有点心理阴影。"

见白书雅笑容越发勉强，贺瑾眼色沉了沉，松开贺思嘉笑了两声："又胡说八道，快坐下吧，菜都上好了。"

几人入座，白书雅很自然地坐在贺思嘉身边。见贺思嘉看了过来，她将垂落的长发撩至耳后，露出戴在耳垂的精致碎钻："思嘉，好久不见了。"

确实很久不见。

贺思嘉六岁以前每年都要去白家几次，作为白家人的眼中钉，他得到的对待可想而知。不过大多数人顶多冷待他，唯有和他年纪差不多的白书雅喜欢欺负他。

起初，贺思嘉会跟俞芷兰告状，可俞芷兰见他也没出什么大事，不但不管，还告诉他男孩子不可以娇气。直到六岁那一年，他被白书雅锁在柜子里整整半天，被发现时都快憋晕了，贺启耀当场发了脾气，抱着他离开白家，从此再未带他去过。

回想起过去，贺思嘉早已心如止水，他瞥了白书雅一眼，没吭声。

白书雅一滞，可想到家里交代的任务，她又从手提包里取出一个小盒子，递给贺思嘉："我刚从F国回来，给你带了件礼物。"

贺思嘉懒洋洋地接过，打开一看，是一对蓝宝石袖扣。

他微微抬眼，目光扫过席上三人——白书雅很紧张，薛冉似有些尴尬，唯有贺瑾神色如常。

但贺思嘉太熟悉贺瑾了，并未错过对方眼底一闪而逝的算计。

白家在贺瑾身上的投资真的不亏，哪怕如今没落了，也有贺瑾不遗余力地输血。

只是如今，贺启耀对白家的意见越来越大，贺瑾不敢用贺家的资源，却将主意打在他的头上。

贺思嘉略带嘲讽地笑笑，想把白书雅塞给他，捆绑他舅舅，想得可真美。

但他也没有当面拆穿，收下礼物说了声“谢谢”，席间还和白书雅交换了微信。

只是吃完饭打车回去的路上，贺思嘉拍了袖扣的照片发给绵绵，在绵绵查到价格后，他给白书雅转了一笔钱，接着拉黑关机一条龙。

到酒店已经十点，贺思嘉知道吴臻还没收工，直接回了房间。

洗完澡，他疲惫地躺在床上，大脑放空，渐渐有了睡意。

但他睡得并不安稳，做了一个混乱的梦。

梦中，他置身黑暗里，忽然听见了钢琴声。他循着声音往前走，眼前落下一束光，光照中央，穿着星空裙的少女正在弹奏着《卡农》。

周围突然出现了很多人，他们抱着礼物捧着蛋糕，围绕在少女身边，其中还有贺瑾。但少女的视线却穿过人群看向了他，对他微笑：“你就是思嘉？”

贺思嘉猛然惊醒，眼神直愣愣地盯着天花板，隔了好半天才意识到门铃一直在响。

他坐起身，拿过手机看了眼。

7 月 26 日，12 点 03 分。

贺思嘉揉了下干涩的眼睛，下床去开门。

来敲门的是吴臻，见了他就问：“今天你生日啊？”

贺思嘉愣了愣，没什么兴致地“嗯”了一声。

吴臻笑道：“那就生日快乐？”

贺思嘉一点都不快乐，错开身让吴臻进门。

两人有一搭没一搭地聊着天，好像这个日子也没有什么特别的，却让贺思嘉的心情平复不少。

“吴臻，你有过喜欢的人吗？”贺思嘉忽然问，“我是说真正意义上的喜欢，无关其他。”

吴臻思考片刻，问：“怎么想到问这个？”

贺思嘉抿了抿唇：“算了……”

他也说不清为什么要问，但他有过。

他曾经偷偷喜欢过一个女生。

后来，女生成了他的嫂子。

当年他还小，但他记得很清楚，薛冉刚好十八岁。薛家为薛冉办了一场盛大的生日宴，广邀全市名流，而薛冉就在无数宾客的祝福下，穿着华丽的星空裙弹奏一首钢琴曲。

一曲结束，每个人都在鼓掌，包括贺思嘉。

他和其他人一样，注视着场中焦点，而薛冉竟也朝他看了过来。

“你就是思嘉？

“我叫薛冉，很喜欢你的礼物，谢谢。”

贺思嘉送的礼物并不特殊，只是一盆自己种的花。

但直到现在，他都能回忆起那一刻的意外和惊喜，因为他每次跟贺瑾出现在同一场合，自己都是被忽视的那个。

那是第一次，有人驱散了贺瑾带来的阴影，注意到了角落里胆小懦弱的他。

后来他莫名就喜欢上了薛冉，从意识到男女之情那天起。但他的喜欢很纯粹，没有任何目的性。

然而暑假时，同样放假回国的贺瑾突然和薛冉谈起了恋爱，并在几个月后两人一起出国。

贺思嘉很平静地接受，虽然不免失落，但或许因为从未抱有幻想，所以不觉得遗憾。

直到两年后，他意外地知道贺瑾之所以追求薛冉，是因为发现他喜欢她。

他喜欢的，贺瑾都要抢走。

从来如此。

贺思嘉终于开始反抗，几乎燃尽所有勇气，可惜结果不尽如人意。

他被家人送去国外，贺瑾和薛冉订了婚。

贺思嘉睡到下午才醒，好在今天不用拍戏。

他在房间里休息了小半天，接着拍了个 Vlog 上传微博，当作生日福利。

晚上，贺思嘉到了片场，剧组为他庆祝了生日，热热闹闹地过了零点，剧组也即将迎来杀青日。

七月的最后一天，C 市出了太阳，将原本就潮闷的天气烤得更热。

贺思嘉待在遮阳伞下都觉得难受，吴臻却还得穿着厚重的公仔装，在大街上蹦蹦跳跳。

《玩古》是没有女主角的，但金立夏也有喜欢的人。

大一时，他对班里某个女同学一见钟情，碍于自身条件迟迟不敢表白。

在女生生日当天，金立夏鼓足勇气，带着一束玫瑰来到对方宿舍楼下，却见到女生接受了别人的追求。

初恋无疾而终，生活的苦难却没有尽头。

得知金母确诊的消息，金立夏很长一段时间都在打工赚钱。某天，他扮作公仔为某家培训机构发传单时，偶遇了暗恋的女生。

人潮涌动的街头变成了黑白色，唯有女生鲜活而生动。

金立夏转身走向一家花店，买了一束玫瑰，他将玫瑰拆散，一枝一枝赠予过往行人，带着最后一枝花，来到女生面前。

“祝你幸福。”

这是金立夏与女生最后一次对话，也是他们最后一次见面。

整段戏都得在大街上拍摄，剧组早已清场，但仍有不少路人举着手机聚在外围。

贺思嘉心情烦躁，说不上是因为天气，还是人群，抑或是即将来临的分别。

他看着吴臻所扮的公仔递出玫瑰，不禁想到在 J 国录综艺那天遇见的 Miraitowa，当时吴臻说在为新戏做准备，指的就是这一幕。

转眼，一百多天悄然已逝，宴席也要散了。

贺思嘉又旁观了一会儿就回到保姆车上吹冷气，他心不在焉地打了两三局游戏，输得一塌糊涂，正跟队友用文字互喷，有助理来找他说戏已经杀青，让他去拍照。

贺思嘉顶着太阳回到拍摄现场，并没有看到吴臻，有不少人来找他合照，他也全程配合。当他和另外两位替身拍完照后，忽然听有人喊了一声“吴老师”。

他扭回头，见吴臻换好衣服走过来。

“吴臻，来跟你弟弟站一块儿，我们三人拍张照。”余枫走到贺思嘉身旁，冲吴臻招了招手。

吴臻笑着应了，在余枫右手边站定。

面对镜头，贺思嘉摆出营业式微笑，等摄影师比了个“OK”的手势，他又听余枫说：“我来帮你们兄弟俩拍一张。”

贺思嘉微微侧头，看到吴臻朝他跨了一步。

余枫拿着相机，不满地挥挥手：“站那么远干什么？都挨近点儿。”

贺思嘉没动，见吴臻又站近了点儿，脸上微微露出了笑。

太阳快落山时，剧组联系的大巴到了。

因为组里已经没剩几个钱了，他们今天的杀青宴安排在城郊农家乐，主创们统一坐大巴过去，其余人自己开车，或者打车。

贺思嘉故意落在后面上车，当时车里已坐了七七八八，他一眼就看到了吴臻，对方坐在中间靠窗的位置，身边还空着。

他慢吞吞地走到吴臻座位旁，吴臻仰起脸冲他笑笑，耳朵里还塞着耳机。

贺思嘉顺势坐下，随意地问：“你在听什么？”

吴臻取下一边耳机递给他，喜庆又飒爽的女声传入耳膜——“今天是个好日子，心想的事儿都能成……”

贺思嘉笑了：“怎么听这个？”

“杀青了不是好日子吗？”吴臻懒懒地靠着椅背，“听这个心情好。”

车开了四十多分钟便抵达农家乐，大院里早就摆上了席面，上百号人等在里头，场面非常热闹。

贺思嘉自然去了主桌，吴臻抽开他身旁的椅子也坐了下来。

剧组订了个大蛋糕，准备切蛋糕前，余枫站起来发表了一番感言。他应该提前写过稿，背得磕磕巴巴，说到一半直接忘词了。余枫尬笑几声，索性自由发挥，效果反而好了很多，将现场气氛炒得更热。

这种聚餐想要安心吃饭是不可能的，贺思嘉不停在敬酒喝酒，同桌的、其他桌的……到后来人都有点晕。

他拨弄着碗里的金沙玉米，一粒粒往嘴里塞，忽然感觉胳膊被碰了下，转头便见吴臻端着小酒杯，面上带了点漫不经心的笑："贺老师，我们喝一杯？"

他颇为迟钝地点点头："好啊。"

两人轻碰了下杯，却都没有立即喝酒。隔了一会儿，吴臻率先说："祝贺老师前程似锦。"

贺思嘉感觉怪怪的，具体又说不上来，只勉强一笑："吴老师也是。"

他们同时饮下酒，就有工作人员过来通知说烟花已经准备好了。

城里禁烟火，郊区倒不怎么管。

剧组特意买了些烟花，如今都已布置好，就等着主创们点火引燃。

"嘭——"

数朵烟花相继在天际炸开，又似流星般坠落。

明明暗暗的光打在贺思嘉脸上，映在他眼睛里。

喧闹中，他听见吴臻问："你明天几点的飞机？"

贺思嘉偏过脸，见吴臻仰头望着夜空，神情淡漠，好似再多热闹也入不了眼。

"十一点，上午。"贺思嘉说。

吴臻"嗯"了一声，转头看他："我送你。"

贺思嘉愣了愣，轻点了下头。

烟火重重中，他们同时望向天幕。

璀璨背后，只剩下隐匿的寂寞。

次日，贺思嘉和助理打了声招呼，上了吴臻的车。

路上两人有一搭没一搭地聊天，气氛不算热络，却也没有冷场。

"你待会儿直接回家吗？"贺思嘉问。

"嗯。"吴臻似彻底放松了状态，没怎么打理外形，直接戴了副框架眼镜，看上去多了几分书卷气，“先休息几天。”

“那你接下来有什么工作计划？”

“应该是话剧巡演。”

“不拍戏吗？”

吴臻打转方向盘，上了机场高速：“我不喜欢工作排太满，基本两年三部戏。”

贺思嘉羡慕地说：“演员真好，不像我，几个月没营业数据立马差一大截。”

吴臻轻笑：“你们赚钱啊，商业代言多，拍电视剧片酬高。”

“我又不缺钱。”贺思嘉轻描淡写地说着令无数人痛恨的话，“回去有一堆广告等着拍，馨姐还在帮我谈一部电视剧，要是成了估计八月底就得进组，根本没时间休息。”

当初陆馨给他发了好几个剧本，其中有一部主旋律片名为《川军》，贺思嘉看剧本时就想起伽罗村那位失去双手的老兵，一时心有触动，就决定选这部。

只是《川军》的导演早有属意的男主角，贺思嘉形象气质不太合适，陆馨只承诺尽力争取。

吴臻淡声评价：“挺好。”

贺思嘉瞥他一眼，又看向窗外。

半小时后，汽车到了机场贵宾中心停车场。

贺思嘉解开安全带，边戴口罩边说：“你别下车了，我自己进去。”

吴臻双手搭着方向盘，看着他：“好，注意安全。”

贺思嘉推开车门，一只脚跨下车，又回过头，迟疑地开口：“再联络。”

吴臻斜侧过身，矜持地笑笑：“再见。”

关上车门，贺思嘉压低帽檐，闷头往贵宾厅走。临进门前，他忽然回过头——吴臻的车还在原地，只是窗门紧闭，他什么都看不到。

有一瞬间，他很想退回去再和吴臻说点什么，可他最终抑制住这种情绪，冲着那辆车挥了挥手，转头进门。

贺思嘉上下飞机都走的 VIP 通道，到了 B 市才和助理会合，三人推着行李上了一辆商务车，陆馨正坐在副驾上，见了贺思嘉便笑：“欢迎回来。”

“馨姐。”贺思嘉打了声招呼。

陆馨见他没精打采的，问：“累了？”

贺思嘉摇摇头，仰靠在椅背上，闭着眼闷不吭声。

陆馨只当他累了，问：“直接回老宅是吗？”

贺思嘉点点头：“嗯。”

当晚，贺思嘉跟家人吃了顿饭。

很久没见到小儿子的贺启耀明显心情不错，为他补上了一份生日礼物。

贺思嘉笑着收下，乖巧地说了几句好听的话，心里却知道礼物是秘书选的，年年如此，毫无新意。

回到房间，他将没有拆封的礼盒放在一边，躺上床愣了会儿神。

不过刚刚离开剧组，他就已经开始想念，在组里那几个月，是他成年以后最开心的三个月。

但一出戏终有结局，演员们终有离别。

尽管已经做好了心理准备，但戒断反应还是让人难以消受，贺思嘉时时想到剧组里发生的事，有时看见什么新鲜事，听说什么笑话，下意识就想找吴臻分享，等反应过来自己已经不在剧组，总难免失落。

好在没几天贺思嘉就复工了，陆馨那边也传来好消息，通知他《川军》谈下来了。

贺思嘉对这部戏很上心，拍戏态度也积极很多，他不但认真恶补相关知识，还让陆馨帮忙联系了军训基地。

临进基地前几天，他答应了赵绯的邀请，打算去Z市新开的滑雪场放放风。

滑雪场是赵家投资的，还在试运营阶段，赵绯提前请朋友来，也是想要热热场子。

贺思嘉搭乘缆车直上山顶，入眼是一望无垠的白，以及疏密不等的树林。

“滑雪场不错啊，地形好，风景也好。”贺思嘉扒着缆车玻璃朝下望，很中肯地评价。

坐他对面的赵绯笑笑：“不好我能请你来吗？话说你最近在干吗呢，约你好几次都不出来。”

“没干吗，准备新戏。”

贺思嘉简单提了几句，忽然看见赵绯表情怪异地瞅着他。

“怎么了？”

“总觉得你有点变化。”

“什么变化？”

“好像变得感性了，有点文艺。”

“滚！”

两人闲聊着来到滑雪区，贺思嘉见到了好些朋友，大多数都参加过赵绯组织的酒吧聚会。

想到酒吧聚会，贺思嘉不可避免地想到吴臻，于是晚上回到滑雪场酒店，他心血来潮地点进了吴臻的朋友圈。

因为吴臻的朋友圈全是广告宣传，贺思嘉平时都不会看，然而页面一刷新，竟刷出一张日常照。

照片是牵在一起的大小两只手，大的一看就是吴臻的，小的那只手的主人估计不满五岁，贺思嘉猜测多半是吴臻那位小侄女。

还不止这张图，贺思嘉往后翻，发现从杀青第二天，吴臻就开始更新朋友圈，从 Day1 到 Day7，整整七天，从未间断。

Day1 配图是吴臻和陆开阳在他们新开业的日料店的合照。

Day2 则有两张图，一张是手机记录的睡眠状况，显示睡眠时长仅有四小时，另一张则是安神液的特写。

Day3 就比较有意思了，是吴臻小学时的班级合照。

这条朋友圈点赞量很高，贺思嘉看见好几个熟人回复了，且每个人都精准地认出了吴臻。

贺思嘉也一样，哪怕照片清晰度不算很高，哪怕吴臻站在最后一排，他也立刻认出对方。

虽然有点歧视其他小朋友的嫌疑，但这张照片里的吴臻，真的很像混迹在凡人堆里的小仙童。

Day4 也是一张图，图上摆满手办，有路飞一类日漫角色，也有钢铁侠一类美漫角色，还有魔童哪吒这类国漫角色。

Day5 画风突变，图中只有一个摊开的行李箱。

Day6 是夜色里的伦敦眼。

Day7 则是贺思嘉最初看见的牵手图。

很显然，吴臻和家人一块儿出国了。

贺思嘉许久没和吴臻联系了，想了想，给吴臻发了一条消息。

直到他第二天睡到自然醒，吴臻才回复了微信。

【小脑斧】你小学时果然很帅。

【演员吴臻】（微笑）

不得不说，微笑表情在某些时候确实显得阴阳怪气，嘲讽点满。或许是受起床气影响，贺思嘉心里忽然蹿上一股邪火，气不顺地打字——

【小脑斧】你在 E 国吗？

但等了很久都没有回复。

算算时差，E 国现在已经凌晨，贺思嘉心想吴臻多半睡了，便下楼去吃早饭了。

贺思嘉在滑雪场又玩了半天，等回 B 市已经傍晚了。

血色夕阳染红天际，贺思嘉坐在车里，望着一众穿越斑马线的行人。

这时，他又收到了吴臻的回复。

【演员吴臻】在 E 国。

【小脑斧】玩几天啊？

【演员吴臻】不清楚，决定权不在我。

【小脑斧】家庭旅行吗？

【演员吴臻】嗯。

贺思嘉有点聊不下去了，他感觉吴臻的态度有些疏离，便放下了手机。

第六章 海王星和海卫一

YU QING TOU TIAO

贺思嘉刚进家门，就看见俞芷兰坐在沙发上。

“昨晚你去哪儿了？”俞芷兰问。

贺思嘉微一皱眉：“我不是说了吗，去赵绯哥家开的滑雪场了。”

“只是滑雪？”

贺思嘉不耐烦：“不然呢？”

俞芷兰语气微冷：“去滑雪用得着约那些不正经的女人？你白家小姨都在她朋友圈看到视频了！”

贺思嘉愣了愣，心想赵绯这回邀请的人很多，其中就有一些陌生的女孩子。

他不耐烦道：“人家怎么就不正经了。”

俞芷兰忽然拔高了音调：“我和你说了多少次，少跟着赵绯他们鬼混——”

“嘭——”

俞芷兰的责骂戛然而止，因为贺思嘉直接摔门走人了。

她气得两眼发黑，但极致的愤怒过后，她又觉得一阵心酸委屈，还有些压不住的茫然。

他们母子，什么时候变成这样了？

俞芷兰的心思贺思嘉没兴趣琢磨，他直接开车去了外公家。

贺思嘉到了大门口，提前给外公打了通电话。

“喂？找谁啊？”

听筒里传来外公中气十足的声音，由于贺思嘉打的是座机，俞崇抚并不清楚来电人的身份。

“外公，是我。”

“找谁？你没吃饭？大声点儿！”

“……”

贺思嘉心中的烦郁随着这一声吼消退不少，忍不住笑出声。

外公脾气大，精神头又足，贺思嘉倒也习以为常，轻咳一声说：“您最帅的小外孙来探望您了，给开个门呗。”

“臭小子！”那边“咔嗒”挂断电话。

贺思嘉耐心等了一会儿，没多久警卫就放行了。

他一路开进大院，到了俞家门口，外公已经杵着拐杖在院子里等着了。

贺思嘉停好车，上前扶住俞崇抚，嘴甜地说了一通奉承话。

俞崇抚不为所动，冷哼一声：“都是屁话，真孝顺我怎么几个月不见你？”

“我不是在S省拍戏嘛。我还给你邮寄了蘑菇呢，收到了吗？”

“糖衣炮弹！”

两人进了门，贺思嘉跟警卫员小李打了声招呼，见客厅里没有其他人了，便问：“舅舅舅妈他们呢？”

得知舅舅去外地开会，舅妈带着俞洛洛回了娘家吃饭后，贺思嘉再度开口：“家里还有吃的吗？”

俞崇抚皱眉：“你还没吃？”

“对啊，有点事耽搁了。”

俞崇抚冷肃地扫他一眼，吩咐家里的保姆去给贺思嘉下碗面。

保姆是江南人，一手阳春面煮得非常好，贺思嘉吸溜着面条，就听俞崇抚问：“你什么时候走？”

贺思嘉自动翻译成“多住几天再走”，于是抬头说：“后天吧，大后天我要去军训基地封闭训练半个月。”

俞崇抚神色稍霁，下一刻又面露怀疑：“你要军训？”

贺思嘉简单说了下新片的事。

俞崇抚严肃地点点头：“不错，比你演那些花架子古装片强。”

贺思嘉心下好笑，外公嘴上嫌弃，去年可是晚上追剧，白天在院里花式显摆呢。

他只当不知道，又说：“等下您给我讲讲那会儿的事呗。”

俞崇抚出生于1947年，并没有参加过对日战争，略一沉吟道：“明天我带你去见见几位老首长。”

贺思嘉一喜：“可以吗？”

“有什么不行？给他们机会吹牛皮，他们还该谢我呢。”

“……”

等贺思嘉吃完面，又陪着俞崇抚在外头散了会儿步，回来就见到了正准备进门的舅妈和表妹。

“表哥！”俞洛洛惊喜地喊了声。

赵雪芝原本寻常的神色瞬间变得柔和，眼尾有压不住的笑意：“嘉嘉来啦？”

只看两人的态度，赵雪芝比俞芷兰更像贺思嘉亲妈，俞洛洛也比贺瑾更像他亲兄妹。

从小到大，贺思嘉感受过的亲情，几乎都来自于外公和舅舅一家。

几人说说笑笑进了门，赵雪芝关心贺思嘉的近况，贺思嘉拣着高兴的事说了。一直聊到快十点，俞崇抚有些困了，其他人便各自回了屋。

贺思嘉在俞家有单独的房间，他躺上床休息了会儿，敲门声便响了。

“表哥，你睡了吗？”

“没，进来吧。”

俞洛洛端着托盘，盘中放着两杯西瓜汁，是赵雪芝亲自榨的。

贺思嘉拿过一杯，刚喝几口就听俞洛洛问：“贺瑾去给你过生日了？”

他顿了顿：“谁说的？”

俞洛洛答：“姑姑啊，周六她回来吃饭时亲口说的。”

贺思嘉瞬间就明白了俞芷兰的用意。

当年他被贺启耀亲自送去国外，外公和舅舅曾去贺家质问，也不知怎么谈的，外公把他爸给揍了一顿，两家几乎撕破脸。

他爸这些年倒挺有骨气，至今没低头，可贺瑾就没那个定力了，眼看着贺思嘉的舅舅事业越来越顺，特意跟俞芷兰回了俞家，想要修复关系。但自从跟他舅舅谈过一次话后，贺瑾便再不敢来了。

俞芷兰之所以撒谎，多半是想为贺瑾在俞家人面前刷刷好感值。

“他不是来给我过生日的，是来给我介绍对象的。”贺思嘉才懒得帮他俩打掩护。

俞洛洛一怔：“谁啊？”

“你不认识，白家人。”

“他也太不要脸了！”

俞洛洛也不是傻白甜，瞬间就想通了贺瑾的目的，只觉得对方脑子有泡：“姑姑简直了，我就没见过比她更奇葩的人。”

贺思嘉没做回应，只将空杯子放回托盘上，以眼神暗示俞洛洛“我不想说话了”。

俞洛洛知趣地离开，关门时不经意窥见贺思嘉微低着头，心里莫名一酸。

犹豫片刻，她只是轻轻掩上了门。

当晚，贺思嘉凌晨三点就醒了。

黑暗中，他睁着眼睛，想着很久以前的事。

贺思嘉刚去国外时总想起那些事，后来学会克制，渐渐不想了，可今晚他选择放任自己的思绪。

当年他无意中撞见贺瑾出轨，自以为是地要为薛冉伸张正义，闹得贺家大乱，也在父母面前暴露了他喜欢薛冉的秘密。

贺启耀既对贺瑾失望，又惊怒于贺思嘉居然喜欢哥哥的女友，将他俩一人一顿好打。

贺瑾认错态度良好，而他正处于中二叛逆期，只知道和家里对着干，气得贺启耀将他赶出家门。

于是他去找了薛冉，冒着大雨。

他在保安亭里等了许久，终于等到薛冉，对方却非常冷漠。

贺思嘉以前不懂，后来倒是明白了。

有些人会感激你救她于水火，而有些人只会怨怪你戳破了她对幸福的幻想。

贺瑾和薛冉走到一起，除了感情外还有相当的利益关系。

薛冉原本可以骗自己是为了爱情，但当贺思嘉揭开了盖子，她发现自己只能屈服于利益。

整件事里，每个人都有自己的顾虑和妥协。

唯有贺思嘉纯粹又天真，为了一段臆想中的美好暗恋而奋不顾身，却被所有人放弃。

当听见听筒里传来“嘟嘟”声时，贺思嘉才意识到自己竟给吴臻打了电话，理智告诉他应该立即挂断，但强烈的孤独感捆绑了他，让他很想找人倾诉。

而他本能地选择了吴臻。

贺思嘉拿着手机去了阳台，那边也接通了电话。

“喂？”

“是我。”

“我知道。”

“你那边几点？”

“晚上八点。”

“那你吃饭了吗？”

“吃了。”

贺思嘉说的每句话，吴臻都会一一回应，但对方始终没有问他，为什么要在凌晨三点打这样一通电话。

就在贺思嘉一颗心越来越沉时，忽听有人在叫吴臻，吴臻似乎掩住了手机，他只能听见很模糊的声音。

隔了会儿，声音再次清晰：“还有事吗？”

贺思嘉骤然没了再说下去的欲望：“没……挂了。”

挂断电话，贺思嘉点燃一支烟。

灰白烟雾弥散在阳台上，融进夜色。

他望着残缺的月亮，脑子里浮现出两句话——

再联络。

再见。

尽管贺思嘉不懂为何吴臻在离开剧组后态度突然冷淡，但居然不太意外。

他本来就看不透吴臻，或许他自以为的友谊，只是他单方面的认定。毕竟有不少演员在剧组交情很好，一旦脱离剧组，“失联”都算维持了礼节性的风度，双方甚至有可能发展为竞争对手，团队相互对垒，不死不休。

他再没有联系过吴臻，过了两天，他按照计划进入军训基地。等陆馨来接人时，他已剪成寸头，整个人精神状态都提升了一大截。

“不错。”陆馨打量着贺思嘉，“前阵子老见你没精打采的，今天好多了。”

贺思嘉对着后视镜照了照，得意一笑：“我帅爆了，可惜晒脱皮了。”

陆馨安慰他：“没事，这两天好好养养。”

但到了入组那天，贺思嘉皮肤都养白了，脱皮现象仍没有消退。

可也不是完全没好处——剧组导演原本对他尚有顾虑，得知他脱皮的原因后，态度明显热情许多。

贺思嘉也没让导演失望。

电视剧与电影的拍摄节奏不同，贺思嘉适应了几天，表现越来越出色。

他的准备工作可不是白做的，在一众硬朗的演员里，他虽稍显文弱，却并不突兀，而且对角色理解非常到位。

贺思嘉在剧组待得很开心，一来是拍摄顺利，二来组里还有个老熟人，正是饰演男三号的叶闻飞。

两人关系本来就好，只是在《玩古》剧组，贺思嘉和吴臻走得更近一些，加上余枫管得严，他们没什么机会造作。如今两人简直就像两匹脱缰的野马，几乎刷遍了影视基地周边所有酒吧，贺思嘉的朋友圈一改前几个月的沉寂，再次变得多姿多彩。

等秋老虎过去，天气逐渐转凉。

贺思嘉跟剧组请了四天假，搭飞机去了 X 市。

早在小半年前，梅庆就向他发出邀请，而他这次出行的目的，正是为了录制国家电视台主办的综艺《黄河行》。

贺思嘉参加的正好是综艺的最后一期，因为再过不久黄河就进入冰封期了。

“听说我们这期阵容很强，除了梅老和我，嘉宾还有谁啊？”

在去集合点的路上，贺思嘉发语音问陆馨。

【陆地上的星星】只知道其余三人分别是两女一男，再具体的就不清楚了，节目组对嘉宾身份保密。

贺思嘉盯着陆馨的回复，暗暗期许能遇上两位大美女。

或许心诚则灵，到了现场他还真见到两位美女，可惜一个是童星出道的“国民女儿”苗妙妙，至今未成年；另一人是他当年那部武侠剧的女主角，如今圈内的当红小花阮雪梨。

除此之外，还有两个月不见的“领队”梅庆。

贺思嘉跟众人打过招呼，阮雪梨一见他便笑了：“你这什么发型？”

“平头啊，不挺帅的吗？”贺思嘉摘下墨镜，言语中自信满满。

两人当年在剧组关系就挺好，阮雪梨虽然是一副女神模样，性格却很开朗，跟贺思嘉很聊得来。

“帅是帅吧，就是觉得不太习惯。”阮雪梨自然地挽住他手臂，掩住麦克风小声说，“你来了我就放心了，梅老得供着，妙妙小妹妹跟个锯嘴葫芦似的，我都没人说话。”

贺思嘉四下扫了圈：“还有位嘉宾呢？”

“没到，听说是个大咖。”

正说着，一辆汽车缓缓驶入视野内。

车停在众人面前，也吸引了所有的视线和镜头。

当车上的嘉宾露出真容时，贺思嘉平静而客套地微笑：“是吴老师啊。”

X 市地处长江以北，九月末只有十来度了。

吴臻穿着一件米白色的连帽卫衣，看上去就像个大学生，干净清爽又朝气蓬勃。

但贺思嘉知道这只是假象，对方拥有大部分成年人都无法企及的高度理智，进退得宜，无往不利。

贺思嘉惊讶于会在这里见到吴臻，却也不打算回避。

虽然他们莫名其妙地疏远了，但同在一个圈子，迟早会遇上。

贺思嘉抽开被阮雪梨挽住的手臂，大大方方地跟吴臻打招呼：“好久不见。”

吴臻安静地看了一会儿，眼里带着几分探究。

少顷，吴臻含蓄地笑了笑："好久不见。"

梅庆这会儿也走了过来，笑着说："兄弟俩重逢，有什么感想？"

《黄河行》再是主旋律综艺，也终究是一档综艺，既是综艺就有一定的娱乐性，梅庆不忘在此时给《玩古》打广告。

吴臻看着贺思嘉，笑了笑说："弟弟总算能开口说话了，为他高兴。"

贺思嘉同样在笑："哥哥总算劳改结束，可以呼吸自由空气了，为他感动。"

嘉宾已集结完毕，梅庆招呼大家上车。

他们要搭车前往X市辖下的小岭村，并在村里住一晚，次日再从小岭村出发去T市，参观位于T市的水保生态研究中心。

录制行程一共三天，分上下两期剪辑，就形态而言算是慢综艺的一种。

节目组安排了七座的商务车，所有嘉宾同乘一辆，两位女士最先上车，贺思嘉跟着她们去了最后一排。

吴臻上来时，淡淡扫了贺思嘉一眼，随后坐到了他前面的位置。

由于节目组只负责规划路线、安排休憩点，路上的小景点都需要嘉宾们自行发现。

梅庆事先就交给了贺思嘉一个任务，让他准备一份攻略，这会儿便回头问："思嘉，你的攻略呢？"

贺思嘉从容地取过背包："我都打印出来了。"

攻略是由团队新招的宣传准备的，贺思嘉拿出几页纸，清了清嗓子正准备念，可当看清纸上内容，他只剩下一个念头——天凉了，该开人了。

他沉默片刻，说："这份攻略写得太散了，我上网查查。"

话音一落，他手上的攻略已被阮雪梨拿走了，贺思嘉想也不想就要抢回来，争夺间难免会有肢体接触。

"啊！滔滔黄河气势磅礴，跨越5400公里，孕育了中华文明，养育了炎黄子孙……"

阮雪梨边躲边念，这哪里是攻略，分明是一篇抒情散文。

车里的人大多都在笑，包括副驾坐着的摄像师。

吴臻却没有笑，他漠然地盯着前排后视镜，忽而开口："你俩挤到妙妙了。"

阮雪梨和贺思嘉双双一愣，才发现两人打打闹闹，竟将苗妙妙挤得贴在车厢上。

阮雪梨不好意思地冲小妹妹笑笑，贺思嘉也坐直身子，放弃了毁灭罪证，老实认错：“可能是打印错了，对不起了，我现在重新查。”

吴臻转回头：“我带了 iPad，一起吧。”接着他便看向阮雪梨，“换个位置？”

阮雪梨爽快同意，她最讨厌查攻略。

两人在狭小的空间里艰难地换位置，吴臻坐在后排中间，拿出 iPad，公事公办地说：“我查，你来记。”

贺思嘉沉默片刻，点开了手机备忘录。

吴臻态度很认真，两人商量着筛选景点。

其余嘉宾相继睡着了，车里只有他俩压低的交谈声。

直到汽车驶入某片树林，停靠在河滩旁时，贺思嘉的备忘录上已记了密密麻麻一堆信息。

嘉宾们陆续下车，吴臻起身前将 iPad 放在贺思嘉腿上，很自然地说：“先帮我收着。”

贺思嘉又将 iPad 递回给他：“我包里装不下。”

吴臻没说什么，笑了笑接过。

贺思嘉最后一个下车，感觉脚底有些硌，原来地上都是些大小不一的鹅卵石。

他抬眸四望，只见远山苍翠，草木茂盛，河水潺潺流过浅滩，处处都能感受到山野的气息。

此时已近一点，贺思嘉正呼吸着城市里少有的清新空气，就听梅庆问：“都饿了吗？”

女明星们大多食量小，阮雪梨和苗妙妙都矜持地表示“还好”，贺思嘉与吴臻是真的有点饿了。

“午饭就在这儿吃，野炊。”梅庆说。

阮雪梨兴致勃勃地问：“节目组准备这么周全吗？”

梅庆笑她天真："就准备了打火机和餐具、调料，锅和食材都需要我们自己弄。哦，对了，还得去捡点儿柴火。"

综艺还没播出，节目组又没给细致的台本，嘉宾们对综艺风格可谓一无所知。

如今看来，也不是什么正经综艺。

众人从车里搬了几张小马扎下来，围坐河滩上。

主导节奏的梅庆发布任务："你们分个组，看是去捡柴火还是拿点东西去换食材，刚过来时我看到附近有人家。"

通常而言，捡柴火的任务应该交给男生，吴臻很自觉地站起来，看向贺思嘉。

贺思嘉却笑着提议："男女搭配干活不累，哪位姑娘和我一组？"

阮雪梨想跟贺思嘉一组，可她还没开口，就听吴臻说："妙妙年纪小，跟思嘉去换食材吧，雪梨和我一组行吗？"

她当然不能说不行。

于是四人分别行动。

路上，贺思嘉问苗妙妙："你名字谁给起的？"

苗妙妙虽然性格比较内向，可好歹是个演员，不至于连交流都困难，她腼腆一笑："我妈妈。"

"你妈妈喜欢猫吗？苗妙妙，喵喵喵？"

"我妈妈喜欢狗。"

贺思嘉忽然想到乡下人家多半养了狗，心思一转，说："妙妙，我怕狗，一会儿你先去打听下，如果那户农家散养了狗，就请主人先把狗拴住。"

苗妙妙对贺思嘉的坦白和理直气壮很惊讶，在她心里，贺思嘉也算成年人了，怎么那么好笑。

她突然就不紧张了，憋着笑说："好的，思嘉哥哥放心吧。"

贺思嘉又回头冲跟拍说："这段剪掉啊，不许播。"

摄像们不置可否，个个都在笑。

在苗妙妙的掩护下，贺思嘉顺利进了一户农家，他嘴甜会哄人，拿着梅庆给的一小箱 B 市特产换到不少蔬菜肉类，那主人还借给他两口大铁锅，又领着他去抓鸡。

但贺思嘉从小在城里长大，哪会抓鸡，追得满身狼狈不说，还摔了一跤。

没办法，主人只好亲自帮他抓了一只。

贺思嘉想给钱，人家还不肯收。

他也不强求，回头让节目组补上就成。

等贺思嘉回到河滩旁，地上已堆起了柴火。

梅庆正在生火，吴臻跟阮雪梨都脱了鞋子踩在浅水里，弯着腰像是在抓鱼。

“思嘉你怎么搞的？”梅庆见贺思嘉和苗妙妙满载而归，刚想夸一句，就被贺思嘉的狼狈模样给震住了。

随着他这一问，河里的两人都看了过来。

“‘跑毒’摔了一跤，没大事。”贺思嘉轻描淡写地说，他放下铁锅，又取下背篓，“大吉大利，今晚吃鸡。”

梅庆一头雾水地走过来，见到背篓里装着一只活鸡，立马冲河边喊：“吴臻、雪梨，你俩别抓鱼了，思嘉带了只鸡回来——”

吴臻和阮雪梨对视一眼，相继上岸。

穿鞋时，吴臻见贺思嘉坐下时双腿刻意打直，猜测他估计摔破了膝盖，便回了趟车里。

他从背包里找到一个小医疗包，递给贺思嘉说：“自己处理一下。”

贺思嘉抬眸，半晌才说：“谢谢吴老师。”

梅庆把鸡提了出来，招呼着众人烧水洗锅，自己拿了把菜刀去一边杀鸡。

苗妙妙想看又不敢看，半躲在贺思嘉身后，阮雪梨则蹲在贺思嘉身旁帮他处理伤口。

唯有吴臻独自坐在火堆旁，沉默地拨弄着柴火。

片刻后，阮雪梨收拾好医疗包，说刚在林子里发现几棵梨树，问苗妙妙要不要和她一块儿去摘梨子。

苗妙妙自然答应了，两人结伴离开，火堆旁只剩下了贺思嘉与吴臻。

他们谁都没有开口，贺思嘉完全能想象这段播出时，节目组会配上乌鸦飞过以及秋风卷落叶的荒凉特效，但也没想过要改变。

梅庆杀完鸡过来，见吴臻跟贺思嘉坐得很开，且毫无交流，忍不住多看了两眼。

“咱们现在有两口锅，我想多起个灶，你俩谁再去捡点儿柴火？”梅庆问。

“我去吧。”吴臻扔掉手里的木枝，站起身走了。

等人走远，梅庆关掉麦克风问贺思嘉：“跟你哥哥吵架了？”

贺思嘉一愣：“没啊。”

“那你俩什么情况？以前在剧组不挺好的吗，才杀青两个月就生分了？”

贺思嘉翘起唇，半开玩笑地说：“嗯，生分了。”

梅庆身为一个老年人，也有着老年人的共同爱好——做和事佬。

但他没有不问是非就来说和，而是先打听：“他抢你资源了？”转念一想，吴臻的资源哪是贺思嘉能抢的，便改口说，“还是抢你女朋友了？”

贺思嘉扑哧一笑：“梅老您思路真广。”

梅庆松了口气，只要不是原则性问题就好，他语重心长道：“兄弟俩哪有过不去的坎，人家吴臻本来跟着话剧团在国外巡演，知道你要来才接下这个综艺的。”

“他怎么知道我要来？嘉宾身份不都保密的吗？”

梅庆“呃”了一声，有点不自在地说：“我年纪大了，容易被套话……”

贺思嘉了然，是梅庆说漏嘴了。

不过以吴臻的本事嘛……倒也不意外。

可贺思嘉实在受够了吴臻的态度，也懒得去琢磨，只笑了笑：“您就别操心了，我保证会好好录节目，不让您为难。”

“我有什么可为难的。”以梅庆的地位还不至于被一档综艺影响，他见贺思嘉有心回避，也知趣地转移话题，“你会做菜吗？”

“会啊。”贺思嘉在国外时偶尔自己做菜。

“土豆烧鸡会不会？”

贺思嘉点头。

梅庆想给他机会多表现，便说：“那行，待会儿交给你了。”

忙活了一个多小时，连两位女士都感觉饿了，贺思嘉的土豆烧鸡终于完成。

香味弥散开来，梅庆吸了吸鼻子，眉开眼笑地招呼几个年轻人：“咱们有口福了，都过来尝尝小思嘉的厨艺。”

严格来讲，贺思嘉的厨艺只能说一般，但这会儿大家都饿了，再加上几分野趣，无形中为“土豆烧鸡”拉高了不少分数。

梅庆边吃边说：“思嘉你可以啊，我还以为像你这样的年轻人都不会做菜。”

贺思嘉得意劲儿上来了：“我会的可多了，这两天有机会再给您露两手。”

“他真的会。”阮雪梨很上道地捧场，“去年我们在草原上拍戏，天天吃羊肉吃得我上火，思嘉还给我煮了海鲜粥。”

贺思嘉在心里为阮雪梨的艺术性加工点赞，其实是他吃独食被阮雪梨撞上了，对方强行分走一碗。

饭后，一行人再次启程。

有了新做的攻略，他们途经小景点时偶尔会停下来，诸如六百年前的土城墙、县城里的老戏台、数千亩的苹果园等等。

因为节目主旨之一，就是展示黄河流域的历史文化和人文景观。

当大幕尽头染成金红色，他们终于抵达了目的地小岭村。

节目组给安排了三间民房，其中领队一间，嘉宾们两两同住。

不过眼下也没到休息时间，他们借住的人家今天要送女儿出嫁，按照当地习俗，新郎晚上八点会过来接亲。

传闻古代时小岭村被外族人占领，百姓们为了防止被抢亲，便将接亲改到了晚上。

晚饭时，阮雪梨收到张节目组发的任务卡。

据梅庆说，嘉宾们会相继收到一张只属于自己的任务卡，而阮雪梨的任务就是帮新娘化妆。

其余人虽没什么硬性要求，可住了别人的屋子，总不能事事不关心，于是吃完饭，吴臻便跟着几个村民去了新郎家，准备陪新郎接亲。

吴臻刚走不久，新娘的大哥就找上了贺思嘉，交给他一个桶，请他上房顶泼水。

“泼谁啊？”贺思嘉茫然不已。

“泼新郎，还有接亲的人。”

原来接亲当晚，新娘家都会请一位八字好的“贵人”上房顶泼水，因为水代表财运，迎亲时泼水寓意着广开财路。

至于贺思嘉八字好不好不重要，在新娘的大哥眼中，贺思嘉长得跟神仙似的，命还能不贵？

贺思嘉也觉得这种习俗很有意思，痛快答应下来。

七点五十分，贺思嘉拎着满满一桶水上了房顶。

他摸出手机上了会儿网，热搜上有某女星的爆料，带图带视频那种。

贺思嘉压不住八卦之心，可他刚点开视频，就隐隐听见了喧闹声。

——新郎来了。

贺思嘉把手机揣回兜里，不忘提醒跟拍的摄像老师：“一定要把我拍帅点啊，这段我要珍藏。”

约莫几分钟后，抱着鲜花的新郎官在众人的簇拥下出现在视野内，贺思嘉屏息以待。

等新郎官走入“泼程”范围内，贺思嘉瞅准时机，提桶就泼，誓要将财富播撒人间！

“哗啦——”

水落地的瞬间，忽然所有人都冲向屋檐下——也不是所有人，还剩了一个。

水珠从吴臻的发梢滴下，滑过眉眼、脸庞、下巴，又落在地上。

吴臻整个人几乎湿透，显得异常狼狈，但他的反应相当镇定，只抬手抹了把脸，仰头朝房顶望去。

橙黄灯光与深蓝夜幕形成强烈的对比色，吴臻就站在光源一侧，与贺思嘉遥遥对视。

贺思嘉笑容微敛，但并不心虚，他只是遵照主人的要求泼水，哪知道结果会这样。

他甚至语带笑意地说了句吉祥话：“祝吴老师鸿运当头，财源广进。”

光晕打在吴臻半张脸上，另一半脸则没入阴影。

他轻扯开嘴角：“承你吉言。”

尽管两人的对话并不带火药味，可现场的气氛莫名古怪，笑闹声逐渐稀落。

新郎官反应最快，赶紧叫人给吴臻递条毛巾，他颇为愧疚地解释了泼水的习俗："不好意思，咱们村的人都知道要躲，忘了跟您说。"

吴臻盯着淡黄的、不知被谁用过的毛巾，微乎其微地皱了皱眉，伸手接下："没关系，寓意挺好。"

一点意外并不会影响接亲进程，随着新郎官进了大门，院子里响起噼里啪啦的鞭炮声。

在新郎叩拜新娘先祖灵位时，吴臻已悄然离开，而贺思嘉此时也已下了房顶，凑在新郎身边看热闹，还帮着对方闯了新娘房门。

等新郎背着新娘出门，他才慢吞吞地往回走。

跟拍的工作人员都撤掉了，只有房间里还架着台摄像机。

吴臻并不在屋内，贺思嘉取下麦克风，拿上洗漱用具去了院子。

他今天很累，只想早点睡觉。

院内的洗手池很有年代感，贺思嘉小时候跟外公去乡下玩，就见过类似的四方形水泥洗手池。他拧开旋转式水龙头，接了大半杯水，将电动牙刷塞进嘴里，听着"吱吱吱"的震动声。

贺思嘉就如孩童时一般，单脚踩在池台上刷牙，颇有些意气风发。

没一会儿，他看到吴臻过来了，对方肩上搭着条毛巾，手里还拎着个塑料盆，顶着湿漉漉的头发，皮肤泛着水汽，一看便知刚洗过澡。

两人互看一眼，没什么交流。

见吴臻进了屋，贺思嘉刷牙的动作稍慢了些，又很快恢复正常。

牙刷震动停止，贺思嘉含着水，正准备吐掉，就听见身后传来脚步声。

"思嘉。"

贺思嘉半弯着腰转过脸，双颊微微鼓起。

吴臻在他身旁站定，端着瓷杯，慢慢喝了口水，突然一倾杯口，杯中的水尽数浇在贺思嘉头顶。

足足有好几秒钟，贺思嘉都不敢相信发生了什么，直到温水流入眼睛，带来些微的刺痛，他才猛地吐掉水，拿袖子擦了把脸，又惊又怒地骂道："你是不是疯了？！"

“贺老师送我两句祝福，我自然要回馈，怎么，生气了？”吴臻不以为意地笑笑，“你反正也是要洗澡的。”

如此轻描淡写的一句彻底激怒贺思嘉，他没兴趣揣摩吴臻的心思，直接将漱口杯中剩余的水回泼向对方，泼完仍不解气，又踹了吴臻小腿一脚，撞开人气冲冲地回房。

次日醒来，吴臻就发现状况不对，好像有点感冒。

他很少生病，但前天下午他才从R国飞回国，半夜转机到X市，只在酒店睡了不足两小时，紧接着又是一整天的折腾，加上时差、温差、被浇凉水等等因素，会感冒不足为奇。

他坐起身，揉了揉昏沉的头，下了床。

吃早饭时，吴臻连打几个喷嚏，梅庆担心地问：“感冒了？”

吴臻其实不太想说话，但也礼貌地答了：“有点。”

“是不是昨——”阮雪梨及时住口，暗暗瞟了贺思嘉一眼。

她猜测吴臻感冒多半是因为昨晚那桶凉水，但这话问出来有挑事嫌疑。毕竟不少粉丝都有被害妄想症，成天怀疑全世界要害自家哥哥，若让吴臻的粉丝知道他感冒与贺思嘉有关，即便贺思嘉不是有心的，也免不了挨喷。

虽说节目播出后迟早曝光，可不能由她来挑明。

阮雪梨改口说：“是不是昨天太累了？吴老师吃药了吗？”

她昨天帮贺思嘉擦药时，看到吴臻的医疗包里有感冒药。

吴臻温和地笑笑：“吃了，谢谢。”

他转头跟节目组导演商量，只说不想让观众知道自己生病，希望节目组剪辑时帮忙遮掩一下。

阮雪梨能想到的，他当然也能想到。

贺思嘉沉默地听着，倒谈不上愧疚，只是有些在意。

但他什么都没说，只小口咬着馒头。

饭后，一行人婉拒了主人留他们吃酒席的邀请，继续上路。

梅庆考虑到吴臻病了，让他去后排躺着，自己去了另一辆车，临走前不忘交代其他人照顾一下。

阮雪梨和苗妙妙都是女生，跟吴臻又不熟，照顾病人的重任理所当然交给了贺思嘉。

贺思嘉望着身旁搭上毛毯闭眼休息的吴臻，心情颇为复杂。

思忖片刻，他决定如果吴臻有什么要求他照做好了，也不必过于主动。

车开了小半个钟头，吴臻始终没说话，像是睡着了。

他睡觉时很安分，贺思嘉本以为他会东倒西歪，但对方不论多颠簸都尽量保持身体平稳，与自己隔着一段距离。

若非没必要，贺思嘉简直怀疑吴臻在装睡。

虽说是照顾，但其实贺思嘉也没做什么，只除了叫醒吴臻。

因为路上同样会经过许多小景点，吴臻虽然身体不适，却很敬业，每次都会跟着下车，在镜头前表现得很正常。

快到中午时，他们抵达了节目组安排的R县城隍庙，工作人员给吴臻送上任务卡。

"要不吴老师摆拍几个镜头？"导演有些担心吴臻无法完成任务。

但吴臻拒绝了。

只是当他打开任务卡后，表情有一瞬间的凝固。

原来任务要求吴臻登台唱眉户戏，也就是X省戏剧的一种，比秦腔更为婉转清丽。

这倒没什么，关键是任务卡上还配着画，画中有位陕北老农，白褂黑裤，腰间系着大红绸带，头上还包着白毛巾。而且据导演说，吴臻还得上大浓妆——不是传统的舞台妆，而是像年画娃娃般的深眼影，外加脸上两坨红。

就连贺思嘉都不敢说自己能扛住这种灾难造型。

可想而知吴臻也没能扛住，虽然有颜值打底，谈不上丑，甚至隐隐透着一点清秀，但实在滑稽。

所有嘉宾都在笑，贺思嘉大笑的同时忽然察觉一件事，吴臻竟有些男生女相，只不过平时结合对方的造型以及自身气质看不太出来。

吴臻跟老师学了大半小时便登台了。他今天唱的是《十二把镰刀》选段，故事背景发生在延安，讲述抗战时期铁匠王二劝媳妇桂兰为八路军打镰刀的故事。

节目组请了一位民间艺术家饰演桂兰，配合吴臻唱戏。

贺思嘉站在台下，原本抱着看笑话的心态，可吴臻一开嗓他就被震住了。

倒不是吴臻唱得多好听，而是表情管理、肢体展示，以及整个台风都非常有范儿，加上还算宽广的音域和刻意模仿的委婉拖腔，感觉挺像那么回事，甚至比另一位表演者更为抢眼。

哪怕贺思嘉听不懂眉户戏，体会不到戏剧的美感，也很难将目光从吴臻身上移开。

戏台下的观众纷纷鼓掌喝彩，就连阮雪梨都说："吴老师太厉害了吧，以前真没学过吗？感觉一身青铜装备走出了王者的风骚。"

贺思嘉没吭声，此刻不得不承认，吴臻是天生的演员，而舞台就是他无往不利的战场。

选段不足两分钟，吴臻退下舞台。

在人群的议论声中，贺思嘉也悄然离开。

等吴臻卸完妆出来就没看到贺思嘉，问了问梅庆等人，谁都没发现贺思嘉什么时候走的。

一刻钟后，贺思嘉拿着几串烤肉回来了。

"导演让我带摄像老师去城隍庙的美食街逛逛。"他边解释边将烤肉串分给众人，"这家烧烤店人最多，我尝了尝还挺好吃的，给你们带了几串。"

手上的烤肉串很快发完了，还有一人没分到，贺思嘉看着吴臻说："烤肉上火，没给你买。"

吴臻淡声说："没关系。"

贺思嘉睨他一眼，从摄像老师手里拎过纸袋："给你买了杯冰糖雪梨汁。"

似春风融雪，吴臻的眉目倏然舒展，眼里闪动着细碎的笑意。

中午，他们在县城一家百年老店解决了午饭，吴臻又吃了一次药。

因为感冒药大多含有助眠成分，吴臻在得知汽车接下来两小时都不会停，将直达位于E县的天文观测台后，便放心地睡了。

贺思嘉同样犯困，醒来时，天文观测台已经到了。

他困顿地眨眨眼，发现吴臻的毛毯不知何时盖在了自己身上，而吴臻早就下车了。

台里安排了一位年轻人负责接待，对方领着他们四下参观，将玄妙的天文知识简化为通俗的故事，娓娓道来："我们都知道，日常生活中很多物质都是由原子排列构成，包括我们人类。而按照宇宙大爆炸理论，爆炸之初，物质只能以基本粒子形态存在，随着宇宙不断膨胀，温度和密度很快下降，它们逐步冷却为原子、原子核以及分子，并复合成为通常意义上的气体。气体凝聚成星云，星云进一步形成各种各样的恒星与星系。所以现在流行一种说法，人类都是由不同星辰组成的，每个人都怀抱着无数颗星星。"

"哇！好浪漫！"阮雪梨忍不住感叹。

"当然，也可能是黑洞喷流。"接待员恶趣味地开了个玩笑，又继续"讲课"，"太阳系里有两只单身狗，也就是金星和水星，其他行星或多或少拥有自己的卫星，就像地球的闺蜜月亮，木星和土星膝下有几十位子子孙孙，而海王星家有个塑料兄弟海卫一。根据观测，所有大卫星公转方向都与母行星自转方向一致，唯有海卫一公转方向与海王星自转方向完全相反……

"2006 年 8 月，科学家们投票通过了修改行星认定标准，冥王星从此被开除行星籍，降为矮行星。但它除了有一大家子来自柯伊伯带的侏儒亲戚外，还拥有亲密的恋人冥卫一，它们是太阳系里唯一互相锁定的一对，以同样的周期互绕，永远在相同的位置凝望彼此……"

或许宇宙太过遥远，远在科学尽头，远在生死之外，关于星星的一切都浪漫得如同梦境。

贺思嘉听得很认真，也在心里埋下了向往宇宙的种子。

临离开前，几位嘉宾准备拍张合照。

梅庆搭着吴臻的肩膀，招呼贺思嘉："来，和你哥哥站一块儿。"

贺思嘉却站到了梅庆的另一边，以玩笑的口吻说："我俩也像海王星和海卫一，就是对塑料兄弟。"他拉过苗妙妙，"让我蹭蹭国民闺女的热度，说不定能争取个国民哥哥的头衔。"

吴臻慢声说："国民闺女的哥哥难道不是国民儿子？"

贺思嘉噎了噎，没想到反驳的话。

排好队形，五位嘉宾同时面对镜头微笑。

而他们身后的LED屏正演示着恒星的一生，从生到死，炸开的元素铺成星云，星云又孕育出新的恒星，谱写宇宙永恒的循环。

这天，他们足足走了四百多公里，却没能到达T市，而是在野地里支起三个帐篷。

倒不是计划失误，而是节目组有意为之。

贺思嘉和吴臻挤一个帐篷，野外蚊子多，他又特别招蚊子，于是提前在帐篷内外喷了不少花露水。等他洗漱好进了帐篷，差点儿呛死。

吴臻倒是很从容，因为他鼻子堵了，闻不出来。

“节目组没准备防潮垫，晚上可能会冷。”吴臻整理着羽绒睡袋，轻声提醒，“你最好把衣服铺在睡袋下，聊胜于无。”

要知道地底寒气非常冷，在野外露营，防潮垫必不可少，况且此时室外温度只有6℃。

贺思嘉爱搭不理地“哦”了一声，但还是照做了。

半夜里，忽然下起了雨。

贺思嘉说不好他是被雨声吵醒的，还是被冻醒的。

他拿过手机看了眼时间，凌晨两点半。

帐篷里很安静，只有吴臻平缓的呼吸声。

贺思嘉莫名有些烦躁，他手脚都快冻成冰块了，吴臻倒还睡得很香。

好在节目组的人良心发现，没多久又送来了两床睡袋。

贺思嘉趁机把吴臻叫醒，见对方疲惫困倦的模样，他竟觉得心情不错。

一觉醒来天已经大亮，身在荒郊野岭，早饭当然得由嘉宾们自己准备，好在节目组有提供食材和工具。

贺思嘉跟梅庆商量后，打算熬一锅青菜瘦肉粥，米都泡好了，吴臻才从帐篷里出来。

饭后，众人继续赶路。

连着坐了两天车，贺思嘉浑身都难受，好在今晚录制就将结束。

他们今天只有一个主要目标，就是水保生态研究中心。

路上没什么事干，睡觉是消磨时间的最优选择。

当车队停下，贺思嘉睁开眼，发现他们竟来到了一片枣林。

负责接待的是位年轻村官，据他介绍，村里的枣子会在九、十月份成熟，现下正是收获时节。

“早年有研究员来村里开宣讲会，分析咱们这儿的土壤适合种什么，教大家怎么养护水土保持耕作。当时只有几个脑子灵光的年轻人肯听，被选为典型户，后来他们就成了村里第一批富户。”村官三十岁不到，言行举止间还有属于年轻人的热情与锐意，“生态保护需要共同协作，科学家研究原理，我们农民负责实施。”

梅庆说：“有时候想说服农民，比搞科研还困难啊。”

村官满心赞同：“跟农民讲理论他们不懂，可一旦看到效果，大家的学习积极性比谁都高。咱们村的村民能干又肯吃苦，所以才有了我们现在看到的万亩枣林。”

节目组安排了嘉宾体验收枣，贺思嘉见村民打枣很有意思，主动要了根杆子。

他晃动长杆时，吴臻提着竹筐从他身后走过，一句很轻的话语飘入贺思嘉耳朵——

“小枣打枣。”

贺思嘉猝然回头，见吴臻蹲在地上捡枣，认真得就像什么都不曾说过。

他内心纠结了下，不太想打枣了，有点想打人。

打枣很费体力，贺思嘉没一会儿就感觉手臂酸痛，开始偷懒。

其余人都在忙自己的，没注意到，吴臻走了过去：“我来吧。”

贺思嘉顿时燃起一股雄心壮志，义正词严地拒绝：“吴老师做好自己的事就行了，过度乐于助人只会助长好逸恶劳的不良风气。”

吴臻短促地笑了声：“贺老师品德高洁，令人敬佩。”

贺思嘉自己吹的牛，跪着也得坚持，可真干下来并没有想象中难。

再次上车后，他活动着胳膊，吴臻问：“累吗？”

贺思嘉脱口而出：“还好，之前去军训基地练了半个月。”

吴臻顿了顿说：“我都不知道。”

贺思嘉态度又冷淡下来：“你不知道的多了。”

临近中午，他们终于到了水保生态研究中心，作为综艺收官期，正能量的主题宣讲是必不可少的。

中心负责人领着他们参观试验基地，有人正拿着工具分解土块，测量其中有多少土壤、土里有多少有机含量，甚至连根茎都得一根根数清，还有人站在各项实验仪器前记录数据、采集样品。

负责人一一为他们介绍，指着几名研究员说：“他们现在做的‘土壤抗冲刷’试验，就是通过钢丝针将棉线来回穿进土里，模拟植被根系。只有了解植被根系与土壤流失的关系，我们才能在不同土壤和环境条件下，选择最适合的植被……”

贺思嘉听得半懂不懂，在节目组的要求下亲自参与了几个小实验，离开前，他还找研究员要了一块土。

阮雪梨偶然看见了，问：“你拿土块干吗？”

贺思嘉做了个嘘声的手势：“小声点儿，我有用。”

阮雪梨一头雾水，见贺思嘉无意多说，只好压下好奇心。

随后，负责人又带他们去了站史陈列馆。

馆内存有几十年来采集到的土壤样品，直到今天，科学家们依然坚守着这份传承。

“其实最开始黄河不叫黄河，叫河、大河、清河，直到唐朝才由官方确定下黄河的名字……

“黄土高原并不是就地形成的，而是被西伯利亚的风吹来的，风中的土壤颗粒遇到暖气流慢慢沉降，在两百万年的时间里，逐渐形成了如今的黄土高原……

“我导师是一位著名科学家，他曾经说过‘黄河不清，我死不瞑目’，让黄河变清是他毕生的信念和信仰。老人家三年前离世了，那年黄河输沙量从过去的十六亿吨降至一亿多吨，可以说基本实现变清，我想他应该可以安息了……”

负责人徐徐讲述着黄河治理的成果，还有期间发生的故事。

如果说星空是诗意的，那大地就稍显几分质朴与沉闷，就连故事都少了些跌宕起伏，严谨又严肃。

但不论星空或大地，带给贺思嘉的震撼是一样的。

梦境与现实交相辉映，人类才会对未来怀有更多期许。

这时，有节目组工作人员找到苗妙妙，送上了属于她的任务卡。

“参与测流工作。”苗妙妙茫然地念出任务内容。

中心负责人和善地笑了笑：“我们附近有座水文站，负责测量河段泥沙含量和水量数据，咱们现在搭车过去？”

一行人坐上摆渡车，出发前往水文站。

当得知测量工作得在横跨河道的吊篮上完成时，苗妙妙的眼神里流露出几分担忧，而等她见到悬在十米高空正左右摇晃的吊篮后，担忧变成了惊惧。

贺思嘉见她害怕，本想陪她上去，可导演不让。

于是，他只能目送苗妙妙一脸视死如归地登上吊篮。

通过操作室的操控，吊篮跨过堤坝，缓缓滑向河道中央。

贺思嘉手搭额头向上望，忽听吴臻问：“你的任务呢？”

“对啊！节目都快录完了，你怎么还没领到任务？”阮雪梨也意识到不对。

贺思嘉笑嘻嘻地说：“第一天来集合的路上，我就收到任务了。”

阮雪梨问：“是什么？”

贺思嘉故作神秘：“保密。”

贺思嘉一直将秘密憋到最后，等他们到了T市某家酒店的人堂，他终丁透露了任务内容。

“导演让我分别送你们一份有纪念意义的礼物，我都准备好了。”

在众人期待的日光下，贺思嘉打开背包，先取出个盒子，送给梅庆一盒茶叶：“这是我们第一晚借住那家人收藏的茶叶，都是他们自己种自己炒的，听他们说是品质最好的。”

梅庆喜欢喝茶，乐得接下：“谢谢了，我很喜欢。”

接下来，贺思嘉送了阮雪梨一幅麦画，是他在城隍庙里买的。画是用麦子颗粒粘成的，图案是漓江风光，而阮雪梨从小就在漓江边长大，自然也很满意。

轮到苗妙妙，贺思嘉忽然问：“妙妙，你今年要艺考了吧？”

苗妙妙毫无防备地点头。

“艺考也不能忽略文化课，我们路过的Q市是高考强市，哥哥特意为你选了几本辅导书。”贺思嘉取出书，拍拍苗妙妙瘦弱的肩，语重心长道，“好好学习，报效祖国。”

苗妙妙：“……”

苗妙妙以前不认识贺思嘉，对贺思嘉的了解也大都来自媒体，其实观感并不好。但经过几天相处，她早就转变了印象，贺思嘉并不像传闻中那般难以相处，反而很好说话，又非常照顾她。

可此刻她感受着怀里辅导书的重量，那些好印象正缓缓坍塌……

这时，贺思嘉已转向最后一位嘉宾。

吴臻面上还带着笑，见贺思嘉看了过来，微一挑眉。

“给你的。”贺思嘉递出一个塑料袋。

吴臻接过后掂了掂，手感有些沉，他打开袋子，发现是一块干硬的土块。

阮雪梨一见土块就觉得眼熟，脱口而出：“这好像是你找研究员要的土？”

“对啊。”贺思嘉坦然承认。

“有什么意义吗？不就是从装土的筐子里随便拿了一块——”

“什么随便？虽然它随处可见，也不值钱，但能为我国水土保持做出贡献，怎么能叫随便呢？”

“……”

阮雪梨表情一言难尽，梅庆也同情地瞥了眼吴臻，就连苗妙妙都开始反思，其实思嘉哥哥对她还挺好的。

“不错。”吴臻微微颔首，“很浪漫的礼物。”

阮雪梨和苗妙妙异口同声地问：“浪漫在哪里？”

吴臻将土块收回袋子里，噙着笑说：“始于两百万年前，源自遥远的西伯利亚，被风送来的历史，还不够浪漫吗？”

贺思嘉深知吴臻的语言功底，短暂愣怔后就消化了。

但其他人就不那么平静了。

“我的天，吴老师你也太会讲了吧。”阮雪梨满眼都是小星星。

梅庆也笑着说：“被你这么解释，倒感觉你的礼物最贵重了。”

苗妙妙抱着自己的辅导书，再次陷入自闭。

嘉宾们跟节目组的人一一道别，拉着行李箱各自回房，也预示着本次综艺正式录制完成。

贺思嘉进门后直冲浴室，昨晚没条件洗澡，他难受了一整天。

他躺在浴缸里玩了一把游戏，又简单冲了下淋浴，吹干头发出来后，就听见手机响了。

“雪梨？”

“要不要去唱K啊？”

贺思嘉看了眼时间，六点四十分。

“就我俩吗？”

“当然不是啦，我已经问了梅老和妙妙了，他俩都说可以，你和吴老师比较熟，你去问他好吗？”

“我还没吃饭呢。”

“我也没吃啊，咱们出去吃呗。附近就有家购物中心，吃完饭直接上KTV。”

“那好吧……”

毕竟梅庆都答应了，贺思嘉不好扫兴。他在沙发上坐下，踟蹰片刻，点开吴臻的微信。

距离上次联系已经过去快两个月，贺思嘉扫了眼定格的聊天记录，又锁掉屏幕。

他烦闷地踢开拖鞋，想了想，决定直接去敲门。

吴臻就住在他隔壁，开门后见他穿戴整齐，还戴上了口罩和帽子，愣了愣问：“要出去？”

贺思嘉闻到房间里有淡淡的沐浴乳香，知道吴臻刚洗过澡，他“嗯”了一声：“雪梨问你要不要去唱K，顺便一块儿吃饭。”

“好啊。”吴臻让开身，示意贺思嘉进来坐。

但贺思嘉没动。

吴臻盯着他的眼睛，几秒钟后，默默地回房穿上一件外套，稍作伪装就出来了。

酒店特意给安排了一辆车，路上，阮雪梨打开APP问大家吃什么，结果收获了一堆“随便”。

她在心里翻了个白眼：“那我决定好咯，梅老和吴老师都爱吃辣是吧，购物中心里有家本地有名的酸汤鱼火锅，不如就吃这个？”

见大家都没意见，阮雪梨打电话订了个包房，又继续刷APP：“有三家KTV哎，评分都差不多，我看看哪家团购划算。”

贺思嘉一脸震惊：“你居然团购？”

阮雪梨大大方方地说：“团购怎么啦？我的钱又不是大风刮来的，要养团队、要保养、要做造型、要营销，当然能省则省。”

梅庆听得连连点头。

贺思嘉嗤笑：“那吃火锅你怎么不团？”

阮雪梨说：“因为团购没包厢啊，但我可以买代金券。”

贺思嘉：“……”

酒店离购物中心非常近，虽然有点堵车，但抵达时也只花了不到十五分钟。

汽车驶入地下停车场，阮雪梨收到条短信，说：“我要先去趟KTV。”

原来团购要求八点前人必须到，现在都已经七点多了，他们还要吃火锅，肯定来不及。

阮雪梨打算先开包厢再多买点零食酒水，这样应该没问题。

吴臻就坐在靠门的位置，这会儿推开车门说：“我去吧，你们记得分开上楼，一群人太打眼了。”

贺思嘉忍不住嘀咕：“就说别团购吧，真麻烦。”

阮雪梨懒得理他，跟在吴臻身后下了车。

她第一个到火锅店，只等了片刻就见到妙妙和梅老，三人点好锅底和自己喜欢的菜品，却依然不见吴臻和贺思嘉。

阮雪梨正想给两人打电话，贺思嘉和吴臻就进来了。

她问：“你俩怎么这么慢？”

贺思嘉没吭声。

吴臻睨他一眼，说：“遇到点意外，耽搁了。”

贺思嘉心不在焉地听着，其实还没怎么缓过神。

确切地说，是他遇上了意外，而吴臻帮他挡了灾。

贺思嘉最后一个下车，阮雪梨订的火锅店在5B层，可他进了电梯并没有找到5B层的按钮，只好先到五楼再乘扶梯。

购物中心每层楼的商家都很多，导视系统又不够完善，贺思嘉上扶梯时打开了手机导航，因此没注意到从旁边扶梯下来的吴臻。

他正输入火锅店名字，忽然听有人喊“小心”，他出于本能地抬头，就看见吴臻以令他眼花的速度，灵巧翻过上下扶梯中间的扶手，挡在他身前。

一切发生得太快，他根本来不及做出反应，接着便听见一声闷响。

其实直到现在贺思嘉脑子都很乱，只知道是他前面的人没看管好行李箱，导致行李箱滚落，差点砸到他。

当时现场乱糟糟的，有人按停了电梯，有人在看热闹，也有人很害怕，吴臻趁乱拉着他跑了。

但他一路都在想，如果没有吴臻挡那一下，他肯定会被行李箱砸中，甚至滚下扶梯。

“什么意外？”见贺思嘉有些呆愣愣的，阮雪梨几人都很担心。

吴臻活动了下肩，摘掉口罩说：“没事，思嘉走错扶梯了，我下来时正好遇上……”

他轻描淡写地解释了经过，听得三人一阵后怕。

“让我看看，骨头伤着没？”梅庆让吴臻去沙发上趴着。

“没，都不怎么疼，回去擦下药——”

“别废话，赶紧去趴着！”

梅庆做过医生，虽然早已换了行业，但基本的判断力还在。

他掀开吴臻的衣服，小心检查过后，松了口气：“确实没伤到骨头，但可能有软组织挫伤，还是去趟医院保险。”

吴臻坐起来，拉下衣服：“去医院太麻烦了，等回B市再说。我心里有数，不会拿自己的身体开玩笑。”

梅庆一想也是，他们当明星的若在医院被拍到，又不知要被传成什么样：“那这样，先找店里的服务员买点药，我给你推一推。”

吴臻没再拒绝，道了谢。

梅庆又叹了口气：“这回请你来录综艺，搞得你又生病又受伤的，我都不好意思了。”

吴臻瞟了眼闷不吭声的贺思嘉，意有所指地说：“您不请我，我也得来。”

贺思嘉睫毛微颤，嘴角绷直。

因为突发的意外，大家原本不打算去唱 K 了，但吴臻反复表示自己很好，吃饭时也没什么异常，众人才逐渐放下心。

吴臻也有意让他们安心，到了 KTV 第一个点歌，还是首特别喜庆的歌。

有他带头，其余人也跟着唱了几首。

梅庆喜欢唱老歌和各种戏曲，阮雪梨喜欢当下的流行歌，至于苗妙妙点的歌，大家都很陌生，反正贺思嘉从来没听过。

此时他表面上已经恢复了正常，意在发泄后怕的情绪，点的歌节奏都很嗨，唱时也没用技巧，纯粹干号。

其实他嗓音很好，但每一首歌总会连续破音，非常有喜感，也很折磨人。

在贺思嘉又和梅庆合唱完一首《精忠报国》后，吴臻按了按耳屏，借口上洗手间推门而出。

阮雪梨同样搓了搓饱受折磨的耳朵，抱怨说："思嘉你不能好好唱一首吗？"

贺思嘉道："我哪儿没好好唱？"

阮雪梨说："上回咱们在草原上，你唱的那首 R 国民谣多迷人啊，我差点就 pick 你了。"

梅庆也好奇地转向贺思嘉："思嘉还会唱 R 国民谣？"

苗妙妙也是满脸怀疑。

贺思嘉半笑着道出实情："其实那首歌我只记得几句歌词，其他部分都是我乱编的，你没听出来？"

阮雪梨差点没被噎死。

但玩笑归玩笑，在众人的要求下，贺思嘉还是答应认真唱一首。

正好荧幕上切换了一首新歌，他盯着 MV 中戴眼镜的微胖歌手，说："就唱这个吧，谁点的？占用一下。"

阮雪梨立刻举手："随便唱！"

因此当吴臻回来时，就看见贺思嘉站在包间里的小舞台上，依然拿着话筒。

他脚步微滞，面不改色地走回座位，坐到了距离小舞台最远的对面。

冷暖色调的灯光交替照在贺思嘉面庞上，时而清冷时而柔和。

梅庆摇晃着铃铛，苗妙妙和阮雪梨随节奏挥动双臂。

吴臻视线游移在几人之间，颇为困惑地皱了下眉。

忽然，他感觉到裤兜里传来振动，拿出手机一瞧，是经纪人发的微信。

他回复了几个字，却在贺思嘉唱出第一句时，顿住了手指。

那是极为动听的声音，也是直击心灵的声音。

不再干号的贺思嘉声音清澈悠远，虽然唱着歌词，却像在娓娓讲述一段故事。

曲中留白的想象，非常令人触动。

吴臻不知道贺思嘉唱歌时在想什么，想起了谁，但贺思嘉一定很寂寞。

手机在不断振动，经纪人似乎很着急，又发来几条微信，但吴臻已无心去看。

他只专注地看着贺思嘉，但对方从头到尾都没有看他。

随着旋律进入尾声，贺思嘉轻轻唱出最后一句：

“像我这样莫名其妙的人，

会不会有人心疼……”

一曲终结。

唱歌的人放下话筒，听歌的人都没有反应。

梅庆早忘了继续摇铃铛，阮雪梨和苗妙妙也都呆呆的。

“会。”吴臻忽然打破沉默。

贺思嘉怔了怔，终于和吴臻对视了一眼。

同时，包间里响起了疯狂的掌声和尖叫声。

“天啊，思嘉你当演员简直屈才，改行当歌手全球巡演都开 1800 场了！”

“格莱美都拿到了！”

“可惜了，没录音，思嘉再来几首啊。”

……

喧闹间，贺思嘉微微笑了笑。

吴臻却从中品出几分自嘲的意味。

他心尖蓦地一刺，忽然滋生出一种很陌生的情绪。

良久，他端起半满的酒杯，一口饮尽。

临近十一点，贺思嘉去了趟洗手间，回包间时经过安全通道，他脚步一顿，推门走了进去。

吴臻正在楼道的垃圾桶旁抽烟，听见动静转过头，见是贺思嘉便放松了，微微笑了笑。

“给我支烟。”贺思嘉说。

“不给。”吴臻却拒绝。

贺思嘉一愣。

“别抽了，嗓子这么好，抽坏了多可惜。”

贺思嘉没说什么，倚靠着楼梯扶手，眼睛盯着吴臻拿烟的手，半晌，突兀地开口：“谢谢。”

吴臻稍微一想就知道贺思嘉在谢什么：“不客气，当时的情况换谁遇上了我都会帮忙。”

贺思嘉却不这么认为，如果有危险的不是他，吴臻顶多提醒一句。对方看似温和实则冷漠，称得上是个“精致的利己主义者”，所做的每件事都有目的。

他忽然感到倦怠，无意再和吴臻兜圈子，上前取走对方手里的烟，深吸了一口：“我有时候真不懂你在想什么。”

吴臻深深看他一眼：“你想知道什么？”

贺思嘉咬着烟嘴：“梅老说，你是因为我才接的综艺。”

吴臻点头：“嗯。”

贺思嘉轻嘲一笑：“但杀青以后，你的态度让我觉得咱俩根本算不上朋友。”

“我从来没这么想过。”吴臻顿了顿，又强调，“从来没有。”

贺思嘉语气微冷：“那你在想什么？”

吴臻沉默了。

贺思嘉却逼问道：“哑巴了？我没兴趣和你兜圈子，今晚咱俩就把话说清楚。”

面对他的愤怒，吴臻终于开口：“我在调整情绪。”

贺思嘉怀疑地看着他。

“我记得我说过，金立夏这个角色让我有点入戏，其实……”吴臻顿了顿说，“其实不是有点，我确实入戏了，分不清戏里戏外。这种情况对我而言相当糟糕，不止会影响我的演艺工作，甚至影响我的生活。”

贺思嘉不知道吴臻说的是真是假，但对方给出了理由，他信与不信，也只能得到这个答案。

他将剩余的小半截烟头扔向垃圾桶，烟头碰到垃圾桶边缘，反弹回地上。

贺思嘉拉开门，深深看了眼吴臻，转身走了。

晚上回到酒店，贺思嘉先去浴室洗澡，出来后感觉有点饿，便翻找出一桶泡面。

他正在烧水，忽然听见门铃响。

门外，吴臻笑着问："外头还挺冷的，我可以进去吗？"

贺思嘉愣了愣，下意识地让开身。

吴臻不急不缓地进了门，一眼就注意到桌上的泡面："还有吗，我也饿了。"

贺思嘉关上门，没好气道："你自己泡。"

吴臻熟门熟路地打开冰箱，取出仅剩的一桶泡面，边拆包装边说："什么时候有机会尝尝你亲手做的菜？"

贺思嘉拔掉电热水壶的插头："别假装失忆，录综艺时难道我没做？"

吴臻挤着调料包，漫不经心地问："再塑料好歹也是兄弟，还不如你和阮雪梨好？"

"关她什么事？"

"海鲜粥。"

贺思嘉想起阮雪梨那段添油加醋的表述，也没解释，讥诮地说："吴老师记性可真好。"

吴臻微微一笑："还行吧。"

泡好面，两人移步至沙发，贺思嘉摁开电视遥控器。

电视上正播放着草原上的一场屠杀，科学家将训练过的一头孟加拉虎带去非洲放生，老虎捕杀了一头豪猪，也被豪猪扎得满身刺。

贺思嘉吃完最后一口面，随意问："你说老虎和狮子哪个厉害？"

"你居然能问出和我小侄女一样的问题。"

"……"

吴臻倒是很认真地为贺思嘉分析答案，还从手机上找了几个视频给他看，末了总结道："……狮虎打架各有死伤，按胜率而言，老虎要强一点。"

贺思嘉摆弄着吴臻的手机，听对方说什么古罗马斗兽场，什么动物园大战，略带怀疑地问：“不会是你编的吧？”

吴臻沉默片刻：“我在你面前一点信用也没有吗？”

贺思嘉当即冷笑：“你说呢。”

吴臻认真地说：“那我以后不对你说假话。”

贺思嘉愣了愣，听出其中的潜台词——但也不代表会讲真话。

不过吴臻若是说“我再也不骗你”，他更不信。

贺思嘉起身扔掉泡面桶：“我要睡觉了，你自便。”

他直接去洗漱，出来后见吴臻还在，对方问他：“你明天几点的飞机？”

“八点。”

“知道了。”

说完，吴臻便离开了。

第二天贺思嘉五点就起了，他收拾好自己，出门时，旁边的房门正好开了，吴臻衣冠整齐地走出来，问：“我送你？”

贺思嘉拒绝了：“不用，有人接。”

吴臻仍然上前，帮他提行李：“送你到楼下。”

十分钟后，吴臻回到房间，刚关上门，就听见手机响了。

他看清来电显示，接通道：“喂，爸。”

听筒里安静了会儿，随即响起了熟悉的笑声。

吴臻再次确认了来电人，备注的确是他爸，但为什么……听筒里的声音是贺思嘉的？

满心困惑间，他听见对方说——

“乖儿子，爸爸的充电线落在酒店了，记得帮我带回来。”

电话挂断，吴臻盯着“通话结束”几个字，突然笑了声。

他姿态舒展地靠向沙发，点开通讯录研究，发现贺思嘉不止改了一个备注。

不过贺思嘉很有分寸，改的大多都是两人熟悉的朋友，或者经纪人助理一类，而且特质描述得非常精准，比如叶闻飞的备注就是“智商不高的话痨”。

吴臻给“怎么可以吃兔兔”打了通电话，摁下免提，去泡咖啡。

“兔兔”是他经纪人，叫赵壁，属兔，不吃兔子，但外形气场却犹如混黑大佬。

吴臻刚出道就被公司分给赵壁带，那时他也曾以貌取人，后来才发现大佬外表下藏有一颗脆弱的心脏，还被他粉丝骂哭过。

赵壁开门见山：“想好了没？”

吴臻一边研究咖啡机一边问：“想什么？”

赵壁抽了口气：“我昨晚跟你说了半天，EF手机代言啊！”

“哦，再考虑考虑。”

“有什么好考虑的？EF虽然在国内卖得一般，但在全球市场占有率排第二，给你的又是高端商务款，代言费也高，哪里不合您老人家心意了？”

吴臻想了想问：“我有几个代言？”

“六个。”

“居然才六个。”

虽然吴臻的代言数量少，但都是国际大牌，并且头衔都很高，品牌待遇也很好。

赵壁每次帮吴臻接洽代言，可谓尽心尽力精挑细选，如今听到吴臻说一个“才”字，玻璃心又碎了。

在他辛酸的控诉过程中，吴臻刷完牙、洗完脸、擦完面霜，终于开口：“没嫌少，我只是在想六个代言商务活动都那么烦琐，再多一个岂不又要占我很多时间？”

赵壁：“……”

“对了，EF旗舰款是不是在找代言人？”

“好像是，你问这个干吗？”

旗舰款受众最广，但价格比商务款要低一些，代言人大多会选择人气明星，和吴臻形象并不匹配。

“你觉得思嘉合适吗？”

“啊？”

“我感觉挺合适的，我记得他的手机代言要到期了，应该能接，不如你找品牌方推荐一下。”吴臻慢条斯理地分析，“如果我们同时接下EF代言，等《玩古》上映品牌方和电影方都能得到很有效的宣传，对吧？”

赵壁也不能说不对，可怎么觉得吴臻在忽悠？

第七章 小乌龟

YU DING TOU TIAO

于是国庆前夕，陆馨就接到 EF 品牌方的电话，与此同时，贺思嘉也已经拍完了三分之一的《川军》戏份。

演员没什么国庆长假的概念，整个假期贺思嘉都待在剧组，他和吴臻也半个多月没见了。

人虽见不着，微信倒是常常发，双方都很清楚彼此的动向。

他们还时常组队打游戏，但吴臻技术很臭，在贺思嘉看来，吴臻只适合玩斗地主和消消乐。

不过与拍《玩古》时期相比，两人间的相处模式也发生了微妙的变化，谈不上生疏，却多了小心翼翼。

一直到时入深秋，吴臻终于结束了话剧巡演，回到国内。

【小脑斧】你到家了吗？

【演员吴臻】刚到。

【演员吴臻】（图片）

吴臻发来的图是满满一桌子菜，地点应该是在家里的餐厅。

贺思嘉曾听吴臻说过吴妈妈厨艺很好，猜测多半是吴妈妈亲自下的厨。

他不免有些羡慕。

【小脑斧】你们家氛围真好。

吴臻知道贺思嘉和家人关系不睦，但除了贺瑾那点儿事，其余的并不清楚。

他曾经想过找人打听，可考虑到毕竟是贺思嘉的隐私，终究没付诸行动，最好是等贺思嘉自己来说。

但此时也不是追问的时机。

【演员吴臻】有机会带你来我家玩。

【小脑斧】好啊（笑脸）。

这天晚上，贺思嘉有好几场夜戏。

他在《川军》里饰演的人物叫韩少悲，是县里某个富户的小儿子，背着家人偷偷参军，从小兵成长为将领，又从将领成长为传奇。

韩少悲并没有直接原型，却融合了很多人的真实事迹，而此刻贺思嘉在拍的，正是韩少悲参军不久，跟着一名老战友学习编草鞋的一幕。

干枯的稻草绳缠绕在贺思嘉修长的十指间，他坐在一盏油灯旁，将草绳对折再做一个圈，即是草鞋的鼻头。

忽然，棚外传来一阵骚动，贺思嘉虽然听见了，却没受影响，安安心心地拍完了这幕戏。

等工作人员挪设备时，贺思嘉披着厚衣服去棚外休息。

他懒懒地坐在躺椅上，有人递来杯水，他没多想就接下了，冰凉的指尖无意中触到对方的手，呼吸间又闻到了如雪后森林般的冷香。

他并没有立刻求证，喝了两口热水才慢慢转过头，果真见到了吴臻。

“这位助理，去帮我把暖手炉拿来。”贺思嘉故作淡然地说。

吴臻眉峰微扬：“你好像不意外？知道我来了？”

贺思嘉笑：“当然不知道，我可是日理万机，哪有空关注公司新招的助理？你叫什么来着？”

吴臻表情严肃：“小侄子，我是你吴叔叔。”

两人开着玩笑，期间有不少人都在往这边偷瞄，贺思嘉似是毫无所察，问：“你怎么过来了？刚才不还在家里吗？”

“吃完饭就来了。”吴臻问，“还要拍多久？”

“还有三场戏，再顺利也要两个多小时，你先回我房间休息？”

“不了，我陪你待着吧。”

这时，导演也听到了风声，赶过来和影帝打招呼。

吴臻站起身跟导演寒暄。

贺思嘉小口小口喝着热水，听见导演问吴臻能待多久，明天有没有空一起吃顿饭。

吴臻站起身，笑着道："您太客气了，我这几天都在影视基地，随时有空。"

贺思嘉拍完第二场戏时，吴臻叫的奶茶和甜点送到了，剧组人人有份。

他是来探贺思嘉的班，请客自然也要算到贺思嘉头上。吴臻揽着贺思嘉的肩膀，笑着说："我弟弟麻烦大家照顾了。"

众人嘴上客套，心里却大感诧异，贺思嘉和吴臻关系居然这么好？

倒是从B组赶来抢奶茶的叶闻飞早就习以为常，咬着珍珠说："有什么大惊小怪的，他俩在《玩古》剧组就孟不离焦焦不离孟，平时跟他们一块儿玩，我老觉得自己被排挤。"

吴臻半笑着说："不错，总算洞悉真相了。"

叶闻飞："……"

等贺思嘉去补妆的间隙，宣传总监将导演拉到一旁，叽里咕噜说了一通。

导演面露迟疑："这行吗？"

"行不行得问了才知道，不行也没损失，万一成了咱们可就赚大了。"总监知道导演面子薄，鼓动他说，"你让思嘉去问，他俩关系好。"

导演一想也是，咬咬牙找上贺思嘉。

"客串？"贺思嘉有些惊讶。

导演说："对，就待会儿一场戏里的师长，可以吗？"

接下来一场戏，是韩少悲所在的军团迟迟没等来中央军承诺的援助，孤军奋战三日后惨胜而归，一整个团死伤无数。中央军特意派了名师长来驻地慰问，他们穿着一身好行头，和川军的破衣草鞋形成鲜明对比。

有几名年轻的士兵心中不忿，和师长的警卫兵吵了起来，直到韩少悲和战友抬出一具具尸体，现场顿时鸦雀无声。

"行，我去问问。"贺思嘉平日里受了导演不少照顾，便答应下来。

导演没好意思全推给贺思嘉，说："我和你一起吧。"

可到了吴臻面前，导演又有些抹不开面子，半天绕不到正题上。

贺思嘉见他为难，玩笑般地说："立夏哥，你帮我们客串一个角色呗。"

吴臻对自己饰演的每个角色都有严格要求，哪怕是客串，更何况这种临时邀请的客串。如果换了其他人来说，他肯定不答应，但此刻却说："可以，不过我得先看看剧本。"

导演顿时心花怒放："吴老师放心，绝对不坑您！"

有工作人员带吴臻去化妆，等他换上制服出来，正好跟贺思嘉的助理小栖遇上。

小栖抱着贺思嘉的衣服，小跑到贺思嘉身边嘀咕："天啊！吴老师也太帅了吧！"

小栖满眼都是小星星。

贺思嘉朝吴臻看过去，忽然明白了，为什么吴臻能得到那么多导演的偏爱。

当晚拍完戏已经凌晨两点了，贺思嘉回酒店的路上对吴臻说："对了，馨姐说 EF 的代言已经谈得差不多了。"

吴臻声音有些倦怠："嗯，我已经签了。"

"我们同一天官宣吗？"

"不知道，看品牌方安排。"吴臻想了想说，"我已经敲定了月底拍物料，你档期能调开吗？"

"我入组后就请过一回假，应该可以。"贺思嘉笑着奉上水杯，"谢谢吴老师。"

"谢我什么？"

"代言不是你介绍的？除了你，还没有谁主动帮我拉资源。"吴臻刚要说话，贺思嘉又补充，"因为我本来就是资源咖。"

吴臻呛笑一声，又问："你明晚有戏吗？"

贺思嘉戏谑地说："本来有，但吴老师都来了，我当然要作陪。"

吴臻倒没和他开玩笑，确认贺思嘉真的没戏后，才说："那跟我去吃饭。"

"去哪儿？"

"市里，还有我的两个朋友。"

"谁啊？"

"陆开阳和钟自惜。"

陆开阳，老熟人了，最近也在影视基地拍戏。

钟自惜，吴臻的大学室友，当演员时拿奖无数，这两年改行当导演，专攻文艺片，但部部扑街。

贺思嘉小时候就见过钟自惜，对方是 B 市地产业龙头钟家的旁支子侄，不过两人有年龄差，平时处的圈子也不同，根本不熟。

但总归是认识的。

因此，当贺思嘉跟着吴臻到了约定地点，就见钟自惜笑看着他："是思嘉啊，好久不见。"

吴臻挑了挑眉："认识？"

认识贺思嘉不奇怪，他好歹也算当红明星，但吴臻听出来两人还有别的渊源。

钟自惜知道贺思嘉进入娱乐圈隐瞒了家世，自然不会拆穿，含糊地说："见过。"

吴臻略一思忖便猜到大概："介绍一下，我弟弟。"

贺思嘉偏头看吴臻，明白吴臻是在对他开放朋友圈，于是摆出友善的笑，乖巧地打招呼。

"小思嘉好啊。"陆开阳语带戏谑，他还记得贺思嘉是怎么揍吴臻的，如今倒像个乖宝宝。但现在并不适宜开玩笑，因为包厢里还坐着几个年轻人，陆开阳指着他们说，"介绍一下，我们组里的小朋友们。"

陆开阳在拍的戏是部大 IP 剧，片方为了炒作还举办了选拔赛，这些年轻人大多都是排名靠前的新人，只除了一个——饰演片中男二的演员汪潮生。

汪潮生比贺思嘉早红两年，也是个流量，还与贺思嘉竞争过资源。

严格来说，他们还真算得上对家。

不过台面下的事不好拿到台上来讲，汪潮生心知陆开阳带他们来既是照顾后辈，也是想让他们热场子，他只当贺思嘉跟他一样，自作聪明地提醒："思嘉，你帮吴老师倒杯水。"

并非他不想亲自服务，而是桌子太大，若绕一大圈过去倒茶也太刻意了。

然而贺思嘉只淡淡扫他一眼："我又不是服务生。"

汪潮生笑容微凝。

陆开阳忍不住咳了声，心道不愧是你。

"我自己来就好了。"吴臻笑着端起茶壶，先给贺思嘉倒了一杯。

汪潮生面上已恢复正常，心里却在咒骂。

装什么蒜,不就仗着资本捧,谁还没有啊,可对上业内大佬不也得做小伏低。

他见吴臻非常照顾贺思嘉，不平衡的同时又忍不住警惕，难道连吴臻都忌惮贺思嘉背后的资本?

汪潮生很快又自我否定，若真是这样，他绝不可能截和贺思嘉即将到期的手机代言，据他所知，品牌方本来都在和陆馨谈续约事宜了。

应该只是吴臻人好。

汪潮生激烈展开脑补时，贺思嘉的注意力早就分给了别人。

当听到钟自惜谈起上学时的事，他才知道吴臻大二时竟然想转导演系。

“你以前还想当导演吗？”贺思嘉问。

吴臻还没开口就被陆开阳抢白：“他现在也想，但自惜扑得太猛，吓到他了。”

钟自惜温声细语地辩解：“成绩不完全代表质量，至少我有奖项，只是题材与主流市场不符。”

“片子拍出来不就是给人看的，都没人看有什么意思？”

钟自惜性子温和，不善于和人争论，只淡淡地说：“你俗，不懂。”

“我俗我认，老吴总不俗吧，他不也来投奔我们商业片了？”

“那是他生病了。”

“生病？”贺思嘉忙问，“什么病？”

钟自惜自知失言，歉意地看向吴臻。

吴臻没所谓地笑笑，跟贺思嘉解释：“拍完《四水归堂》，有段时间我突然不能说话了。”

一开始只是话少，后来则是厌恶说话、害怕说话，渐渐和剧中角色一样，变成了哑巴。

“医生说是一种心理疾病，那年我去E国，也是因为家人联系的医生在那边。”

贺思嘉非常震惊，在他心里，吴臻不论做什么都游刃有余，突然得知对方脆弱的一面，实在难以接受。他忽然就明白了，为何吴臻会这么在意“入戏”这件事，在意到有些病态。

“早就好了，没事。”吴臻轻言安抚。

贺思嘉低低“嗯”了一声，又想难怪吴臻的表演方式会从“体验派”变为“方法派”。

“老吴确实可以考虑转行，演员不太适合你。”钟自惜说。

陆开阳不敢置信：“老吴还不适合？他得的一堆奖是摆设吗？”

“跟演技无关，有些人一旦过度投入感情就会走不出来。”钟自惜看向几位年轻人，善言提醒，“如果你们以后遇到类似情况，一定要谨记自己只是演员，必须学会克制和控制，否则容易出事。”

众人连连点头，毕竟演员因入戏太深最后陷入泥沼的事也时有发生。

而贺思嘉则在想，吴臻现在超乎常人地理智，会不会也源于当年的阴影，从而磨炼出一种自我保护的手段。

他有些后悔和吴臻的几次争吵，转念一想，是吴臻自己没有说清楚。

可以吴臻的性格，又不可能将自己的软弱摊开来讲，吴臻对他已经是凌驾于理智之上的退让和迁就。

当他从思考中回神，就发现钟自惜正在看他，确切地说，应该是在观察他，不过只有好奇，没有恶意。

贺思嘉一愣，就见钟自惜笑了笑。

不过钟自惜很快收回视线，又去和陆开阳聊天了。

中途，贺思嘉去了趟洗手间，他们所在的包厢并不仅仅是个房间，而是整个院落。从餐厅到洗手间需要跨过一段廊桥，沿岸枫松相映，梅兰浮香。

贺思嘉洗完手出来，就看见汪潮生站在廊檐下打电话。

他懒得搭理，径直往餐厅走，哪知半道上汪潮生竟追了过来。

“看见吴老师挺照顾你的，我就放心了。”汪潮生笑着说。

贺思嘉不懂他这老母亲般的欣慰从何而来，没吭声。

汪潮生见他没反应，憋不住道：“因为我马上要和吴老师合作排练春晚小品了。”

“春晚？”

“对啊，你没接到邀请吗？不应该吧，你人气那么高，而且我看营销号也都在造势说你会去。”

此时只有他们俩，汪潮生显然是放飞自我，露出本性了。

贺思嘉傻了才听不出他的阴阳怪气，敷衍道：“哦，恭喜了。”

汪潮生故作谦虚：“也没什么可恭喜的，又不是没上过——”

“所以才要恭喜汪老师啊。”贺思嘉粲然一笑，“那次你的合唱砸穿收视底盘,我记得你还穿帮了吧？今年有吴老师带动全场,汪老师可以少点压力了。”

汪潮生：“……”

当晚回酒店后,贺思嘉被吴臻拉进了他和陆开阳还有钟自惜所在的微信群。

一进群，陆开阳就调侃道：“真想不到，我们群还有进新人的一天。”

贺思嘉有点开心，知道这是吴臻彻底对他开放了朋友圈，于是连发了好几个红包。

【小太阳】怎么能让思嘉弟弟发红包？@自惜，富豪，没点表示吗？

接着，贺思嘉收到了钟自惜的添加好友申请，他点了同意，就看见两人的聊天界面上弹出一条信息——

【自惜】[微信转账××××]

贺思嘉瞳孔地震，好半晌才感慨：“想不到自惜哥这么大方。”

吴臻笑了笑：“也不是对谁都一样。”

贺思嘉歪头看他。

吴臻说：“我弟弟当然不一样。”

整整七天，吴臻都待在影视基地。

等一场夜雨落下，秋风卷走残余的枯叶，树枝悄然浮上层霜白，吴臻也打算回C市了。

贺思嘉傍晚拍完戏，亲自开车送吴臻去机场。

路上，他听见吴臻问：“圣诞节你有什么安排吗？”

“工作呗。”

“还没杀青？”

“杀青倒是杀青了，但我的档期都排到春节后了。年末有一堆物料要拍，时尚活动也得挑着去，还有部电竞题材的剧开年也要播了……”

“电竞？”

“对啊。我去年录了个恋爱综艺，节目火了以后，就有投资方找我拍电竞言情剧，原著小说还挺有名的。”

去年夏天，贺思嘉受邀参加一档恋爱真人秀，节目组找了四男四女共八位素人嘉宾同宿二十八天，再将他们相处的生活细节剪辑成综艺。

而贺思嘉的身份，则是节目里的明星观察员。

吴臻笑笑：“《心动28天》？”

贺思嘉问：“你也看了吗？”

吴臻点头：“当然。”

“那你觉得谁最优秀？”

“你。”

贺思嘉没绷住，笑出了声。

也不知受了什么神秘定律的影响，贺思嘉才提到恋爱观察综艺，就接到陆馨的电话，说是春晚导演组发来邀请，问他要不要和国家电竞队同台合唱。

陆馨说：“导演组也是考虑到你和沈央、宿寒英有参加同档综艺的渊源，想把你们安排在一块儿。”

沈央和宿寒英，便是那档综艺里的两名电竞选手。

电话里，陆馨犹在继续：“正好你又有电竞题材的剧要上，春晚肯定是最好的宣传舞台，但年前你的档期已经很紧张了，如果接下邀请就别想休息了，自己考虑清楚。”

贺思嘉毫不犹豫地答：“接！我接！”

他现在还记得汪潮生得意扬扬地说要和吴臻合作小品的事，呵，谁还不能上春晚了？

“行，那我就回复他们了。”陆馨沉吟片刻，“正好28号要去S市拍物料，我记得宿寒英他们就在S市，看看能不能安排你们见一面。”

“辛苦姐了。”

“辛苦倒没什么，只要你肯上心，好好准备，可别给我丢脸丢到全国人民面前。”

“我——”

“打住，说再多不如行动，别立Flag（旗帜）。”

贺思嘉觉得陆馨太紧张了，不过晚会是现场直播，又是全年度最重要的文艺晚会，紧张倒也无可厚非。

他挂了电话就将喜讯告知吴臻，同时也想向对方取下经，毕竟吴臻都上过好几次春晚了。

【演员吴臻】没什么经验，就是多排练，反正上台也会紧张。

【小脑斧】连你都紧张？

【演员吴臻】到时候你就知道了（微笑）。

【小脑斧】……

贺思嘉本来还算轻松的心态忽然沉重起来，他隐隐有种预感，觉得自己可能要翻车。

不过距春晚还早，眼下首要任务还是拍戏。

当南方迎来第一场雪，贺思嘉拎着行李登上了直达 S 市的高铁。

刚到站，他就给吴臻发了消息。

【小脑斧】我到了！

【演员吴臻】[地址]

贺思嘉看见吴臻发的定位，显示在高铁站停车场。

【小脑斧】馨姐也说要来接我。

【演员吴臻】我知道，所以我没自己开车，待会儿和你们一块儿走。

【小脑斧】……

贺思嘉很快在停车场见到了吴臻和陆馨，三人直接去了约定好的摄影工作室。

由于两人代言的系列不同，主题风格自然不同，他们的单人物料都是分棚拍摄的。

折腾到下午三点，两人终于在一个棚内会合，准备拍摄双人物料。

品牌方拟订的方案是“对抗”，贺思嘉和吴臻都很有拍摄经验，一直表现得很好，但拍到最后一个需要正面对视的镜头时却状况频出。

摄影师要求他们眼神必须有攻击性，其实并不困难，可贺思嘉不知怎么回事，一和吴臻对上视线就想笑。

第一遍，他刚摆好造型就开始笑，他一笑，吴臻也跟着笑了。

第二遍，贺思嘉也没坚持多久，憋到肩膀抖得像电疗，最终喷笑出声。

第三遍，贺思嘉总算控制得稍好一点，但吴臻注意到他嘴角不时抽搐，没忍住先笑了。

陆馨看得频频皱眉，贺思嘉也就罢了，怎么以吴臻的职业素养也会笑场？

还是说近墨者黑，吴臻已逐渐贺化？

“不好意思。”吴臻笑够了，比了个暂停的手势，“我们可能需要调整下状态。”

摄影师理解地点点头：“没事，我去抽支烟，两位老师自便。”

工作室建在某座艺术园区里，出了摄影棚就有个私密的小花园。

寒风扑面而来，吹得贺思嘉忍不住抖了抖。

两人坐在一张长凳上，贺思嘉问：“不是要调整状态的吗，吴老师不帮我想想办法？”

吴臻慢声说：“你需要在分散注意力的同时提高专注度。”

贺思嘉被这绕口令一般的话弄晕了：“都分散了还怎么专注？”

“或许你可以想象一件与拍摄无关的事。”

“比如伤心难过的事？”

“伤心难过就算了，忘掉最好。比如一串不规则数字……”

他说到一半就陷入沉默，低敛着眉眼像是在思考，贺思嘉也识趣地没有打搅。

“94336546494。”

“什么？”

“要不来玩个游戏？”吴臻带笑的眼睛里藏着一点玩味，“普通人的极限记忆是记十到十二个不规则数字，如果拍摄结束你还能记住我说的数字，我就送你一份惊喜。”

贺思嘉虽然不明其意，但对所谓的惊喜很好奇，便答应下来。

因为心里始终惦记着那串数字，贺思嘉竟真的没再笑场。

拍摄结束后，他立刻找吴臻报出数字，正想索要惊喜，就见陆馨快步走来：“思嘉，我们现在得去宿寒英他们俱乐部开视频会议。”

“现在？不是约的明天吗？”贺思嘉惊道。

“春晚导演组安排了两个人来S市，他们明天有事。”

贺思嘉只好跟陆馨先走，路上，他不忘给吴臻发微信。

【小脑斧】说好的惊喜呢？

【演员吴臻】你知道九宫格输入法的数字密码吗？

贺思嘉特意上网查了查，简单而言，九宫格输入法内的九个键分别对应数字1-9，按照数字顺序按键，词条栏显示的第一组词就是密码答案。

他以为吴臻有什么新花样，忙改换了输入法，可在敲下最后一个键时，就看到词条栏显示出四个苍白的、冷漠的字眼——一份惊喜。

贺思嘉：“……”

一小时后，汽车驶入某栋商业楼地下停车场。

贺思嘉一下车，就见电梯门口站着一个年轻人。

那人戴着顶棒球帽，正低头刷手机。贺思嘉看不清他的五官，但仅从对方的身形和站姿就能感觉出帅哥气场。

而当对方抬起脸时，瞬间就印证了贺思嘉的直觉。

贺思嘉笑着打招呼：“宿寒英？”

青年没答腔，只微微颔首致意。

贺思嘉录制综艺时就知道宿寒英话少，没怎么在意，自来熟地问：“沈央呢？”

宿寒英答：“楼上。”

三人进了电梯，贺思嘉忽然想起俱乐部里好像养了几只猫和一只狗，佯作不经意地问：“你们那几只宠物还在吗？”

“嗯。”

“我对狗毛过敏。”

宿寒英眼中掠过一丝了然，发微信让人将宠物关起来。

训练基地在十二楼，一出电梯，入眼可见“KK俱乐部”的Logo，宿寒英刷开门卡，示意两人进门。

路过一队训练室时，贺思嘉隔着玻璃看见几个年轻人正在打游戏，其中某个染着粉毛的男孩瞥了他一眼，又淡定地收回视线。

贺思嘉只记得对方是宿寒英的队友，毕竟综艺录完都一年多了，这些只出镜过一两次的小角色他实在记不住。

却不知小角色正在跟队友吐槽：“嘁，真人也没多帅，还戴口罩，以为我会追着他要签名吗？”

他队友是个外国人，中文却如母语般流利：“人家戴了口罩你还能看得出帅不帅？他帅不帅我不敢说，反正你丑，嫉妒让人丑陋！”

两人的对话贺思嘉自然听不到，他已经到了会议室。

室内坐着四个人，贺思嘉只认得一个，一个曾跌下神坛又重登神位的传奇——沈央。

也是他录综艺时最喜欢的一位素人嘉宾。

沈央和综艺里一样，在陌生人面前非常腼腆和拘谨，贺思嘉与沈央握手时，察觉到了沈央很紧张。

会议室内其余三人分别是B市来的两位导演和KK战队经理，此时设备已经接通，投影幕布上出现了国家队另外三名队员，以及一位主要替补。

两位导演都是女士，来S市是为了监督春晚分会场的筹备进度，行程很赶，因此在简单寒暄后，她们立刻进入正题。

一名导演点开一页歌谱，说：“我们从投稿作品中选择了这首《吹响荣耀的号角》，主题热血励志，歌词鼓舞人心，曲风也很轻快，非常适合年轻人演唱，你们觉得如何？”

她虽是在询问，但贺思嘉清楚其实已经敲定了，便没开口。

短暂的寂静后，一名队员犹犹豫豫地说：“我看不懂五线谱。”

导演友善地笑笑：“没关系，我这里有Demo（录音样带），待会儿发给你们一份。今天呢，我主要是想先分好词，大家对自己要唱什么有个数。”

既然要分词，导演肯定要先了解众人的声线，她提了一首几乎全国人民都会唱的烂大街的金曲，示意大家挨个儿唱两句。

不知道为什么，贺思嘉隐隐感觉有些不妙。

“思嘉，要不你先来吧。”导演笑着说。

贺思嘉张口就来，他一开嗓，每个人的表情或多或少都有变化，只除了宿寒英。

等他唱完一小段，导演率先鼓掌，其余人也很捧场，尤其沈央拍得格外用力，望向贺思嘉的眼神亮亮的，一看就知道是真心实意觉得好听。

宿寒英淡淡瞥了沈央一眼，才敷衍地拍了两下手。

“真没想到思嘉嗓音这么好，请你可太对了。”导演意外之余又觉得惊喜，对节目的呈现效果也多了不少信心。

贺思嘉假意谦虚：“谢谢，我还不够专业。”

“不专业已经很好听了，再系统学习就得抢人饭碗了。”导演笑言两句，又看向沈央，“那小央也来试试？”

沈央笑容一凝，干巴巴地说了声“好”。

沈央小声唱了两句，整体还算好听，而且也都在调上，只是声线稍稍发紧。

导演点了点头，夸了两句又让宿寒英接着来。

在宿寒英即将开口时，贺思嘉突然注意到沈央担忧的表情，顿时一个激灵！他终于想明白那隐隐的不妙源自谁了，也意识到自己要翻车的预感很可能成为现实。

因为综艺里宿寒英曾唱过一曲，极其有记忆点和感染力——不但特别难听，还能将所有人带跑调！

贺思嘉听着宛如十级车祸现场般的歌声，虚弱地按了按太阳穴，很想找块布头塞宿寒英嘴里。

当天会议结束，贺思嘉私下里问陆馨：“我们现在毁约要赔多少钱？”

陆馨心情沉重，她知道贺思嘉是在开玩笑，却半点都笑不出来：“算了，反正除了你其他人不会全开麦，只要对好口型就没问题……”

应该没问题吧。

陆馨也不是很确定，微微叹气：“你舞台经验丰富，彩排时多带着他们点儿，宿寒英虽然性子冷，却也知道轻重，会配合你的。如果实在不行……你就顾好自己，其余事我来处理。”

贺思嘉听出陆馨是要提前请水军做准备了，毕竟宿寒英和沈央本职只是电竞选手，又有冠军光环加身，舆论不会过多苛刻，真翻车最受影响的还是他。

但他也没有太放在心上，最差的结果无非是被群嘲……

回到酒店，贺思嘉去找吴臻。

吴臻见他没精打采的，试探地问：“今天不顺利吗？”

贺思嘉脑子里仿佛又响起了魔鬼念咒，忍不住开始吐槽，见吴臻笑得发抖，他危险地眯了眯眼：“你还挺开心的？”

“没有，贺老师辛苦了。”吴臻憋着笑安慰，“你也不用太担心翻车，春晚节目要审核很多次，说不定哪次就给你毙掉了，没车可翻。”

贺思嘉面无表情：“你觉得这么说我会开心一点吗？”

吴臻又忍不住笑了，见贺思嘉脸色越来越黑，假咳一声说：“就算上了舞台，宿寒英也不会全开麦，有百万调音师你怕什么？”

贺思嘉幽幽地叹气：“你不懂，只怕千万调音师都拯救不了。算了，不说这个，你刚刚在看什么？”

吴臻将剧本递给他，封皮上写着“一个女人”。

贺思嘉好奇地翻了翻，似乎是部民国背景的大女主电影，和吴臻以往接戏的风格完全不同。

贺思嘉诧异道：“你要接这部？”

吴臻没有正面回答，而是问：“你还记得以前问过我喜不喜欢演戏吗？”

贺思嘉迟疑地点头，他虽不太记得，但吴臻说有那应该就有。

“其实比起诠释角色，我更喜欢安排角色；比起创造角色，我更喜欢创造故事。”

简单而言，比起配合，他更喜欢控制。

“怪不得你以前还想转导演系……”贺思嘉顿了顿，又看了眼手头的剧本，不确定地问，“这是你要导的戏，不是你要演的戏？”

吴臻却摇了摇头：“只是随便看看，这个本子不错，但我并没有想拍它的冲动。”

其实自他决定尝试新领域以来，团队一直在筹备，却始终没有物色到合适的剧本。

“那你以后还演戏吗？”贺思嘉问。

以吴臻的演技不拍戏简直浪费。

而且现在男演员竞争那么激烈，吴臻好不容易打下的江山，放弃也太可惜了。

“如果有好剧本好角色，我当然演。”吴臻淡声说，“导演和演员又不是不能共存。”

“也对，你可以自导自演。”

“思嘉。”吴臻忽然叫了他名字，“我要是找到好剧本，你愿意来给我当演员吗？”

“主演吗？”

“不一定。”

“……”

贺思嘉服了，吴臻未免也太吝啬！

“别人都是量身定做，你找我拍戏连主演都不给？”贺思嘉半真半假地生气，“就算瞧不上我的演技，好歹口头上说好听点骗骗我吧。你不是语言上的艺术家吗，装什么老实人？”

吴臻嘴角微翘：“我说过不再对你说假话，做人要言而有信。”

贺思嘉：“……”

“而且我没有瞧不上你的演技，只是我也不知道会选择什么样的剧本，万一主角年纪大了，或者是个女人，你肯定不能演。”吴臻好脾气地解释，“但我保证，我挑的角色一定是人设最好，也最适合你的。”

贺思嘉要笑不笑的：“那给钱吗？包五险一金吗？”

“都可以，只要你来。”吴臻敛了笑，认真地看向他，“我想让观众知道你有多好看。”

贺思嘉轻嗤：“还用得着你？观众一直都知道我很好看。”

吴臻眉眼轻弯，温柔又强势地开口：“那是他们没有见过我的镜头。”

次日，贺思嘉和吴臻去S市近郊玩了一天。

短暂相聚后，贺思嘉回到影视基地继续拍戏，吴臻则留在S市参加一场活动。

每年年末总有许多“分猪肉”活动，什么时尚庆典、星光大赏之类的，吴臻走的路线需要控制曝光率，他挑着参加了两三个活动，便和家人一块儿飞去了A国。

几年前，吴臻的姑姑一家陪着吴老爷子去A国疗养，这两年吴家每逢圣诞节都会去A国探望。

在吴臻抵达A国的同一天，贺思嘉也杀青了，但他根本没空休息，马不停蹄地投入到新工作中。他似要将这大半年来骤减的曝光率都给刷回来，几乎每天都有活动，粉丝们乐得如同提前过大年，超话数据猛蹿一截。

平安夜当天，贺思嘉结束了电竞言情剧新一轮的宣传工作，拖着疲惫的身体回了位于B市的私人公寓。

此时已近零点，累了一天，他打算先泡个澡。

贺思嘉躺进堆满泡沫的浴缸里，给吴臻发了条微信。

等他擦干头发，收拾妥当，吴臻打来了视频电话。

他刚打了声招呼，就见屏幕晃了晃，吴臻弯下腰将小侄女抱起来："缇缇，跟叔叔打个招呼。"

"什么叔叔……"贺思嘉非常不满这个称呼。

"我是缇缇的小叔，你不是叔叔是什么？"

贺思嘉听着吴臻拖长的尾音，顿时有了不祥的预感。

"我知道了。"吴臻微微颔首，冲小侄女说，"叫堂哥。"

吴缇立刻摇头："不是堂哥，堂哥很胖。"

吴臻带着笑音："他是我的小侄子，当然是你堂哥。"

贺思嘉呛咳几声，咳得脸都红了，缓过气才说："你别乱教小朋友。缇缇，你是叫缇缇吧？叫我贺叔叔就行了。"

吴缇虽然年纪小，也是有审美的，她觉得屏幕里的叔叔很好看，羞涩地喊了声便躲进吴臻怀里。

"真乖。"贺思嘉嘴上夸着，心里却感觉自己瞬间苍老。

吴缇则凑在吴臻耳畔嘀嘀咕咕说着什么。

吴臻笑了笑："你自己跟贺叔叔说。"

小女孩扭捏地开口："贺叔叔，缇缇想送你一件礼物。"

贺思嘉瞟了吴臻一眼，笑着说："好啊，谢谢缇缇。"

话音刚落，吴臻就放下了小侄女，镜头随之对准吴缇。

贺思嘉看见穿着熊仔套装的吴缇推开一扇落地门，小跑向露台，脑袋上两个小鬏鬏摇摇晃晃。

小女孩站在比自己还高的围栏旁，指着夜空说："缇缇请你看烟花！"

天上数朵烟花点燃苍穹，漂亮极了。

“今天平安夜，我们全家都来酒店里聚餐。”吴臻淡声解释了一句。

贺思嘉这才知道他们没在家，而且以镜头的视野来判断，应该是在酒店最高层。

他和吴臻身处不同半球，相隔几千公里的距离，却有幸欣赏同一场烟花表演。

贺思嘉不自觉露出一抹笑，就听见镜头之外再次响起吴缇清脆的童音——

“圣诞快乐！”

平安夜过去，贺思嘉继续投入工作，再见到吴臻已是12月29日，春晚第一次彩排现场。

贺思嘉是卡点到的，他刚参加完新剧发布会，一入场就看见吴臻正在接受采访，对方也注意到了他，冲他挥了挥手。

因为快要彩排了，贺思嘉只遥遥点了下头，便走向自己的六位搭档。

“准备得如何？”他语气轻松地问。

沈央看了眼身旁的宿寒英，迟疑地说：“还行，就是有点紧张……”

贺思嘉逗沈央：“只是彩排就紧张了，那等正式直播怎么办？”

话一出口，他就见除宿寒英外的五个人齐齐变色，心里突然有点慌。

但也由不得他多想，工作人员已经通知他们准备上台了。

按照歌词分配，贺思嘉应该算C位，他最近一直都在练习，甚至请了一位声乐老师单独指导。

原本他已练出了七分信心，却在临上台前只剩下三分。

而等彩排结束，那三分也尽数化作绝望。

贺思嘉木着脸下台，不去看周围任何人的表情。

陆馨小心翼翼地安慰：“还不错，至少你个人表现得挺好。”

如果不算合唱时被拐跑了调的话。

其实独唱阶段贺思嘉确实发挥不错，哪怕宿寒英走音走到另一个时区，他也稳住了没笑场。可轮到合唱时，贺思嘉感觉自己像被蒙住眼睛的沙漠旅人，根本找不到正确的方向。

他预想中的王者带飞青铜，终究沦为了青铜拖累王者。

贺思嘉轻扯嘴角，四下扫视一圈，没看到吴臻，倒看见刚刚采访吴臻的记者过来了。

他颇有些心不在焉地接受采访，无非都是些常规问题，比如第一次参加春晚的心情，对节目有没有信心等等。

心情是想死，信心是负数。

当记者问他最期待春晚哪位嘉宾的节目时，他下意识地回答吴臻，说完又觉得不太好，刚想再添补几位资历深的老艺术家，记者忽然道："思嘉有给吴老师准备什么礼物吗？"

贺思嘉愣了愣："准备礼物？"

难不成春晚彩排完了还有互送礼物的传统？

记者说："思嘉还不知道吗？明天是吴老师的生日，他们那组节目的演员正在帮吴老师庆生。"

贺思嘉不是不知道，只是忘了。

他近来平均每天睡不到四个小时，脑子都有点转不开，何况吴臻根本没提过。

等他在后台找到吴臻时，对方已经准备切蛋糕了。

现场热热闹闹，让贺思嘉有种奇怪的感觉，好像自己是个忽然闯入的外人。

"彩排完了？"

吴臻第一个发现他，笑着招呼他过去。

贺思嘉定了定神，佯作随意地问："吴老师明天生日吗？"

但吴臻只笑了笑："对啊。"

贺思嘉盯着他看了会儿，没看出有什么异样，舒了口气。

等两人私下相处时，贺思嘉跟吴臻道歉："对不起，把你生日给忘了。"

吴臻不在意地笑笑："忘就忘了，反正每年都会过。"

当晚，他跟着吴臻回了家，两人认识这么久，他还是头一回去吴臻家。

进门后，贺思嘉随意打量一番，房子是大平层，装修风格简洁素雅，就是看着不像常有人住的样子，有些干净过头了。

"平时工作忙，很少住这里。"吴臻找了双拖鞋给贺思嘉，似是不经意地提起，"你是我家的第一个客人。"

贺思嘉微怔，嘴角不自觉带了点儿笑："你父母也没来过？"

"没，他们在B市另外有房子，不住这边。"

贺思嘉蹲在玄关处换鞋，正解鞋带，忽然感觉脸被舔了一下。

他本能地转过头，就见一只金毛正对着他哈气。

那一刻，贺思嘉整个大脑都被冻裂了，在吴臻诧异的视线下，拔腿就跑。

"思嘉——"

吴臻在后面喊，金毛在后面追，可贺思嘉哪里还顾得上，看准一间房就冲了进去，"嘭"地关上门。

他靠着门大口大口地喘气，两腿虚软，浑身止不住地发抖。

——吴臻家里，怎么养了只狗？！

贺思嘉使劲擦着脸上被舔过的地方，回想起刚刚的一幕，仍然心惊胆战。

也不知过了多久，贺思嘉听见了敲门声。

"思嘉，我把狗关起来了。"

贺思嘉顿了顿，缓缓转过身，拉开一条门缝。

门外当然只有吴臻，贺思嘉一把将人扯进来，当头就问："你养了狗怎么不告诉我？"

虽然他的指责莫名其妙，但吴臻还是很镇定："这是钟自惜家的狗，他临时有事，托我带回来养几天，而且我也不知道你怕狗……"他看着贺思嘉赤白的脸色，以及残留着惊惧的表情，不动声色地问，"你怎么那么怕狗？"

怕到有些不正常。

贺思嘉微垂下眼，走到床边坐下，忽然意识到自己可能闯进了主卧。

"你房间啊？"他顾左右而言他。

吴臻没吭声。

贺思嘉转眼看过去，见吴臻盯着他，显然不容许他回避。

他微微抿了抿唇，其实他并非不愿意说，只是不知道要怎么说，总觉得有些事讲出来就像刻意卖惨，显得过于软弱和矫情。

他斟酌着开口："我小时候被贺瑾放狗咬过……"

吴臻狠狠皱了下眉。

贺思嘉下意识地想要表现得轻松一点："不过那时候我太小了，跑不快，否则不会被咬到的。

“咬哪儿了？”

“小腿，不过没留疤，当时保姆撞见就把狗拉走了……”

保姆刘嫂很清楚俞芷兰有多糊涂，将这事儿告诉了贺启耀，贺启耀狠揍了贺瑾一顿，还送走了狗，并且不许他再养宠物。

“贺瑾想报复我，就扔掉了我养的小乌龟！”

贺思嘉原本不习惯诉苦，此刻却没忍住全说了，说完又有点后悔。

吴臻忍不住生气，他认识贺瑾时对方早已成年，自然学会了伪装，而他又不打算跟贺瑾深交，也就不在意贺瑾本性如何，后来听贺思嘉透露过一些，只觉得贺瑾脑子不清醒，没想到还那么毒。

不管当初贺瑾年纪有多小，贺思嘉都还要再小几岁。

他坐到贺思嘉身边，以哄小朋友般的口吻说：“以后我们不理他。”

贺思嘉一下子乐了：“也不至于那么幼稚，我都多大了……再说你现在弃暗投明，我还是挺高兴的。”

贺思嘉在吴臻家玩到很晚才走，吴臻家离别墅老宅比较近，他懒得绕远路回公寓。

到家都凌晨三点多了，他开灯换鞋，忽然听见了脚步声。

贺思嘉抬头，就看见贺瑾穿着睡袍站在二楼，居高临下地望着他。

因为几小时前才回顾了贺瑾的恶形恶状，贺思嘉连敷衍都不愿意。

他不说话，贺瑾也不主动开口，双方似乎都没有交流的意愿。

只是在贺思嘉经过时，贺瑾突然喊道：“思嘉。”

贺思嘉停下脚步，斜目冷视。

贺瑾语气轻柔：“你年纪也不小了，别老在外面瞎混，让爸妈替你操心。”

如果他们之间关系不错，贺思嘉几乎要以为贺瑾是在好心劝诫，可他没心情在午夜无人的剧场跟对方表演兄友弟恭，讽刺道：“怎么，难道我还必须为你的书雅表妹守身如玉？”

贺瑾笑容微滞：“胡说什么，我只是担心你。”

贺思嘉讥讽地笑了声，留给贺瑾一个背影。

次日一早，贺思嘉在陆馨的陪同下去户外拍摄 A 家新一季宣传物料，收工后，又立刻奔赴某时尚工作室打理造型，准备参加世纪影业举办的年终庆典。

世纪影业是国内老牌影视娱乐公司，旗下电影、电视剧、综艺三向开花，艺人与商业资源储备也非常雄厚。吴臻便是该公司的王牌艺人，而贺思嘉即将上映的电竞言情剧也有世纪影业的投资。

贺思嘉来得有些晚，但他早就和主办方沟通好了时间，并不算迟到。

原本他一来就要准备走红毯，但今天不知怎么回事，红毯名单才刚走了一半，他前头还排着二十来个人。

“我听说有好几个人到了却故意不下车，想要抢压轴。”阮雪梨低声分享小道消息。

“压轴不是吴——”贺思嘉及时闭嘴，抬眼看向吴臻的位置，对方正和一群大佬在聊天。

“对哦，不可能抢吴老师的压轴，那估计是想压同期。”阮雪梨今晚穿了一件 X 家的露肩小礼服，哪怕这会儿披着羽绒外套也冷得哆嗦，“我都快冻死了，还要等多久啊！”

刚抱怨完就有工作人员过来请她候场，阮雪梨一副“老娘终于要熬出头”的表情，开开心心地走了。

贺思嘉又看向了吴臻。

吴臻今晚的造型很保守，此刻他正被人群簇拥，让贺思嘉无端想到对方说起第一次见他真人时的情景，这会儿倒像是情景对换了。

贺思嘉嫌人多，不想过去，转头发现旁边站着的人竟是和吴臻同拍《一船清梦压星河》的童星王途，对方也正望着吴臻，眼神晦暗不明。

王途察觉到贺思嘉的视线，友善地笑了笑：“贺老师有事吗？”

贺思嘉答：“没有。”

王途有点心梗，可业内传闻说贺思嘉这人不着调，他便没多想，而是主动找了个话题：“听说你之前和吴臻老师合作拍了部电影？”

贺思嘉半点没和他绕圈子：“听说你们也合作过，你还联合其他演员排挤他，想换掉他。”

王途：“……”

贺思嘉成功气走王途，找了个角落单独待着。

期间也有不少人来打招呼，贺思嘉耐着性子回应，倒是吴臻一直没过来。

又等了半小时，贺思嘉手脚都冻得麻木了，却来了位工作人员告诉他准备收红毯了，请他先移步去主会场。

贺思嘉愣了愣："什么意思？"

"到现在还有很多嘉宾都没有走红毯，时间太紧张了……"

因此主办方准备让吴臻直接压轴。

"那就是说我不用走了？"

"很抱歉……"

贺思嘉倒也不生气，虽然主办方协调失误，可红毯对他又没什么吸引力，提前去主会场还有暖气吹。

他正要答应，就听身后有人说："思嘉和我一起走。"

贺思嘉不用回头都知道是吴臻："不了——"

"那就麻烦吴老师了！"刚和大佬们联络完感情的陆馨赶来，抢先应下。

贺思嘉："……"

那就走吧。

不走陆馨能杀了他。

准备出场时，吴臻突然侧过身，帮贺思嘉正了正领结。

吴臻抬起眼笑了笑："贺老师，请。"

在闪光灯与欢呼声中，他们并肩踏上红毯。

吴臻微笑着与镜头打招呼，贺思嘉则没什么表情——风好大，我好冷。

两人走到拍照点供媒体照相，而网络上正吵得热闹。

"怎么吴臻出来了？他不是压轴吗？还有好多人没走啊！"

"之前就有人爆料主办方要提前收红毯了，呵呵，某些小心思多的活该被打脸。"

"刚刚直播都拍到我女儿在候场了，大冷天穿那么少白白受冻，主办方在搞什么啊，至少让这些人走完啊！"

"我们斯嘉丽小王子最牛，居然压轴出场！"

"难道不是蹭吴臻的压轴？对你们家哥哥的咖位能有点数吗？"

"那也是主办方和吴臻愿意让他蹭，有本事叫你家正主上啊。"

星空并不遥远，只要踮起脚尖。
终有一日，我们可以并肩。
预定头条

“斯嘉丽也并不情愿吧，又臭脸了，不过他确实好看，今天打光那么灾难，好多人都被拍得一脸横肉，他简直就是清流。”

“我吴哥好帅啊啊啊，笑得太温柔了！”

……

这会儿贺思嘉和吴臻已在寒风中站了三分钟了，主持人姗姗来迟。

贺思嘉一贯不爱接受采访，秉持着能不吱声就不吱声的原则，反正旁边有个能说会道的，可当主持人提到他的新剧时，他只好接过话筒，哪知刚开口就打了个寒战。

等进了会场时，他手指头都快冻僵了，忽然感觉手里被塞了个东西。

贺思嘉摊开掌心一瞧，是一串车钥匙。

吴臻说：“快到元旦了，新年礼物。不方便带过来，你自己去我车上拿。”

贺思嘉似笑非笑：“我还以为吴老师这么大方，送我一辆车呢。”

中途，他抽空去了趟停车场。

贺思嘉找到吴臻的车，打开车门，发现副驾上放着一个透明的塑料箱。

等他看清箱中装的是什么后，整个人都有些蒙。

一只半个巴掌大小的乌龟正趴在食槽旁，龟壳是错甲的，很好辨认。

很久以前，贺思嘉曾和吴臻闲聊时说过他养的乌龟是错甲的，但甲壳图案对称，只是左右两侧多了一块盾片。

当时吴臻问得很细，贺思嘉还以为吴臻有兴趣养乌龟，便将细节特征一一描述给对方听。

而眼前这只小乌龟，与他当年养过的那只几乎一模一样。

贺思嘉很清楚心中那只小乌龟永远无可取代，但这个世界上有千千万万只乌龟，要找到这么相似的也很不容易。

他眨了眨眼，小心翼翼地放下乌龟箱，拿出手机给吴臻发微信。

【小脑斧】谢谢，我会好好养的。

【小脑斧】新年快乐。

【小脑斧】还有昨天一直忘记说，生日快乐。

当晚，吴臻提前离场，他父母来了 B 市为他庆生。

贺思嘉则一直待到九点才走，直接回了外公家。

因为前一只乌龟被贺瑾扔掉了，贺思嘉以防万一，将乌龟也带去了外公家里养，平时工作忙还可以请家人帮着照看。

第二天，他隆重地向全家人介绍了自己的新宠物：“从现在起，我们家又要添丁了。”

俞洛洛一手探入乌龟箱中，轻轻抚摸着龟壳：“那小乌龟叫什么啊，总得起个名字呀。”

不等贺思嘉开动脑筋，外公的大嗓门便响了，字字铿锵、斩钉截铁地道：“就叫龟儿子！”

元旦下午，俞芷兰回了娘家。

以往每年元旦贺启耀都会陪俞芷兰回娘家，后来两家闹翻，贺启耀不好再登门。

其实贺启耀一直希望俞芷兰能从中调和两家关系，可俞芷兰不说帮忙，还老将他往白家推。

因此，他每年只能借各种节礼，在老丈人面前刷刷存在感。

俞家全家人都在，贺思嘉拣着好听的和外公、舅舅等人聊着自己的近况，一家人气氛和和美美，唯有俞芷兰格格不入。但她每次回来都没什么笑脸，日常冷言冷语，大家早都习惯了。

保姆准备了一桌丰盛的饭菜，吃饭时，俞洛洛问：“表哥，你之前录的综艺今晚要播了吧？我看见你粉丝都在宣传了。”

贺思嘉点点头。

俞洛洛指的就是《黄河行》，国庆期间正式开播，收视率不温不火，口碑却非常不错，到今天正好播到他录制的那一期。

俞洛洛提议：“那待会儿一起看啊。”

贺思嘉刚要答应，就听俞芷兰说：“洛洛，你少上网看那些乱七八糟——”

“小李！”俞崇抚大声叫来保姆，“去帮我把电视打开，那个什么节目……是哪个台来着？”

“国家3台。”贺思嘉只当看不见俞芷兰僵硬的表情，笑眯眯地开口，“谢谢外公支持我的事业。”

“爷爷可支持你了。”俞洛洛可不怕俞芷兰，凑趣地说，“他还让我网购了不少你代言的矿泉水，院里每家每户都送到了。”

俞芷兰面露惊异：“爸，你——”

“你不想看就回去！”俞崇抚沉着脸，“嘉嘉留下来陪我这个老头子就行。”

俞芷兰是想走人的，可又觉得这么回去就像被赶走似的，太没面子了，只能不甘不愿地留下来看综艺。

国家电视台的节目制作组肯定不差钱，更不会为了博眼球而恶意剪辑，虽然少了点潮流噱头，但平和佛系又不失趣味的风格同样广受好评。

当嘉宾们陆续出现，俞崇抚就有点笑意了：“这个小伙子我认识……”

贺思嘉非常惊讶，外公居然认识吴臻，可吴臻从未演过抗战片啊。

俞崇抚道：“是演那个警察的吧，好像叫梅庆？”

贺思嘉和俞洛洛：“……”

行吧，就年龄差而言，俞崇抚叫梅庆小伙子好像也没什么问题。

综艺的剪辑视角与贺思嘉直观所见又有些不同，比如播到吴臻和阮雪梨去捡柴火时，他才发现吴臻还在背地里试探过他和阮雪梨的关系，虽然非常隐晦，看上去就像阮雪梨主动提起的，可话题都是由吴臻在引导。

他有些好笑地给吴臻发消息。

【小脑斧】你想问直接来问我。

【演员吴臻】问你你肯说吗？

吴臻显然也在看综艺，居然明白贺思嘉指什么。

【小脑斧】如果你问了我肯定说，总不能让你误会人家清清白白的女孩子和我有染。

贺思嘉正敲字，就听外公幽幽一叹：“小伙子不大行。”

他瞟了眼屏幕，梅庆正在生火，不是挺顺利的吗？

“找柴找不好，抓鱼不会抓，做饭做不来，一看就是个不知柴米油盐贵的。”

“……”

懂了，在说吴臻。

“我当兵那会儿，一下午能抓十二条鱼……”俞崇抚开始吹嘘过往，见孙女专注地盯着荧幕，有点不太高兴，“你们年轻人找对象眼睛要放亮一点，可不能只看外在，关键是他能不能扛起一个家，会不会照顾人。放在咱们那个年代，这种绣花枕头是最要不得的。”

俞洛洛低声嘟囔：“我又不喜欢他。”

俞崇抚不满：“那你看得眼珠子都不会转了？”

俞洛洛解释说：“他和表哥关系好嘛，我多观察观察。”

俞崇抚微微颔首，非常不求实际地说：“嘉嘉的朋友人品应该不错，有机会可以带他来家里坐坐，我指点指点他。”

贺思嘉迟疑地问：“您要指点他什么？”

俞崇抚道：“如何当家。”

贺思嘉：“……”

一期综艺播完，#贺思嘉用水泼吴臻#的词条就上了热搜，哪怕综艺将前因后果剪得清晰明朗，依然避不开吴臻的粉丝的疯狂谩骂。

他们认定贺思嘉是在公报私仇，却被贺思嘉的粉丝反咬吴臻故意不躲，卖惨装白莲陷害贺思嘉。双方连撕数日，在《黄河行》即将迎来收官期时，网上竟曝出一则监控视频。

视频内容是一个戴着口罩和鸭舌帽的年轻男人上扶梯时玩手机，没看到前方滚落的行李箱，危急时刻，旁边扶梯忽然冲下来一个人，侧跃过扶手，替他挡住了行李箱。

视频开始只在各大短视频 APP 上传播，直到有人转发至某娱乐论坛，问其中两位主角像不像吴臻和贺思嘉，并附上他们录制《黄河行》的行程，与视频中的时间地点都对得上。

吃瓜路人纷纷入场，寻找蛛丝马迹。吴臻的粉丝一口咬定就是吴臻救了贺思嘉，而贺思嘉的粉丝则矢口否认，要求他们不要强行捏造“救命恩人”。

双方吵了整整一周，到了《黄河行》最后一期播出的当天，贺思嘉正好从国外拍完广告回来，落地时已快凌晨。

路上，贺思嘉刷了会儿微博，意料之中在热搜里找到了自己的名字，点进词条，网友们各种调侃——

“谁还敢说自己穷到吃土，反正我不配！”

“影帝是哪家口才培训班的优秀毕业生？有联系电话吗？我想报个班。”

“斯嘉丽就是随手抓一把风，臻儿也能让大气流为他开花吧。”

贺思嘉一下笑喷了。

可惜好心情没有维持太久，中途贺思嘉接到了父亲的电话，对方要他马上回家。

贺启耀很少给贺思嘉打电话，让贺思嘉一度怀疑自己是不是又闯祸了，到家后才知是薛冉的奶奶重病入院，作为薛家未来的亲家，他们全家都得上医院探望。

而这一探望，就将薛冉跟贺瑾的婚事提前了。

两人原定今年十月举办婚礼，但薛冉的奶奶很可能熬不过夏天，她唯一的心愿就是想亲眼见证孙女结婚。

于是，在距离春节还剩不到一个月的时间里，薛、贺两家同时忙碌起来。

婚礼筹备非常烦琐，连一向清闲的俞芷兰都忙得脚不沾地，唯有贺思嘉万事不管，依然深陷于永远做不完的工作中。

他的电竞言情剧已经开播，每周四集，要一直播到三月初。

开局收视并不乐观，可随着寒假来临，加之电视剧节奏明快，剧情线热血、感情线甜蜜，往后几周收视率和口碑都直线上涨，渐渐爬升至同档期第一。

贺思嘉疯狂吸粉的同时，还意外在电竞粉圈里刷足了好感度，因为他的游戏是真打得不错，几次宣传活动随机抽选观众打排位上分效果都非常好，就连一块儿彩排训练的国家电竞队队员，都客套地夸过他几次。

随着电竞言情剧的收视群体日渐稳定，贺思嘉也终于迎来了年度最大挑战——春晚舞台。

很早之前，贺思嘉向吴臻取经时，对方就告诉他“反正上台也会紧张”，可如今明明还在后台，他就已经开始紧张了……

他尚且如此，更不用提另外几个搭档，唯一表现得相对镇定的，只有宿寒英。

但宿寒英未必就不紧张，他只是没有表情罢了。

作为舞台经验最丰富的人，贺思嘉自认有责任帮助大家缓解紧张情绪，顺便也帮助自己。他想到吴臻那招调整情绪的办法，感觉此刻也适用，便说：“要不要来玩个游戏？”

见大家都看了过来，贺思嘉模仿吴臻的口吻：“普通人的极限记忆是记十到十二个不规则数字——”

“十二个有点少吧？”一位队员弱弱地质疑。

“对啊，圆周率我只看几秒就能背到三十多位。”另一人附和，瞄了眼沈央说，“Bee 五分钟能记下一百个不规则数字。”

贺思嘉：“……”

行吧，散了吧。

贺思嘉当场表演自闭，忽听一声轻笑，转头就见吴臻站在他身后。

“你怎么过来了？”

他的合唱排在开场第三个，而吴臻的小品在十点以后了，这会儿根本没到候场时间。

“担心你紧张，来看看。”

贺思嘉寻思吴臻办法多，便问：“那你能让我不紧张吗？”

“不能，但我可以陪你一起紧张。”

“……”

虽然都是废话，但有吴臻在身旁，贺思嘉确实安心几分。临上台前，贺思嘉望着来来往往的舞蹈演员，忽然听见吴臻说：“别总想着出错，你练得那么熟，只要第一句没错，之后都不会错。加油。”

贺思嘉点点头，深吸一口气，迈向舞台。

伴随着轻快的前奏，贺思嘉与国家电竞队队员齐齐登台，他一身红西装站在几人中间，手持话筒的一幕被镜头捕捉，化为信号波导入千千万万观众眼中。

C 市。

吴臻家里的电视已调到最大声，全家十来人围坐餐桌旁，一边吃饭一边等着吴影帝的小品。

忽然间，四岁的小女孩跳下椅子，“嗒嗒嗒”地跑到电视机前。

“缇缇，不许离电视那么近，快过来！”一位三十来岁的女士喊道。

另一位年纪稍大些的女人轻轻笑道：“我还以为是臻臻出来了呢。缇缇，你小叔又不在，看谁那么入迷呢？”

吴缇手指向屏幕上身着红西装的青年。

女人觉得有些眼熟，似乎是哪部电视剧的主演，她打趣说：“缇缇这么小就知道喜欢漂亮哥哥——”

“不是哥哥，是、是小侄子！”

小女孩如是说。

吴缇的童言童语引发吴家一片欢声笑语，而此时的小侄子内心是崩溃的。

贺思嘉开口唱出第一句歌词后，确实如吴臻所说，心态渐渐平和，信心骤然飙升。但他们并非站着干唱歌，也有一些简单的舞蹈编排和互动。

贺思嘉按照排练节奏，先和左边的沈央对视合唱，见对方笑容僵硬得宛如纸扎人，还临场发挥做了个 wink 帮沈央缓解情绪。接着，他又转向右边的宿寒英，眼睁睁看着对方在一个小幅度的跳跃后掉了耳返。

尽管宿寒英以一种帅气的，连贺思嘉都颇为惊艳的姿势接住了耳返，但原本节奏感就很差的人直接进错了拍子，对口型失误。

百万调音师耗空心血，甚至修出了电音才勉强入耳的歌声，在宿寒英张嘴之前就响彻舞台——

他们，果不其然翻车了。

贺思嘉万念俱灰，好在反复练习让他产生了本能记忆，即便身处灾难现场，他也撑开了一片结界，让自己还算顺利地完成了表演。

下场后，贺思嘉后背都被冷汗浸湿，心跳快得要爆炸。

其余人或亢奋或虚脱，唯有宿寒英依旧神情淡淡。

但沈央察觉到宿寒英隐藏的失落，担忧地看向他。

宿寒英安抚道：“没事，我尽力了。”

宿寒英忽然顿住脚步，无视周围的镜头，朝几位搭档微微躬身，站直后极为认真地说：“很抱歉，辜负了大家的努力。”

几名队友面面相觑，似有些手足无措。

贺思嘉却笑了，一年多过去，宿寒英仍如综艺里表现的那般，虽稍显冷漠，却很有教养和担当。

他如老父亲般慈祥而欣慰地拍拍对方的肩膀，说出自己曾经对宿寒英的评价：“真是勇敢的好孩子，粉了。”

年度任务虽未能挑战成功，却也不算失败，贺思嘉总算能卸下担子，可以安心观看春晚了。

他坐在第一排靠左边的位置，没多久就等到了吴臻登台。

吴臻演的小品中规中矩，其实剧本有点尴尬，但他表演得很有分寸感，带得汪潮生都稍微自然了些。

贺思嘉坐在台下，非常捧场地发出如雷贯耳的笑声，轮到别人时又一秒变脸，并未发现导播数次切了他的反应，助力他又贡献出一组表情包。

他们一直待到春晚散场，贺思嘉送吴臻去机场。

贺思嘉开着车问：“都这么晚了你还要回家？”

吴臻正在给家人发微信：“家里有守岁的习惯，除夕晚上都会通宵打麻将。你呢？家里有人等吗？”

“多半睡了。”贺思嘉以往除夕都在家，并不知道有没有人等他，但想来是没有的。

吴臻抬脸，笑着说：“那跟我回家算了。”

贺思嘉瞟他一眼：“好啊。”

吴臻愣了愣：“你说真的？”

贺思嘉想到冷冷清清的家，有一瞬间真想跟吴臻回家过个热闹年，但他还有很多安排、很多工作，只能遗憾地说：“这次是假的。”

吴臻轻轻一笑：“那就下次。”

到了机场，贺思嘉目送吴臻进了贵宾中心。等对方背影消失在门后，他也没有立即走人，而是仰靠在椅背上发了会儿呆。

忽然，他听见窗户被叩响。

——吴臻又回来了。

贺思嘉茫然地摁下车窗：“怎么？”

吴臻递来一杯热饮和一个印有机场 Logo 的纸袋：“你晚上没怎么吃，随便买了点汉堡、蛋糕，先填填肚子。”

贺思嘉接过纸袋，微微一笑：“新年快乐。”

吴臻同样弯下眼睛：“思嘉，新年快乐。”

年初一，贺思嘉去了外公家里。

年初四，他正式复工。

年初九，吴臻回到B市，并收到了贺瑾与薛冉的婚礼邀请函。

婚礼定在3月3日。

而且很巧，地点正好选在了贺家名下一座名为“宴仙阁”的私人山庄。

可惜那日天公不作美，B市从前两日就开始降温，明明初春已至，半夜里竟下起大雪。

早上雪仍未停，只是转成了小雪。

吴臻撑伞来到婚宴大厅门口，就看见一身正装的贺思嘉在和赵绯等人聊天。他将收好的伞交给一名服务生，忽然听见有人在叫他，是在E国留学期间认识的几位朋友。

他们有些日子没见了，其实算不上很熟，不过此时倒适合叙旧。

贺思嘉这会儿已经发现了吴臻，他慢步走来，站在吴臻身旁，笑着与众人打招呼。

一人问：“你是贺瑾的弟弟吗？”

没等他回答，吴臻便搭住他肩膀，不正经地笑笑：“思嘉是我弟弟。”

那人笑骂：“人家跟你一个姓吗？”

贺思嘉也笑了，心说和贺瑾比，吴臻这位“哥哥”可称职太多。他没在这里待多久，很快又去忙别的了。

不管他和家人有多少矛盾，在外人眼中，他始终姓贺，是贺家的小儿子。

临近中午，雪终于停了。

宾客们也早已转入婚宴大厅。

场内布置一看就是由金钱堆出来的，贺思嘉不清楚花了多少钱，但他想如果自己也有结婚的那天，必须不能这么土。

他坐在主桌，而吴臻则和认识的朋友坐在稍远一桌，两人间还隔着花廊。

贺思嘉想去找对方，可灯光太暗，人又太多，他什么都看不清。

“嘉嘉，你老扭头是在看什么？”贺启耀早就注意到小儿子的动静，忍不住问。

贺思嘉敷衍地笑笑：“没什么。”

贺启耀打量他片刻，说：“认真点儿，一会儿上台该说什么都准备好了吗？”

贺思嘉点头：“嗯。”

贺思嘉今天的任务是给贺瑾送戒指，理所当然要说一番祝福的话，策划团队早就给了稿子。

可等他真正走上台那一刻，当主持人问他对新人有什么祝福时，那些背下来的句子忽然就拆解为无数笔画，逐渐淡化、消失。

他手里还捧着戒盒，盒中安放着一枚璀璨的钻戒。

贺思嘉并没有在意贺瑾，而是静静地看着顶戴冠冕、头罩白纱的新娘。

台上突如其来的安静，让气氛显得有几分怪异。

贺启耀面色微沉，俞芷兰紧张地攥住披肩一角。

“嘉嘉？”贺瑾警告性地提醒。

贺思嘉倏然笑了，刹那间，他发现自己放下了。

虽然很早以前他已不再喜欢，但始终没有放下，直到此时此刻，他望见薛冉毫无欢喜的眼睛，还有脸上矜持又刻板的微笑，终于连一点残余的情绪也不再有。

不喜欢，亦不怨恨。

但终究是他曾向往过的女孩，是年少时曾带给他温暖和光耀的女孩。

贺思嘉忽然懂了《玩古》剧本中，金立夏最后一次见到暗恋的女生，为什么只说了简单四个字。

因为当你真心想要祝福一个人时，最真实与最直接唯有那一句——

“祝你幸福。”

简单的四个字，勾得新娘落下眼泪。

薛父将女儿的手递给贺瑾时，薛冉没有哭。

LED 荧幕上放映朋友们偷录的婚礼祝福时，薛冉没有哭。

听贺瑾表达爱意时，薛冉没有哭。

可贺思嘉的祝福却让薛冉情绪失控，眼泪直往下掉，甚至没办法完整地说出一声“谢谢”。

贺瑾的笑容越发僵硬，好在主持人业务水准过硬，三言两语化解了尴尬，薛冉也配合地破涕为笑。

贺思嘉回到台下，俞芷兰当着同桌薛家人的面不好多说什么，只牵强地解释：“嘉嘉这两天太紧张了，连背好的词都忘了。”

薛家人很给面子地笑笑，贺思嘉同样在笑。

贺启耀盯着小儿子的侧颜，暗暗叹了口气。

台上，主持人邀请了薛冉的奶奶上台，想来又是一轮煽情。

所有人都在鼓掌，贺思嘉心不在焉地拍着手，目光停留在一盒喜糖上。

他从盒子里挑了颗糖剥开吃了，把玩着糖纸时心念一动，他翻出刚刚给小朋友们签名用的笔，在糖纸上写下一行字。

等到他跟着薛、贺两家人去各桌敬酒时，便逮住机会，将糖纸偷偷塞给了吴臻。

当时，贺瑾正在向家人介绍他在 E 国认识的朋友们，轮到吴臻时，有人认出了这位大影帝，贺瑾便顺势多提了几句，还对贺启耀说起了吴臻对贺思嘉的照顾。

贺启耀举杯笑道：“多谢吴先生了。”

吴臻含蓄一笑：“贺伯伯不必客气。”

贺启耀多看了这位斯文俊秀的年轻人几眼，笑着与他碰杯，寒暄了几句又转向下一桌。

一行人离开后，吴臻仍盯着他们的背影，视线从贺启耀和俞芷兰身上转移至薛冉与贺思嘉之间。

半晌，他背过身张开掌心里的纸团，上面写着“两点，1230 房”。

山庄内除了几栋别院外，还有一栋客房楼，今日开放了其中 1 到 10 层，专供客人们休息。

而贺思嘉指定的房间在顶层 12 楼，房间号恰好是吴臻的生日数字。

房间在靠右尽头处，走廊有扇玻璃窗，透映着雪后纯净的天空，宛如一面蔚蓝的镜子。

吴臻按响门铃，门很快打开了。

贺思嘉站在门后，已经换下正装，故作严肃道：“你迟到了。”

迟到了两分钟。

吴臻没接这茬，打量着屋内陈设。

这是一间行政套房，装修风格偏中式，客厅连接一座很宽敞的露台。落地门半敞开，带着浅淡梅香的风灌入室内，轻轻撩动着半透明的窗纱。

他换好鞋，问：“叫我来做什么？”

贺思嘉得意地冲吴臻勾勾手指，引他到露台：“看到没？”

“看什么？”

“山庄，怎么样？”

“很漂亮。”

确实漂亮。

从露台向下看，能将大半个山庄纳入眼中——亭台楼阁如银装玉砌，青枝寒梢上都堆积着一层厚重白雪，庄内最中央的池塘好似镶嵌在冷玉上的莹碧宝石，池面薄雾缭绕，如烟似霞，很有武侠小说中文字勾画的意境。

“宴仙阁的产权是我的。”贺思嘉说。

是他十八岁的生日礼物。

当年他刚出国不久，或许贺启耀心中愧疚，在他成年那天，便将贺家最好的一座山庄的所属权转给了他。

吴臻挑了挑眉：“所以？”

贺思嘉挺直腰背：“所以你应该感到庆幸，居然能得到本庄主的友谊。”说完他就笑了。

吴臻却没有笑，问他：“可以抽烟吗？”

贺思嘉让他随意。

吴臻取出支烟点燃，忽然问：“你无关其他而喜欢的人，就是薛冉？”

贺思嘉一怔，沉默了很久才说：“你还挺敏锐的，我以前确实喜欢她，当时……”

他慢慢讲起了年少时的暗恋，就像在春晚舞台上唱歌一般，那些糟心的过往一旦开了口，剩下的故事也自然而然好说了。

贺思嘉聊了很多，尽管话题严肃，但气氛尚算轻松。

他坐在沙发上，懒洋洋地表示：“反正我从来没想过要表白。”

吴臻安静倾听，回忆起薛冉今天的反应，说：“我感觉她知道。”

贺思嘉不太在意：“或许吧。”

毕竟那时候贺思嘉并不懂得如何掩饰，现在想想，得多迟钝才能看不出来，尤其在他自以为正义地揭发贺瑾出轨以后。

他叹了一口气：“我还以为他们会分开，结果他们订婚了。”

吴臻只稍微一想便明白了：“联姻？”

贺思嘉想了想说：“他俩确实是自由恋爱，但肯定有家世背景的考虑，他们好上以后，薛家和我们家的项目合作变多了，一捆绑就不好拆……”

贺瑾虽然自称是知道贺思嘉喜欢薛冉，才动了心思，但根据贺思嘉对亲哥的了解，这只是部分原因，贺瑾主要是看中了薛家的价值，毕竟薛冉可是薛家独女。

但贺思嘉本以为薛冉眼里不容沙，哪知道对方也是个俗人。

月光蒙尘，就不再是心里那抹白月光了。

“那晚我去找薛冉求证，才意识到她在怪我。”

贺思嘉离开薛家时很迷惘，大晚上浑浑噩噩不知该去哪儿，在街头游荡时还倒霉地遇到抢劫。他本就处于情绪低谷，非常不理智地激烈抵抗，结果被狠揍了一顿，趴在垃圾桶旁爬不起来。

“我还没完全康复就被我爸送出国了，怕我再闹出事，毕竟还挺丢人。”

吴臻耐心听完所有故事，只说了一句：“都过去了。”

他想，贺思嘉已经不再需要安慰。

贺思嘉确实不需要，笑着道：“对啊，都过去了。”

第八章
影帝的杰作

YU DING TOU TIAO

婚礼结束，贺思嘉年头最重要的几件事可算告一段落，干脆陪吴臻去 S 省拍摄旅游宣传广告。

等回了 B 市，新一轮工作再次占满他的档期。

复工的第一天，贺思嘉去摄影棚拍了一封新杂志的封面。

紧接着，他先是参与录制一档水果台自制的游戏访谈节目，又出席了 A 家旗舰店的开业庆典。

只休息半天不到，某直播平台摄制组已在约定时间来公司接他了。

人到时，贺思嘉还在跟陆馨通电话。

“你房间都收拾好了吗？”

“弄好了。”

“可别被拍到不该拍的。”

“我家里清清白白，没什么不能拍的。”

贺思嘉今天会让直播平台跟拍半天行程，再带摄制组回家，为直播间的观众展示自己的房子。

说是展示房子，其实是展示他的各种代言，比如衣服、手表、各种护肤品、零食和饮料等等，都已经提前布置好了。

陆馨听贺思嘉言辞凿凿，也就放下了心，她话锋一转，告诉了贺思嘉一个消息。

“《巅峰征服》试镜！”

贺思嘉还记得这部电影，根据同名畅销小说改编，导演是吴臻的老搭档席麓。当初他在《玩古》剧组时，就听吴臻说过犹豫要不要接。

“他们一年前不就在找吴臻吗？怎么还没开拍？”

“席麓坚持要等吴臻，但吴臻不肯接，拍摄计划一直搁置。现在多半是投资方不想等了。”

“可为什么给我递剧本？”

他与吴臻，不论从哪方面来看差距都有点大吧……

陆馨沉默一瞬，道：“你想得有点多，只是公开征集男主角。”

因为原书男主出场时只有十七岁，当初为了等吴臻，编剧——也就是小说作者在席麓的要求下特意修改了剧本，如今自然调回了原版。

陆馨道：“只要年龄在二十到二十五岁之间的男演员，不论资历和咖位都可以给片方递资料，他们初筛过后再安排统一试镜。”

贺思嘉懂了：“所以我和 1800 线的竞争力差不多吗？”

“没错。”陆馨说，“席麓的电影的男主，我想圈内符合条件的演员大多都会试试，资本虽有一定话语权，但选择权在席麓手里，他认为你合适，哪怕你只是个素人也有资格。”

“那姐就帮我递资料吧。”

“想好了？公开试镜很难保密，如果输给小透明或者你的老对家们——”

“输就输呗，再说我那几个老对家比我还差呢。”

陆馨一哽，这倒也没错……

“你记得问问吴臻为什么不接，我怕有什么问题是外人不知道的。还有……”陆馨本来想暗示贺思嘉找吴臻帮忙推荐，席麓说不定会卖个人情，可考虑到贺思嘉的脾气还是改口说，“既然想演就认真准备，真试镜上了我给你庆功。”

挂掉电话，贺思嘉便下楼搭上了直播平台安排的车。

他下午的工作就是做客直播平台某网红直播间，为自己代言的护肤品卖货。

等说了无数个“买它买它买它”以后，他心累地喝掉一整瓶水，又带着平台的人出发前往自家小公寓。

考虑到明星的隐私，公寓具体住址是不给播的。

直到出了电梯，工作人员才重新调试设备，再次连通直播间。

观众们本来就在等着，房间显示观看直播人数已经有两千多万。

贺思嘉先说了几句场面话，接着背过镜头按下密码，打开了门。

“我家——”

声音戛然而止。

贺思嘉的表情一点点凝固了。

客厅里，坐在沙发上的吴臻望了过来，手里还捧着一桶泡面。

这一出“大变活人”的戏码直接引爆直播间，贺思嘉急中生智：“我家——特意邀请来的贵客，惊不惊喜，意不意外？”

“原来只是惊喜啊……”平台主持人不无遗憾，心里其实不怎么信，可也不敢问。

贺思嘉干笑着说：“不然还能是惊吓吗？”

他确实有被吓到，虽然之前吴臻问过他家大门密码，但他也没想到吴臻会这个时候出现。

吴臻倒是气定神闲，放下泡面走过来，对着直播镜头大大方方地打招呼：“谢邀，刚下飞机，怕错过时间直接赶过来了。”

见他镇定如常，贺思嘉也逐渐冷静下来，按部就班地介绍家中摆设，可多了一个吴臻，总不至于让特邀的“惊喜”沦为背景板，那也太自相矛盾了。

他处处使唤吴臻，比如帮忙试一下护肤品，或者尝尝零食饮料，等到介绍手机时就更方便了，毕竟是他俩的双人代言。

他们默契十足，确实很像事前预演过，让不少心存怀疑的网友相信了“惊喜”的说辞。

等摄制组离开后，吴臻正要说什么，就听见贺思嘉的手机响了。

来电的是陆馨，可想而知，贺思嘉又被陆馨骂了一顿。

挂了电话，贺思嘉还有些憋屈：“你怎么提前回来了？过来也不跟我说一声。”

吴臻答：“提前结束拍摄了，想着来找你玩。”

“对了，有一件事。”贺思嘉想到陆馨中午的提醒，大概说了下《巅峰征服》试镜的事，“馨姐想问你为什么不接这部戏，是不是有什么隐患？”

吴臻微顿：“没什么隐患，就是和席麓合作很累，很难沟通。”

贺思嘉皱了皱眉："那我还要递资料吗？"

吴臻没有直接回答，而是问："你为什么想演这部戏，看中了班底？还是席麓的能力？"

"都有一点，但不是全部。"贺思嘉想了想说，"班底厉害的电影也有不少扑街的，席麓……他虽然在新人导演里很出彩，可与顶级导演还是有差距。"

贺思嘉在吴臻身上学到了不少，鉴赏能力自然有所提升。

他认为席麓不论运镜或节奏把控都有不足，对方很依赖演员——假设席麓导演的作品只有七分，在优秀演员的加持下，七分可以提升为八分，甚至更高的分数。

他想了想说："我是喜欢男主角的人设，当时你提到这部片子，我空闲时找了书来看……"

书中男主角十七岁时第一次跟随父亲攀登珠峰，父亲死在了登山途中，而他也失去了双腿。但男主角始终没有放弃，在此后八年间，他经历了多次手术和磨难，最终克服病痛登顶珠峰。

"既然你对角色本身感兴趣，我建议你试试。"吴臻说，"不过有一点我要提醒你，席麓不喜欢长相过于出挑，或者在观众心中有固定印象的演员，你可能会得到有失公正的评判。"

"如果我是因为别的因素落选，那也没什么值得遗憾的。"

"好，我帮你。"

吴臻所谓的帮忙并非走捷径，而是指导贺思嘉的台词，以及锻炼他的体力。

"表演基础类的技巧能教的我都教了，再多教反而会消磨你的创意和灵气。"吴臻逐一为贺思嘉分析，"台词是你的弱项，但你请过专业老师，比以前有了很大进步，最重要的是体力……电影有大量攀登雪山的戏份，体能评估也是试镜考核的要素之一。"

"那我要不要再请个体能教练什么的？"贺思嘉问。

吴臻笑笑："请我就行，免费的。"

当天晚上，吴臻亲自为贺思嘉制订了详细的体能训练表。

次日，贺思嘉凌晨五点就被叫出门，在吴教练的监督下开始绕小区匀速跑3000米，时间必须控制在20分钟以内。除此之外，他还需要进行各项加强心肺功能、上下肢及腰腹力量的训练，连续数日不间断，每天练完都累得像只死狗。

身体上的疲惫还是次要的，关键精神上也老是受到某位业余教练的摧残。

贺思嘉跑步时，教练悠闲地骑着共享单车。

贺思嘉负重跳跃时，教练快乐地喝饮料打游戏。

贺思嘉做俯卧撑时，教练冷酷地纠正姿势，手持教鞭再配上一副金属框眼镜，简直“鬼畜本畜”。

不管吴教练有多不专业，经过反复操练，贺思嘉渐渐习惯了训练强度。约莫小半个月后，他收到了来自《巅峰征服》片方的试镜通知。

临试镜前两天，贺思嘉刚从公司开完会，就接到吴臻的电话：“来停车场。”

“怎么了？”贺思嘉系上安全带，疑惑地问。

“下午没工作是吗？”

“没有。”

鉴于贺思嘉对试镜的重视程度，陆馨没给他安排多少工作，最近一段时间都挺闲的。

“带你去见个人。”

吴臻约见的人是一位年逾五十的女性，姓王。

王女士的儿子正是《巅峰征服》男主角的原型人物，但与小说的圆满结局不同，她儿子最终并未登上珠峰，且永远埋葬在雪山上。

据贺思嘉所知，王女士非常难搞，当初《巅峰征服》一书的作者花了两年时间才征得她的同意，以她儿子为原型创作人物。可小说出版不久，王女士就以侵权的名义将作者告上法庭，而且概不和解。

几次官司下来，王女士胜诉，作者和出版社不得不给出赔偿，直到作者修改了大量情节，小说才得以重新上市。

不过此后，王女士便消失在公众视野内。

贺思嘉不知道吴臻怎么约上对方的，但与他预想中不一样，眼前的王女士仪态优雅，笑容可掬，说话也温声细语的，半点不像传说中刻薄古怪。

直到他们谈起正事。

“你和我儿子没有一点相似之处。”王女士笑容微敛，语气陡然变得讥诮而凉薄。

贺思嘉愣了愣：“那您能和我讲讲他吗？”

王女士反问：“我为什么要告诉你？”

吴臻很轻地皱了下眉，他花了不少心思才让王女士答应跟贺思嘉聊聊她儿子的经历，正想开口圆场，却被贺思嘉暗中拦住。

“因为我很佩服您儿子，我想演好他。”贺思嘉知道论说服人的本事，他势必比不上吴臻，他能想到的话吴臻多半都说过了，索性直言，“虽然我不能还原他，至少也不能辱没他。”

“你演的是小说主角，和我儿子有什么干系？”

“可当年的侵权官司很多媒体都报道了，就算片方不用您儿子做宣传点，电影上映后观众依然会溯源，并且代入原型人物。您能为您儿子争取权益，却没办法控制观众的想法。有很多影视剧的原型人物对剧中再创作的人物都不满意，他们站出来发声，可大部分观众根本看不到。”

贺思嘉不顾王女士下压的嘴角，继续说：“其实男主也不一定轮得到我演，我只是想为这个角色多做一点准备，哪怕结果并不如意。就像您儿子为了登上珠峰，明知道截肢后不间断训练会导致伤口难以愈合，甚至引发癌变，却依然愿意承受常人难以想象的痛苦。当然，我不论如何也比不上您儿子，可我们想努力的心情是一样的。”

王女士仍旧不说话，只沉默地看着他。

贺思嘉从兜里取出手机，点开一封邮件：“这是我参考现有资料写的人物小传，一共十七页，希望您能看看。”

良久，王女士终于接过手机。

整个下午一晃而逝，从王女士家出来，贺思嘉重重地吐了口气：“可算搞定了。”

吴臻笑笑：“咱们思嘉还挺能说的。”

“那是你俩早就说好了，她本来就答应过，只是想刁难一下我……”贺思嘉心里还是很有数的，“否则就靠我那三言两语，根本说服不了她。”

“你不用说服她，只需要说服观众。”

但在说服观众之前，贺思嘉还需要说服导演和投资方。

面试当天，贺思嘉很早就到了约定地点，然而比他早的大有人在，贺思嘉一进等候室就见到不少熟面孔。

听陆馨说，公开试镜一共三天，今天是最后一天，来的基本是各大公司重点推荐的人气明星。

有人跟他打招呼，贺思嘉只是矜持地点点头，他无意打探别人的情况，也不想给人打探的机会。

等候室内大部分时间都很安静，每个人各自分到一块号码牌，工作人员会依次叫号试镜。

贺思嘉的号码牌是 16 号，以房间里的人数来判断，应该排在中后段。

他心平气和地等着，足足两个多小时过去，终于轮到了他。

贺思嘉深吸一口气，在竞争者们或真心或假意的祝福下，跟随工作人员进入隔壁房间。

他不是第一次试镜，却第一次见到这么多试镜考官。每个人面前都立着名牌，除了总导演、演员统筹、总制片、监制和投资方代表外，还有剧组各职务部的负责人。

贺思嘉也不怯生，大致了解考官人员构成后，目光便落在最中间的总导演席麓身上。

还算清秀的一张脸，皮肤很白，眼神锐利，比在镜头里好看一些，也显年轻一些。

贺思嘉直视他，大大方方地做了自我介绍。

席麓一直都很严肃，末了让工作人员递上几页剧情片段，声音冷淡："给你五分钟准备，抓紧时间。"

贺思嘉快速浏览着片段内容，并未去揣摩席麓想要什么，是否同意他的表达，只结合自己对角色的理解，渐渐梳理出思路。

因为吴臻告诉他，每个导演都希望看到演员的独特性，过多杂念会导致表演平庸，试镜时只需要尽情展示自我，让考官明白你是如何塑造角色的。

"我准备好了。"不到五分钟，贺思嘉自信地抬起了头。

在贺思嘉念出第一句台词的同时，一直在车里等待的吴臻听见窗户被叩响了。

“我看着是像你的车。”钟自惜拉开车门坐上副驾，转头打量着好友，微扬了扬嘴角，“你怎么在车里？”

吴臻不答反问：“你这个投资人怎么迟到那么久？”

钟自惜笑着说：“我又不负责选角，而且没投多少资金。”

吴臻“哦”了一声：“也是，你在这件事上没什么话语权。”

钟自惜哼笑：“你是来陪人试镜的？谁？小思嘉吗？”

吴臻点点头。

钟自惜问：“你觉得他把握大吗？”

吴臻手指点着方向盘：“思嘉准备得很充分，我就是担心他长得太好了一点。”

钟自惜轻笑出声。

吴臻以为他不认同，问：“难道你见过比思嘉更好看的人？”

钟自惜倒真的很认真地想了想，论外貌贺思嘉确实分值很高，可好看分很多种，只是风格不一，并不意味着贺思嘉就凌驾于所有人之上。

他便点点头说见过，却换来吴臻不屑又轻慢的讽笑：“呵，我看你是瞎了。”

钟自惜并不认为自己瞎，只是在电梯厅里见到刚试镜结束的贺思嘉时，他仍忍不住多看了几眼，搞得贺思嘉心里毛毛的。

“自惜哥什么毛病？”贺思嘉见到吴臻就控诉了刚刚那一幕。

“可能眼神不大好。”吴臻假装不知，问，“试镜怎么样？”

“我感觉挺好的。”

他今天一共试了四个片段，考官们根据他的表演又提了几个要求，接着就被带去测试体能。

虽然没得到现场反馈，但从各位考官的表情来看，多半是满意的，只是……

“不知道席麓观感如何，我看不出他的反应。”

“没事，老钟也有投资，我让他帮忙打听了。”吴臻发动了车，随口说。

“你还有线人呢？”

“他眼神不行，耳朵倒还好使，发挥余热。”

钟自惜确实挺热心的，原本只准备打个照面就走，有了吴臻的嘱托，他特意待到试镜结束。

他装作不经意地询问在座的众人："今天怎么样，有合适的人选吗？"

"贺思嘉不错。"

一名考官开了口，引得不少人附和，夸奖的同时又都有些意外，他们没想到演技总被诟病的群体，居然还能长出根好笋。

"感觉他功课做得很足，体能测试表现也好。"

"确实，这几天下来，他和那个叫戚子绪的新人给我印象最深，两人风格都很鲜明……其实他们长得还有点像，不过贺思嘉好看多了。"

钟自惜见众人议论不休，席麓却始终没表态，于是温和地笑笑："席导，你的看法呢？"

"戚子绪相对专业。"席麓只评价了一句，倾向却很明显。

一名投资方代表说："可贺思嘉表演弹性更大，戚子绪相对规整了。而且他几乎等同于素人，用他风险比较高。"

席麓皱眉："素人有素人的好处，观众对他没有固定印象，贺思嘉戏外的个人印记太重，外形条件虽然好，却容易分散观众注意力。"

那人又争辩了几句，席麓终究要顾虑投资方的意愿，退一步说："再看看吧，如果有必要，安排他们进行二轮试镜。"

于是当天晚上，吴臻就提醒贺思嘉要做好二次试镜的准备，且对手正是《玩古》剧组里贺思嘉的一位文替——后来因品行不端而离组的戚子绪。

"谁？"贺思嘉一时没想起来。

"《玩古》剧组，他偷拍照片外传——"

"哦，那个大晚上找你借剧本的！"

"……"

这记忆点……

吴臻那时候没有证据，虽然强迫人离开，却也给戚子绪留了体面，将来如何都看对方的造化。

"席麓比较偏向戚子绪，资方偏向你，和《玩古》一开始的情况类似。但席麓在资方面前话语权更重，所以提出加试。"

贺思嘉虽然不太高兴，可加试也属于正常流程，便问：“什么时候？”

“还没定，应该很快。”

确实很快，不到两天，贺思嘉再次见到了席麓。

这次试镜考官人数少了大半，贺思嘉全程都没见到戚子绪，因为单单他一人试镜就用了两个小时。

当天同样没有结果。次日晚间，吴臻再次收到钟自惜的情报，得知贺思嘉被暂定为男主，但要与包括戚子绪在内的其余演员，一同前往 X 省参加为期一个月的封闭试训。

“除了戚子绪外，所有参加试训的演员都定下了角色，你应该明白意味着什么。”钟自惜在电话里说。

意味着只要贺思嘉的试训成绩不如戚子绪，他这个主演就会被换掉，或者也可以将试训理解为第三次试镜。

吴臻沉默片刻，问：“席麓还是想要戚子绪？”

“但投资方依然看好思嘉，还有……”钟自惜似有些意外，“男主原型的母亲联系过编剧，推荐了思嘉。”

吴臻微一挑眉，眼里透出些许笑意：“明白了，谢谢。”

挂了电话，吴臻便将消息转述给来他家里做客的贺思嘉。

“所以戚子绪是我的替补？”贺思嘉问。

吴臻语气严肃：“不，他是让你不能有半分松懈的最大竞争对手。”

贺思嘉若有所思。

或许有二次试镜作为铺垫，再来一次试训他倒也不怎么失望。至少他暂时争取到男主，一定程度上证明了自己，也战胜了所有老对家。

如果不是怕最后打脸，他简直迫不及待想发通稿吹牛了。

不过……

贺思嘉惆怅地叹气：“要被关一个月啊……”

吴臻似笑非笑：“训练也再没人给你放水了。”

贺思嘉营业式微笑：“请问吴老师，你什么时候放水了？”

吴臻振振有词：“每次见你真累了，我都让你休息，还帮你准备能量餐。”

贺思嘉冷笑：“外卖也算？”

吴臻老神在在地说：“封闭训练期间你想点外卖都不行。”

贺思嘉轻嗤一声：“不点就不点，我还不爱吃呢。你吴老师才是离不开高科技便利的巨婴，我有什么可担心的？”

旗立得很直，倒得也很快。

出发当日，贺思嘉和所有试训人员一同登上架军航的飞机。

飞行过程贺思嘉已不愿再回忆，总之起飞时犹如旱地拔葱，降落时宛如瓜熟坠地。

贺思嘉完全是被叶闻飞扶下飞机的——是的，他与“智商不高的话痨”连续第三次合作了。

总之两人你靠我我扶你，脚踩在地面的一瞬间，他们同时吐了。

即便大部分人都面如土色，剧组也没安排休息时间，所有人上缴手机后，统一被赶上一辆卡车。

一路颠簸到了目的地，条件可想而知好不到哪儿去。

剧组包下了一家宾馆，以及宾馆后面的一大片空地。空地原本是养马的，如今已被改建成半封闭的训练基地。

好在房间还不错，演员都是两两一间。贺思嘉本以为自己得和戚子绪住，暗暗提高了警惕，哪知剧组却给了他们自由选房的权力，如此，叶闻飞便成了他室友。

草草在食堂吃了午饭，贺思嘉都来不及洗掉一身尘土，就被通知下午正式开始训练。

试训内容包括表演、体能和文化课三个部分，其中体能项目非常繁杂，除了日常的有氧无氧训练外，还有攀岩、滑雪、拉练等，而文化课则大多是一些和登山相关的理论知识和经验分享。

高原地区氧气稀薄，前期适应相对艰难，甚至陆续有人出现了高原反应。而贺思嘉有过高原拍摄经验，又早在一个月前就开始了训练，竟比许多人都更快进入状态。

但他丝毫不敢松懈，因为戚子绪同样表现很好。两人见面时很少说话，沉默之下，是一刻不停的竞争。

另外，席麓的态度也让他深感威胁，尽管这位总导演未曾表现出对任何人的偏爱，可对他似乎也没什么改观。

贺思嘉意识到这样下去有些不利，私下找过教练，希望能加大训练量，但教练说现在的训练量是经过科学测量的，一味增加负担只能起到反作用。

或许是心有杂念，贺思嘉某天日常训练时，不慎造成右脚踝轻度扭伤，需要暂停训练三天。

当时席麓也在医务室，听到医生的诊断后皱了皱眉，看向贺思嘉的眼神颇为冷淡，只留下一句“好好休息”便离开了。

可贺思嘉哪敢休息？

三天，足以令他被戚子绪甩下一大截。

“有办法让我快点恢复训练吗？”贺思嘉心急地询问医生。

然而医生讲了一大通道理后，却告诉他不能。

贺思嘉默然，隔了会儿又问：“那我可以只锻炼上肢肌力吗？我的意思是，一些不需要用到右腿的训练？”

医生思忖片刻：“理论上应该可以，但大部分运动都涉及全身发力，你得先跟教练商量好。”

于是当天下午，贺思嘉就在一名教练的陪同下回到训练室。

进门时，戚子绪正跟席麓在聊天，见了他笑容便凝在了脸上，而席麓则轻轻挑高一侧眉峰。

贺思嘉只当毫无所觉，对席麓说：“席导，李教练已经帮我重新制订了训练计划，可以在不影响伤势的情况下继续锻炼。”

席麓盯着他看了会儿，半晌，微微露出点笑：“加油。”

这天训练结束，贺思嘉被叶闻飞扶去了食堂。

宾馆食堂已被剧组接管，每日菜品都由专业营养师调配，就连几名打饭师傅都是找的当地人，以便发生意外情况时追责。

贺思嘉单腿站在窗口前，不经意瞟了眼玻璃后戴着口罩的师傅，又在低头的刹那倏然一顿。

旁边的叶闻飞问：“你吃什么啊？”

贺思嘉不自觉吞了口唾沫，再开口时嗓子发干：“随便。”

他再次抬眼，视线飞速划过打饭师傅口罩遮挡外的黝黑肤色，感觉心脏快从嗓子眼儿里跳出来了，连后背都在发汗。

然而打饭师傅却非常从容，微微佝偻着背，按照叶闻飞点的菜一勺一勺盛在餐盘里，业务还挺熟练的。

贺思嘉深吸口气，不敢表现得太过异常，佯作镇定地选了几个菜。

打饭师傅竟直接取走他的餐盘，盛好菜后与他对上了视线。

贺思嘉刹那间心有所悟，接过餐盘时似是无意碰到对方的手，并隐蔽地攥住了一个纸团。

吃饭时，他心不在焉的，眼珠子总忍不住朝某个方向瞄，又想如果不是对方有意让他发现，他多半也认不出来。

——平庸、乏味，隐藏人群里谁也不会多看一眼。

他忽然想到某部电影里的表达——卧底才是真正的演技大师，他们没有剧本，但绝不会 NG。

当然了，吴臻不是卧底，只是太强了。

要在无数双熟悉自己的眼睛里演隐形戏，难度并不比卧底小。

饭后，贺思嘉找借口打发了叶闻飞，杵着拐杖悄悄来到纸团上标注的配电室。

屋里亮着一盏暗灯，已脱下厨师服的吴臻正站在门后，笑吟吟地望着他。

贺思嘉大脑晕晕乎乎的，呆站着没动。

“脚怎么样？”吴臻问。

“还好……你什么时候来的？”

“今天，结束手头上的工作就来了。”

吴臻本来没打算今天就见贺思嘉，可刚来就听说贺思嘉扭伤了脚，有些不放心，才想办法找人顶了班，混进训练基地。

“你怎么进来的？”

“之前我联系上一个负责基地采购的本地人，他帮我安排的。”

“那吴大厨以后天天帮我打饭吗？”

“恐怕不行，今天是正好有人请假，我才好顶班。不过我住在隔壁宾馆，房间应该正对你的房间，如果无聊，晚上来阳台找我。”

“这有什么用，隔那么远都没法交流。”

“你想交流也可以。”

吴臻从羽绒服衣兜里摸出本小册子，往贺思嘉手里一塞。

“我拍《四水归堂》时专门学过，日常交流应该没问题。”

贺思嘉愣愣低头，封皮上印着几个宋体字——“手语日常用语 100 句”。

当晚，贺思嘉怀揣小册子，肩负着沉重的学习压力回了房间。

刚推开门，里面便幽幽飘来一句：“你去哪儿了？”

贺思嘉看了眼躺在床上的叶闻飞：“随便转转。”

他走到桌边倒了杯水，然而一回头便对上叶闻飞的大脸，吓得他手一抖，忙退开半步。

“凑那么近干吗？”

“脚都扭了还到处走，老实说你是不是干什么坏事去了？”

“就这鸟不拉屎的地儿，我能干什么坏事？”

“我刚才问我的命运书你去哪儿了……答案写的隐秘的角落。”

“什么书？”

叶闻飞走到自己床边，从枕头下取出一本书：“就这个，先问问题，再随意翻开一页，上面写的就是答案。”

贺思嘉拿走书稍做研究，接着合上书页，煞有介事地开口：“请问命运书，我室友是不是脑子有问题？”

他在叶闻飞便秘般的表情下翻开书，就见中间印有一行字——虽不中亦不远矣。

贺思嘉笑个不停，最终给出评价：“略准。”

等贺思嘉洗完澡出来，叶闻飞已经打起了鼾。

贺思嘉看了一眼床头柜上的闹钟，轻手轻脚地回到自己床上，偷偷摸出吴臻给的《手语日常用语 100 句》，半掩在被子下刻苦钻研。

等闹钟时针指向十点，贺思嘉又观察了一下叶闻飞，确认对方睡得很熟，这才披上外套下床，拿着手电筒来到阳台。

星星很亮，四下鸦雀无声。

他们每天早上六点就要起床，白天体能消耗巨大，晚上又没什么娱乐。

十点，大多数人都睡了。

此时，对面阳台同样黑漆漆的，只有一豆金红星火被软禁在黑暗里。

贺思嘉打开手电筒晃了晃，看清了对面的人。

吴臻单手屈肘搁在阳台扶栏上，指间燃着一支烟，另一只手随意地比画了几个姿势，可惜初学手语的贺思嘉根本看不懂。

两人依靠手语非常艰难地交流，贺思嘉渐渐就没了耐心，正想示意对方自己要睡了，就见吴臻比出加油的动作，接着指了指天空，抬手抓了抓。

很模糊的表达，但贺思嘉一瞬间就明白了，因为小册子目录页有一行吴臻抄录的句子——

星空并不远，只要你踮起脚尖。

自这天起，贺思嘉的手语水平日渐提高，同时，他仍如往常一样训练，既然不能提高数量，他就尝试提高质量，每个动作尽力做得标准。

一开始有些不习惯，但几天过去，他越发游刃有余。

转眼试训期已过半，第二周周末，贺思嘉迎来月中考核，以打分形式排名。尽管没有任何奖惩措施，但人人皆知，考核主要针对贺思嘉和戚子绪。

考核结束，贺思嘉不论体能、文化、表演测试均得到第一，就连不苟言笑的席麓都罕见地对他笑了笑："不错，继续努力。"

贺思嘉虽不至于受宠若惊，但也着实高兴，扬着笑说："谢谢，我会的。"

席麓似乎还想说什么，突然捂住嘴咳了两声，最后只点点头便离开了。

旁观了这样一幕的戚子绪很失落，他忽然有种预感，自己有可能再次被贺思嘉抢走机会，而且这一回，他不能用对方"带资进组"的理由来安慰自己。

可他想不明白。

其实面对贺思嘉，他是有些清高的。

在他的观念里，对方能胜过他的只有一张脸，以及背后雄厚的资本。

然而今天的考核无异于扇了他一耳光，他抗拒相信自己一个科班生还比不上半路出道，且没有经过各种龙套配角打磨过的外行。

更令他难以接受的是，他的准备时间比贺思嘉更充裕，早在三个月前，公司就意外打听到《巅峰征服》有可能会公开试镜。

戚子绪满心不甘又难受，考核的失败摧残着他心里的种子，让他越发找不到方向。

大中午，他独自缩在训练室的组合柜后，头埋在膝盖里一动不动。

正沉浸在自我厌弃中，他听见有人进来了。

戚子绪忙擦了把脸，缩矮了身子，透过柜缝偷瞄一眼，发现来人是席麓。对方席地而坐，腿上搁着便当盒，只吃了几口便拿过放在身侧的本子写着什么，看上去非常专注。

戚子绪犹豫要不要露面，或许他可以尝试直接问，可不等他想好，席麓的手机就响了。

电话那头似让席麓去领东西，戚子绪听见席麓说了声“我马上来拿”便急匆匆出了门。

他踌躇片刻，决定先行离开。

路过席麓刚刚坐着的位置，他注意到对方留下的便当盒与笔记本，本子是上回他去席麓房间时见过的牛皮本。

不知出于什么心理，戚子绪停下了脚步。他瞄了眼无人的门口，接着飞速捡起笔记本翻开，发现大多都是些故事板和粗略的分镜头，不禁有些失望。

他正要合上本子，视线忽地一凝——摊开的页面上，画着一张熟悉的侧颜。

戚子绪面上有掩饰不住的诧异，好半晌才神色难明地放下笔记本，快步走了。

晚上，戚子绪冒着小雪，端着一碗汤，敲开了席麓的房门。

“席导，我闲着没事熬了点冰糖雪梨汤，您喝点儿吧。”

席麓道了谢，错开身让他进门。

导演单独住一间房，戚子绪将碗放在室内唯一一张桌子上，窥见打开的笔记本电脑正在播放一部电影。屏幕上吴臻所饰演的角色从三楼直跃而下，摔在一辆装满番茄的卡车上。

电影名叫《致命轮盘》，是吴臻的回归之作，也是席麓的出道之作。

“不好意思，打扰您看电影了。”戚子绪面上却不带愧疚，反倒腼腆一笑，“我很喜欢您拍的这部电影，看了好多次。”

席麓合上电脑，笑了笑说："只是想找找感觉，做点儿笔记。"

戚子绪注意到电脑旁确实有本牛皮封笔记本，好奇地问："回看自己拍过的电影还能为新片提供灵感吗？"

席麓略一沉默，慢声说："这部电影意义不同。"

《致命轮盘》是席麓的第一部作品，拍摄技巧相对青涩，但拍摄情绪非常饱满。

不论演员表现、剧情结构或者影片最终成效，几乎都是他想要的样子。

此后几年，他又拍了两三部戏，成绩都还不错，可再没有当年的感觉。

席麓经常回看《致命轮盘》，每每能从中发现新的惊喜，甚至自恋地怀疑，这真是我的作品吗？我居然能做到这一步？那为什么后来不行了？

他冥思苦想，找到了一个能说服自己的答案——或许是因为吴臻。

吴臻是他的缪斯，是他源源不断的灵感来源，也是他最理想和最默契的搭档。

他很想和吴臻二次合作，想知道技巧越发纯熟的自己与对方能产生什么样的化学反应，可吴臻不肯给机会。

席麓心里生出一股烦躁，原本就不多的聊天兴致趋减为零，态度显而易见变得敷衍。

戚子绪感觉到了，知趣地告辞。出门后，他望着走廊外飘飞的细雪，眼底晦暗不明。

夜里，雪越下越大。

等早上雪停，地面铺上一层至少二十厘米厚的积雪。

室外没法训练，部分体能课临时调整为文化课。

贺思嘉坐在靠窗的位置，听教练解说地形的同时认真做着笔记，期间端起水杯喝了口热水，无意中看见一位手持铁铲的清洁工路过窗外，顿时一阵猛咳。

"呛着了？"旁边的叶闻飞小声问。

贺思嘉发现很多人都望了过来，忙摇了摇头："没事没事，别管我。"

等其他人收回视线，他才暗暗吁了口气，又斜着眼珠子瞟向窗外，重新捕捉到刚才那道身影。

穿着藏族服饰的青年戴着毡礼帽，非常认真地在铲雪。

贺思嘉幅度微小地勾起嘴角，他迫不及待想要下课了。

听完后半节课，贺思嘉拒绝了叶闻飞一起去食堂的提议，慢吞吞地收拾东西，想等其他人先离开。

忽然间，他听见门外有人惊呼："哪位扫地僧画的？"

贺思嘉一愣，猛地站起身。

透过窗，他看见雪地被画出一颗巨大的星星，每个边角都规整得像经过精密计算一般。

那是吴臻留下的密码。

只有他能够解读的密码。

——星空并不远，只要你踮起脚尖。

贺思嘉想要触及星空，不敢有片刻的放松。

但向往着星空的并非他一个。

下午的表演课上，席麓发布了新的课题，要求各位演员根据他提出的场景，即兴表演。

贺思嘉已经习惯了类似的测试，发挥正常，席麓也如平时一般不做评价，只淡漠地点了点头。

轮到戚子绪上场时，贺思嘉起初还漫不经心，因为比起关注对手，他更应该关注自己。可渐渐地，他发觉戚子绪的表演方式似乎有了一些变化，竟让他有种熟悉感。

一幕戏从头看到尾，贺思嘉终于明白了熟悉感来自哪里。

——是吴臻。

戚子绪在模仿吴臻的表演。

但他仅仅是模仿表象，内核差别很大，至少贺思嘉认为戚子绪的表演并不自然，也不够连贯，有时甚至显得生硬。

总之，他并未将戚子绪的改变视作威胁，反而认为对方选择了错误的方向。

他当然不会好心提醒，却也不觉得以戚子绪的聪明会一直错下去。

哪知他猜错了。

接下来一段时间，戚子绪似乎模仿上了瘾，不止在表演课上模仿，就连课后也经常抱着手机研究吴臻的电影。

他丝毫不加掩饰，迟钝如叶闻飞都发现了异常，私下里问贺思嘉："戚子绪怎么突然学起吴老师了？"

贺思嘉想了想说："听说席导一直希望吴臻来演男主，或许是这个原因？"

叶闻飞点点头，又觉得不对："那也不用全盘模仿吧，哪有导演喜欢克隆人的？"

贺思嘉耸耸肩："他既然这么做，肯定有他的理由，反正席导也没说什么。"

叶闻飞嗤笑："席导当然不会说了，他从来不发表意见，我根本看不透他在想什么。"

贺思嘉也看不透，他以为在投资方都支持他的情况下，席麓还为戚子绪多争取了两次机会，代表席麓很欣赏戚子绪。而这种欣赏，必然缘于戚子绪身上某种特质。可现在，戚子绪放弃了自我特质，一心充当他人的复制品，席麓为什么不制止？

不仅不制止，第四周最后一节表演课后，席麓甚至夸了戚子绪："你让我很意外，之前的模仿还很拙劣，短短半个月已经似模似样了。在座各位应该都知道，早先我一直属意吴臻来演这个角色，可他不愿意。你的表演某种程度上弥补了我的遗憾，有些部分符合我对吴臻的想象。"

戚子绪惊喜不已，原本只是抱着试试看的心态，哪知会得到这么高的评价，他双眼发亮地说："谢谢席导，我不会让您失望的。"

席麓表情似有些古怪，半晌，他对着众人说："明天终考，大家好好回去准备吧。"

回房间的路上，叶闻飞担忧地问贺思嘉："你怎么样？"

"就那样呗。"

"我看席导好像对戚子绪很满意……"

"反正明天就知道结果了。"

"你紧张吗？"

"不紧张。"

贺思嘉是真的不紧张，只是奇怪席麓对吴臻怎么那么执着，是吴臻给他下蛊了吗，以至一个拙劣的复制品都让他如获至宝？

叶闻飞一噎，又说：“我昨晚翻命运书帮你算了一卦……”

他话说了一半，等贺思嘉来问。

然而贺思嘉根本懒得开口，也毫无好奇心。

叶闻飞憋了半天没憋住，只好主动给出答案：“柳暗花明。”

次日，贺思嘉迎来了终考。

他训练状况很好，对自己很有信心，至于结果，只要他尽力了，不论能否守住主演的位置，他都不会有遗憾。

但考核过程中出了一点意外。

在进行攀岩项目的比试时，贺思嘉原本稍微领先，突然窥见身旁一人掉了下去，他想也没想就伸手去捞，导致肌肉轻微拉伤，名次自然不太理想。

其实刚拽住人他就意识到自己冲动了，都系着安全绳，就算摔下去也没大碍，可有些时候行动比思维更快，后悔也来不及了。

好在其他项目他都完成得很顺利，但文化和表演两大项成绩没有公布，到底如何，他也说不清。

考核结束，席麓吩咐道：“思嘉和子绪一点钟来我房间一趟。”

四下一静，众人的目光都落在被点名的两人身上，显然，电影最重要的角色即将彻底定下。

贺思嘉和戚子绪对视一眼，都点了点头。

午饭后，贺思嘉没有耽搁，直接去了宾馆。

一进大堂，他就看见了坐在沙发上的戚子绪，对方笑盈盈地向他问好，眼神中隐含的信息让他解读出了四个字——胜券在握。

贺思嘉问：“怎么不上去？”

戚子绪看了眼手机：“还差十分钟，我再等等。”

贺思嘉心说还挺谨慎的，挑了挑眉，也跟着坐下。

两人都沉默着，贺思嘉反正很自在，戚子绪却有些坐不住，明知故问：“你说席导找我们做什么？”

贺思嘉嗤笑，无心陪戚子绪表演，起身说：“时间差不多了，我先上楼。”

他懒得管戚子绪是什么表情，径自走人。

贺思嘉很快被请进了屋。

“坐。”

席麓指指一张椅子，又去给贺思嘉倒了杯水，另外抽了把椅子坐在他对面，开门见山地说：“你知道，你的主演身份只是暂定的，试训的目的除了电影本身需求外，也是针对你和子绪的最终考核。”

贺思嘉平静地点头。

席麓似是意外他的镇定，多看了两眼，又问：“你认为你表现如何？”

贺思嘉答：“还行，虽然不够完美，但我尽力了。”

席麓顿时笑了：“你倒一点不谦虚。”

贺思嘉笑笑：“说实话而已。”

席麓微敛了笑：“其实这一个月下来我很喜欢你，但……”

听见“但”字，贺思嘉就笑了。

而等在门外的戚子绪，同样眉眼含笑。

他当然知道自己在投机，也知道很多人在议论他、耻笑他。但那又如何，只要能得到这个机会，将来就会有更多选择。

因为演戏有时不仅仅是演戏，这个世界既不单纯也不公平，只会闷头努力往往什么都捞不着，懂得思变才是制胜的不二法门。

戚子绪耐心等着，约莫一刻钟后，贺思嘉出来了。

两人视线相撞，贺思嘉深深看了他一眼，什么也没说就走了。

戚子绪半点没有被轻慢对待的恼意，眼底笑意更盛。

在戚子绪与席麓谈话的同时，贺思嘉已经拿着通行卡，一路走出基地。

一个月来，他还是第一次呼吸到基地之外的空气，可他并没有随处逛逛的想法，目不斜视来到对面一家宾馆，上二楼找到了吴臻的房间。

开门的一瞬，吴臻发现贺思嘉眼眶微微泛红，心头升起不好的预感，忙问：“怎么了？”

贺思嘉兴奋道：“我拿到角色了！”

半小时前。

“其实这一个月下来我很喜欢你，但——你笑什么？”席麓注意到贺思嘉略带深意的笑容，忍不住问。

贺思嘉总不好直说“我有心理准备了”，于是敷衍道：“我天生爱笑。”

席麓直直望进他眼睛，半晌也挑起唇：“其实你的角色原型也很爱笑。”

贺思嘉下意识要接话，忽然意识到对方话中的玄机：“我的角色？”

席麓点头：“对。”

“没有时态限制？”

“没有，就是你的角色。”

贺思嘉有点蒙，由于惊讶占比太高，甚至覆盖了惊喜。

席麓观察着他的反应，挑眉：“你好像很意外？”

“今天的考核，我失误了……”

“你要知道，我们所有的测试都只有一个目的——选出最适合的主演，而不是单纯地比个一二三四，那有什么意义，我又不是在选运动员。”

贺思嘉愣了愣，没听懂。

席麓又问：“故事原型是怎么死的？”

“救……”贺思嘉猛地醒悟，故事原型之所以长眠于雪山，正是为了救助队友。

见他明白了，席麓笑了笑：“你们的行为、品格、本能反应，都会是我的评判标准，现在你还觉得自己失误吗？”

贺思嘉摇摇头。

“再说，你本来就是暂定主演，优势巨大，我不选你，你才应该意外。”

“可我听说你对我不太满意，随时都可能换下我。”

“这就是我刚刚想说的——虽然挺喜欢你，但试训期间我对你态度冷淡，主要是想要测试你的韧性和抗压能力。这部电影拍摄过程很辛苦，在身体的重压下，必须时刻保持心态的新鲜感，目前而言，你让我很放心。”

贺思嘉若有所悟。

或许是试训结束了，席麓整个人都松弛下来，看着贺思嘉的眼神里带有一丝……慈祥？他确实很满意贺思嘉，因为他发现贺思嘉偶尔也能触动他的精神层面，激发他新的创作灵感，或许经过长时间接触，他得以拥抱第二位缪斯。

他和自己寄予厚望的“预备缪斯”深入沟通了拍摄想法，末了问：“你还有问题吗？”

贺思嘉想了想，问：“那戚子绪演哪个角色？”

“我的戏没有他的角色。”席麓语气有些冷漠，“多莉羊只能活六年。”

“什么？”

“一个失去自我的演员，不是我需要的。戚子绪虽然善于模仿，但吴臻最优秀的永远是创作能力，是表演时富有逻辑的灵光一现，戚子绪不过学了点皮毛。”

“可你昨天不是说，他弥补了你的遗憾……”

“我是在反讽，听不出来？”

“……”

鬼才能听出来吧！

“席麓就是这样，有时候，他的思维和正常人不在一条线。”吴臻安静听完贺思嘉的吐槽，笑着说，“我告诉过你，他很难沟通。”

“我以为你是指他很固执，不肯接受意见。”贺思嘉十分无语，隔了会儿说，“对了，他知道我俩关系好，让我转告你，别来探班。”

“为什么？”

“他说，你的出现会一次次提醒他被拒绝这件事，他不想再受刺激。”

“行吧，反正我来了他也不会知道。”

“……”

两个人谁都没提起戚子绪，对方既已出局，实在无须过多关注。

而此时的戚子绪也已知道了属于自己的结局，他从席麓的房间出来，整个人浑浑噩噩的。

原本以为的胜券在握，完全就是一厢情愿的笑话。

他不知道，错失这次机会，下次又要等多久，即便等到是否又会被人抢走？

戚子绪很快有了答案，因为回公司不久，他就被转给了另一位业务能力平平的经纪人，也意味着他被公司放弃。

他若还想出头，只能靠自己经营。

未来越来越难、越来越远。

“其实以他参加过《巅峰征服》试训的资历，是不可能被放弃的，但他出了一个昏招。”陆馨通知贺思嘉这件事时正在开车，她盯着前方车道说，“这次试训圈里很多人都在关注，他做的事已经传开了，席麓向来直言直语，更不会给一个新人面子。总之，竞争失败对他的影响很大，听说他公司已经放弃他了。”

贺思嘉漫不经心地“哦”了一声。

陆馨趁势给他上思想教育课：“所以你要警醒，娱乐圈很残酷，没有价值就会被抛弃。你家里给你的支持其实并不多，你有今天，更多是因为你抓住了机会，有了人气，如果不想被放弃，那就要一直红下去……”

贺思嘉望着不远处的海润集团大厦，半笑着说：“谁能一直红？糊了大不了转行呗，去前面那栋楼上班也不错。”

陆馨心梗，无话可说。

汽车驶过贺家的海润大厦，继续开了一刻钟，最后停在一家餐厅前。

陆馨冷着脸说：“到了，赶紧给我下车，看见你就来气。”

贺思嘉笑着哄了她两句，推开了车门。

他今天是被贺瑾叫来的，说是要为他庆祝，但以贺瑾无利不起早的性子，他有点怀疑对方的目的。

果不其然。

一进雅间，他就见到了白书雅。

贺思嘉有时候真觉得贺瑾很蠢，倒不是智商有问题，而是一种偏执的愚蠢。

上回他做得那么绝，贺瑾好歹换一个人——不对，白家好像无人可换……

他笑盈盈地听着白书雅解释贺瑾临时有事来不了，也不挑破，就当免费看戏了。白书雅也没有辜负他的期望，入座后表现得非常热情，哪怕他不给回应，她也能自顾自地说下去，仿佛忘记了上次的尴尬。

贺思嘉欣赏了一会儿白书雅的演技，觉得无聊，低头给吴臻发起了微信。

【小脑斧】来陪我相亲吗？

【演员吴臻】？

【小脑斧】贺瑾介绍的，白家表姐。

【演员吴臻】地址。

贺思嘉立马发出定位，再抬头刚好撞见白书雅眼底未来得及掩饰的恼怒，他撑着下巴，盯着白书雅胸口别的工牌，忽然说："八个。"

白书雅一愣："什么八个？"

"你们白家第八个到海润工作的人。"

白书雅表情微僵，这才意识到自己忘了摘工牌，主要是贺瑾通知得太急，她赶过来很匆忙。

"我刚入职半年。"她挤出笑解释。

"我有一个问题，表姐能不能帮我解惑？"

白书雅预感贺思嘉的问题不会简单，很想拒绝，可她只是娇柔一笑："想问什么？"

那贺思嘉就不客气了。

"你们家的人干吗不在自家公司工作？难道海润的福利待遇比较好？"

"我——"

"不过集团对白家人确实很优厚，上次白二叔被发现转移公司资产，我爸都没告他，还很给面子地请他主动辞职……对了，白二叔好像是你父亲？"

白书雅挤不出笑了。

家人跟贺瑾的想法她当然知道，事实上，她也不排斥与贺思嘉联姻。且不提对方的身份，以及他背后所代表的利益，仅仅是贺思嘉的长相和名气就很能满足她的虚荣心。

可她也是被家人宠着、锦衣玉食地长大的，从未被谁一而再再而三地下面子，当即拉下脸来。

贺思嘉反而笑起来："生气了？我以为表姐这些年修身养性，脾气大好。"

"你也用不着讽刺我。"白书雅懒得再装，索性摊开来讲，"事实上，不是我非得巴着你，只是咱们这样的家庭，婚姻都不能自主，与其和陌生人联姻，不如找个知根知底的。

"我知道你不喜欢我，我也不用你喜欢，你喜欢玩可以随便玩，我不会管，咱们只需要做好表面功夫，应付家里、应付外人。如果你担心你的事业，我们也可以先订婚，三十岁前不公开。"

贺思嘉煞有介事地点头："有道理。"

白书雅神情微缓。

"可联姻都是因为利益，我听说白氏都快破产了，和你联姻有什么好处？

扶贫吗？”

等吴臻到时，白书雅已经愤然离席。

吴臻问：“人呢？”

贺思嘉笑着答：“被我气走了。”

吴臻挑眉，眼里透着询问。

贺思嘉懒得细说，问：“你吃了吗？”

“吃了。”

“那走，请你喝酒。”

“大白天喝什么酒？”

“无聊呗，反正也没事干。”

吴臻盯着他看了会儿，说：“那跟我去逛逛？”

“去哪儿？”

“我的秘密基地。”

贺思嘉来了点儿兴趣，买完单跟吴臻上了车。

半路上忽然开始下雨，贺思嘉望着窗外暗淡的天色，问：“咱们是要出城吗？”

吴臻“嗯”了一声：“放心，不会卖了你。”

贺思嘉也没和吴臻斗嘴，专心盯着窗外的风景，渐渐地，他感觉有些眼熟，眼里闪过一丝困惑，但他什么都没问。

直到汽车停下来，贺思嘉才开口：“这里？”

“对，山上有座寺庙，平时很少有人来。”吴臻找到把伞，推开车门，水汽在山野间蔓延，阴云遮蔽下，林木仿佛褪了色，入眼的景色宛如一幅水墨画。

“我们要上山吗？”贺思嘉看见斜侧方有条小径。

“嗯。”吴臻踩着泥泞朝山里走，“我好像讲过，我爷爷是中医？”

“讲过。”

“爷爷有位医术很厉害的师兄在这里当住持，我上小学前那一年，爷爷带着我在庙里住了小半年，之后几年也偶尔会来小住，直到换了新住持。”

两人到了寺庙门口。

寺庙屋檐下悬挂着一口几十厘米高的铜铃，清脆的金属音回响在斜风细雨中。

贺思嘉站在门口，忽然说：“其实我对这儿挺熟的。”

吴臻有些意外。

贺思嘉解释：“小时候我身体不好，舅妈带我来找你说的那位住持帮忙调养身体，也在寺庙里住过一段时间，说不定我们小时候见过。”

吴臻一下子笑了：“应该没有。”

“你又知道了？难不成你还记得住每个见过的人？”

“当然不能，但见过贺老师的人应该不会忘。”

贺思嘉听着吴臻的语气，领悟过来对方在隐晦地称赞他长得好，翘起嘴角道：“彼此彼此。”

两人没进大殿，直接去了庙里待客用的茶院。

有知客端来茶盏，贺思嘉揭开茶盖，便闻到一阵清幽香气。

贺思嘉不爱喝茶，此时也觉得口齿生津，他浅尝一口，赞道：“真不错。”

吴臻微微一笑：“这里很安静，有时心烦，我就来庙里坐一坐，整个人都会放松许多。”

贺思嘉撑着下巴，望着窗外一盆淋湿的兰花，听着雨滴落在瓦片上的滴答声，确实感觉到那股子烦闷郁气消减不少，心中渐渐安宁。

两人安静地坐了会儿，贺思嘉忽然说：“今天的相亲对象是我哥介绍的，那人是他表妹。去年我生日，他不是来剧组探班吗，带我去吃饭时就见过一回，当时他就想撮合我们……”

他慢慢说着和贺瑾、白书雅之间的事，末了道：“我想不明白，白家人是给他下蛊了吗？在我心里，贺瑾是个感情淡薄的人，可他对白家怎么这么有情有义，不惜损耗我们家的利益也要帮他们。”

吴臻喝了口茶，说：“海润是上市公司，集团里大大小小的股东应该很多吧？”

贺思嘉愣了愣，不明白吴臻为什么问这个，还是点了点头。

“贺瑾应该是为了日后接手集团在做准备，白家人自然会站在他这边。”

“白家生意都快做不下去了，他们来帮他，他就不怕海润有一天也跟着倒闭吗？”

吴臻笑了笑：“先坐稳位置，再考虑其他。如果他不能掌权，海润发展得再好，对他而言也没有意义。”

贺思嘉立刻道：“他还担心不能掌权？我都去当明星了，难道还会和他争？”

“你不争，总有人要争，那些大小股东未必心服他，更何况，你很有可能也是未来的股东之一。你和他一样有继承权，如果分到股份，哪怕不多，在关键时刻也有可能成为威胁，所以他想要控制你。”

“让白书雅控制我？”

“枕头风一贯有用，哪怕没用，他也能通过白书雅及时知道你的动向——当然，刚才说的都只是猜测，也不一定对。”

贺思嘉认为吴臻分析得很有道理，否则很难解释贺瑾的某些行为，而贺瑾对他的防备和忌惮在现阶段根本无用，除非贺启耀立刻退位让贤，并将持股全数转给贺瑾。

他不再纠结这件事，和吴臻闲聊起来，离开寺庙时，雨已经停了。

贺思嘉让吴臻送他回公寓，到停车场时，他问：“今晚我下厨，要尝尝吗？”

吴臻笑着应下。

当天晚上，贺思嘉在朋友圈里发了两张照片。

一张是餐桌上摆的菜肴，另一张是他和吴臻吃饭时的合影。

配文也很简单，只有四个字——我和我哥。

贺瑾在看到这条朋友圈时，脸色不大好看，一旁对镜卸妆的薛冉注意到了，问：“你怎么了？”

贺瑾透过镜子与她对视，眼神微冷：“你说，思嘉和书雅还有机会吗？”

薛冉怔了怔，避开贺瑾的目光，继续对着镜子梳头：“不知道。”

贺瑾走到她身后，双手搭在她肩上：“帮我想想办法？”

薛冉移开肩，面无表情道：“关我什么事？”

“你是我妻子，我的利益就是你的利益，怎么会与你无关？”

“我是你妻子，又不是你弟弟的妻子，还得管他和谁谈恋爱？”

贺瑾冷笑：“你真的一点不在意吗？那在婚礼上，你哭给谁看呢？”

薛冉手一颤，不慎扯掉了几根头发，发丝缠绕在木梳上，纠成乱麻。

她也不知道自己为什么哭，或许是为了过去的愚蠢，又或许是因为毫无期待、一眼能望到头的往后余生。

但不论过去未来，她痛苦的根源都来自贺瑾，是贺瑾对不起她，但她不得不和他一直纠缠下去。

薛冉深吸一口气，同样冷笑：“我尊重思嘉的选择，那是他自己的事。你没有权利管他，你也管不了。”

有些话一直憋在薛冉心里，只是碍于夫妻情面，以及事情本质上与她无关，且贺瑾不可能得逞等种种因素，她从来不说，但不代表她看不明白。

她越说越顺，有种莫名的快意：“你想让白书雅嫁给思嘉，想控制他、想将俞家也捆绑在你船上，也不想想白书雅有什么资本让思嘉喜欢。白家那群吸血虫别说思嘉瞧不上，爸也不会同意！他早对白家人没耐心了，你不知道避嫌还上赶着帮他们牟利——”薛冉忽然想到父亲前阵子透露的消息，顿时明白了，“我说你最近怎么这么着急，听说董事会最近为爸爸推荐了好几位职业经理人——”

贺瑾被点中心思，羞恼之下抬手就要打薛冉，薛冉根本不躲，反而仰起脸：“你打！你今天敢动我一根头发，我明天就能让你磕头道歉！”

薛冉还真不是在放狠话，虽然为了家族利益她不得已做出牺牲，可好歹也是被父母宠爱着长大，她爸妈绝不可能看着她被欺负。

薛、贺两家这些年来利益羁绊深厚，只要她父母找贺启耀施压，贺瑾绝对讨不了好。

更何况，贺瑾仅仅是明面上的太子爷，几年下来业绩平平，股东们意见不少，否则也不会推荐职业经理人。简而言之，将来贺瑾若想真正掌控集团，除了贺启耀的支持，还得仰仗薛家出力。

果然，贺瑾立刻放下手，虽然依旧绷着脸，语气却软了下来：“你都在想些什么？我不可能打女人，更不舍得打你。”

薛冉凉薄地笑了笑。

贺瑾深吸一口气，他和薛冉这些年人前扮恩爱，私下里不过是敷衍过日子，可面子情谊总归要维系：“冉冉，我很累，我们别吵了。”

薛冉冷睨他一眼：“只要你别发疯，我也懒得跟你吵。”

贺瑾道：“我只是关心思嘉——”

薛冉冷笑：“别再找借口自我粉饰了，我没兴趣听，我只知道思嘉放弃了和你争夺继承权，就无须为了家族利益牺牲婚姻。”

贺瑾听着妻子的冷言冷语，极力压制的脾气又逐渐冒头，正要开口，忽然听见敲门声。

门外是俞芷兰。

薛冉讥诮地看着贺瑾，无声地开口——要继续吵吗？

贺瑾沉着脸，又忽然笑了：“呵，你对思嘉可真是有心了，那你当初为何要赶他走？我弟弟那天晚上，被打得浑身是伤……”

薛冉神情骤变。

许多年来，她最后悔的也就是这一件事。

当年贺思嘉冒雨来找她，她却怨怪对方戳破了只存在于她幻想中的甜蜜假象，不但冷言冷语，甚至满怀恶意地说永远不想再看见他。

她分明知道贺思嘉倾慕她，少年人不懂得隐藏心意，哪怕从未表明，眼神和行为也骗不了人。

但她还是那么说了。

其实她从来都不讨厌贺思嘉，谁会讨厌那样一个漂亮又贴心的弟弟，只是当时的她想要他和她一样难过。

所以迁怒，所以报复。

薛冉忽然丧失了与贺瑾争吵的精力，她沉默地去了书房。

她关上窗，拉上所有窗帘，独自坐在黑暗里发呆。

雨夜里的情景仿佛默片般在她脑中不断重映，她甚至能清晰地回想起每一个片段，还有贺思嘉所有细微的表情。

其实此后许多年，她曾无数次想过，如果那时候她接受了贺思嘉的好意，为自己争取，而非偏执地怨恨、愚蠢地屈从利益，现在一定会快乐很多。

但她一开始就错了，如今再想拨乱反正，只会受到更大的阻力。

她早就失去了勇气。

贺瑾和薛冉之间的争吵，贺思嘉并不知道，他正在收拾行李。

明天，他要飞一趟F国，参观A家高级手工坊，另外再录一期时尚综艺。

巧合的是，吴臻受邀担任电影节的评委，同样要去 F 国。

因此第二天一早，两人在机场贵宾中心见面了。

吴臻眼里有掩饰不住的惊讶："昨天怎么没听你说？"

贺思嘉笑着道："给你一个惊喜啊。"

吴臻顿时笑了："还挺能瞒的，学会跟我演戏了？"

"你说的啊，演技要在日常中锻炼。"贺思嘉扬扬得意，"不过跟你不在一座城市，等我忙完就来找你。"

他们在日出时登机，经过近半天的飞行，下飞机时 L 市正值中午，源自大西洋的风为这座城市带来了丰沛的雨水，天气时常阴晴不定。

贺思嘉短暂地告别吴臻，接连忙碌了三天才得以休息，和助理分开后，他便带上行李飞往与电影节举办城市邻近的 N 市，吴臻正在那里等他。

下飞机时已经凌晨了，贺思嘉兜兜转转才找到吴臻的车，还没来得及多聊上几句，就被迫接受了一道选择题。

"你是想住酒店，还是和我去镇上的玫瑰庄园住？"

"玫瑰庄园？"

"嗯，你知道我妈是调香师，N 市又是著名的香水产地，她在这里有几位朋友，咱们可以借住。"

贺思嘉恍然明悟，他刚还奇怪吴臻哪儿来的车呢。

"那当然是住庄园啊！"

"好，提前和你打声招呼……"暗淡的车灯下，吴臻道，"我妈也在。"

不只有吴母苏丹夏，还有吴臻的小侄女缇缇。

据吴臻说，五月是 N 市玫瑰开得最好的季节，入夏吐芳，转瞬即逝。很多耳熟能详的香水品牌都会选用当季玫瑰为原料，因此每年初夏，他母亲都会来 N 市小住。

"我妈今晚带缇缇去访友了，明天下午才回来。"在开往小镇的路上，吴臻说。

"你母亲脾气怎么样？"贺思嘉装作不经意地问。

"你放心，我家人脾气很好。"

"我有很多黑料，万一他们搜到，会不会对我印象不好？"

吴臻感觉到他有些紧张，也没好说家里人早就上网搜索过了，苏丹夏还加了贺思嘉的粉丝群。

“你认为他们是信外人口中的你，还是信我口中的你？”

贺思嘉愣了愣，稍稍安下心来。

大约一小时后，汽车驶入玫瑰庄园，穿过花田，停在一栋极具当地特色的建筑前。

大晚上视野不好，贺思嘉虽看不清庄园里种植的玫瑰，但沿路都能闻到玫瑰香——馥郁芬芳浸入潮湿的空气，仿佛衣衫发梢都沾染上隐蔽的香。

吴臻拎着贺思嘉的行李，领对方进屋。

“罗兰夫妇平时都住城里，很少来镇上，小楼里除了管家和帮佣，就只有我们。”

由于已经很晚了，他只简单带贺思嘉参观过小楼，两人便休息了。

当晚，贺思嘉在满室玫瑰香里入睡，但他睡得并不安稳，断断续续醒了很多次，直到天光大亮，他才被彻底唤醒。

贺思嘉揉揉眼睛，出了房间发现吴臻正站在露台上打电话。

阳光倾洒在吴臻的发梢上，为他的轮廓镀上一层金边，而他身后则是大片的玫瑰花田，十万朵玫瑰盛开在蓝天白云下。

他站在一旁等了片刻，吴臻挂断电话冲他笑了笑：“睡得好吗？”

贺思嘉含糊道：“还行吧。”

吴臻带他直接翻过露台，又绕至一面墙后，那里停放着一辆老式自行车：“早餐时间已经过了，带你去弄点儿吃的。”

太阳很好，金色云霞飘洒于山巅与海面，一辆自行车慢悠悠地出现在沿海公路尽头，车后座站着一个戴草帽的青年。

贺思嘉拎着冰啤酒，迎着微风说：“你小心点儿啊，别把我摔了。”

吴臻把着车龙头，漫不经心道：“怎么可能？”

哪知玩笑话成了真。

吴臻一路骑回庄园，眼看快到小楼了，田间忽然蹿出一只野猫，他刹车太急，自行车跟着偏倒。

贺思嘉反应极快地跳车，还没站稳就被吴臻连人带车压倒，好在身下是一小片青草地，他也没怎么感觉疼。

吴臻闷笑着道歉，见贺思嘉精神头十足便放下了心，推开还压在腿上的自行车，仰躺在贺思嘉身边，捡过掉落在地上的草帽，扣在了脸上。

两人谁都没有说话。

贺思嘉单手盖住眼睛，透过指缝望向天空中丝絮般的白云，闻着萦绕鼻尖的玫瑰香，渐渐放松下来。

也不知过了多久，他忽然听见吴臻用陌生的语言哼起一支歌——

“Puisque c'est elle que j'ai arrosée，Puisque c'est elle que j'ai protégée，Puisque c'est elle que j'ai aimée，Puisque c'est ma rose.”

“你在唱什么？”

贺思嘉侧起上身，拿掉他的草帽。

吴臻仍闭着眼，慢悠悠地开口：“《小王子》音乐剧，留学那几年在剧团打工，上台表演过。”

“法语？”

“嗯。”

“那是什么意思？”

吴臻睁开眼，睫毛上仿佛跳跃着阳光：“因为它是我浇灌的，因为它是我保护的，因为它是我所爱的，因为它是我的玫瑰。”

正说着，贺思嘉忽然听见异响，他一惊，忙转过脑袋，就看到一个小女孩骑在童车上盯着他们。

四目相对，他认出了这是吴臻的小侄女！

“缇缇怎么回来了，不是说下午到吗？”吴臻从容地站起身，拍了拍裤子上的草屑。

“二奶奶带我回来了。”缇缇答不出个所以然，说话时总偷瞄贺思嘉，双颊红彤彤的。

吴臻心下好笑，单臂将缇缇抱起来：“二奶奶呢？”

吴缇指了指小楼。

三人一块儿朝小楼走，贺思嘉拉着吴缇的童车，忽然，他听见吴臻问：“怎么了，想让你贺叔叔抱？”

贺思嘉转头，就见吴缇羞涩地看着他，轻轻点了点头。

心里有一处瞬间变得柔软，他回馈了吴缇的期待，将她接了过来。

贺思嘉没抱过小孩，本来有些担心，对方却主动挪了挪姿势，找到了舒适的位置靠在他怀里。

到了门前，贺思嘉正斟酌着见到苏丹夏该如何介绍自己，吴臻已经打开了门。

客厅里，一位气质优雅的中年女性坐在沙发上，见了他们立刻笑了："都回来啦？"

"二奶奶！"吴缇挣着下地，如炮弹般冲了过去。

苏丹夏抱起吴缇，揉揉她的脑袋，一双美目看向贺思嘉："嘉嘉是吧？"

贺思嘉心慌意乱，思维像生了锈的齿轮，哪里还记得刚刚在想什么，下意识地跟着吴缇喊：

"二奶奶！"

全场安静。

贺思嘉只觉得眼前一黑——太蠢了！

吴臻笑得直不起腰，苏丹夏也笑出了鱼尾纹，缇缇不明所以，却跟着开心地鼓掌。

贺思嘉尴尬万分，一时僵在原地，幸而苏丹夏顾及他的心情，强行忍住笑意，走到他身前："别紧张，就当在自己家里。"

她横了眼仍笑个不停的儿子，温柔地握住贺思嘉的手，带他坐在沙发上。

贺思嘉感觉脸颊的热度都能煎鸡蛋了，硬着头皮喊："苏阿姨好。"

"嘉嘉好。"苏丹夏温婉一笑，"吃午饭了吗？"

贺思嘉下意识地看了一眼吴臻："吴老师带我出去吃了。"

吴臻挨着母亲坐下，将缇缇抱在腿上，捻了颗葡萄喂给她："十点过后吃的，早午饭。"

苏丹夏不赞同："还是得吃午饭，晚点儿我亲自下厨，嘉嘉尝尝阿姨的厨艺。"

"不用麻烦——"

"阿姨喜欢下厨，就当哄哄阿姨了。"

贺思嘉只好应下，不过听苏丹夏始终温声细语的，他渐渐松弛许多。

他陪着苏丹夏聊了一个多小时，苏丹夏看了下腕表，站起了身：“都一点多了，臻臻你照顾好嘉嘉，我去做饭。”

贺思嘉本来想去帮忙，可吴缇不肯放开他，他只好当个甩手掌柜。

中午吃饭时，贺思嘉已经彻底恢复状态，各种好听的话张口就来，哄得苏丹夏都有点飘了。

饭后，四人带好工具去海边垂钓，次日又上山野餐。

贺思嘉非常享受在镇上的时光，没有工作、没有镜头、没有认识他或吴臻的人，只有纯粹的休闲与放松。

可再留恋终有尽头，贺思嘉入组时间在即，必须回国。

临分别时，苏丹夏送了贺思嘉一瓶香水。

“时间有限，嘉嘉先用着，下次阿姨给你调一瓶最好的。”苏丹夏抱着因舍不得贺思嘉而小声抽泣的吴缇，轻笑着说。

贺思嘉还记得吴臻曾说，苏丹夏会根据个人特质调制出最适合的香水，可当他询问苏丹夏香水的味道时，对方却没有直接公布答案，只让他自己感受。

于是在吴臻送贺思嘉去 N 市机场的路上，贺思嘉拆开了刚收到的礼物。

他对香水了解不多，只知道如今市面上售卖的香水都混合了许多香料。

按下喷头，他闻到了柠檬和柑橘香，与吴臻的冷香完全不同，反而有种阳光下的温暖的感觉。但没多久，迷迭与玫瑰的香气混入其中，又隐隐透着点橙花的味道，仿佛撩人月色。

等贺思嘉抵达 L 市准备转机时，香水的后调才逐渐显现，且持香时间特别长，一直到他下了飞机见到陆馨，仿佛仍有香气残留。

此后几天，贺思嘉日日都使用这一瓶香水，可入组后他就没什么机会喷了，而是每天都浸泡在汗水中，开机前还有一个月的集训，训练量比试训期更大，对形体也有严格的要求。

贺思嘉再次与外界失联。

第九章 并肩

贺思嘉在X省兢兢业业工作，远在三千公里之外的贺家，却因为他爆发了一场大战。

事情由他和白书雅那次约会而起，白母约俞芷兰出来喝茶，期间她一直阴阳怪气、指桑骂槐，半点没给俞芷兰留面子。俞芷兰好脾气地赔笑，终于问出原委，顿时心火直冒，可又找不到贺思嘉，她只能找贺启耀诉说委屈。

“你不知道我今天有多丢脸！这么多年我为了谁，我是为了自己吗？我还不是为了这个家！”

书房里，俞芷兰眼眶通红：“我不想被人指责我这个当后妈的偏心、恶毒，不想你为了家里事心烦，不想嘉嘉和小瑾兄弟不和，不想咱们家成了别人的谈资、笑话。可嘉嘉呢，他从来都不懂我的苦心！就说书雅这事儿，他要拒绝那就好好说明白，怎么可以讲话那么难听，一点家教没有，再说书雅有什么不好——”

贺启耀忽然打断她：“你觉得书雅很好？”

俞芷兰愣了愣，听出贺启耀态度有异，迟疑着问：“老贺，你是不是对书雅有什么意见？”

贺启耀没有正面回答，而是将贺瑾叫进书房，问：“你安排嘉嘉和书雅相亲？”

贺瑾心跳快了两拍，硬着头皮解释：“我想着他俩年纪差不多，成长环境也很相似。”

“我不同意。”贺启耀直接堵住贺瑾的解释。

“爸——”

“老贺！”

贺瑾和俞芷兰前后出声，贺启耀以眼神示意他们闭嘴：“嘉嘉如果对书雅有好感，我不会干涉，但他没这个意思，强扭的瓜不甜。”

贺瑾脸色微变，却不敢反驳，只能顺着贺启耀说：“我知道了，怪我好心办坏事。”

贺启耀平静地看着他，却让他倍感压力，仿佛所有的隐蔽想法都在这一眼下无所遁形。就在他快绷不住时，贺启耀再度开口：“另外，你二十三岁生日时，我将公司5%的股权送给你当生日礼物。再过一个多月，嘉嘉也二十三岁了，他同样会得到5%的股权。”

一时间，贺瑾几乎表情管理失控，他强压下心中惊骇，勉强笑道：“应该的。”

然而俞芷兰却皱眉说：“嘉嘉不需要，他还小呢，心都没定下来。”

贺启耀神情淡淡，只是嘴角微乎其微地往下压了压：“嘉嘉需不需要，不用你来说，你没有权利代他拒绝。”

俞芷兰张了张嘴，被贺启耀眼风一扫，只好怏怏闭嘴。

尽管夫妻俩这些年感情日渐淡薄，但相处多年，她了解贺启耀的脾气，知道再说下去就得没脸了。

可她心中不安且慌乱，急需排解，下意识地冲贺瑾使了个眼色。

俞芷兰的举动恰好被贺启耀捕捉到，他沉默良久，忽然对贺瑾说：“有件事需要通知你，你可能难以接受，可能会有情绪，但这件事是我深思熟虑后做的决定。”

贺瑾莫名不安，挤出笑道：“爸，您说。”

贺启耀道：“下个月的股东大会，我会提议解除你的执行副总裁职位，由股东投票推举一位职业经理人接替你。”

贺瑾表情骤变：“爸——”

贺启耀不给他说话的机会：“你应该心里有数，董事会不少人都对你不满，你能力平庸、任人唯亲、短视自大又不听劝诫……”

贺启耀每说一句，贺瑾面色就苍白一分。

“海润集团虽是你爷爷创办的，也算贺家的家族企业，但集团里有八万多名员工，我必须要为他们的饭碗和前程负责。”

贺启耀其实很早就在考虑，也见过不少有名望的职业经理人，只是直至此刻才做下决定。

“我给过你无数次机会，但你实在太令我失望了。如果能力不行，我可以请人帮你，可品德不行，我无法放心地将公司交给你。”

贺瑾吞了口唾沫，想说点儿什么，嗓子却像被堵了团棉花，半个字也蹦不出来。

他怀疑自己还没醒。

从小到大，他自认竞争对手唯有贺思嘉，自打贺思嘉废了，他已将海润集团视作囊中物。哪怕知道旁人对他有意见，也仅仅是担心“继位”后坐不稳，因此才不断地想要寻求助力——薛家、白家，甚至俞家……

可临到头，贺启耀却打算将公司交给外人来打理？

那他汲汲营营这么多年为了什么？

别人又会如何看待他？

他简直变成了一个笑话！

贺瑾整个人傻掉了，俞芷兰同样傻眼，惊问：“老贺，你糊涂了吧，小瑾可是你亲儿子！”

贺启耀盯着她看了片刻，忽而笑了：“嘉嘉也是你亲儿子。”

俞芷兰嘴唇微抖：“你什么意思？”

“俞芷兰，你的确是个好后妈，视贺瑾为己出，这一点我很感激你。”贺启耀疲惫地叹了一口气，“但你真的做到了不偏不倚吗？你对嘉嘉尽到了做母亲的责任吗？他们俩兄弟的关系变成今天这样，你就一点责任都没有吗？你又真的认为，外人没有在笑话我们贺家吗？”

一个个尖锐的问题砸下来，压得俞芷兰几乎站不住。

她一心想要当个好继母、好妻子，她想要所有人看到自己的无私、公正和善良，但贺启耀一番质问，完完全全否定了她的价值。

俞芷兰只觉得精气神都被抽走了，但贺启耀并没有放过她，轻飘飘地扔出最后一根稻草：“在他们眼里，你一直就是个自以为伟大，实则从没有清醒过的可怜虫。

“你从来不是一个好妻子，也不是一个好母亲。”

当然，他也不是一个好丈夫，不是一个好父亲。

风波过后，贺家的气氛变得极为古怪，而贺思嘉直到训练结束才听说了这件事。

告诉他的人是薛冉，对方在电话里说明原委，末了道：“思嘉，对不起。”

贺思嘉被薛冉没头没脑的一句道歉搞得莫名其妙：“怎么了？”

薛冉说：“我从很久以前就欠你一句道歉。”

贺思嘉沉默下来，隐隐明白了薛冉的意思。

霎时间，听筒里唯有两个人平缓的呼吸声。

贺思嘉其实早就不在意了，只当薛冉为当年的事向他道歉，他突然就想问她：“你为什么要和他复合？”

其实他知道原因，但他想听薛冉亲口说。

当他印证了其中完完全全没有爱的因素后，内心说不出的失望：“原来你也只是个俗人。”

薛冉在黑暗中努力睁大眼，试图憋回眼泪。

她俗，但她希望贺思嘉和她不一样，她希望对方能永远保有一颗赤子之心。

永远幸福。

挂断电话，贺思嘉独自待了一会儿，又像没事人似的去片场拍戏了。

但收工后回到酒店，他还是没忍住给吴臻发了微信。

【小脑斧】今天薛冉向我道歉了。

【演员吴臻】她怎么说?

贺思嘉干脆弹了个视频，简单提了几句家里发生的事，又告知吴臻自己身价飙升，同时不忘吐槽妈妈俞芷兰：“股权在我爸手里，他爱给谁给谁。不给我不会惦记，更不会主动和贺瑾争，但给了就是我的，她凭什么做我的主？”

吴臻以前只知道贺家两兄弟的矛盾，此时听贺思嘉谈起俞芷兰偏心至极的行事风格，颇为诧异：“贺瑾不是伯母的继子吗？”

贺思嘉答：“对啊，可我妈对他一直比对我好。”

其实事情根源得从很多年前说起。

贺思嘉的外婆意外早逝，外公俞崇抚又正好有公务在身，于是两个儿女便被俞崇抚的妈妈——也就是贺思嘉的外曾祖母接回了老家。

外曾祖母重男轻女，对俞芷兰不能说差，可明显更偏心孙子俞广林，导致俞芷兰逐渐养成了讨好型人格——谁不喜欢她，她越想讨好谁。

公务结束，俞崇抚又将两个孩子接回了部队，但平时工作忙，害怕耽误孩子的教养，便在领导的介绍下找了第二任妻子。

哪知领导看走眼了，继母面甜心苦，对两个孩子并不好，俞广林倒没怎么样，俞芷兰却一边怨恨继母，一边又忍不住讨好继母。

在俞芷兰二十二岁那年，她嫁给了继母的娘家亲戚。

俞崇抚原本不同意，可俞芷兰害怕继母生气，偷偷和对方扯了证。

然而俞芷兰的第一段婚姻非常不幸，虽然最终在俞崇抚的干预下脱离苦海，可她并不感激，反而将一切都归罪于俞崇抚娶了继妻，害她一生。

她恨继母，也恨亲爹。

因此在嫁给贺启耀后，她就对贺瑾非常好，似乎将贺瑾当成了年幼时的自己来弥补，也要向所有人证明，当继母就应该以她为标准。

贺思嘉理解俞芷兰的性格成因，却不能理解她的思维和做法。可对方毕竟是他妈妈，哪怕他无心隐瞒吴臻，也没好意思全盘托出，只大概讲了下缘由。

吴臻却从只字片语中猜到俞芷兰的心态，因为贺思嘉是她的亲儿子，在她看来亲儿子属于不用讨好的对象，必须得包容她，所以贺思嘉和贺瑾之间，她选择委屈前者。

不过贺家的家务事，吴臻不好说太多，安慰了贺思嘉几句便换了个话题："听说你之前拍的那个献礼片《川军》要上星了，媒体发布会那天你会回来吗？"

"不了，我最近得赶工，否则请不到假参加《玩古》的宣传。"

《玩古》经过近一年的后期制作和宣发准备，已经定档七月初上映，贺思嘉身为男主之一，得离组跑几场路演。

他加班加点赶进度，但随着《巅峰征服》进入正式拍摄阶段，网上渐渐有了一些传言——

【八卦】深夜放料。

0 楼：某流量参加了某巨饼的试训。

1 楼：楼主你家网线修好了？消息早都传开了，不就是贺思嘉要演《巅峰征服》吗？

2 楼：席麓能看上他？

3 楼：配角倒有可能，毕竟贺思嘉去年演了《玩古》男二。

4 楼：可《巅峰征服》男主年龄要求二十到二十五岁，斯嘉丽会给同期做配角？

5 楼：听说好多男演员都去试镜了，如果席麓真选了贺思嘉……迫不及待想吃瓜了！

诸如此类的爆料帖非常多，不少营销号也发布了相关信息，一时间，贺思嘉将出演《巅峰征服》的消息传得全网可见。

一些人表面对传闻嗤之以鼻，心里却非常害怕是真的；另一些人嚷嚷着非官宣不认，私底下却激动地开始期待。

但电影官博好像死了般，不管评论里怎么说，他们始终一言不发。

好在《川军》即将播出，随着宣传铺开，成功转移了网友的注意力。

他们对于片子是爆是扑，贺思嘉是否演技翻车等问题展开了反复辩论，而第一主演始终缺席《川军》线下宣传，又引发了新一轮猜测，总之与贺思嘉相关的话题持续不断，热度一直延续到电视剧开播那天。

俞洛洛很早就打开了电视，一边写论文一边等待《川军》播出，她对电视剧题材一点兴趣都没有，也不知道自己算不算收视样板户，只是单纯想要支持表哥。

因此，等到节目开播，她的注意力仍在论文上，只偶尔瞅一眼屏幕。

可渐渐地，俞洛洛瞅屏幕的频率越来越高。当她看见贺思嘉饰演的男主被父亲追着打时，立马想到了以前爷爷拿着棍子追撵自己的画面。

爷爷当然不是真打，可她小时候是真调皮，每次被追得哭爹喊娘，贺思嘉就在旁边偷笑。

那会儿贺思嘉性子特别安静，和现在完全不一样。

她下意识地想和家人讨论，张了张嘴才想起自己今天没回家，而是住在学校附近的小公寓里。

只因爷爷请了不少老战友上家里做客，名为聚会，实则是想要显摆外孙的新电视剧。

俞洛洛忍不住抽了抽嘴角，就看见表哥饰演的韩少悲带上几个跟班吊儿郎当地来到县城东门，挤入人群望向城门口——那里集结着不少年轻壮丁，一个个衣衫破烂、面黄肌瘦，胸前却都系着一朵大红花。

今天，他们就将背井离乡，奔赴战场。

《川军》的故事发生在S省一座小县城内。

1937年，抗日战争全面爆发，S省政府向中央和全国通电请缨抗战，县里不少年轻人慨然参军。

男主韩少悲本是城中有名的纨绔子弟，在见识了一次送军出征的誓师大会后，他决心成为一名抗日救国的军人。

荧幕上，韩少悲望着一位很有名望的老先生蹒跚走到城门口，给儿子送上了一面白色旗帜。

白旗中间写着一个巨大的“死”字，让不少人大感诧异。

老先生自然不是盼着儿子去送死，那面旗帜上还有一行字——我不愿你在我近前尽孝，只愿你在民族分上尽忠。

很简单的一句话，却让韩少悲深受触动，他想到了自己早年出征的两位哥哥。

大哥死在了D省，尸骨无存；二哥也于三年前失去了消息，生死不知。

他记得二哥临走前曾摸着他的头顶，交代他一定照顾好父母，因此他从未想过要离开县城。

直至此刻，直到他看见那面旗帜，他忽然改了主意。

当晚，他将自己想参军的想法告知父母，却遭到父亲的激烈反对。韩父已送走了两个儿子，不愿意再送走最后一个。

如此，韩少悲被锁进了柴房，可夜里，他竟然爬窗逃走了……

电视剧第一集就结束在韩少悲追上出川军队的一刻，带队的老兵察觉有人尾随，枪杆对准了他躲藏的地方。

等片尾曲响起，俞洛洛才发现自己不知不觉看完了整整一集，明明主演是她再熟悉不过的表哥，而表哥又演着与自身再违和不过的角色，她竟一点没感觉到出戏。

她表哥，居然演得这么好？！

俞洛洛不敢置信，等不及要与贺思嘉分享观后感，拨了电话才想起对方正处于封闭训练期，根本联系不上，只好上网以解失落。

网上对《川军》的讨论随处可见，俞洛洛大致看了看，除了贺思嘉的黑粉仍在孜孜不倦地挑刺，大部分都是好评。

因为《川军》节奏快、剧本好、角色人设好、演员表演优异。

比如主演韩少悲，表面不着调，内在却有着强烈的责任感与无畏的勇气，而其余几名配角的形象也刻画得非常丰满。

另外，故事背景虽然沉重，全片基调却不乏诙谐幽默，韩少悲被锁在柴房里死皮赖脸与韩父对话的一幕，就逗笑了包括俞洛洛在内的不少观众。

俞洛洛还特意研究了野榜收视率，发现《川军》自开播后竟节节走高，按系数推算，明天第一集平均收视率就能破 1。

要知道，今晚的《川军》是套播的，即接在上部剧大结局后播，可上部剧砸了大坑，即便大结局收视率也不会超过 0.8！

俞洛洛高兴不已，贺思嘉的粉丝更是已经走出了雄赳赳气昂昂的步伐，在各大论坛和社交网站上吹嘘，断言《川军》必将跻身收视率年度排名前十！

然而粉丝们的预测还是保守了，《川军》前 8 集收视率匀速上升，维持在单日平均 1.3 上下，就在众人猜测着何时能破 1.5 时，周末刚好播到吴臻来客串那一集。

在此之前，片方就已重点宣传过这一卖点，但具体情况一概不予透露，因此当身着制服的吴臻忽然出现在荧幕上，收视率野榜瞬间猛涨，当天收视率直接破了 1.8，且工作日不降反升，再次迎来飞跃，直接冲破 2.0！

《川军》一共 50 集，不出意外，本剧收视率平均破 2 板上钉钉，且根据目前走势，平均破 2.5 已在射程范围内，就连破 3 也不是完全不可能！

有这种收视率的剧，无一不是全民讨论的超级爆剧，随着剧集热度持续走高，讨厌贺思嘉的人彻底哑火，就连粉丝都感觉像在做梦，梦里不只有《川军》一部爆剧，还有席麓突然给贺思嘉的微博点赞，并评论：等你回来。

人人都知道《巅峰征服》已开机，席麓人在 X 省，“等你回来”四个字的意义不言自明。

网友们都震惊于贺思嘉真参演了《巅峰征服》，虽然事前已有传闻，可只要没尘埃落定，大部分人都抱有怀疑。

因为谁都知道席麓并不喜欢用流量明星，就算需要年轻演员也会选择新人或素人。

“哈哈哈哈，我笑到海天倾覆，让我搜搜到底哪些人发试镜通稿了！”

“[图片]，名单应该不全，有人去了但没发通稿，建议查查那几天的航班。”

“关注别人做什么？《玩古》首映在即，下周正式上映，哥哥都回来跑宣传了，你们还不去冲预售吗？”

……

粉丝们望眼欲穿等《玩古》首映，贺思嘉也在这天中午，搭班机飞回B市。

贺思嘉同样出乎意料感到惊讶，他看剧本时就猜到收视率不会差，可没想到会爆成这样。

就如某部电影里所说——无敌，真的太寂寞了！

来接人的是吴臻，路上，贺思嘉谈兴很高，语气里隐有自得：“馨姐最近每天都不忘打击我，估计怕我太飘，但我觉得她才飘了，说话经常语无伦次的，以前从来没有过。”

吴臻轻轻一笑：“那我运气不错。”

“嗯？”

“你热度高，和你同拍一部戏不是能沾光了？”

贺思嘉人笑的同时，视野里闪过一面巨幅广告牌，那是EF品牌与《玩古》电影的联合宣传。

画面中，他和吴臻各自拿着不同系列的手机，相视而笑。

两人约了同一家造型工作室，折腾了一下午，六点钟，他们准时抵达举办首映礼的电影城。

今天来了不少媒体、同行以及影评人，另外还邀请了一千多名粉丝，首映红毯相当热闹。

导演余枫带着吴臻与贺思嘉压轴出场，媒体们的闪光灯一直没暗下来过。

进入放映厅后，贺思嘉和吴臻一左一右挨着余枫落座，很快，灯光暗下，四周逐渐安静。

投资方的 Logo 一一释出，黑屏时忽然爆出一声枪响。

“砰——”

屏幕亮起，吴臻所饰演的金立夏被几名警察扣压在地上，他并没有挣扎，只是脸贴着地面，努力扭头看向某一处。

镜头慢慢聚焦他的眼睛，眼白布满血丝，瞳仁里映着如走马灯般晃动的人影。

观众尚来不及看清，画面已渐渐淡出。

嘈杂的人声和警笛声渐远，被唢呐与锣鼓声取代。

时间回到八年前。

荒僻的小村难得热闹，这一年，村子里终于出了一位大学生。

乡亲们吹吹打打送金立夏到村口，道别之际，贺思嘉饰演的金小寒首次出现在银幕上，怯怯地躲在金母身后。

“我的天，贺思嘉好土啊，秋衣搭毛背心，哈哈哈！”

“只是造型土而已，明明可爱又嫩。”

“他好像演的是哑巴？”

“是自闭症患者。”

观众们小声议论，看着金立夏离村时，金小寒在家里跟金母闹别扭，又冒雨冲出家门。

大雨滂沱，金小寒沿着小路朝村口跑，一次次跌倒在泥地里，摔飞了布鞋。

“啊！就是这里吧，当时曝出臻儿和斯嘉丽吵架的录音，还说斯嘉丽不敬业，臻儿澄清时发的视频。”一名观众激动地向同伴求证。

同伴没理她，同伴正在心疼，只想扶起金小寒擦干他脸上的泥点，带他去找哥哥。

镜头慢慢拉高拉远，雨中的金小寒只剩一个小点。

画面转至下一场景，是与村庄完全不同的繁华与喧嚣。

伴随着轻快的背景音乐，金立夏来到省城，银幕上逐一出现主创的名字。

导演选择了一种有技巧的处理方式，不单单是打出字幕，而是将字幕融入画面中。

比如金立夏望向一栋高楼，字幕以墙体广告形式出现；金立夏过马路，字幕制成斑马线特效；金立夏进入学校，迎新横幅上印着主演名字……

不仔细看甚至很容易忽略，可一旦发现了，又能体会到特殊的乐趣。

整段片头紧凑流畅，不足三分钟就向观众交代了金立夏入学后的重要经历，导演运用了一组挡黑镜头，借人流、车流、楼体等元素短暂遮挡人物，从而改变人物的造型和所处环境。

最终，片头结束在玫瑰落入垃圾桶的一幕。

那是金立夏初恋失败的证物，是他无法宣之于口的情愫。

黑屏上打出设计感十足的“玩古”二字，正片开始。

金立夏得知母亲被诊断出癌症，便让母亲来省城治病，他在人来人往的火车站接到母亲和弟弟，带他们去了一家当地有名的中餐馆。

他不止一次听室友提起这家餐馆，知道店里的厨师手艺很好，想让母亲和弟弟都尝尝。可他没有挥霍的资本，金母亦了解他的窘迫，只局促地点了一盘素菜和一碗素汤。

母亲的小心翼翼让金立夏难过又无力，他面上不显，却独自躲去了洗手间偷哭。

只是一顿饭而已，他连一顿饭都无法满足自己的母亲。

次日，金立夏带上母亲去市里最好的一家医院重新检查，诊断结果确实为癌症，医生建议最好马上手术。

可手术费用太高，金立夏无论如何也负担不起，他休学打工，还要照顾母亲和弟弟，生活的重担将这个二十出头的少年压得喘不过气。

直到他无意中闯入一条古玩街，全片第一个爽点来临。

金立夏从“捡漏”中得到启发，又从伪装成盗墓贼的骗子团伙处找到灵感，精心设计了一场骗局，成功瞒天过海，卖出一件赝品。

导演在该段剧情中的剪辑手法很特别，以五感为切入点，利用一系列碎片元素拼凑出金立夏的自学过程。例如视觉观察到的人物微表情；听觉记录下的欺诈话术；以及嗅觉、味觉、触觉在分辨文物真假时产生的种种抽象联想……

而串联碎片的是一支钢笔和一本硬壳笔记，镜头通过闪前和闪回的方式，不时切入一间暗室，金立夏背对镜头坐在书桌前，将所习经验一一写入笔记本中。

这种手法使得每一镜的信息量更为饱满，同时也加剧了观众的紧张感，他们自觉提高注意力，只怕一眨眼就错漏了重要线索。

“老弟，我最多给你这个数……”银幕上，一位大腹便便的中年人再次比画着手指，他已经给出了高价，也满足了金立夏的心理价位。

但金立夏出现了一瞬间的怔忪，他的良心犹在挣扎。

他回想起穿着公仔套装的自己补送给女神的那枝玫瑰，以及医生口中的天价手术费，还有最初请母亲和弟弟吃的那顿饭……

一滴汗自后颈滑落，没入领口，金立夏微微抬头，露出一个复杂而坚定的笑容：“成交。”

母亲被送入手术室，金立夏搂着弟弟坐在外面等候。

“没事，一切都会好起来。”金立夏明知金小寒听不懂，却仍不停地安慰对方，或者，他只是想说服自己。

然而下一刻，兄弟俩已经站在母亲的墓碑前。

原本是沉重的生离死别，但前后两镜剪在一起，偏偏有种荒诞的喜感，影厅里竟零星响起几声笑。

但很快，观众便笑不出来了。

“燕子吻了快乐王子的嘴唇，然后跌在王子的脚下，死了。”

镜头中，金小寒睡得正香，金立夏则坐在床边垂首哭泣。

所有观众都知道，在自由与束缚之间，金立夏选择了后者，选择了他的快乐王子。

但他看不见快乐。

“呜呜，小寒也太招人疼了，我好爱他，就算吃梗菜也要养他一辈子！”一名粉丝擦了把眼泪，显然已入戏。

而她身旁坐着的影评人则理智地分析着镜头潜台词，他隐隐读懂了这一幕的光影语言——金立夏背对光明，脚踏阴影，就像燕子放弃了飞往埃及，冻死在快乐王子身边。

故事继续推进，不等观众用上纸巾，又进入爽片模式。

接下来半小时即是金家兄弟发家史——金立夏借助金小寒卓绝的天赋，制作出一件件以假乱真的赝品，他还掉债务、将母亲的骨灰盒迁入陵园最贵的一座坟、住进了大房子、开上了豪车，甚至买下了当初留给他诸多遗憾的中餐馆。

整段剧情节奏很快，从无到有的累积过程看得观众们肾上腺激素飙升，期间还夹杂着喜闻乐见的打脸片段——

金立夏有了钱，想带弟弟去服装店买新衣服，却遭到两名店员的白眼和讥讽。他当即拽着弟弟去了另一家店，在造型师的帮助下，他换掉了朴素的衣服，摘掉了厚重的黑框眼镜，修剪了精致的发型，也帮弟弟彻底改头换面。

两人再次返回第一家店，店员已经不认得他们了，态度热情甚至可以称为谄媚地迎了上来，然而等待她们的却是金立夏无情的投诉。

“余导，你是不是太浮夸了一点？”当贺思嘉看到金立夏站在豪华游轮上，被一众美女包围，实在憋不住吐槽的欲望。

可惜余枫连个眼神都没给他。

金家兄弟越来越有钱，制作的赝品也越来越逼真，甚至骗过了精密的仪器与无数文物专家的眼睛，以至于国内数家博物馆都将赝品误当作出土文物，拨专款抢救性收购。

观众们提心吊胆地看着专家对赝品进行鉴定，有人提出疑点，又被一一排除，最终，赝品被鉴定为真品，定价存档。印章落在鉴定证书上的那一刻，影厅里不少人都长舒了口气，继而产生一种强烈的爽感。

但故事总有起落。

2005 年，华人富商在海外拍得一件唐三彩凤首壶，并承诺捐献给首都博物馆，可在转运途中发生意外，导致凤首壶破损。

当博物院组建专家团队进行修复时，所有观众都有预感，剧情即将发生转折。

果然，震惊全国的文物造假案至此曝光，监管部门严令彻查，梅庆饰演的老警察偶然发现了线索，带着小徒弟来到金家兄弟居住的片区展开调查，却遇上了一位文质彬彬的年轻人。

此时的金立夏早已不是多年前那个良心尚存的小骗子，他镇定地骗过经验老到的警察，暗暗将疑点引向自己的邻居——早在两年前，他就查出邻居身上有案子，于是未雨绸缪地做了布置，让一切巧合显得顺理成章。

他知道，只要邻居被抓捕，真相隐瞒不了多久，但调查和审问都需要时间，足够他带着弟弟逃走。

一名影评人跟同伴点评道：“不错不错，伏笔暗线埋得很自然，我之前都没注意。”

同伴赞同地点头，小声说：“幸好跟吴臻搭戏的是梅庆，换个稍弱的都会被他压制。还有，贺思嘉也挺让我惊喜的，大银幕首秀很出彩，和吴臻之间张力很强。”

话音一落，忽听音响里“啪”的一声，原来金立夏终于找到了擅自乱跑的金小寒，重重给了他一耳光。

镜头并没有切换，看着金小寒脸上浮出红痕，内行人士都知道这是真打。

随后，金立夏烧掉了记载罪恶的笔记本，带着弟弟一路逃回了老家。

剩下三分之一的剧情中，观众们始终沉浸在压抑的情绪中，而金小寒被压在木柜下无声大哭的一幕，让许多女生心揪着疼，也跟着掉下眼泪。

余枫听着观众席隐隐传来的啜泣声，微微勾起一抹笑。他身边的年轻人完成了角色使命，成功做到了让观众怜爱和疼惜。

电影全片时长 110 分钟，转眼已进入尾声，而影厅里的哭泣声也越来越明显。

银幕上，金立夏盖住了弟弟眼睛，枪口抵着弟弟的太阳穴。

所有观众都回想起影片开场时的枪响——金小寒真的会死吗？死在无知无觉间、死在血脉兄弟的谎言下。

“砰——”

老警察稳稳握住枪站在房门口，金立夏持枪的手臂已然被击中。

数个警察一拥而上，将金家两兄弟压服在地。

此时观众终于看清金立夏瞳孔中的影像——是试图挣扎的金小寒，是他永远的、最爱的弟弟。

银幕一黑。

画外音响起，是法官庄严的宣判——金立夏因犯诈骗罪被判处有期徒刑二十年，而金小寒因智力障碍，加上只是制假没有参与销售，最终无罪释放。

三年后，老警察的徒弟带着几件文物来到监狱，请金立夏帮忙鉴别真假，金立夏只一眼就看出了蹊跷，告诉他都是赝品。

末了，金立夏叫住准备离开的小警察，他双手拘谨地放在膝上，喉结微微滑动，良久才开口：“小寒……还好吗？”

小警察笑了笑：“他很好……”

通过小警察的回答，观众们才得知金小寒被老警察接回家照顾了。

“你努力争取减刑，早点出来，小寒一直在等你。”小警察说。

金立夏牵起嘴角，没支撑一秒又落下了，他红着眼眶说：“谢谢。”

此后五年间，金立夏因多次立功，获得减刑提前释放。

三十五岁的金立夏已经两鬓斑白，再不见当年的意气风发，他拎着包袱跨过铁门坎，脚步猝然一顿。

门外站着两个人，一个是送他入狱的老警察，另一个是他的亲弟弟。

八年不见，老警察看上去依然健硕，金小寒也如记忆中一般，好似时光在他身上停止了。

但金小寒望过来的眼神却透着陌生，深深刺痛了金立夏。

这时，老警察忽然推了推金小寒：“叫人啊，爷爷怎么教你的？”

金小寒微微偏头，似在思考，半晌，他再次望向金立夏，慢吞吞地发出一个单字音节：“哥？”

镜头留给金立夏，他并没有观众预想里的激动，表情甚至堪称平静，只是眼里早已蓄满泪水。

“嗯，哥哥在。”

永远在。

全片结束，舒缓的片尾曲响起，观众们一动不动，皆沉默地看着银幕上的电影原型介绍。

直到演员表已出，灯光终于亮起，主持人拿着话筒走上台，朗声问：“今晚的电影好看吗？”

“好——看——”

迟来的掌声爆发，响彻全场。

足足一分多钟，掌声才逐渐平息，主持人邀请导演、演员、制片等主创来到台上。

当话筒交给吴臻时，观众席很多人都在尖叫，因为金立夏被塑造得相当吸引人，高智商、高颜值，既绝情又有温情，实属美强惨的典范。

“吴老师，看完电影有什么感想吗？”主持人笑着问。

“非常荣幸参演《玩古》这部非常优秀的电影，感谢余导选择我，感谢投资方，感谢我的搭档……”

吴臻开口就是一串感谢名单，官方且不出错，但无法令主持人满意。

“您观影时印象最深刻的是哪一幕戏？”

“小寒叫哥哥，全片里他就这一句台词，也是分量最重的一句台词。”

“那您在拍摄中有特别喜欢哪场戏吗，或者说印象最深？”

“你是指我自己的，还是包括别人的？”

“都可以。”

“那就是小寒坐在邻居的院子里等我回家那场。”

金立夏出村办事，将金小寒托付给邻居照看，金小寒见不到哥哥，就在院子里等哥哥，从清晨等到日暮。

但在全片中，这段戏似乎并没有太多特别之处。

主持人好奇地追问：“为什么？”

吴臻忽然看了眼贺思嘉：“那天拍摄时NG了很多次，中途我跟在余导身后看了会儿，发现……”

发现落日下的贺思嘉夺目得难以用言语描述，甚至有几分不真实。

“发现思嘉其实挺有灵气的，而且很敬业，是个好演员。”

又一阵尖叫过后，主持人顺应民意：“那您有什么话想对思嘉说吗？”

吴臻不甚明显地笑了笑，或许别人看不出来，但贺思嘉一望即知，这人又憋着坏了。

果不其然，吴臻只说了两个字：“加油。”

贺思嘉：“……”

主持人干笑两声：“思嘉呢，有没有想对吴老师说的？”

贺思嘉拿起话筒，专注地看着吴臻：“我很感谢吴老师。”

吴臻眉峰微挑，静待下文。

贺思嘉继续道：“感谢吴老师带我看见了表演的世界，让我感受到表演的乐趣。”

吴臻愣了愣，眉眼一瞬间分外柔和：“不客气。”

“我会追上你的，未来有一天，我也会拿影帝。”

“我相信。”

他们站在台上看向彼此，台下，则是一千五百名观众。

不知是谁头一个鼓掌，接着，观众席再次响起震耳欲聋的掌声。

主持人担心贺思嘉话说得太满，会招来嘲讽，忙描补道：“所以在你心里，吴老师是你学习的榜样、努力的目标吗？”

贺思嘉却给出了让所有人一头雾水的回答：“是星空。”

星空并不遥远，只要踮起脚尖。

终有一日，他们可以并肩。

番外 星空

吴臻第一次认识贺思嘉，是在一个平平无奇的下午。

他正准备赴陆开阳的约，出门时路过客厅，不经意间扫了眼正在播的电视，脚步便顿住了。

屏幕里，黑发红衣的青年正在梨树下练剑，梨花似银雨纷飞，落在青年的发梢、肩头，仿佛下一秒钟就会融化。

正在看电视的苏丹夏转头问他：“你不是要赶着出门吗？”

吴臻视线不离电视，漫不经心道：“嗯，马上就走。”

苏丹夏眼波一转，笑了笑：“这演员好看吧？”

“一般。”

“这还只是一般？”

“化妆师和打光师一般。”

说话间，镜头已经切换到其他场景，吴臻看了一眼手表，问：“他叫什么？”

苏丹夏只是偶然换到这个台，并不清楚演员的名字：“我还想问你呢，以前也没见过，估计是个新人。”

的确是新人，当晚，吴臻就从网上查到了演员的名字，一个很容易被记住的名字——贺思嘉。

和许多人一样，吴臻也在第一时间联想到了《飘》的女主角斯嘉丽，而传闻中的贺思嘉也如斯嘉丽一般漂亮、倔强，总是像只刺猬般尖锐。但贺思嘉似乎遗漏了斯嘉丽聪明的特质，出道不足两个月已贡献了不少“疯言疯语”，还因不满同剧男配的捆绑炒作，路演时直接甩脸子怼人。

粉丝们爱护他，辩解这叫真性情。

而娱乐圈里标榜“真性情”的明星很多，可大多数人的真性情只是一种人设，即有选择的真，以及思虑过后所刻意展示的性情。

贺思嘉则不同，他是纯粹的自我，仿佛无所顾忌，也什么都不在乎。

吴臻觉得新鲜的同时又隐隐惋惜，在他印象中，但凡这种性格的人不论资质多好，最终也逃不过昙花一现的命运。

可直到数月后，他在一场晚宴上见到了贺思嘉真人，对方依旧活蹦乱跳的。

这时吴臻才知道，贺思嘉的肆无忌惮源自强大的背景，年轻人来历不俗，并非受限于娱乐圈惯常的规则中。

隔着鲜花与酒杯，他望着长桌斜对面与人谈笑的青年，对方却始终没有看他。

倒是旁边的陆开阳压低声音问道：“你在看谁？贺思嘉？”

吴臻没理他，心想之前那部电视剧的化妆师和打光师果然不行。

陆开阳只当他默认，自顾自地笑起来：“哈哈，我刚来就被他吸引住了，待会儿得问问他找的哪家工作室做造型，赶紧避雷，居然能把这么漂亮一小伙弄得像只火鸡。你信不信，网上那些刻薄的时尚博主现在已经对着他的生图评头论足了，他的团队如果不公关，黑图一晚能传遍全网。”

“他像不像火鸡我不知道，你倒像只鹦鹉。”吴臻淡淡地瞥他一眼，吐出无情的两个字，“好吵。”

当晚，吴臻提前离开了晚宴，第二天才知道，贺思嘉在宴会上又闹出了事故，竟将一杯酒倒扣在星洋娱乐老总的头上。

但吴臻已不需要为贺思嘉担心了，事情发展也如吴臻所料，贺思嘉签约的公司依然很捧他，顶着舆论压力推他去了某知名视频网站自制的观察综艺担任明星嘉宾。

不过贺思嘉到底是将人得罪狠了，星洋娱乐那位老总又素来记仇，他没办法打压贺思嘉，却可以给贺思嘉添堵。

只是吴臻没有想到，自己竟成了添堵的工具。

起因是贺思嘉录制访谈节目时，被主持人问及最喜欢的国内演员是谁，他提到了吴臻，又表示最喜欢吴臻演的《山河刀》。可在同期的另一档综艺中，贺思嘉却表现得对《山河刀》一无所知，甚至不知道主角的名字。

有好事者将两档节目的相关片段剪辑在一起，视频前后矛盾，证据确凿。

在幕后之人的推波助澜下，贺思嘉连上了好几个负面热搜，以至于吴臻都收到了视频推送。

不可否认，视频里贺思嘉念出他名字的刹那，吴臻内心是有些微波动的。那种感觉很难用语言表述，也没有道理可言，硬要比喻，就像你的微博偷偷关注了某个陌生人，某天发现，那人的微博里竟然出现了你的名字。

但吴臻很快就察觉贺思嘉在撒谎，对方的微表情泄露了真相——贺思嘉并没有看过《山河刀》，甚至对他没什么印象。

倒谈不上失望，只是觉得有点遗憾。

因此，在媒体问及他对此事的看法时，他罕见地没有和稀泥，而是半开玩笑地回应："他可能只欣赏我的名字。"

他没想到，这句话竟会得罪贺思嘉。

后来贺思嘉参与录制的观察综艺上线，其中一期导演安排了几名素人去看话剧，主演正是吴臻。

剧情其实很老套，表面上讲述的是一段分隔千万里、跨越几十年的爱情，内核却在诠释爱情里不完美的遗憾。

素人们从话剧院出来时，个个眼眶通红，女生们相继去盥洗室补妆。远在演播室里的主持人和明星嘉宾们看到这一幕，纷纷议论起吴臻的演技，唯有贺思嘉兴致索然，冷言冷语道："吴大影帝好像没有拿过话剧表演类的奖项吧？"

有嘉宾解释："想拿奖需要先报奖，吴老师估计没有报名。"

主持人也着急描补："对演员来说，观众的情绪回馈就是最高的荣誉。"

或许是担心贺思嘉还要"语出惊人"，主持人又看向其他嘉宾："虽然只看了一两分钟的片段，但我还是受到了触动，打算这几天抽空看完整场，咱们要不要拼一下团？"

嘉宾们自然捧场，贺思嘉则不满地抿直嘴角，到底没再说什么。

吴臻看到这期节目时，是在去机场的路上。

当镜头再次切换到素人，他突然笑了一声：“倒是口下留情了。”

“你还笑得出来。”经纪人赵壁非常不快，“网上都有人在扒你的话剧资历了，要不是团队早就做了风险提示，只怕——”

“没什么好怕的。”吴臻打断他，“我的主要精力在电影，话剧只是业余爱好，即便被质疑，影响也不大。”

他只是在想，贺思嘉总算记住了他，但似乎也记恨上了他。

如果下次再见面，或许他可以解释。

哪知再见面来得这样快，就在第二天。

那天是周六，他飞来S市是为了新话剧巡演。

演出时，灯光打在观众席上，将台下照得一清二楚。

前排坐着个戴着口罩和棒球帽的年轻人，但吴臻一眼就认出来，那是贺思嘉。

他当时正沉浸在表演的情绪中，并没有多想，等谢幕时再看向观众席，那个位置已经没人了。

空荡荡的座位显得格外突兀，吴臻甚至产生了荒诞的念头，或许座位上的观众根本不存在，只是他看错了，或者是臆想出的幻觉。

但这个念头很快就消散了，他不可能看错。

话剧巡演一直延续到了年末，结束工作后，吴臻给自己放了个长假，飞往A国陪伴爷爷。

期间，他陆续收到了《玩古》的剧本，导演是他很敬重的余枫。

看完剧本，吴臻当即打算接下，唯一的疑虑在于《玩古》的另一位主角金小寒由谁来演，他可不想和演技太差的人合作，那通常意味着成片会很糟糕。

经纪人在电话里告诉他：“目前还没有定，余枫有个比较中意的人选，但投资方不太满意……你呢，有没有推荐？”

吴臻莫名回想起了观众席上的贺思嘉，灯光亮得刺眼，打在对方冷白的皮肤上，衬着一双幽黑又专注的眼睛，给人一种干净纯粹又神经质的美感。

和他想象中的金小寒很相似。

而且，吴臻看过贺思嘉的戏，虽然问题很多，却没有大部分新人的僵硬感，也很容易让观众代入。

但他只是说：“没有，我没有想推荐的人。”

因为余枫已经有了倾向，他不愿影响导演的判断。

可惜余枫始终没有说服投资方，直到吴臻春节回国，金小寒的人选依然没有定下来。

大年初六，他去参加同学会时遇到了贺瑾，聊天中，他意外得知贺瑾是贺思嘉的哥哥。

当哥哥的似乎正为了弟弟的事业发展而苦恼，问他：“最近有什么好项目吗？有没有适合思嘉的戏？”

吴臻慢慢饮下一口茶，搁下茶盏说：“倒是有一部戏。”

他简单介绍了《玩古》的情况，贺瑾问他能不能给贺思嘉开个后门，他可以投资。

吴臻既然提了，本就有这个意思，顺势答应下来。

他托赵壁去联系贺思嘉的经纪人，可赵壁反馈的结果却说贺思嘉没兴趣，他问了原因，赵壁也答不出来。

本以为这件事就这么算了，哪知半个月后，赵壁又通知他，说贺思嘉去试镜了。

很久以后吴臻才明悟，哥哥并非担心弟弟，弟弟也并非不领情。

哥哥只是希望弟弟专心待在娱乐圈，不要图谋家里的产业；弟弟则是本能地防备哥哥，抗拒对方“施舍”的一切。

金小寒的演员确定下来后，《玩古》剧组正式进入筹备阶段。

三月中旬，吴臻接到B市人民话剧团的邀请，参与排演了一部三国题材的话剧，并于四月随团出访J国。

他们辗转于J国多个城市，最后一站来到了J国的首都D市。

最后一场演出前，吴臻找了两天空闲去户外扮演公仔，因为《玩古》里有一段重要的戏份，他全程都需要穿着公仔装，只能用肢体语言表达。

公仔套装很沉，吴臻戴着夏奥会吉祥物Miraitowa的头套，随着人流来到某个广场。

广场正中的音乐喷泉正在表演，喷溅的泉水像晶莹的礼花，而喷泉之后架着十来台摄像机，不少人围在那里，吴臻竟见到了好几张熟面孔。

他驻足观察了一会儿，得知国内某个有名的竞技真人秀团队来了D市，嘉宾里正好有贺思嘉。

此时，贺思嘉就站在镜头聚焦处，穿着和所有嘉宾同款的粉蓝色运动卫衣，头发染成了奶奶灰。他拿着一张惩罚便笺，低声念道："请和街头路人配合完成一段土味情话，并索要一个拥抱。"

吴臻听见了，安静地站在一旁等着看戏。

但是贺思嘉朝他走了过来："Excuse me？ Do you know what time it is？"

这是两人第一次面对面交流，又是这样一个问题。

吴臻突然很好奇摘下头套后贺思嘉的反应，他配合地回答，又给了对方一个拥抱。

只是在贺思嘉道谢时，他忍不住恶作剧地指向自己胸前挂着的价码牌，见贺思嘉的表情有些凝滞，他一下子笑出了声，也终于肯揭晓答案。

他以为贺思嘉会恼羞成怒，但他失望了。

贺思嘉在短暂的愣怔后就恢复了平静，甚至微笑着与他握了握手。

吴臻微一挑眉，还想再说点儿什么，节目组的导演和工作人员已经迎了上来。

他被包围在人群中，贺思嘉则退去了安静的角落。

隔着喷泉，吴臻抬眼看向贺思嘉，镜头之外，是一张精致而冷漠的侧脸。

当天临走前，吴臻给导演送了几张票，邀请他们明晚来看话剧。

他不认为贺思嘉会来，尽管对方曾经来过。

可散场时，他还是见到了贺思嘉。

贺思嘉依旧没有看他，视线专注地追随着剧团里一位女演员。

吴臻早就听说过贺思嘉的风流，媒体写得很不堪，可他不怎么相信。就比如此刻，他注意到贺思嘉眼里只有纯粹的欣赏，或许还有一点好奇，却没有猎艳的兴奋与狎昵。

兴许他的观察过于凌厉，贺思嘉有所察觉，也看了过来。

吴臻礼节性地笑了笑，见贺思嘉似有些防备，便很自然地移开了目光。

节目组的人在后台待了会儿就要走了，梅庆安排人送，吴臻主动接下了任务。

他跟随众人来到剧场外，见贺思嘉独自站在台阶上，也走了过去。

其实吴臻本想问问贺思嘉，那时候为什么要来看他的话剧。

可直到贺思嘉坐上大巴，他依然没有问出口。

直至很久以后，久到与贺思嘉已经非常熟稔，他也再没有问过。

回国后，吴臻开始调整状态，每天研习剧本、背台词、锻炼，期间还完成了陶艺以及艺术鉴赏培训，众多的工作让他的生活变得非常单调，可他偶尔刷朋友圈，却发现贺思嘉依然过得多姿多彩。

吴臻不爱发朋友圈，不喜欢将自己的私生活展示给他人品评，贺思嘉则相反，不论吃了什么、去哪儿玩了、听了什么歌，甚至天上的白云、路过的建筑，甚至偶然见到的一朵野花，都有可能出现在朋友圈。

他想，贺思嘉其实具备一个好演员的基本素养，因为演员要学会观察生活、感受生活。

直到进组，吴臻手机里已经存满了贺思嘉推荐的歌单，可他很少会听。

他们俩喜好不同，性格南辕北辙，相互间也不熟悉，以至前期的磨合并不顺利。

吴臻依从余枫的指使，找机会和贺思嘉吵了一架，让贺思嘉快速进入情景状态，终于拍完了第一场戏。

代价是贺思嘉更讨厌他了，吴臻有些无奈地想。

基于他对贺思嘉浅薄的了解，还以为得花点儿心思才能安抚好对方，但他很快又发现贺思嘉的一个特点——容易心软。

不，不止。

还有好骗。

他一点点更新着脑中对贺思嘉的固有印象，像一名猎手，不着痕迹地观察猎物，不断搜集猎物信息，并以此推断猎物动向，从而调整对应措施，有针对性地设置陷阱，最终实现突破猎物防御的目的。

他时常站在监视器后，安静地看着贺思嘉拍戏。

夕阳西下，余晖为镜头里的贺思嘉镀上一层金。

落日下的贺思嘉完美得不真实，让吴臻忽然涌现出强烈的创作欲，想要借助自己的镜头语言来展示贺思嘉的每一面，让所有观众清晰地感知到，贺思嘉到底有多夺目。

这个念头随着他与贺思嘉认识的时长累积而不断加深，终于有一天，他问了。

贺思嘉当时笑着问他：“给钱吗？包五险一金吗？”

吴臻心想，是无价的。

《玩古》拍摄结束三年以后，吴臻终于得到了一个很满意的剧本，他正式向贺思嘉发出主演邀约。

那是一部喜剧。

贺思嘉本来很犹豫，认为自己不适合拍喜剧。

吴臻问他：“你觉得哪里不适合？”

贺思嘉说：“我不知道该怎么逗笑观众，那种浮夸的表演方式我光是想想就觉得很尴尬。”

“你只需要根据剧情去诠释角色，怎么逗笑观众，是我应该考虑的问题。”吴臻耐心地劝说，“在电影这一领域，高级的喜剧依托的永远是剧情，以及巧妙的逻辑反转，很少有喜剧大师会给人浮夸的印象。”

贺思嘉被说服了，成了吴臻导演处女作中的主角。

消息刚公布时，业内业外都很震惊。虽然贺思嘉这些年已借着几部口碑佳作成功转型，可他从未涉足过喜剧领域，且吴臻也没有执导电影的经验。

在这样的舆论导向下，大多数人都不看好。

直到一年后电影被选入 B 市电影节开幕影片，正式与大众见面。

当天首映结束，各大社交媒体与网络平台一片好评，无数真情实感的小论文，以及对贺思嘉颜值的吹捧，让网友们怀疑片方到底买了多少水军。但零差评的口碑确实引发了很多人的好奇，几大购票平台的“想看人数”直线飙升，并在电影开售点映的第一天化为实质性的票房，成功刷新了电影点映的单日预售纪录。

吴臻与贺思嘉也去了影院，他们做好伪装，和观众们一起进场。

当一身休闲西装的贺思嘉出现在大银幕上时，影厅内响起了此起彼伏的抽气声。

观众们一直知道贺思嘉很好看，算是圈内颜值代表之一，却也在此时此刻受到了强烈的视觉冲击。

他们忽然就懂了，为什么首映那晚有那么多观众陷入狂热，不谈剧情，仅仅是这样一张脸就让不少女性观众感觉值回票价。

但随着剧情推进，他们又觉得先前的自己好似井底之蛙，原来贺思嘉还能更好看、没有上限的好看。

影片刚开始，贺思嘉饰演的角色是个感情骗子，游走于六位不同年纪、不同性格的女士之间，但她们都有着同样的特点——富有。

这时期的贺思嘉虽然足够惊艳，却像块挤满奶油的蛋糕，吃多了也就腻了。

而吴臻既然为他选了这样一个角色，那角色必然具备很强的人设弧光和魅力，不可能仅止于此。

因此，在简单交代了人物关系和故事背景后，剧情急转直下，外星人入侵了。

外星人告知人类，地球即将毁灭，他们会带走星球上所有善良的人，剩下的人则被遗弃。

但“善良”是很难按标准界定的，因此外星人开创了一套积分系统，每个人都有相应的善恶值。只要在最后期限内，能将自己的恶值清零，就能跟随外星人离开。

男主角自然算不上善良，也试图去做好人好事，可世界突然变得前所未有的祥和安乐，哪怕小儿抱金过夜市也无人抢劫，反而会遇上许多“好心人”帮忙。

好几天折腾下来，男主角就抢到个扶老爷爷过马路的机会，为此他还和另外几十名竞争者大打一架，搞得头破血流不说，恶值反倒又涨了。

男主角痛定思痛，终于意识到自己清理恶值的最快捷办法，就是弥补曾经欺骗过、辜负过的人。

但首先，他需要对几位女士坦诚。

可想而知，被欺骗的女士们有多愤怒，也由此引发了诸多鸡飞狗跳的笑料。

影厅内笑声不绝，银幕上的男主角也已洗心革面，开始尽力弥补自己的过失，争取得到受害人的原谅。

期间他不断受到刁难，好几次想要放弃，可为了活命，还是咬牙坚持下来。

日复一日，男主角慢慢适应了新生活，自身气质也发生了很大的变化——尽管褪去了浮华光鲜的外表，整日灰头土脸、狼狈且疲惫，却也像被抹掉了那层腻人的奶油，逐渐恢复本真。

他一个接一个地攻略目标，恶值不断减少，曙光即将出现。

可还有一位目标人物始终对他不假辞色，那是个年逾四十的单身事业女性，姓刘，个性强势且固执，不论男主做了多少事，她都不肯原谅他。

眼见末日将至，男主越来越绝望，而在期限截止的最后一天，刘女士突然给他打来电话，希望他能帮一个忙。

原来刘女士是孤儿，被一位好心的老奶奶收养，几年前，老奶奶病了，逐渐忘记了周围的人和事，唯一不曾忘却的，只有自己早逝的未婚夫。

如今老奶奶已病入膏肓，整个人都糊涂了，随时有可能死去。刘女士出于孝心，希望男主角能扮演一回老奶奶的未婚夫。

男主角当即答应下来，他换上了那个时代的白衬衣和黑布裤，梳理着简单清爽的发型，带着吉他来到病房。

在老奶奶宛如少女般、天真又热烈的视线下，他扮演着对方生命里最重要的角色，低眉信手，轻唱着两人间的定情曲。

他的眼里盛满爱意和星辉，素净一张脸就像每个少女年轻时都曾幻想过的情人，让所有见证了这一幕的观众为之心动。

影厅里变得十分安静，不论男女此时此刻都只剩一个念头——

银幕上抱着吉他的青年，在发光。

吴臻实现了自己的诺言，的确让所有观众都认识到贺思嘉能有多好看，但他同时也是个有野心的导演，电影也并非贺思嘉的写真 MV。

喜剧的最高境界在于悲剧的酝酿，在于悲喜之间的裂缝和碰撞。

男主角圆满地完成了任务，终于取得刘女士的原谅，恶值成功清零。

他扔掉吉他、抛却身上所有沉重的枷锁，一身轻松地走在清冷的大街上。

他终于也成了“善良”的人，可以离开地球，继续生活。

就在这时，一辆疾驰的卡车突然出现在男主角视野中，而卡车前面一米处，站着一只流浪狗。

那只流浪狗在影片开始不久就出现过，男主当时的选择是一脚踹开，但现在，他不由自主地冲了上去。

“嘭！”

巨大的撞击声中，银幕黑了下来。

电影的内核终于揭示——

欺诈者，活于诚实。

贪婪者，死于奉献。

电影最终获得了巨大的成功，贺思嘉也成了娱乐圈中最炙手可热的演员之一，更是无数人认可的颜值天花板。

他弹奏吉他的一幕，出现在无数影视镜头盘点，以及网友自制的 MV 中，也出现在次年金雄奖最佳男主角提名的展示片段中。

他登上舞台，荣耀加冕。

轮到他发表获奖感言时，贺思嘉站在舞台中央，目视台下无数嘉宾和观众，表情看上去非常冷静。

他按照团队给的演讲稿，一一感谢了所有应该感谢的，却忽然停顿下来。

少顷，他继续道："虽然我是很认真在表达谢意，但那些程式化的致辞实在没什么意思。"

他还是他，直接且肆意。

贺思嘉轻声笑了笑："我现在真实想说的只有一句话。"

他的视线移向吴臻，内心的信念如永不熄灭的野火般炽热。

"我，摘下了星空。"